Quart*buch*

Goffredo Parise, einer der bedeutendsten italienischen Nachkriegsautoren, wurde durch das *Sillabario,* das *Alphabet der Gefühle* wie er es selbst nannte, zu einem Autor von Weltruhm. In den beiden hier vereinigten Bänden erzählt er eine Fülle von seltsamen Geschichten. Von merkwürdigen Begegnungen oder befremdlichen Ereignissen, die die Menschen anders zurücklassen als sie sie angetroffen hatten: Die Personen sind oft namenlos, ihre Leidenschaften, Sorgen und Sehnsüchte kennt jeder.
Für das *Alphabet der Gefühle* erhielt Parise den Premio Strega.

Goffredo Parise

Alphabet der *Gefühle*

Mit zwei Nachworten von
Natalia Ginzburg

Aus dem Italienischen von
Christiane von Bechtolsheim
und Dirk J. Blask

Verlag Klaus Wagenbach Berlin

Den ersten Band übersetzte
CHRISTIANE VON BECHTOLSHEIM,
den zweiten
DIRK J. BLASK

ERSTER BAND

AMORE *Liebe* 9 · AFFETTO *Zuneigung* 14
ALTRI *Die Anderen* 18 · AMICIZIA *Freundschaft* 23
ANIMA *Seele* 28 · ALLEGRIA *Freude* 33
ANTIPATIA *Abneigung* 38

BACIO *Kuß* 45 · BAMBINO *Kind* 50
BELLEZZA *Schönheit* 56 · BONTÀ *Güte* 61

CACCIA *Jagd* 69
CAREZZA *Liebkosung* 73 · CASA *Haus* 77
CINEMA *Lichtspielhaus* 81 · CUORE *Herz* 85

DOLCEZZA *Süße* 91 · DONNA *Frau* 96

ESTATE *Sommer* 101 · ETÀ *Alter* 106
ELEGANZA *Eleganz* 110

FAMIGLIA *Familie* 117

NATALIA GINZBURG
Nachwort zum ersten Band 123

ZWEITER BAND

Felicità *Glück* 131 · Fascino *Zauber* 135
Fame *Hunger* 140

Gioventù *Jugend* 145 · Grazia *Anmut* 151
Guerra *Krieg* 157

Hotel *Hotel* 163

Ingenuità *Einfalt* 173 · Italia *Italien* 181

Lavoro *Arbeit* 189 · Libertà *Freiheit* 196

Madre *Mutter* 203 · Malinconia *Melancholie* 209
Mare *Meer* 216 · Matrimonio *Heirat* 223
Mistero *Geheimnis* 229

Noia *Langeweile* 235 · Nostalgia *Sehnsucht* 241

Odio *Haß* 247 · Ozio *Muße* 253

Paternità *Vaterschaft* 261
Patria *Vaterland* 266 · Paura *Furcht* 271
Pazienza, Primavera *Geduld, Frühling* 276
Poesia *Poesie* 281 · Povertà *Armut* 285

Ricordo *Erinnerung* 293 · Roma *Rom* 299

Sesso *Sex* 305 · Simpatia *Sympathie* 311
Sogno *Traum* 317 · Solitudine *Einsamkeit* 322

NATALIA GINZBURG
Nachwort zum zweiten Band 327

Alphabet der

Gefühle

ERSTER BAND

Amore *Liebe*

Eines Tages lernte ein Mann im Haus von Freunden eine junge Frau kennen, aber er sah sie sich nicht genauer an, ihm fiel nur auf, daß sie langes rötliches Haar hatte, ein Gesicht mit kräftigen Knochen und vorstehenden Jochbeinen wie eine slawische Bäuerin und plumpe Hände mit sehr kurzen Fingernägeln. Sie schien ihm schüchtern, fast, als habe sie Angst zu sprechen und sich verständlich zu machen. Der Ehemann, ein gedrungener Mann mit scharfen, mißtrauischen Augen in einem verschlossenen Gesicht, schien mit aufgeblähtem Hals zu atmen und erinnerte ihn an einen quakenden Frosch. Er hatte jedoch gebrechliche, greisenhafte Fußknöchel, und beides, Hals und Knöchel, erweckten den Eindruck gleichzeitiger Kraft und Schwäche.

Der Mann wußte, daß diese ersten Eindrücke, die so gut wie endgültig waren, dies beileibe nicht sein konnten, weil er sich zerstreut fühlte und weil auch nichts Besonderes vorgefallen war. Tatsächlich merkte er kaum, wie die beiden das Haus verließen, und er erinnerte sich auch nicht mehr an den Klang ihrer Stimmen.

Einige Zeit verging, und er sah sie in einem Restaurant wieder. Eigentlich sah er nur die Frau, sie stand aufrecht am Tisch und wollte sich gerade setzen. Dabei schob sie mit einer ruckartigen Bewegung ihrer großen Hand auf einer Seite das Haar, das die Farbe von erdschmutzigen Karotten hatte, nach hinten, glättete es dann. All das tat sie mit gebeugtem Rücken. Sie trug einen schwarzen Abendanzug, um die Hüfte einen Gürtel aus goldglänzendem Metall und zierliche schwarze Lacklederschuhe mit einer Schnalle, doch sie war durch ein blitzartiges Zusammenspiel ebenso geheimnisvoller wie zufälliger Gründe sehr schön. Der Mann, der sie von einem entfernten Tisch aus betrachtete, fühlte, daß sein Herz komischerweise schneller schlug, weil er begriff, daß er sie ganz und gar verstanden hatte. Auch sie verstand alles, was ihn betraf (auch, daß er sie verstand), weil sie sich genau in diesem Augenblick umwandte, ihn erkannte und mit einem erfreuten Lächeln grüßte, das sie jedoch sofort (und naiv) in den Grenzen eines Lächelns gut erzogener Erwachsener zu halten suchte. Aber das Ungestüm dieses Lächelns hatte sie die Hände vom Tisch hochreißen lassen, die Spitzen ihrer Lackschuhe preßte sie auf den Boden, um sich aufzurichten. Dies alles dauerte nur einen Augenblick, dann wandte die Frau sich wieder den Freunden am Tisch zu mit freundlichem, aber ernstem Gesicht, das sie oft unter dem Haar verbarg. Die Schuhe wurden wieder ruhig. Der Mann aber sah sie weiter an, bis sich die Schläge seines Herzens beruhigten. Jetzt betrachtete er sie etwas weniger verzaubert und etwas neugieriger als vorher, als sei sie eine Fremde, was sie ja auch hätte sein müssen. Aber auch diese Art sie zu betrachten, die auf banale Einzelheiten hätte achten wollen, bestätigte nur die große natürliche Schönheit ihres weiblichen Äußeren, so sehr, daß ihm das Restaurant leer erschien oder wie eingehüllt in ein Flimmern von Farben und Tönen, wie man es in manchen alten und vielleicht schlechten Filmen sieht. Der Mann fühlte sich plötzlich schwach und erkannte die Anzeichen einer Gefühlsregung, die seit seiner Kindheit – er sah seine Mutter von einem eisklaren Wintertag hereinkommen, ihr Hals ragte aus einem Fuchs mit weißen Spitzen, der Mund war rot und glänzend und auf dem Puder saß ein Schönheitsfleck – immer die gleichen Anzeichen waren. Er blickte vom Tisch auf, im selben Augenblick, in dem auch sie ihre Augen von der Seite her auf ihn richtete, aber sie lächelte nicht mehr, die Röte war ihr ins Gesicht gestiegen, das von einem unvorhersehbaren und ungerechten Schmerz gezeichnet war, den sie nicht verstand. Die Augen waren mongolisch, weitaufgerissen, als blicke sie ins Dunkel.

Eines Abends, als er mit Freunden zusammensaß, die dieses Paar erwähnten, überraschte der Mann sich dabei, wie er zu sich selbst sagte, mit lauter Stimme, um seine Gefühle zu verbergen: »Das Schicksal wird uns wieder zusammenbringen.« Die Freunde verstanden nicht, wovon er sprach, aber wenige Augenblicke später hörte man draußen Autos, und eine lärmende, fröhliche Gesellschaft kam ins Haus, deren Fröhlichkeit jedoch nicht vollkommen war, vielmehr trübte sie irgend etwas: Sie sahen einander kurz an, doch während sie sich ansahen, senkten sie den Blick. Als sich ihre Schüchternheit gelegt hatte, sprachen sie miteinander. Sie erzählte, daß sie viele Jahre lang klassischen Tanz studiert, aber das Studium nach ihrer Heirat wegen der Familienpflichten aufgegeben habe. Jetzt leide sie manchmal unter großer Melancholie.

»Warum?«

»Ich weiß es nicht.«

»Vielleicht wären Sie gerne Tänzerin geworden?«

»Es hätte mir gefallen, aber wissen Sie, das schaffen nur wenige, und dann habe ich ja geheiratet. Ich begreife nicht, warum ich manchmal so schwermütig bin. Ich bin doch glücklich, ich liebe meinen Mann und meine Kinder sehr, wir sind eine vollkommene Familie, und sie ist für mich das wichtigste von allem. Es ist seltsam. Mein Mann meint, es sei ein wenig nervliche Erschöpfung.«

Der Mann wußte, daß dies keineswegs seltsam war, sagte aber nichts, aus Achtung und aus Feingefühl. Er wandte den Blick ihrem Ehemann zu, den er bisher kaum gesehen hatte. Er war tief in einen Sessel gesunken, an seinem schnaufenden Hals wie eingehüllt von dem autoritären Gehabe des neunzehnten Jahrhunderts. Auch was er sagte, war autoritär, aber seine schwachen Fußknöchel nahmen seiner Art, die Dinge zu sagen (und auch den Dingen selbst), jedes Gewicht, die Worte schienen aus dem breiten Einschnitt seines Mundes zu kommen, mit leichten gleichmäßigen Atemzügen, die sich im Zimmer verloren. Er begriff dies, versteifte sich innerlich und drückte sich noch tiefer in den Sessel, vermied es zu sprechen und begann auf diese Weise und von diesem Moment an, Geduld und Verschlagenheit in sich anschwellen zu lassen.

Der Mann bemerkte, daß die Frau rauchte und viel trank. Ihre langsame kindliche Stimme, die ganz einfache Dinge äußerte, war ein wenig heiser, ab und zu hustete sie. Und doch war ihre Schönheit klar und unberührt, als habe sie nicht Mann, Kinder und Familie, und als habe sie nie geraucht und getrunken.

Der Mann kam nur selten in die Stadt, in der das Ehepaar lebte, aber er sah sie doch wieder, durch zwei Autofenster, als ihre Wagen in entgegengesetzter Richtung fuhren, und sie grüßte ihn, mit demselben ungestümen Lächeln wie an jenem ersten Abend im Restaurant. Beide fuhren allein in ihren Autos (es waren zwei Autos von derselben Marke und vom selben Typ), und beide bremsten scharf. Der Mann wartete, bis die Straße frei war, wendete und näherte sich ihrem Auto am gegenüberliegenden Straßenrand. Aber kaum stand er neben ihr, da fuhr die Frau wieder an, und er sah sie wenige Sekunden lang im Spiegel, das Gesicht geschwollen wie das eines Jungen, der einen heftigen Schlag abbekommen hat, deshalb ließ er sie fahren.

Eines Tages rief die Frau ihn von weither an, um ihn an einem Sonntag zum Abendessen einzuladen. Er verstand zuerst nicht, wer sie war, dann wurde er zugleich von Überraschung und Erregung ergriffen. Er sagte ihr, er würde Hunderte von Kilometern fahren, viele Male, nur um sie zu sehen, und dabei murrte er ein wenig. Sie antwortete, daß sie ›wieder auflegen‹ müsse.

Sie begegneten einander auf einem großen Fest wieder. Ihr Gesicht in dem großen runden Kopf war sehr schön, angstvoll und traurig. Aber leider lag in diesem Gesicht auch ein stumpfer Hochmut, der ihn traf, vor allem aber die Schläge seines Herzens, die langsamer und schließlich normal wurden. Als sie Gelegenheit hatten, miteinander zu sprechen (sie mied ihn, und er tanzte die ganze Zeit mit einer schönen Frau, die immer den Kopf zurückwarf, wenn sie lachte), sagte sie ihm, seine Worte damals am Telefon hätten sie gekränkt und verärgert. Sie sei glücklich, sehr glücklich und verliebt in ihren Mann, ihre Ehe sei ›etwas Höheres, Außergewöhnliches‹. Sie sagte ihm, sie habe ihrem Mann von dem Telefongespräch erzählt, weil es zwischen ihnen beiden keine Geheimnisse gäbe. Während sie dies sagte, lächelte sie stolz, aber ihr Gesicht war geschwollen vor Schmerz und Scham, und zwei tiefe Furchen waren plötzlich zu sehen, von den Mundwinkeln fast bis zum Kinn. Er sah den Ehemann an, der sie beide verstohlen beobachtet hatte und nun umherging, ein wenig gebeugt und schwankend, und so seine Achtung verlor und bewahrte. Schließlich setzte er sich auf eine Stufe, als wolle er der Musikkapelle, die in der Nähe war, lauschen, und den Hals und die Augen nach oben verdreht, stieß er einen bitteren, krächzenden Schrei aus, den im Gewirr des Abends niemand hörte.

Plötzlich sagte die Frau: »Lassen Sie mich in Ruhe«, wandte sich von dem Mann ab, beugte den Rücken, ging mit schmerzenden, tanzenden Schritten und drückte ihre Stirn gegen die Fensterscheibe, das Whiskyglas in der Hand. Später sagte jemand, sie habe geweint und sogar eine Szene gemacht, vielleicht weil sie getrunken hatte.

Trotz alledem wurde der Mann von ihnen zu einem großen Abendessen eingeladen, und er wollte nicht ablehnen, aus Höflichkeit und weil er die Frau wiedersehen wollte. Er saß rechts von ihr, sie hatte immer noch die Furchen um den Mund. Sie sprach zu ihm herausfordernd und grob, und sie lächelte nie, und wenn, dann voller Geringschätzung und ohne ihr Gesicht zu entkrampfen, das hier und da durch die Schwellung verwüstet war. Zwei- oder dreimal geschah es, daß sich ihre Hände oder ihre

Schultern berührten, aber sie zuckte jedesmal gekränkt zurück. Der Mann achtete darauf, daß dies nicht ein einziges Mal mehr geschähe, und verrückte seinen Stuhl. Dann stand er einfach auf und ging ein wenig im Haus umher. Als er durch einen halbdunklen Flur ging, zu recht später Stunde, begegnete ihm ein Mädchen im Nachthemd, verloren, rothaarig wie die Mutter, das er über den Kopf streichelte; das Mädchen nahm schnell seine Hand, legte sie sich auf die Brust, drückte sie, wie es im Schlaf geschieht, und sah vor sich in den Flur hinein, mit langen, verschlafenen Haarbüscheln in der Luft. Dann löste sie sich von seiner Hand und ging, wer weiß wohin. Der Mann kehrte in das große Eßzimmer zurück, wo der Ehemann Champagner ausschenkte: Sie saß immer noch am oberen Tischende, stark und streng, ihr Mann lächelte und war liebenswürdig und diensteifrig.

Der Mann kam immer seltener in jene Stadt. Er sah das Ehepaar nicht wieder. Er dachte an sie und immer war ihm, als sei viel Zeit verstrichen. Dabei waren nur wenige Monate vergangen, aber das Gefühl, das er und die junge Frau empfunden hatten (und das hier beschrieben ist), war von der Art, daß sie, ohne es zu wollen oder davon zu wissen, in so kurzer Zeit einige Jahre ihres Lebens gelebt und in den Wind gestreut hatten.

Affetto *Zuneigung*

Eines Tages betrat ein sehr reicher, aber ›wohlanständiger‹ Mann, der das Leben kannte, auch weil er in den Genuß von Vergnügungen und unwichtigen, kostspieligen Dingen kam, sein weitläufig angelegtes Haus mit der Absicht, seiner Frau ›begreiflich zu machen‹, daß er sie nicht mehr liebe, obwohl er sie noch sehr gern habe. Schon unzählige Male hatte er versucht, dies zu tun, aber immer war im letzten Augenblick etwas dazwischen gekommen, und vielleicht war es jetzt schon gar nicht mehr notwendig, es ihr ›begreiflich zu machen‹, vielleicht wußte seine Frau es längst, aber der fragliche Mann befand sich an jenem Tag in einem besonderen Gemütszustand, er war unzufrieden mit sich selbst und folglich grausam gegen andere.

Schon seit ungefähr zehn Jahren fühlte er sich nicht mehr zu seiner Frau hingezogen (sie waren beide nicht mehr jung), und dies erweckte in ihm ein Gefühl tiefer Scham vor seiner Frau; ihm schien, als offenbare sie ihm eine vulgäre Seite seiner eigenen Natur. Vor einigen Jahren hatten sie wie zufällig begonnen, in getrennten Zimmern zu schlafen, aber sie wußten beide, daß es nicht ›zufällig‹ geschah, und daß etwas Unmerkliches und Unabwendbares vorgefallen war, das es undenkbar machte, weiterhin in demselben Bett zu schlafen. Ebenso undenkbar war es, sich anders als bekleidet und möglichst immer in Gegenwart anderer Personen zu sehen, die besser nicht zur Familie gehörten.

Je mehr Zeit verging, desto mehr fühlte der Mann in sich die Verpflichtung, seiner Frau etwas zu erklären, von dem er wußte, daß es unerklärlich war, um so unerklärlicher, als die Zeit und die Gewöhnung aneinander, anstatt die natürliche Scham, die sie beide voreinander empfanden, zu mildern, diese so sehr steigerte, daß der Mann sich oft schämte und auch ärgerte, wenn seine Frau ihn im Morgenrock überraschte, oder wenn er gerade aufgewacht war, oder wenn er dabei war, ein Buch zu lesen. In solchen Augenblicken wäre er lieber nur sich selbst oder Fremden begegnet, nicht aber ihr. Mit ihr fühlte er sich nur wohl in Abendrobe, wenn steifer Kragen und Plastron eine schmerzliche und elegante Unnahbarkeit zwischen sie legten, die ›das Geheimnis ihrer beider Faszination‹ war.

Und dennoch berührte er manchmal mit Gefallen ihre Locken oder eines ihrer Kleider aus Crêpe Georgette, das er an ihr noch eleganter fand als die elegantesten ihrer übrigen Kleider; manchmal sah er voller Freude, wie sie lachte, und einmal sogar fühlte er einen Stich im Herzen, als sie stolperte und wie ein kurzsichtiges kleines Mädchen fast hingefallen wäre. Aber dieses Wohlgefallen war blutleer, und voller Mißbehagen erinnerte er sich an die Zeit ihrer jungen Liebe, als sie, rundlicher, auf einer Wiese auf ihn wartete, leicht schwitzend, die Achseln unrasiert, bebend wie eine Stute edelster Rasse mit kurzen, roten Haaren, die nur von Locken in Form gehalten wurden, und mit wenig gepflegten Händen, spröde und zittrig, nicht ruhig und cremeweich. Dieses Mißbehagen, das nicht nur von dem Gefühl der Kurzlebigkeit der Dinge, sondern vor allem dem Gefühl der Unmöglichkeit ihrer Erneuerung und Wiederbelebung in denselben Menschen (ihnen beiden) herrührte, nach Meinung des Mannes durch seine Schuld, war der Grund für die Scham, die er ihr gegenüber empfand.

Sie war inzwischen eine große Frau mit kurzem, lockigem rotem Haar, einem zerstreuten Blick, einem kindlichen und gewandten Lächeln, das die wenigen kleinen Fältchen um Augen und Mund glättete. Sie hatte nichts verstanden von all den Dingen, die er verstanden hatte und die er ihr hätte erklären wollen, jedoch nicht mit Worten; aber sie hatte es seit dem ersten Tag, an dem ihr Mann in einem anderen Zimmer schlief, ›gefühlt‹. Von da an hatte sie überhaupt nur noch ›gefühlt‹, weil sie es nicht begreifen wollte, oder vielleicht einfach, weil ihr Wesen immer weniger ›körperhaft‹ geworden war, und sie Liebe und eheliche Zuneigung auch aufgrund ihrer Erziehung gerne sehr stark, aber auch verschwommen empfand.

Als der Mann das Haus betreten hatte, ging er eine der beiden geschwungenen Freitreppen hinauf, die zur Eingangshalle führten. Sodann fuhr er mit dem kleinen Aufzug zu einer als Wohnzimmer genutzten hellweißen Veranda, in der große weiße Azaleen standen, und wo seine Frau und Kinder ihn erwarteten; er begrüßte alle (seine Frau küßte er auf die Schläfe) und begab sich ins Eßzimmer: Dieses war oval, mit hellblau lackierten Wänden, an denen sich zwei Landschaften von Longhi gegenüber hingen. In diesem Zimmer standen an allen vier Wänden große rosablühende Azaleen auf hellblauen Porzellansockeln. Unter den Gemälden standen zwei junge Kellner in schwarzem Jackett und grauer Hose, und neben der Tür wartete der *maître* in Nadelstreifenhose und schwarzer Frackjacke.

Der Mann wartete, bis seine Frau hereinkam und an dem einen Tischende Platz genommen hatte, dann ließ er sich am anderen Tischende nieder und gleich nach ihm setzten sich die beiden Kinder, das Mädchen zu seiner Rechten, der Junge zur Linken. Der Mann scherzte mit seinem Sohn in englischer Sprache (der Junge war fröhlich, aber zu »wohlerzogen« und schwächlich, und er sprach besser Englisch als Italienisch) und nahm dann, als wolle er sich trösten, die Hand seiner Tochter in die seine, dabei lächelte er und sah ihr in die Augen. Aber statt Trost zu finden, war er erschüttert, völlig unerwartet, weil er in der fünfzehnjährigen Tochter, die ihm ähnlich war, dieselbe Art sich zu geben wiederfand, die ihre Mutter hatte, als sie sich kennenlernten. Mit unendlicher Zärtlichkeit zog er sie an sich und vergrub sein Gesicht in der Fülle ihres lockigen Haars, das nach Ziegenleder roch.

Das Mahl verlief wie immer: Die beiden Kellner befolgten die wenigen Anweisungen des *maître* (sowohl der *maître* als auch die Kellner wußten, daß sie keine Zeichen brauchten, aber gegeben wurden sie) und führten lautlos wie in einem Stummfilm die gewohnten Handgriffe aus.

Als der Kaffee serviert wurde, gingen die Kinder hinaus (das Mädchen stolperte), und das Ehepaar blieb allein in einem riesigen Salon, dessen Fenster offenstand. Sie schwiegen eine Weile (man hörte das leise Geräusch eines Rasenmähers vom Garten her), dann sprachen sie über eine Reise nach Bangkok, die ein berühmter Couturier, ein Freund des Hauses, unternommen hatte, und dann von der möglichen und wünschenswerten Heirat oder Verbindung einer befreundeten Witwe mit einem mittellosen, aber jungen, schönen und tüchtigen Universitätsprofessor, der diese Freundin vom Alkohol errettet hatte. Sie schwiegen (der Mann schloß die Augen), dann öffnete er eine Zeitung und blätterte sie durch, wobei er darauf achtete, daß sie sich nicht völlig zwischen ihn und seine Frau schob. Ab und zu betrachtete er sie still, legte die Zeitung auf seine Knie und sah sie längere Zeit an. Gerade wollte er zu sprechen beginnen (er wußte nicht, was er sagen würde, er wußte aber, daß er es sagen würde), da stand seine Frau auf, drückte kurz seine Hand, wandte sich sogleich von ihm ab, ging zum Telefon, das beim Fenster stand, und begann ein langes Telefongespräch mit einer Freundin, bei dem sie kaum redete und fast immer lächelte. Er stand auf, ging zu ihr, küßte sie auf die Schläfe und verließ das Zimmer.

Altri *Die Anderen*

Am Mariä-Himmelfahrtstag im Jahr 1938 lungerte ein achtjähriger Knabe aus ›bester Familie‹ – er hatte einen auffallend runden, fragil wirkenden Kopf – am Strand herum, in der Nähe der Badekabinen des Grand Hôtel des Bains am Lido von Venedig. Es war gegen zwei Uhr nachmittags. Er war allein, denn seine Spielkameradin schlief zusammen mit dem Kindermädchen im hellweißen Hotelzimmer. Und die deutschen Kinder, mit denen er sich vor ein paar Tagen angefreundet hatte, die schon etwas älter waren als er und schon gut schwimmen konnten (er lernte es nie), durften sich um die Mittagsstunde nicht am Strand aufhalten, und so spielten sie im Park zwischen den Spritzern der Rasensprenger Kricket.

Die Mutter des Knaben liebte die Sonne, sie ruhte im Halbschatten auf einer Liege, die bedeckt war von einem Handtuch aus weißem Leinenfrottee mit einem großen weißen eingestickten Monogramm in Form eines Turms. Ihre Haut war bronzefarben und glänzte vom Ambre Solaire, ihr langes schwarzes Haar hing offen vom Nacken über den Rand der Liege und streifte den Sand. Manchmal bewegte sie sich, vielleicht im Schlaf, ganz langsam, königlich wie ein Athlet oder eine Boa, die im gleißenden Mittagslicht glänzen. Die Gouvernante, Fräulein Etta, schlief (dessen konnte man jedoch nie sicher sein) in einem Liegestuhl auf der kleinen Terrasse vor der Strandkabine. Sie war vollständig bekleidet, die Haut an Gesicht, Armen und Beinen war gleichmäßig rosa und sie roch auch gleich, nach Kernseife. Ihr Gesicht war wie eingeschnürt von zwei Schnecken aus weiß-blond-meliertem Haar, die waren aus dünnen, unentwirrbaren Zöpfen zusammengesteckt. Es war sehr heiß, das Meer unbewegt, der Strand fast menschenleer.

Da sah der Knabe jenseits von Gebüsch und Metallzaun hinter den Strandkabinen eine Gruppe von Ausflüglern, die sich spähend vorwärtsbewegten und Schachteln und Taschen trugen. Einige von ihnen reckten neugierig die Hälse, um hinter der Hecke den wellenförmig geharkten Sand und jenseits des Sandes das Meer zu sehen. Der Knabe stand wie angewurzelt still, mit seinen Gedanken wer weiß wo, im Schatten der Badehütte, der die Form eines langgezogenen Häuschens hatte, in der einen Hand den Sandeimer, in der anderen die Schaufel, fast als wolle er seinem runden arglosen Kopf Halt geben. Plötzlich sah er einen Mann über die Hecke klettern. Er rutschte zweimal ab und verfing sich im Drahtgeflechts, das ihm den blauen Anzug zerriß, er schien in großer Eile zu sein, und schließlich fiel er, unter gekreuzten Bewegungen seiner überlangen Gliedmaßen, auf die andere Seite des Zaunes. Eine Weile blieb er als Haufen im staubigen Sand liegen, sah sich um nach links und nach rechts und erblickte das Kind, das ihn beobachtet hatte, und nachdem er sich vergewissert hatte, daß außer ihm niemand da war, winkte er den Knaben zu sich. Tief erschrocken, aber zugleich angelockt, kam der Kleine näher, er rannte, mit Eimer und Schaufel das Gleichgewicht haltend.

Der Mann war aufgestanden. Er hatte den schmalen Platz zwischen zwei leeren Badehütten in der hintersten Reihe erreicht und wartete dort auf das Kind. Er war sehr groß und hager, seine Haut war weiß, sein Gesicht spitz, und er trug eine Brille, deren Gläser trüb und glänzend zugleich waren und so dick, daß man die Augen nicht erkennen konnte. Das Kind sah, daß einer der Metallbügel gebrochen und notdürftig mit schwarzem Zwirn repariert war, auch die Schuhe waren zerschlissen und die Strümpfe bis zum Knöchel heruntergerollt.

Der Mann zog trotz seiner Größe so schnell, daß es an Zauberei grenzte, seine Kleider aus und stand dann nur noch mit einer Unterhose bekleidet vor dem Kind, das tief beschämt und verlegen war. Die Unterhose war weit und aus schwarzem Stoff, mit einem dreieckigen Riß am Hinterteil. Der Mann rollte Schuhe und Kleider zusammen, reichte dem Knaben das riesige Bündel, sagte: »Willst du mir einen Gefallen tun?« und versuchte, mit dem kalten Ende einer überlangen Gliedmaße, das gar keine richtige Hand zu sein schien, das Kind zu streicheln. Gelähmt vor Schreck wich der Knabe zurück, er antwortete nicht, und der Mann wiederholte seine Frage, dann bat er ihn, ganz kurz auf seine Kleider aufzupassen. Er wolle ›seine Füße waschen‹ und das Meer anschauen, das er noch nie gesehen habe. Er würde ihm dafür auch ›Trinkgeld‹ geben. Diese Erläuterungen und die dicke, angebrochene Brille milderten die Angst des Knaben, und gegen seinen Willen wurde er von tiefem Mitleid ergriffen, das ihn zu dem Mann körperlich hinzog. Er streckte die Arme aus, und der Mann reichte ihm das Kleiderbündel. Er betrachtete den Jungen aus der Nähe, wie es Kurzsichtige tun, und da sah er, daß dem Kind Tränen über die Wangen liefen. Er lächelte mit seinem nassen, unförmigen Mund, der nach Wein und Tabak roch, und er sagte: »Haben sie dich zur Strafe in die Ecke gestellt?« Dann verschwand er.

Der Junge sah unten am Strand nur noch zwei dünne, kilometerlange Holzbeine und die schwarze Fahne der zerrissenen Unterhose, die flatterte. Mit einem Mal bekam er Angst wegen der Verantwortung und des Gewichts der Kleider, die er in seinen Armen nicht halten konnte und die in den Sand fielen. Er dachte an den Mann und empfand Haß gegen ihn, er vergaß dabei völlig, was er noch vor einem Augenblick gefühlt hatte. Mit größter Mühe gelang es ihm, das stinkende Bündel zur Strandkabine zu schleppen. Er sah sich nach seiner Mutter und Fräulein Etta um, beide schliefen. Noch einmal nahm er alle Kraft zusammen, trug das Bündel in die Strandkabine und warf es in den hintersten Winkel, aber gerade in diesem Augenblick spürte er im Rücken den Schatten und hörte die schrille Stimme der Gouvernante: »Was ist denn das?«

Das Kind murmelte etwas auf italienisch, denn es fand keine deutschen Worte, und legte beide Hände an seinen runden Kopf, als wolle es ihn stützen, und in der Absicht (was für eine es war, verstand es nicht, und es konnte es nicht verstehen), alles ganz schnell zu erzählen oder um Entschuldigung zu bitten.

Die Stimmen weckten die Mutter auf, die mit einer Hand ihr Haar hochnahm und fragte, was geschehen sei. Fräulein Etta erklärte, was sie gar nicht erklären konnte, weil ihr ja selbst nichts erklärt worden war. Sie brachte nichts heraus als eine Reihe aufgeregter Seufzer, die mit ›ein Mann, ein Mann‹ begannen und endeten.

Man rief den treuen, alten Bademeister, der untersuchte das Kleiderbündel (es war von Fräulein Etta mit schnellen Tritten ihrer Schuhspitzen aus der Hütte herausbefördert worden) und lief dann mit geballten Fäusten den Strand entlang, um den Mann zu suchen. Er wurde sofort entdeckt, am Arm gepackt und unter allerlei Fluchen, Schubsen und Verrenken seiner langen Glieder zu ihnen gebracht. Der Kleine glaubte zu sehen, daß der Mann so tat, als spucke er den Bademeister, der an ihm zerrte, an. Die Mutter sagte: »Lassen Sie ihn los, Giovanni.« Vom Bademeister befreit, näherte sich der Mann der Gruppe und sagte, er zahle selbstverständlich, er sei kein Dieb und habe nie im Leben gestohlen. Er zog aus dem Kleiderbündel eine Art Brieftasche von schwarzem Stoff hervor und hielt sie dicht an die Brille, um Geld herauszunehmen. Die Mutter winkte jedoch ab. »Nein, nein.« Da sah der Mann den Knaben an mit einem Lächeln, das dem Kind schwach und falsch erschien, und wollte ihn streicheln, das Fräulein aber zog ihn fort. Daraufhin ging der Mann mit dem Bündel unter dem Arm und in seiner weiten schwarzen Unterhose und mit langen, gemessenen Schritten davon. Um eine Würde vorzutäuschen, die er schon bei seiner Geburt verloren hatte, strich er sich hocherhobenen Hauptes die dünnen Haare zurecht.

Die Mutter wies den Bademeister an, den Sonnenschirm ein wenig zu drehen, wandte sich langsam um und setzte ihren langen, mit dem schwarzen Badeanzug bekleideten Körper ganz der Sonne aus. Fräulein Etta begann, dem Kind eine Moralpredigt über richtiges Betragen gegenüber ›Unbekannten‹ zu halten. Ihre Pausen wurden immer länger, und so redete sie fast bis zum Sonnenuntergang. Als die Sonne verschwunden war, zog sich die Familie in die Hotelsuite zurück, als wäre es eine Klinik.

Nachts lag der Knabe wach, lauschte dem trägen Wasser der Lagune, das sich zusammen mit den Mondstrahlen auf den Sand legte, und dachte an den Mann. Er stellte sich viele Fragen und versuchte, die richtigen Schlüsse zu ziehen, aus der Brille, aus der weißen Haut, den riesigen Schuhen, aus dem Kleiderbündel, und er versuchte, den Mann zu verstehen. Wieder überkam ihn tiefes Mitgefühl, und zwei- oder dreimal weinte er. Wer war dieser Mann? Ein Dieb? Ein ehemaliger Häftling? Ein Bettler? Ein reicher Mann, der arm geworden war (ob es ihm, wenn er groß war, genauso ergehen würde)? War er krank? Und wie war es möglich, daß er noch nie das Meer gesehen hatte? Besaß er eine Familie oder nicht? Und er selbst, warum hatte er eigentlich geweint? Alle diese Fragen blieben ohne Antwort, und sie verließen den Knaben auch nicht, als er erwachsen war. Aber von diesem Tag an wußte er, eben weil er nie eine Antwort auf seine Fragen fand, daß es die ›Anderen‹ gibt.

AMICIZIA *Freundschaft*

An einem Tag gegen Ende des Winters in den Bergen beschloß eine Gruppe von Leuten, die sich nur flüchtig kannten und zufällig auf einem Berggipfel im eisigen Wind zusammengefunden hatten, mit den Skiern eine lange, einsame Piste abzufahren, die in ein weit entferntes Tal führte. Sie waren zehn, und durch einen glücklichen Zufall war keiner von ihnen wirklich ›erwachsen‹, vielmehr waren sie alle mehr oder weniger schüchtern, und so faßten sie gleich Vertrauen zueinander.

Die zehn Personen waren: Gioia, eine Frau mit sanften jüdischen Augen, die etwas von alter religiöser Tradition hatten, was ihrer Familie den Sinn gab. Carlo, Gioias Mann, groß und blond, kräftig gebaut, mit weißen, ein wenig science-fictionhaften Augen. Adriana war groß und freundlich, etwas zu bemüht, immer freundlich zu sein, dies aber nicht zu früh und nicht zu spät. Mario, Adrianas Mann, zerbrechlich an den Gliedern und im Gesicht, aber mit einem runden Kopf, voller Sehnsucht nach Zuneigung, der alles ausglich. Guido, der am wenigsten Erwachsene, fuhr Ski ohne jeden ›Stil‹, rief an den Steilhängen: »Dich schaffe ich!«, und er schaffte sie; in der Nähe stand nämlich Silvia, eine Mädchenfrau mit mongolischen Gesichtszügen, einem weichen r, die er seit vielen Jahren liebte (und aus der Ferne betrachtete). Sie war von so großer Schönheit, daß jeder, den ihr Blick und ihr Lächeln traf, sich hinfällig und vergänglich vorkam (ohne Silvia hätten sich die zehn niemals durch Zufall getroffen). Sie liebte jedoch Filippo, der etwas von Achilles hatte, aber auch von Patroklos, weil er so ›menschlich‹ war; er hatte Silvia sein Leben geweiht. Der achte war Dabcevich (das genügt). Und dann Pupa, von der die anderen kaum etwas wußten, sie lebte monatelang in den Bergen, hatte gelbe Augen mit kleinen und großen schwarzen Flecken wie die Sonne und fuhr Ski, schweigend und als flöge sie, zwei Dinge, die sie sich vielleicht in der Kindheit dort oben angeeignet hatte, um im Schnee leben und sich behaupten zu können wie die Eichhörnchen und

Hasen. Schließlich war da noch ein Mann, der im Leben nur eines konnte, nämlich die (sich stets wandelnden) Eigenarten der anderen neun und des Wetters zu beobachten, denn er hoffte und forschte nach einem Weg, ohne daß dies von den anderen bemerkt würde, all diese Dinge zwischen ihnen in Einklang zu bringen.

Sie fuhren einer nach dem anderen durch Windstöße und Schnee vom Gipfel ab. Alle außer Pupa und vielleicht Guido, der ›gewissenlos‹ war, waren ein wenig ängstlich, weil jener erste Abschnitt, den sie in dieser Kälte durchfahren mußten, voller Felsen war, die aus dem Schnee herausragten und der dünne Schnee die Fahrt gerade dort beschleunigte, wo ein Abgrund war, und sie anhalten mußten. Sie trafen sich an dieser Stelle, beinahe ohne sich zu erkennen, aber Silvia hatte gesehen, daß der Mann Nr. 10, der letzte, keine Mütze trug. Sie nahm ihr *Yachting-Club*-Tuch vom Hals, ein großes Tuch aus blauer Seide mit den Flaggen aller Länder, und reichte es ihm. Er wickelte das Tuch wie ein Pirat um den Kopf und machte sich als erster (so groß war das Wohlwollen der Göttin gewesen) auf den Weg durch das endlose weiße Tal, das sich leicht geneigt zwischen den hohen Bergen hinzog, die zweite Etappe der Abfahrt. Hier hörte der Wind sogleich auf, und auch die Kälte, die Geschwindigkeit erhöhte sich, weil die Skier im frischen Schnee versanken und sicheren Halt fanden. Die Sonne schien ihnen mit solcher Kraft ins Gesicht, daß jeder diese unglaubliche Schönheit empfand. Pupa hielt sich im Gleichgewicht mit offenen Armen in weiten Kristianiaschwüngen, die nur eine einzige Spur hinterließen (bei der es auch blieb), der zu folgen das Schicksal die anderen hinderte: Gioia sagte leise zu Mario, der an ihrer Seite hinunterfuhr: »Wie schön das ist, findest du nicht, Mario?« Mario empfand einen Augenblick lang für diese an ihn gerichteten Worte eine Dankbarkeit, die sie vorausgesehen hatte; Silvia kauerte sich ›wie ein Ei‹ zusammen, um die Geschwindigkeit zu erhöhen (eine Frage des Luftwiderstands), und dabei lächelte sie in sich hinein mit viel Gefühl und Ironie, Filippo bahnte sich seine ganz eigene und sehr schnelle Spur durch den Schnee, ohne Pupa herausfordern zu wollen. Alle schwiegen oder sprachen leise, nur Dabcevich, der riesengroß und verdreht auf den Skiern stand, bekam einen slawischen, austrischen oder russischen Gefühlsausbruch und schrie: »Sublim, sublim!«, womit er sich für alle Zeiten die Sympathie der anderen sicherte, dann verlor sich das ›sublim‹ in den weiten Lüften der Berge, und man hörte nichts mehr. Im Grunde waren alle sehr glücklich, auf eine so schöne Art, daß sie dieses Gefühl nicht nur den rosafarbenen Bergen, dem Schnee und der Sonne, sondern vor allem ihrem eigenen Nahsein zuschrieben, das sich in diesem Augenblick (einem sehr wichtigen Augenblick ihres Lebens) in Form von zehn farbigen Punkten im Tal darstellte.

Der dritte Teil der Abfahrt wies ›bemerkenswerte Schwierigkeiten‹ auf. Sie fuhren eine vorgeschriebene Strecke, die scheinbar zu einem Abgrund führte, im Schatten gelegen und deshalb vereist, und die in einer weiten Mulde auslief, die wieder in der Sonne lag und auf der eine kleine Hütte stand. Mit etwas Mut hätte man ohne weiteres auf dem Eis herunterfahren können, in der Sonne, wo der Schnee weich ist, schwingen, aber mit hoher Geschwindigkeit, und dann wieder geradeaus durch den frischen Schnee bis vor die Tür der Hütte. Außer Pupa hatte keine der Frauen den Mut, von den Männern nur wenige (Guido war bereits unten, niemand wußte wie), Silvia hielt an, stampfte mit den Füßen auf (mit den Skiern) und rief um Hilfe, Filippo eilte herbei, aber sie weinte und wollte nicht abfahren. Der Mann mit dem Tuch rutschte in ein kleines unbekanntes Tal durch den Neuschnee, überschlug sich zweimal, ohne daß es ihm gelang anzuhalten, und als er an das Schicksal dachte, blieb er in einem Busch hängen, sah zwei völlig verängstigte schwarze Eichhörnchen im Schnee scharren und blieb ein wenig liegen, um sich auszuruhen und nachzudenken. Aber alles ging gut, und als er die Hütte erreichte, wo Filippo gerade eine Hilfsexpedition organisieren wollte, lächelte Silvia, die Augen noch voller Tränen.

Die vierte Etappe war ein Weg am Berghang, einfach zu fahren, mit Winkeln, in denen man verschwand, und wo sich der Mann mit dem Tuch aus Spaß Arm in Arm mit Silvia von Guido ertappen ließ. Guido fuhr vorbei und sagte: »Wie geistreich!« Adriana verlor einen Ski, es schien am Anfang ernst zu sein, aber er wurde von Filippo wiedergefunden, und Pupa, wie immer vorne, wartete, auf ihre Stöcke gestützt, und ordnete, eine Haarnadel im Mund, ihre Frisur.

Der fünfte Abschnitt war eine steile Abfahrt, die ein wenig im Schatten lag, auch sie war einfach, aber nun hatten alle müde Fußgelenke, und es gab ein paar Stürze, nichts Schlimmes. Carlo rief Guido und dem Mann mit dem Halstuch zu: »Folge mir nach, folge meiner Spur!« oder: »Hier! Fahr da, wo ich fahre!«, aber er sagte das nur mit einer Spur Eitelkeit, das heißt mehr liebevoll als eitel. Inzwischen waren die anderen in einem jungen Lärchenwald am Ende des Tals angekommen. Hier mußten sie zu Fuß gehen, sie stützten sich auf die Stöcke, machten ein paar Lockerungsübungen und zogen sich langsam aus. Silvia zog ihre Mütze aus weißer Schafwolle mit dem dicken Bommel ab, das Haar fiel ihr auf die Schultern, und in diesem Moment betraten sie die Hütte, wo sie Eier, Schinken und Kümmelbrot aßen, dazu tranken sie Wein aus einer Klosterkellerei, sie schrieben Postkarten, rauchten, gingen hinaus, nahmen zwei Taxis, und die Sonne ging unter. Der Mond ging auf, weiß wie der Schnee, an einem Himmel, der plötzlich pechschwarz wurde, und sie kehrten nach Hause zurück, müde.

Im folgenden Jahr trafen sich die zehn Freunde (sie waren Freunde geworden) auf demselben Gipfel wieder, diesmal nicht durch Zufall, und fuhren dieselbe Piste hinunter. Um die Wahrheit zu sagen, es waren nicht alle zehn, Dabcevich fehlte, und das tat allen ein wenig leid, mancher fürchtete im stillen, seine Abwesenheit könnte ein Loch reißen, das zwar nicht allzu tief war, aber es hätte werden können, wenn sich noch andere kleine Löcher in der unvorhersehbaren Harmonie ihres Zusammenseins gebildet hätten: Aber dies geschah nicht, denn als sie an der zweiten Etappe der Abfahrt angekommen waren, schrie jemand »Sublim!« Manch einer hatte zunächst Zweifel, weil sich die glücklichen Dinge nicht wiederholen (und doch wiederholen sie sich, oder sie wiederholen sich nicht, es gibt da kein Prinzip); es ist wahr, irgend etwas war anders, am Anfang war kein Sturm, der dritte Teil der Abfahrt war nicht mehr so gefährlich, der Mann mit dem Halstuch trug eine Kappe (dafür kein Tuch mehr), aber sie machten eine Pause in der ersten Hütte, um einen Glühwein zu trinken, den sie im vergangenen Jahr nicht getrunken hatten, sie wärmten sich in der Sonne, die viel wärmer strahlte, sie reichten eine Creme herum, die nach Malzzucker roch, aber leider nicht danach schmeckte, und vor allem sagte jemand zu Silvia, als niemand zuhörte: »Silvia, ich habe dich vorhin angeschaut, etwas ist anders an dir, du bist schöner geworden, aber auch anders als im letzten Jahr.«

»Was ist anders?«

»Ich weiß nicht.«

»Sag schon, was?«

»Irgendwas ist, stimmt's?«

»Ja.«

»Und was?«

»Ich weiß es nicht, aber es stimmt.«

Zwei Jahre später fuhren Pupa und der Mann, den sie den ›mit dem Tuch‹ nannten, dieselbe Abfahrt in einem Windsturm. Überall kamen Felsen zum Vorschein, die Piste war vom Schnee begraben, einen Teil der ersten Etappe mußten sie ›in Stufen‹ absteigen (Pupa nicht, der andere, und Pupa sah ihm gespannt zu) und sie mußten ihr Gesicht mit den Händen bedecken, um sich gegen die Eisnadeln zu schützen, die ihnen mit vielen Stundenkilometern entgegenflogen. Dann beruhigte sich alles wie beim ersten Mal, am zweiten Abschnitt, da, wo das heitere Tal auftaucht: Der Wind legte sich und die Wolken, wandelbar wie Silvia, zerstreuten sich wer weiß wohin und hinterließen einen blauen Himmel.

Jahre später trafen sie sich noch einmal in jener Gegend von Berg und Tal, die sie beim ersten Mal so glücklich gemacht hatte. Dann trafen sie sich dort nicht mehr, die Jahre vergingen, sie blieben Freunde und überließen anderen ihren Platz.

ANIMA *Seele*

An einem Sonntag im Juni begann ein Hund namens Bobi, der einen Herrn hatte und doch wieder nicht, eine ausschweifende, aber durch zahlreiche Pausen unterbrochene Runde durch die Straßen einer italienischen Stadt. Es war in den ersten Nachmittagsstunden, nur wenige Menschen waren unterwegs, vielleicht schliefen sie oder waren im Kino oder machten einen Ausflug auf die Hügel. Die Glocken einer romanischen Kirche erklangen hell, aber weniger hell als am Morgen, der Ton drang in die langen, schattigen Arkaden einer alten, menschenleeren Straße, durch die der Hund mit kleinen Sprüngen lief. Bis jetzt hatte er auf einem Hinterhof in einem Unterschlupf aus großen Nudelkartons von Barilla auf die Rückkehr des Mannes gewartet, den er für sein Herrchen hielt (der Mann, der ihm den Unterschlupf gebaut hatte, ohne sich allerdings darüber hinaus auf ihn einzulassen), aber dieser, der so gut wie niemals kam, kam auch heute nicht, und so fühlte sich Bobi, wenn auch schweren Herzens, moralisch gerechtfertigt, auf Tour zu gehen.

Er wurde von nur einem Bedürfnis (dem Hunger), aber von zahlreichen Gefühlen angetrieben: Zuallererst von dem unwiderstehlichen Reiz, in unterschiedlichsten Kombinationen eine größtmögliche Anzahl von Gerüchen zusammenzusammeln; außerdem von Langeweile, die bei Hunden anders, aber doch nicht so anders ist als bei Menschen; und von dem Wunsch nach Gesellschaft; und von Eigenliebe, die durch die Haltung seines Herrn verletzt worden war, den er liebte, ohne je sicher gewesen zu sein, daß diese Liebe erwidert wurde; schließlich von seiner Fröhlichkeit, die von seinen gut drei Vierteln blauen Bluts herrührte. Bobi war ein Bastard, aber ›in seinen Adern‹ floß ein großer Anteil Blut eines Terriers mit glattem Fell und nur ein winziger Anteil von Unreinheit, der vor allem von kurzbeinigen Hunden stammte. In ihm hatte der Cocktail ein gutes Ergebnis hervorgebracht, das Überlegenheitsgefühl des Rassehundes hatte gegenüber dem Minderwertigkeitskomplex des Bastards beinahe die Oberhand gewonnen. So lief Bobi auf kurzen Beinen, aber mit hocherhobenem Haupt herum. Oft trabte er voller Ausgelassenheit daher, nur manchmal galoppierte er wie jemand, der die unabsehbaren Folgen einer unsicheren Abstammung fürchtet.

Von dem Terrier mit glattem Fell hatte Bobi eine der wichtigsten Eigenschaften geerbt, nämlich bei Erregung zu zittern, und die Fähigkeit, aus dem Stand von unten plötzlich senkrecht nach oben zu springen, was allein durch einen nervlichen Impuls ausgelöst wurde. Dank dessen hatte ein Mann von unstetem Wesen, aber fähig zu spontaner Sympathie und Abneigung ihn (eines Tages) höchst sympathisch gefunden, hatte ihm eine Hundehütte aus Kartons gebaut, und manchmal ging er mit ihm spazieren (jedoch ohne Hundeleine, wie Bobi es sich gewünscht hätte) und kümmerte sich um ihn, wenn auch sehr vage. Dennoch war Bobi, vielleicht aus den erwähnten Gründen, vielleicht aber viel einfacher wegen seines Charakters, kein glücklicher Hund. Er war jedoch sehr kräftig und hochintelligent (auf jeden Fall verstand er das Leben), und wegen dieser beiden Eigenschaften zusammen war er ›im Grunde genommen‹ gut. Er war kein Snob wie alle Rassehunde, aber er war auch nicht weinerlich oder aufbrausend oder allzu glückheischend wie alle Bastarde; er war ›unabhängig‹.

Der Hunger hatte ihm nie Schwierigkeiten bereitet, immer hatte er bereitwillige Wohltäter gefunden; fehlten ihm die Wohltäter, gab es immer noch Mülltonnen, in denen Bobi mit der langen Schnauze des Fuchsaufstöberers (es scheint fast, als hätten die Terrier ihren gesellschaftlichen Aufstieg vor vielen tausend Jahren so begonnen) in einem Augenblick die besten Sachen aufspürte, wobei er alles durch die Luft schleuderte. An diesem Tag sah er, wie zwei Katzen, eine weiß und rötlich, die andere rötlich, von einem Fenster heruntersprangen. Er begriff alles sofort, verlor aber keineswegs die Fassung, vielmehr fiel er von einem wenig ernsthaften Galopp in einen ernsten und bedrohlichen Trab; aus einem Fenster fiel eine nasse Tüte, die am Boden aufplatzte, voller Spaghetti. In diesem Augenblick sahen die beiden halbkahlen Katzen einen Hund, der mit einem Gejaule, als würde er abgeschlachtet (Terriererbe), im gestreckten Galopp auf die Tüte zuflog. Die beiden Katzen verschwanden mißmutig, Bobi fraß alles in Ruhe auf, ohne sich um die Protestrufe der Alten zu kümmern, die oben am Fenster stand und zwei Eimer Wasser über ihm ausgoß.

Als er die ganze Tüte aufgefressen hatte, trottete er weiter, lief um eine Ecke, dann um eine weitere und stieß auf die erste Unannehmlichkeit: Ein echter Terrier mit glattem Haar, den er vom Sehen kannte, stand da, etwa zwanzig Meter von ihm entfernt, an der Leine gehalten von einem äußerst liebevollen Herrchen, einem Verrückten mit einer dicken Brille, der wie schon manches Mal auf Bobi zeigte und schrie: »Schau, Biri, dein Feind!« Ein höllisches Gebell brach los, Biris Herrchen lachte schallend, aber es dauerte nicht lange, weil Bobi nur der Form halber heulte und sich dann verzog; nachdem er um zwei oder drei Ecken gelaufen war, kam er ruhig zurück. Er kannte eine Stelle, ein Holzlager im Freien und eine aufgelassene Kirche, wo sich Hunde versammelten, aber es war keiner da, er schnüffelte längere Zeit herum, fand aber keine frischen Spuren.

Also lief er in Richtung Park, einen gefährlichen Ort für Hunde wie ihn, dafür aber war er sicher, dort Gesellschaft zu finden; meistens waren dort Bekannte, eine Art ›Mohr‹, ein Räuberhund, der schon ein bißchen alt war, eine schwankende, feiste Halbblinde, eine unkenntliche

Mischung aus Krüppel und uralt, die Stadtverwaltung duldete sie (beide waren sie ungeheuer gierig auf Gerüche, aber dabei wahllos und ein wenig widerwärtig wie alle Alten), und eine überaus leichtfertige, ein wenig verrückte Hündin, die oft für Monate verschwand, und zwei Halbschnauzer, ›sehr intelligent und sympathisch‹, die wer weiß wie lebten, vielleicht kümmerte sich jemand um sie. Aber an diesem Sonntag war nicht ein einziger Hund da, nur eine Militärkapelle spielte und erregte Bobi dermaßen, daß er bis zum Schluß blieb; dabei schnüffelte er zwischen den wenigen Zuhörern herum, sie hatten nichts dagegen.

Vom Park aus lief er in die großen Straßen der Stadt, in denen viele Fahnen gehißt waren, noch mehr Musikkapellen spielten und Männer in Uniform mitten auf der Straße gingen. In einer Einfahrt, die auf einen Hof führte, traf Bobi völlig unerwartet vier Hunde, die ebenso überrascht waren wie er. Nach einem Moment schlossen sie Freundschaft, eigentlich viel mehr als Freundschaft. Bis zu diesem Augenblick waren sie streunende Hunde gewesen und einander völlig unbekannt, und jetzt, wer weiß durch welchen Zufall im Schicksal aller Lebewesen, waren die fünf nicht mehr nur armselige hündische Objekte (drei von ihnen waren scheußlich, einer lief auf drei Beinen, die anderen waren zerfetzt von Raufereien und Bißwunden, die sich in den Mäandern ihrer Stammbäume verloren), sie waren vielmehr eine soziale Gruppe (sehr klein), ein historischer Faktor (ganz winzig, versteht sich), gewissermaßen der Entwurf zu einer politischen Organisation (hatte die Elite nicht schon immer aus wenigen bestanden?), vielleicht schon mit einem Programm, so schien es wenigstens. Da waren die Fahnen, die Musikkapellen, Männer marschierten in Uniform und sangen vielleicht sogar Hymnen, aber vor allem erfüllten die fünf Tiere einen Auftrag, sie gingen geschlossen im Trott auf der Mitte der Straße, die von Ratten angenagten Ohren im Wind, boten einen Anblick von Hoffnung und Vertrauen, der nicht Hunden, sondern höheren Wesen zukommt.

Sie verlebten zwei Stunden ›von enormer Bedeutung‹, nahmen, ohne je fortgejagt zu werden, an großen und kleinen Versammlungen teil, die im Lauf des Tages stattfanden. Zweimal wurden sie von Rassehunden gestört, das eine Mal von einem schwarzen Wolfshund, der sein Frauchen zu ihnen hinzerrte, aber nicht, um zu streiten, nur um beschnuppert zu werden und selber zu schnuppern; und das andere Mal von Zwillingen, fürchterlichen Rüden, zwei Dobermännern, zwei SS-Hunden, die von einem Jeep sprangen, um sie anzufallen. Aber zum Glück trugen sie Maulkörbe. Diese Erscheinung erschreckte sie sehr und erschütterte endgültig das Bündnis der fünf.

Sie flohen, so weit sie konnten. Sie fanden sich, ohne zu wissen wie, weit entfernt vom Stadtzentrum wieder, fast bei einer Autobahnauffahrt, ohne eine einzige all der Hoffnungen von kurz vorher. Sie waren nun wieder Hunde und sonst nichts.

Der Dreibeinige versuchte, noch etwas aus dem Sonntag zu machen (die Sonne ging jedoch bereits unter), mit zwei Dosen und der Verfolgung eines Abschleppwagens, aber keiner folgte ihm außer Bobi, der nach hundert Metern stehenblieb, betäubt von den Dieselabgasen. Er wich taumelnd aus, auf die rechte Seite des Abschleppwagens, und in dem Moment wurde er von einem Motorrad angefahren, das bremste, ins Schleudern geriet und dann weiterfuhr. Der Stoß tat ihm sehr weh, aber Bobi kam doch langsam, ganz langsam bei seinem Unterschlupf an, und dort starb er, ohne noch auf seinen Herrn zu warten, der nie kam.

Ganz zufällig kam am nächsten Tag sein Herrchen oder eben der Mann, der es nach Bobis Überzeugung war, dort vorbei. In tiefem, flüchtigem Schmerz erinnerte er sich an Bobi und so manche seiner Vergnügungen und fragte sich (oder sagte er es?) ein sehr schönes und seiner würdiges Wort: »Hunde haben eine Seele.«

Eines Tages fuhren eine Mutter und ihr achtzehnjähriger Sohn – sie sahen sich sehr ähnlich, lebten in bescheidenen Verhältnissen und waren von einfachem Wesen – in einen Ferienort, dessen Namen die Mutter zufällig von anderen Frauen gehört hatte. Es war ein nicht allzu hoch gelegener Platz im Gebirge, eine Art großer Park mit Rehen und Eichhörnchen, in einer Senke zwischen zwei Bergen, nicht weit von einem berühmten Ossarium, in dem man noch immer die sterblichen Überreste der italienischen Soldaten sammelte, die während des Krieges von 1915–1918 in dieser Gegend gefallen waren. Dort in der Nähe war zwischen den beiden Weltkriegen ein großes Hotel mit wunderschönen Zimmern gebaut worden, und der Zufall wollte, daß der Hoteldirektor und der Ehemann vor vielen Jahren gemeinsam die Schule besucht hatten. Sie wechselten Briefe miteinander, durch die die Familie noch Genaueres über Klima, Verpflegung und Preise erfuhr, die eingedenk der weit zurückliegenden Freundschaft sehr günstig waren.

Sie erfuhren, daß im Hotel Ballabende mit Orchester stattfanden, und die Mutter, die noch nie in Ferien gewesen war oder zumindest nicht in Ferien, die einen so in Anspruch nahmen, begann viele Tage vor der Abreise mit dem Kofferpacken. Die Gegend sollte voller Alpenveilchen sein, die einem gar keine andere Wahl ließen, als Ausflüge zu unternehmen, und der Sohn hatte vor (jedoch hütete er sich, der Mutter davon zu erzählen), einen Kletterkurs an den felskantigen Abhängen der beiden Berge zu machen, die auf den Postkarten abgebildet waren. Die Küche war angeblich ausgezeichnet, morgens gab es Milchkaffee oder Tee, Butter und Marmelade, mittags zwei bis drei Gänge mit Beilagen, dann Obst und für jeden ein Viertel Wein (Flaschenwein wurde natürlich gesondert berechnet), abends gab es eine etwas leichtere Mahlzeit und Brot »nach Belieben«. Zu den Stammgästen zählten, so hieß es, die Kinder eines dort ansässigen Großindustriellen mit ihren Familien, die diesen Ort besonders schätzten, da ihr Vater das Hotel hatte bauen lassen, das später an eine Gesellschaft verkauft worden war.

Die Mutter dachte dauernd an jene Familien und an die Tanzfeste, denen sie natürlich nur zusehen würde, an denen ihr Sohn jedoch teilnehmen müßte. So brachte sie einen vom Vater nie getragenen Smoking zum Schneider, wo er nach den Maßen des Sohnes geändert wurde. Der Kleiderberg wuchs täglich, und so wurde ein Koffer angeschafft, den der Sohn am Tage der Abreise nicht heben konnte, obwohl er alle Kraft zusammennahm. Sie riefen einen Gepäckträger, der jedoch mißmutig brummte.

Der Vater begleitete sie zum Busbahnhof, und als Mutter und Sohn sich auf ihren Plätzen gleich hinter dem Fahrer, wo einem nicht so leicht übel wird (aus diesem Grund waren sie frühzeitig zum Bahnhof gegangen), niedergelassen hatten, der ziegelrote Koffer hinaufgehievt war und weitere vier oder fünf Reisende Platz genommen hatten, fuhr der Bus ab, und er kehrte mit langen Schritten in die Stadt zurück. Er war aus zwei Gründen guter Laune: einmal, weil er einen Monat lang allein mit der Katze zu Hause sein würde, und außerdem, weil Mutter und Sohn, die er für unglücklich hielt, jetzt zufrieden waren. Er war auch ein wenig ergriffen, insgeheim und ohne es sich einzugestehen (er hatte einen ganz feinen Schnurrbart), weil er an die Zeit dachte, als seine Frau eine sehr arme, unverheiratete Mutter war, er erinnerte sich an das Kind, das nicht seines war und das ihn ›Onkel‹ nannte, und schließlich dachte er an die Situation der Familie im allgemeinen, die ihm als solche schon nahe ging, aber an jenem Tag noch mehr, wegen der aufregenden und unbeholfenen Abreise in die ersten richtigen Ferien ihres Lebens.

Mutter und Sohn, die aus den erwähnten Gründen sehr aneinander hingen, hatten eine bequeme Reise, und nach drei Stunden (sie waren um sechs Uhr morgens abgefahren) tauchten die ersten Umrisse der Berge vor ihnen auf, in denen das Hotel versteckt lag. Dem Sohn wurde doch ein wenig übel, er merkte es kaum, aber es genügte, ihn zwei oder dreimal den Platz wechseln zu lassen. Zwischen zwei engen Kurven schlummerte er schließlich sanft ein, wachte jedoch sofort wieder auf und übergab sich. Er fühlte sich ein wenig wohler, hielt es jedoch für besser, die Reise ans Fenster gelehnt fortzusetzen, wo er in vollen Zügen die kalte Luft einatmete und in Richtung Gebirge nach dem Hotel Ausschau hielt.

Das Wetter an diesem Tag war wechselhaft, mal voller schwarzer Wolken, dann strahlte die Sonne wieder, der hohe, gewaltige Bau des Ossariums kam zuerst in Sicht, und die Mutter sagte: »Schau, das Ossarium«, dann kroch der Bus in die Wolken, die durch das Fenster hereinkamen und sich wieder verzogen, schließlich hielt er an. Der Fahrer rief »Ossarium, Ossarium«, aus Gewohnheit, denn außer ihnen mußte ja niemandem die Haltestelle angekündigt werden, er holte den Koffer herunter, fuhr wieder an, und der Bus und das Geräusch des Busses verschwanden sogleich im Nebel.

Aus der Finsternis tauchte der Hoteldirektor auf, mit einem breiten Willkommenslächeln unter von Pomade glänzendem Haar, auf dem die vom Kamm gezogenen Furchen sichtbar waren. Er lächelte immer noch, auch nachdem er den Koffer hochgehoben hatte, und nach zwei oder drei Schritten standen sie vor einer Mauer. Sollte das das Hotel sein? Hier an der Straße? Die Mutter fragte danach, und der Hoteldirektor, ganz von Nebel eingehüllt, erklärte ihr, das alte Hotel, das auf den Postkarten, existiere nicht mehr, es sei im Krieg zerstört worden, die Restaurierungsarbeiten sollten aber in Kürze beginnen.

Sie betraten eine Art Bahnwärterhaus mit Speisesaal und Bar und gingen dann in die Zimmer hinauf, auf den Betten lagen zusammengerollte Matratzen. Der Hoteldirektor probierte zwei- oder dreimal die Lichtschalter, dann lief er mit den Worten »ich schicke sofort das Zimmermädchen« hinunter, und kurz darauf erschien ein Mädchen mit flachsblondem Haar, mit einer Statur wie ein Felsen und gekleidet wie ein Zimmermädchen. Mutter und Sohn zogen sich jeder in sein Zimmer zurück, der

Sohn öffnete das Fenster, von dem man in einen alten Schützengraben mit Stacheldraht und gegen eine Felswand blickte, die fast senkrecht bis zur nächsthöheren Straßenkehre anstieg.

Fünf Minuten später fanden sie sich warm eingepackt auf der Straße wieder. Die Wolke, die kurz vorher noch da gewesen war, hatte sich verzogen, aber andere Wolken warteten bereits wenige hundert Meter entfernt, als würden sie gleich die enge Schlucht hinuntersteigen und sie verschlingen. Eine sehr steile grüne Wiese ragte wie eine Wunde in einem dichtbewachsenen Lärchenwald zum Gipfel hin, der ganz und gar von dem gewaltigen Ossarium beherrscht wurde. Mehrere menschliche Gestalten bewegten sich auf dieser kleinen Wiese, eine von ihnen flatternd und schwarz, sie riefen sich Dinge zu, auf spanisch, wie es schien.

Hoch oben hörte man aus irgendeinem Teil der Schlucht die hellen Glöckchen der Ziegen und die langsamen Glocken der Kühe. Mutter und Sohn wandten sich den menschlichen Gestalten zu, aber da senkte sich die Wolke, schnell und als habe das Ossarium sie ausgehaucht, so dicht, kalt und aschgrau auf sie herab, daß sie stehenbleiben mußten. Die Wolke zog vorbei, und sie standen den anderen Feriengästen gegenüber, die sich vorstellten. Es war ein Pfarrer mit vier Neffen und Nichten, eine von ihnen war rothaarig, mit Sommersprossen übersät, und sie hielt einen dicken Alpenveilchenstrauß in der Hand. Sie sah den Sohn auf eine gewisse Art an.

Beim Mittagessen lernten sie einen weiteren Feriengast kennen, ein Fräulein mittleren Alters mit männlichen Gesichtszügen und wie ein Mann gekleidet. Das Haar trug sie kurzgeschoren, und auf ihrer Schulter saß ein Sperling, der genau wie sie alle Anwesenden unverwandt anstarrte. Zu den Neuankömmlingen gewandt, sagte die Frau barsch: »Sie brauchen mich nicht so anzuschauen, ich habe Typhus gehabt.«

Am Nachmittag klarte es auf, und Mutter und Sohn machten einen Spaziergang bis zur Fugazza-Hochebene, dort fanden sie die Trümmer des Hotels, eines großen rosafarbenen Baus, auf dem das Feuer schwarze schnurrbartförmige Spuren hinterlassen hatte, die von Jugendstilfenstern nach oben stiegen. Sie sahen sich die Reste eines großen Ballsaals an, den Vandalen besudelt hatten.

Gegen Abend, als alle im Speisesaal zusammensaßen, (draußen nieselte es), sagte die Frau mit den männlichen Zügen, daß in dem Haus, in dem sie sich jetzt befanden, alle Mitglieder der japanischen Botschaft, die auf der Flucht nach Deutschland waren, im April 1945 von Partisanen entdeckt und erschossen worden waren. Sie stieß ein kurzes, wieherndes Lachen aus und fügte hinzu, weder die Leichen noch der Schatz, den sie mit sich führten, seien jemals gefunden worden; sie müßten irgendwo in der Nähe sein. Sie aßen zu Abend: Brühe mit Einlage, Käse und Marmelade, Polenta und Brot, einen Pfirsich. Die Mutter murmelte erst etwas zwischen den Zähnen, dann wurde sie wütend, in der ihr eigenen kindlichen Weise. Sie beschwerte sich beim Direktor und sagte laut: »Sie sollten sich schämen! Und würden Sie bitte die Güte haben zu schweigen.«

Der Direktor schwieg. Die männliche Frau sah sie von ihrem Tisch aus an, sie reichte dabei in regelmäßigen Abständen dem Sperling mit den Lippen Essen, das er mit kleinen Küßchen wegpickte. Auch der Pfarrer sah sie an, zustimmend, aber auch mißbilligend. Die Mutter stand vom Tisch auf und verließ den Speisesaal in ihren orthopädischen Pantoffeln aus rosafarbenem Leder. Der Sohn wußte nicht, was er tun sollte: Er ging eine Weile mit der Nichte des Pfarrers hinaus, aber obwohl sie ihn auf gewisse Art angesehen hatte, bedeutete ihm das überhaupt nichts. Er dachte: »Einen Monat lang muß ich hierbleiben. Unmöglich.« Er ließ die Nichte des Pfarrers stehen und ging auf sein Zimmer, wo er mit den Fäusten gegen die Wand hämmerte.

Nachts reichten die Decken nicht aus, weil es kälter und kälter wurde, der Direktor wurde gerufen, er brachte noch mehr Decken, aber mitten in der Nacht ging die

Mutter zum Sohn, weil sie nicht schlafen konnte; sie hatte ihre Flasche Kölnisch Wasser auf die Matratzen geschüttet, weil sie nach Schimmel rochen, sie sagte, sie sei sehr traurig und irgendwann weinte sie ›aus Enttäuschung‹. Was konnten sie tun? Sie grübelten und überlegten hin und her, und dabei hellte sich ihre Stimmung ganz langsam wieder auf. Sie sagten sich, daß das Hotel für einen Monat reserviert war, daß die ›Anzahlung‹ überwiesen worden war, daß es dem ›Onkel‹ mit der Katze zu Hause gut ginge, daß der Hoteldirektor im Grunde ein freundlicher Mensch war, aber eben keine glückliche Hand hatte, sie sagten noch viele Dinge, ernste und vernünftige, aber jetzt war ihre Stimmung schon umgeschlagen.

Um fünf Uhr morgens bestiegen sie den Bus (dem Sohn war, als sei der Koffer leicht), die Mutter sprang auf das Trittbrett, sie entschuldigte sich beim Direktor, dankte ihm und erklärte, sie sei allergisch gegen die Matratzen. Der Direktor berührte ihren Arm, vielleicht hoffte er, sie zurückhalten zu können, und versprach, ihr andere Matratzen zu geben, jetzt sofort. »Nein, nein, ich habe ein Herzleiden, ich habe Asthma«, sagte die Mutter angewidert, ließ sich in den Bussitz fallen und lachte in sich hinein. Da begriff der Direktor, daß er nichts mehr tun konnte, und verbarg vor Bedauern sein Gesicht in den Händen. Er unternahm einen letzten Versuch und sagte: »Ich schreibe sofort an Mario« (Mario war der ›Onkel‹, der Ehemann), aber es war ihnen völlig gleichgültig, ob er nun an Mario schrieb oder nicht. So schön war das Leben.

ANTIPATIA *Abneigung*

Ein Mann, der ein wenig träge war und sich nie für Politik interessiert hatte, trotz der Vorwürfe, die es von allen Seiten regnete – ›Jede menschliche Handlung ist politisch‹ –, hörte eines Tages das Telefon läuten, es klang ihm unangenehm in den Ohren. Im Gegensatz zu vielen Menschen, die unbeirrt alle Dinge mit dem Verstand erklären, unternahm er selten diesen Versuch. Er begnügte sich, vielleicht seiner Trägheit wegen, damit, von Menschen und Dingen Signale aufzufangen, die, ohne daß er sie hätte erklären müssen, ihre Erklärung selbst enthielten. Wenn ihm zum Beispiel an diesem Tag das Klingeln des Telefons unangenehm war, war dies nicht ein mit Vernunftgründen zu ›vertiefendes‹ Gesetz, sondern er nahm es als gegeben hin. Das Läuten war bei anderer Gelegenheit durchaus angenehm, vibrierend oder frech oder geschwätzig und verhieß Gutes und Freundliches. An diesem Tag aber, wie leider schon manches Mal, war es nicht so: Vielleicht war es schon der erste Klingelton gewesen, der ihm zu lang und in gewisser Weise aufdringlich erschienen war, vielleicht war es das vielfache Wiederholen des Klingelns, ohne daß der Anrufer des Wartens müde wurde (was von stumpfer Hartnäckigkeit, einem zähen Naturell zeugte, das nie fürchtete, lästig zu sein), jedenfalls empfand der Mann in diesem Augenblick Abneigung gegen den Anrufer.

Er hoffte, daß die Person, wer immer sie sei, sein Gefühl Lügen strafen möge, aber er glaubte nicht so recht daran, und schließlich nahm er widerwillig den Hörer ab. Am anderen Ende der Leitung vernahm er eine süßliche Stimme, sie klang verstellt und erschien ihm völlig fremd, auch nachdem sie einen Namen genannt hatte. Er kannte die Person eigentlich gut, doch in diesem Augenblick waren ihm der Name und auch der Klang der Stimme entfallen. Es war jemand, den in jenen Jahren viele für bedeutend hielten, besser gesagt meinten viele, es sei ein Zeichen der eigenen Bedeutsamkeit, dies zu tun. Er hatte allerdings ein häßliches, knochiges Gesicht, wie eine Faust geformt, sein Mund war eingeschlossen in eine Höhle aus Knochen wie bei manchen Zahnlosen, besonders auffällig aber waren seine Augen, die sich ständig hin- und herbewegten und nie in den Augen dessen verweilten, mit dem er gerade sprach.

Wer anderen nie in die Augen schaut, sondern nervös seinen Blick hin- und herschweifen läßt, ist immer unerquicklich; bei ihm aber war es noch unerträglicher als sonst, denn es war nicht die Unruhe eines wahrnehmenden Menschen, was da zum Ausdruck kam, sondern die tierisch schlaue Ängstlichkeit der Äffchen, die ihr Gegenüber nie anschauen, sondern immer den Blick auf irgendwelche Gegenstände heften, vorhandene oder eingebildete, greifbare und eßbare: Genauso sah dieser Jemand Menschen und Dinge an und schätzte sie dabei sofort nach ihrer Greifbarkeit und Eßbarkeit ab, niemals jedoch achtete er auf ihre wirkliche Qualität. So war es ihm gelungen, eine große Menge Wissen anzusammeln, das zwar ohne Wert, aber zu jener Zeit äußerst beliebt war und ihm den Ruf einer einflußreichen Persönlichkeit eingebracht hatte.

Er redete ihn mit ›du‹ an und trug mit süßlicher Stimme sogleich sein Anliegen vor. Er bat um eine Unterstützung für einige spanische Flüchtlinge, die gegen das Franco-Regime kämpften und sich zur Zeit in Italien aufhielten. Er sagte, er habe sich an ihn gewandt, weil er ein ›bekannter Progressiver‹ sei und doch sicher gerne zum ›Prozeß der Revolutionierung‹, der sich in jenem Land vollzog, beitragen würde.

Der träge Mann empfand aus zwei Gründen unwillkürliche Abneigung: einmal, weil diese Worte keinen Sinn ergaben, und außerdem, weil er sich selbst für ungebildet hielt, den anderen daher um seine Sprachgewandtheit beneidete, darum, daß er sich Worte, die nicht nur sinnlos, sondern auch äußerst schwierig auszusprechen waren, mühelos aneignen und sie auch wiedergeben konnte. Er bezwang seine Trägheit, die ihm wohlvertraut war und die stets einer Abneigung entsprang (Trägheit und Abneigung gingen sogar Hand in Hand), und gab zur Antwort, daß er sich nicht für einen ›bekannten Progressiven‹ halte, da er sich nicht für Politik interessiere (der andere begann sofort mit ›jede menschliche Handlung ist politisch‹, als wolle er eine jener endlosen und langweiligen Belehrungen beginnen, die im Leben bedauerlicherweise vorkommen, am Telefon aber tunlichst zu vermeiden sind). Dann sagte der Mann, daß er die Flüchtlinge nicht persönlich kenne, schließlich wiederholte er noch einmal, daß er, da er sich nicht für Politik interessiere, wie sollte er sagen ... nichts beitragen wolle.

Es entstand eine Pause, während der sich der Mann den Einwand des anderen ausmalte, der dann tatsächlich wenige Sekunden später erfolgte. Er lautete so: »Schau, denk mal nach, das ist ein klassischer Irrtum. Es bedeutet, daß du ein Opportunist bist, um nicht zu sagen ein Faschist.« Dieser Verweis, mit der immer gleichen süßlichen Stimme ausgesprochen, sollte ihn wohl provozieren und zur Selbstrechtfertigung auffordern.

Da er ihn aber vorhergesehen hatte, bewirkte er überhaupt nichts, und der Mann antwortete mit natürlicher, fast demütiger Stimme: »Kann schon sein, ich verstehe davon nichts.« Der andere ließ nicht ab: »Du solltest mal einen Therapeuten aufsuchen« und erwartete ein »Warum?«, das jedoch ausblieb, statt dessen hörte er nur einen langen Seufzer. Also änderte er den Tonfall, nicht aber die Stimme, und sagte: »Treffen wir uns mal abends? Wir sehen uns nie«, und der Mann antwortete, er sei im Begriff zu verreisen, für mehrere Monate. »Und wann kommst du zurück?«

»In sechs Monaten erst, vielleicht später, aber wenn ich zurück bin, dann gerne.«

Sie unterhielten sich noch eine Weile über die Reise, die der träge Mann gerade schnell erfunden hatte, und so wurde das Gespräch schwierig und zäh, weil der ›andere‹ Einzelheiten über Orte und Zeitpunkte erfahren wollte, aber schließlich hörte er auf zu fragen.

Die entsprechende Zeit war verstrichen, da hörte der Mann, der sich an all das nicht mehr erinnerte, eines Tages wieder das Telefon in unangenehmer Weise läuten, nahm aber in verträumter Arglosigkeit den Hörer ab. Es war derselbe Anrufer. Er bat um eine Unterstützung für einige palästinensische Guerillakämpfer, die sich gerade im Land aufhielten. Er erhielt eine Absage, wiederholte darauf die Argumente, die er bereits vor einigen Monaten vorgebracht hatte, warf ihm sträfliche ›Gleichgültigkeit‹ und mangelnde Dialogbereitschaft vor, durch die er sich schuldig mache. Der Mann gab zu, zum ›Dialog‹ nicht die geringste Lust zu haben, nicht etwa aus bösem Willen, sondern aus mangelndem Wissen.

Wieder verging Zeit, und noch einmal hörte der Mann das Telefon unangenehm klingeln. Er hatte die vorangegangenen Gespräche vollkommen vergessen und nahm auch dieses Mal mit einem Seufzer den Hörer ab. Es war nicht der ›andere‹, sondern eine Frauenstimme, die um seine Unterschrift und um Hilfe bat, er sollte eine politische Zeitschrift abonnieren, die damals groß in Mode war. Der Mann sagte sein Verslein auf und lehnte ab. Da merkte er, daß es acht Uhr war, ein Sonntagmorgen, hellerleuchtet von der Sonne, fast ohne Schatten, und ihm wurde klar, daß seine Ablehnung gerechtfertigt war, nicht nur durch zahlreiche Gründe, die er jedoch nicht weiter ›vertiefte‹, sondern auch durch die Natur. Das Telefongespräch fiel auf einen ungünstigen Tag und Zeitpunkt, das Wetter paßte in keiner Weise zum Jahresabonnement einer elitären politischen Zeitschrift. Im übrigen hatte sich die Frau, wie man ehrlicherweise sagen muß, sehr kurz gefaßt, aber sie hatte vom ›Podium des Kampfes‹ gesprochen, und dieser Ausdruck war ihm äußerst zuwider, denn er erinnerte ihn an den Boxring, in dem er einen Mann hatte sterben sehen.

Eines Tages saß der Mann dem ›anderen‹ bei einem Abendessen gegenüber. Er spürte sofort, daß es ihn zu ›diskutieren‹ gelüstete, und er seufzte. Er konnte nicht weggehen, denn der Platz war ihm von der Gastgeberin zugewiesen worden; er sah oder glaubte zu sehen, daß am Tisch einige wunderschöne Frauen und äußerst sympathische und interessante Männer saßen, von denen ihn das Schicksal jedoch ferngehalten hatte. Der ›andere‹ hatte schon zu sprechen begonnen, aber der Mann nahm ihn kaum wahr, er lauschte gespannt den Pikanterien der Gastgeberin und der anderen Gäste, die, wie er neidvoll feststellte, lachten. Er beobachtete sie aus den Augenwinkeln, er verstand kaum etwas, aber aus Sympathie zu ihnen lächelte auch er: Der Wein, ein exquisiter Brunello di Montalcino, das vorzügliche Roastbeef, das die Gastgeberin vom Koch hatte auftragen lassen, damit er es vor den Augen der Gäste mit einem feinen blitzenden Messer gekonnt aufschnitt, die lockeren *pommes soufflées*, die schwarzen, tiefgründigen Augen einer Frau, die am anderen Tischende saß, und ihr kleines Lachen, glucksend wie Quellwasser, all dies ließ seine Lippen sich zu einem Lächeln formen. Aber der ›andere‹ verstand es nicht; er glaubte, die Bedeutung dieses Lächelns zu begreifen, in einer Weise, die dem Mann ganz unbekannt war. Aus nicht weniger unbekannten Gründen wandte er sich mit lauter Stimme an ihn, um seine und vielleicht die Aufmerksamkeit der anderen auf sich zu ziehen, und sagte: »Da du dich auf keine Alternative einlassen willst, bist du wohl auf seiten der Obristen …«

Der Mann, der vorher überhaupt nicht zugehört hatte, erschrak für einen Augenblick angesichts dieser unbekannten und unzusammenhängenden Worte, und er dachte an Heere und militärische Dienstgrade, um antworten zu können; seine Lippen lächelten immer noch, auch wenn das Gefühl, das dieses Lächeln auslöste, durch ›irgend etwas‹ (er wußte nicht, was) gestört worden war. Er sagte, daß er, da er keinen Militärdienst geleistet habe und sich dort nicht auskenne, sich leider nicht dazu äußern könne. Dumpfheit überkam ihn, während er so redete, aber zur gleichen Zeit, als er das Gesicht des ›anderen‹ sah, begriff er wie in einem Damespiel, um welche Obristen es sich handelte: die, welche in jenen Jahren in Griechenland die Macht an sich gerissen hatten. Aber darum ging es gar nicht: Der ›andere‹ sprach von italienischen Militärs. Von der dumpfen Unwissenheit seines Gesprächspartners zum Schweigen gebracht, verdrehte er seine schlauen, gierigen Augen nach hier und da, trank einen Schluck Brunello, als handle es sich um einen ganz gewöhnlichen Wein, und aß, ohne überhaupt hinzuschauen, Roastbeef und *pommes soufflées*. Der träge Mann nutzte diese kurze Pause, um sich der Frau des ›anderen‹ zuzuwenden, die neben ihm saß:

Er bewunderte die antike Brosche, die sie an den Ausschnitt ihres Kleides gesteckt hatte.

»Sie ist sehr alt«, sagte die Frau, hob ihre kleine dickliche Kinderhand und zeigte den dazu passenden Ring. »Der ist auch alt«, sagte sie und fügte sogleich hinzu, als schäme sie sich, wer weiß wofür, vielleicht für einen ihrer Meinung nach übertriebenen Luxus: »Ein Gelegenheitskauf.« Brosche und Ring waren tatsächlich alt, aber von geringem Wert, der Mann aber verstand, daß die Frau sich insgeheim und bis zu jenem ›Gelegenheitskauf‹ als arme und wenig elegante Frau gefühlt haben mußte, die nun auf einmal Schmuck hatte, dem sie großen materiellen Wert und Prestige beimaß. Dieses kindliche Empfinden gefiel dem Mann, und es bewirkte, daß er auch gegen ihren Ehemann, der ihm bisher soviel Widerwillen eingeflößt hatte, freundlicher gestimmt wurde. Er sah ihn an, gerade in dem Augenblick, als er mit der Gabel eine *pomme soufflée* und gleichzeitig mit den Fingern ein großes Stück Brot in den Mund stopfte (zwei Dinge, die sich nicht vertragen), er war in gewisser Weise hin- und hergerissen zwischen Demut und Gefräßigkeit, und diese Demut und Gefräßigkeit waren so alt, unerlösbar und fern jeder Hoffnung in der Zukunft, daß der Mann, wissend, wie kurz das Leben ist, zu seiner großen Erleichterung keinen Widerwillen mehr gegen ihn hegte.

Bacio *Kuß*

An einem Sommertag ging eine fünfzigjährige Frau mit einem besonders schönen griechischen Namen an einem Fluß entlang, und während sie eine Wiese mit hohem Gras und Pappeln jenseits des Wassers betrachtete, erinnerte sie sich an einen Kuß.

Sie war zwanzig Jahre alt, er dreizehn, und sie lebten in einer alten italienischen Stadt. Der Junge war der ›beste Freund‹ ihres Bruders geworden, aber sie hatte ihn nie gesehen, nur gehört und ihn sich vage vorgestellt, wenn sie in ihrem Zimmer saß und Infinitesimalrechnung betrieb (sie war die Beste an der Fakultät für Physik), während die beiden Freunde an der Haustür tuschelten. Er war ihr nicht sympathisch: Die Jungen verbrachten zuviel Zeit miteinander, sie hießen Achilles und Patroklos (ihr Bruder war Patroklos, aber es wäre ihr lieber gewesen, ihr Schützling wäre Achill). Ihre Spiele, die alle sein neuer Freund erfand, waren gefährlich und eigenartig. Einmal kam eine Dame ins Haus, um sich zu beschweren: Sie gingen auf den Dächern und den Bäumen in den Gärten spazieren, sie sprängen von Dach zu Ast bis in die großen Eichen drüben im Park.

Der Bruder redete den ganzen Tag vom Bau einer gewissen *tavern of Jamaica*, aus kleinen Ziegeln, mit Fenstern und winzigen Möbeln, mit der sie sich seit einem Monat beschäftigten. All diese Arbeit, nur um sie in einer Gewitternacht ins Feuer zu werfen und zuzuschauen, wie sie verbrannte. Wer weiß, warum es ihr lieber gewesen wäre, daß diese Freundschaft zu Ende gehen und sie ihn nie sehen würde: Statt dessen sah sie ihn am Weihnachtstag des Jahres 1943, ein paar Minuten nach dem ersten Bombenangriff ihres Lebens: Sie kam zitternd ins Haus, und er rannte hinaus. Aus Angst oder vielleicht aus Erleichterung, sich lebend zu begegnen, fielen sie sich, als hätten sie sich gesucht, in die Arme, und sie erkannten einander, obwohl sie sich vorher nie gesehen hatten. Aber das genügte nicht, um die Abneigung zu überwinden.

Der Krieg ging weiter, sie zog mit ihrer Familie in eine große Villa auf dem Land, die ›beiden Heroen‹ wurden voneinander getrennt, mit Abschiedsszenen und Tränen, aber die Freundschaft war so groß, daß sie einen Weg fanden, wieder zusammenzukommen; auch der Junge zog mit seiner Familie aufs Land, in ein kleines Bauernhaus in nächster Nähe der Villa.

Die Jungen bewegten die Pferde und striegelten sie danach, nachmittags schliefen sie Arm in Arm und verschwitzt im Heu; wenn die Sonne unterging, stiegen sie auf die Dächer, um die Pfauen zu zähmen, abends bauten sie an einem Schiff namens *Marianna* (wie die *praho* von Sandokan), das, einmal fertig und in einem Kanal vom Stapel gelassen, mit Hilfe einer Reihe winziger Kanonen versenkt werden sollte. Wozu diese Manie, mit großer Begeisterung etwas zu bauen und dann zu zerstören? fragte sie sich, und dies ließ etwas wie eine Ahnung, zugleich betrübt und lebensfroh, von der Existenz gewisser Dinge in ihr aufkommen, die sie mittels ihrer so lieben und präzisen Gleichungen nicht beweisen konnte. Aber eines frühen Morgens sah sie den Jungen in einem Auto, totenbleich und vom Schmerz abgemagert, während sie ihn ins Krankenhaus brachten; sie glaubte, er wäre tot, küßte ihn auf den Kopf und lief den ganzen Tag weinend durch die Felder. Er starb jedoch nicht (er hatte seltsame Würmer, die der Medizin unbekannt waren), und sie lachten miteinander, als sie ihn mit ihrem Bruder besuchte, welcher weinte. Er wurde wieder gesund, und sie wurde ihm gegenüber hochmütig wie zuvor. Eines Tages betrachtete sie sich in einem großen Spiegel, und als sie den Jungen bemerkte, der sie beobachtete, spürte sie für einen Augenblick in sich maßlose und staunende Eitelkeit, die sich auch auf ihrem Gesicht zeigte. Der Junge nahm diesen Augenblick wahr (über den sie selbst staunte und errötete), und er war überzeugt, daß er ihn verursacht hatte.

Sie hatte einen Verlobten, einen Medizinstudenten, der Offizier in Griechenland war; sie schrieben sich, und in der Familie hieß es, sobald Krieg und Studium beendet seien, würden sie heiraten. Der Junge stahl diese Briefe und las sie im Heu versteckt in einem Stall; dann brachte er sie an ihren Platz zurück, sie sah ihn, im Schatten ihres Zimmers verborgen, sagte aber nichts. Der Junge las aus den Briefen, daß vielleicht der Verlobte sie liebte, aber sie nicht den Verlobten.

Eines Tages bat sie ihn, ihr zu helfen, das Haar in einem Brunnen zu waschen: Der Junge wusch und bürstete in der Sonne ihre Haare, die kurz, tiefschwarz und sehr lockig waren, aber sein Herz klopfte heftig, seine Hände zitterten und er dachte voll tiefer Scham, daß er verliebt sei. Aber was war Liebe überhaupt? Jeder der beiden fragte es sich, ohne es vom anderen zu wissen. Sich die Frage mit »sie ist es« zu beantworten, war für den Jungen unmöglich, verworren, verboten. Für sie, die, wenn sie ihn sah, ein Unbehagen verspürte, das der Freude sehr nahekam, war Liebe eine ›ernste‹ Sache, die sich später, mit der Rückkehr des Verlobten aus dem Krieg, schon einstellen oder aber ganz plötzlich von irgendwoher kommen würde.

Leider erschien sie, oder sie glaubte, sie erscheinen zu sehen, in Form eines jungen deutschen Hauptmanns, einer Art Zigeuner mit tiefschwarzen Augen, der mit großem Gepolter daherkam, um die Villa zu beschlagnahmen. Dann erschienen die Soldaten, und ihre Familie zog in einen Flügel neben der Scheune. Die Deutschen töteten, als gar nicht die richtige Zeit dazu war, Schweine mit schnellen Revolverschüssen in die Stirn, nachts geboten sie den Vorübergehenden Halt und schossen, sie veranstalteten Tanzfeste, an denen nahm sie teil in einem Kleid aus plissiertem Organza, aber der Junge wollte sie nie sehen. Eines Abends sah er sie im Schatten, hörte das Rascheln des Plissées und hielt die ganze Zeit den Atem an. Die Pfauen verließen das Dach der Villa, sie hörte ihren Schrei sich in die Nacht entfernen, während sie wachlag und an den deutschen Hauptmann dachte (er hieß Werner), der im schwarzen Slip, wie eine Schlange in der Sonne ausgestreckt, die Pistole am Gurt auf der schwarzen Haut, sie mit einem gewissen Lächeln ansah, wenn sie vorbeiging. Vor diesem Lächeln machte sie ein Gesicht wie vor dem Spiegel, maßlos eitel, und doch hätte sie alles getan, was er wollte.

Es geschah auch etwas an einem Nachmittag, unzählige Zikaden lärmten in den Kornspeichern der Villa, es hatte mit zahlreichen Kämpfen, Schwitzen und Kratzen zu tun. Aber von diesem Tag an war sie traurig und verändert, sie sah jenen Werner, der Zigarren rauchte und lachte, nicht mehr an und lief für drei Tage von zu Hause fort, sie wollte sich freiwillig zum Hilfskorps der Republik von Salò melden. Sie kehrte jedoch zurück, und als sie voller Freude den Jungen wiedersah, kam ihr der Gedanke: »Was ist nur mit mir los? Er ist doch sieben Jahre jünger als ich.«

Ihre Familie zog überraschend nach Mailand, der Krieg ging zu Ende, die Freundschaft der beiden Jungen hatte in jenem Sommer den Hochpunkt der Parabel schon überschritten, zwei Jahre lang sahen sie sich nicht mehr. Er vergaß schnell und fing an, sich mit Mädchen seines Alters zu treffen; als sie wiederkam, erinnerte er sich an fast nichts mehr, aber sie trafen sich trotzdem wieder, sie sprachen vom Sommer auf dem Land während des Krieges, als ob viele Jahre vergangen seien. Beide hätten sie mehr über jene Tage sagen wollen, aber sie hielten inne mit dem Gefühl, daß man nicht mehr sagen konnte. Dieses ungesagte ›Mehr‹ bewirkte, daß sie sich abends immer häufiger trafen, und der Junge, der ›groß‹ geworden war (er war sechzehn Jahre alt), fuhr sie auf der Stange seines Fahrrads spazieren. Er wußte, daß der Verlobte aus Griechenland zurückgekehrt war, daß sie sich aber voneinander getrennt hatten. Sie wollte in diesem Jahr ihr Examen ablegen, sie sprachen viel von Dingen, die ihnen höchst wichtig erschienen, und sie gab sich den Anschein einer rationalen Skeptikerin, um ihm, der die Vernunft immer als unzureichend und oft als erbärmlich befand, etwas entgegenzusetzen. Er besuchte die Oberschule und las viel, sie behauptete, Hegel zu mögen (aber das war nicht wahr, sie wußte nichts über Hegel), er sagte, er möge ihn nicht. Über Marx sprach man damals unter jungen Leuten weniger, man hatte nur vage Kenntnisse über ihn, jedenfalls skizzierten sie ihn nur grob und ›übersprangen‹ ihn. Ihre Familie war auf seiten der Faschisten gewesen, sein Großvater war Anarchist, und der Enkel mehr oder weniger auch. Zwar erinnerte er sich an den Satz ›Eigentum ist Diebstahl‹, den er in frühester Kindheit gehört hatte, aber er verwendete ihn nicht; auch wenn etwas Wahres daran war, erschien es ihm falsch, den Satz auszusprechen.

Es geschah, daß sich der Junge auf einen Schlag bis über beide Ohren in eine ›blonde Signora‹ verliebte, der alle Schüler nachschauten, seine Chancen standen gut, aber das, was alle Schulkameraden vermuteten, tat er mit der ›blonden Signora‹ nicht. Er tat es deshalb nicht, weil er an sie dachte und sich schämte. Auch sie dachte an ihn. Eines Tages sah sie, wie er das Haus der ›blonden Signora‹ verließ, er trug kurze Cordsamthosen, Tennisschuhe und eine leichte, ein wenig ausgebleichte Jacke aus blauem Baumwollstoff mit Reißverschluß. Sie erröteten, sie neigte den Kopf, der Junge lief in seinen Tennisschuhen lautlos hinter ihr her; sie tat, als ob nichts wäre, begriff aber, daß jenes so komplizierte und nicht sagbare ›Mehr‹ in Wirklichkeit etwas ganz Einfaches war. Eines Tages sagte sie: »Zwischen uns gibt es etwas, das mehr ist als Freundschaft.« Sie dachte aber: »Wie ist das möglich? Er ist sieben Jahre jünger als ich, ich bin eine Frau, und er ist ein Kind.«

Sie begannen, sich bei den Händen zu halten, das dauerte zwei Monate und länger, und eines Abends, als sie im Gras unter einer Pappel an einem Fluß lagen, sprachen sie nicht und hielten sich auch nicht an den Händen. Der Junge sagte sich: »Jetzt küsse ich sie«, und sie dachte, er würde sie küssen, sie wartete darauf und stellte es sich vor. Aber es vergingen mehr als zwei Stunden, *tout était dans l'air*, nichts geschah, und sie drehte den Kopf zur Seite, kaute an einem Grashalm und dachte: »Ich wußte es, es geht einfach nicht, er ist sieben Jahre jünger als ich, und ich gefalle ihm nicht, weil ich zu alt bin.« Aber der Junge drehte sich um, und mit einer Bestimmtheit, die ihr grenzenlos erschien, nahm er den Grashalm aus ihrem Mund und legte seine geschlossenen Lippen auf die ihren.

Bambino *Kind*

An einem frühen Wintermorgen sah ein Mann, der keine Kinder hatte, zwischen Rauhreif und Gehölz am Piaveufer ein Kind mit schräggeschnittenen hellblauen Augen in Begleitung eines Alten, der eine Sichel bei sich trug. Es hatte einen großen Kopf, auf dem eine Wollmütze mit Bommel saß, es trug hohe Holzpantinen und einen langen, buntgestreiften Schal; es sah nicht aus wie ein ›modernes‹ Kind; wegen eines jener Streiche mit Raum und Zeit, die das Leben den Menschen spielt, um sie zu täuschen, sah der Mann in diesem Kind sich selbst vierzig Jahre zuvor.

Vom Mond, der noch hoch im Rauhreif stand, und von dem Kind angezogen, blieb der Mann stehen, um mit ihm zu sprechen: Die Unterhaltung fand in einem knisternden, fast blauen Licht statt, und der Alte, dem die Ähnlichkeit zwischen den beiden gleich aufgefallen war, ermunterte das Kind fortwährend, zu antworten, wie es heiße und wie alt es sei; aber das Kind weigerte sich den Mund aufzumachen, und erst ganz am Schluß, als es den Anschein hatte, es könne durch nichts dazu bewegt werden, lächelte es mit einem Mal, ganz als wolle es sich entschuldigen, verklärt und heiter wie manche Wesen aus einer längst vergangenen Zeit.

Der Sommer kam, und der Mann sah das Kind in derselben Gegend wieder, in einer Lichtung mitten im Wald, die gerade erst gemäht worden war. Das Kind bemerkte ihn, es lächelte wie damals, versteckte sich aber sofort hinter den Heuhaufen und entwischte auf allen vieren krabbelnd zwischen dem Heu und dem noch ungemähten Gras. Der Mann blickte lange dorthin, und ab und zu sah er den honigfarbenen Rücken und das weiße Unterhemd, aber als er näher kam, verschwand das Kind im Dickicht des Waldes.

Weil er sich immer mehr zu dem Kind hingezogen fühlte, erkundigte sich der Mann und erfuhr, daß das Kind der uneheliche Sohn einer Bäuerin war, langsam schloß er Freundschaft mit dem Alten und dann mit der ganzen Familie, die sehr mißtrauisch war und in der viele verworrene und ›unregelmäßige‹ Dinge vorkamen. Bei diesen Besuchen sah er das Kind nur flüchtig, weil es immer verschwand, aber er erfuhr viele Dinge über das Kind, zum Beispiel, daß es Angst hatte, entführt zu werden, und nachts im Schlaf mit Personen sprach, deren Namen niemand kannte.

Eines Tages schickte er nach dem Kind, er wollte ihm eine leichte Arbeit geben und versprach ihm dafür einen kleinen Lohn: Es sollte gerade gefertigte Stühle mit Sandpapier schleifen und danach mit Öl polieren. Eine halbe Stunde lang arbeitete das Kind mit großem Eifer, dann immer langsamer und lustloser, bis es schließlich ganz aufhörte: Auf die Fragen des Mannes gab es keine Antwort, und sobald dieser ins Haus gegangen war, verschwand es.

Von jenem Tag an begann das Kind, um das Haus herumzustreichen, ab und zu sprach es ein Wort, wenn auch nur Wörter mit einer Silbe, aber das genügte schon, denn der Mann erkannte in der Stimme des Kindes den Klang seiner eigenen Stimme wieder. In der Nacht, in der er die Stimme des Kindes hörte, ging ein furchtbares Gewitter nieder, das er nicht hörte, so tief war sein Schlaf. Er träumte, das Kind laufe in schottisch gemusterten Bermudashorts und weißem Unterhemd über das Wasser.

Da das Kind sich zu kaum mehr als ›ja‹ und ›nein‹ entschloß, nahm der Mann den Großvater und die Mutter als Vermittler und Dolmetscher für etwas längere Gespräche zu Hilfe: Durch sie ließ er dem Kind nicht nur Dinge sagen, sondern erzählte ihm auch von seinen Reisen. Als er merkte, daß sich das Kind für die Reiseberichte interessierte (es kannte keine anderen Orte als die, wo es geboren war und wo es lebte), kam ihm der Gedanke, mit dem Kind einen Ausflug nach Venedig zu unternehmen, und durch seine Botschafter teilte er ihm sein Vorhaben mit. Das Kind ließ dem Mann antworten, es würde mitkommen, jedoch nur mit der Badehose, um im Meer zu baden, trotz des Verbots der Mutter, ansonsten nicht.

Sie fuhren an einem Samstagmorgen (abends hatte das Kind leichtes Fieber gehabt und war morgens um fünf Uhr aufgewacht), mit dem Bus erreichten sie den Flugplatz von Venedig, wo sie ein Motorboot bestiegen. Das Kind schaute den großen Jets zu, die auf diesem äußersten Erdzipfel starteten und landeten, aber es sagte kein Wort. Auf dem Motorboot klammerte es sich an die Reling und beobachtete mit ausgestrecktem Hals die großen Wasserflügel, die sich zu beiden Seiten des fahrenden Boots öffneten, bis es schließlich immer mehr zitterte und sich mit seinem allwissenden Lächeln schweigend dem Mann zuwandte. Der Mann fragte es, ob es friere, und das Kind antwortete: »Ein bißchen.« Es sprach zum ersten Mal. Der Mann deckte es mit seiner Jacke zu, drückte es an sich, und von Zeit zu Zeit blickte das Kind ihn an, die Winkel seines zarten Mundes nach oben gerichtet.

Sie stiegen am Lido aus und gingen die baumbestandene Straße entlang, auf den Strand zu; bei einem Bäcker kauften sie frische Brötchen und zwei Stück Blätterteigtorte mit Apfelfüllung, dann gingen sie zum Wurstverkäufer, um die Brötchen mit Schinken belegen zu lassen. Hier zupfte das Kind den Mann an der Jacke und sagte:

»Pommes frites.« Der Mann kaufte zwei Portionen, sie steckten alles in eine kleine Plastiktüte und machten sich auf den Weg zum Strand, wo der Mann eine Kabine in der ersten Reihe mit einer Liege und einem Liegestuhl mietete. Sie zogen sich aus und gingen zwischen den Badegästen, die im Sand lagen, auf den Damm, wo sie spazierengehen wollten. Der Mann sah, daß Schultern und Rükken des Kindes mager waren, die Form des Unterhemdes zeichnete sich auf der braunen Haut ab, gleichmäßige runde Beine wie zwei kleine Pfähle hatte es und große Füße mit großen Zehen; es bewegte sich leicht wiegend wie junge Tiere, die sich mit dem Spürsinn orientieren, und doch kündigte es, wie von einer fernen Anmut berührt, jede unvorhergesehene Bewegung (wie etwa sich plötzlich auf die Knie in den Sand werfen) mit seinem langsamen, langen zum Horizont gerichteten Lächeln an.

Als sie auf dem Damm angekommen waren, auf dem große blaue Fahnen wehten, ermahnte der Mann das Kind, sich gut am Tau festzuhalten, während er schwamm, und er sprang vom Sprungbrett aus ins Wasser, ein wenig eitel, denn er dachte, wer weiß warum, daß dies dem Kind Freude bereiten würde. Das Kind schaute ihm von oben zu und folgte ihm mit den Augen, bis er wieder ans Ufer kam. Hier schlug der Mann, der sich wegen seines Sprunges schämte, dem Kind vor, auch zu baden, aber das Kind sagte nein; dann ging es nach und nach doch ins Wasser, aber nur bis zu den Waden.

Der Mann ermunterte das Kind, ganz einzutauchen, auf einmal, und zeigte ihm andere Kinder, die viel kleiner waren als es selbst und es taten, aber dem Kleinen schien die Puste zu fehlen, und seine Schultern wurden jetzt noch schmaler. Daraufhin gingen sie wieder am Strand spazieren, sie plauderten (der Mann erklärte dem Kind, wie man einen Schwimmreifen benutzt) und blieben schließlich bei einem Boot stehen, auf dem Bademeister kleine und große Muscheln zu verschiedenen Preisen anboten. Der Mann hielt dem Kind einige ans Ohr und ließ es das Rauschen des Meeres hören, um so stärker, je größer die

Muschel war, und fragte es, ob es eine haben wolle. Das Kind dachte eine Weile darüber nach, sagte dann »ja« und zeigte auf die größte Muschel. Als gäbe er Worte wieder, die nicht seine waren, erklärte der Mann, daß sie zu teuer sei, und sie gingen wieder am Strand spazieren. Das Kind sagte plötzlich:

»Könnte ich einen Schwimmreifen bekommen?«

»Hättest du gern einen Schwimmreifen?« fragte der Mann, und da das Kind »ja« antwortete, sagte er, daß er einen kaufen würde, einstweilen aber lieh er einen Schwimmreifen von einer Frau in der Nachbarkabine, die sehr freundlich war und viele ganz kleine Kinder bei sich hatte, die blaue Bademäntel mit Monogramm trugen.

Mit dem Schwimmreifen gingen sie wieder ins Wasser, und der Mann zog das Kind bis zu einer Stelle, an der es den Grund nicht mehr hätte berühren können. Das Kind zitterte vor Angst und Kälte. Mit klappernden Zähnen sagte es: »Ich habe Angst, ich habe Angst, mir ist kalt, mir ist kalt«, aber es lachte (der Mann hatte es noch nie lachen sehen). Es klammerte sich an den Händen des Mannes fest, der Mann brachte ihm bei, die Beine ausgestreckt auf dem Wasser zu halten und mit den Füßen zu strampeln, und er spürte die kleinen Hände völlig verkrampft, fest und zitternd in den seinen.

»Laß uns wieder rausgehen, wieder raus«, sagte das Kind und schlug die Zähne aufeinander, aber als sie zum Ufer zurückkehrten, hielt es an, um zu schwimmen und den Schwimmreifen, der wie eine Ente aussah, pfeifen zu lassen.

Es war ein Uhr, sie holten die Brötchen aus den Tüten und aßen. Der Mann sah, daß das Kind sich eher mit Kopf und Mund dem Brötchen näherte, als das Brötchen zum Mund zu führen, und sich umschaute, als wolle es verbergen, daß es aß. Als es den ersten Bissen Apfeltorte im Mund hatte, sagte es ernst: »Sehr gut« und fragte dann:

»Und das Eis?«

»Das Eis gibt es später, in Venedig, jetzt hast du ja gerade gegessen, sonst kriegst du Bauchweh«, sagte der

Mann mit genau denselben Worten, die man vor vielen Jahren am selben Ort zu ihm gesagt hatte. Eine Weile verging, und zwei- oder dreimal fragte das Kind: »Und das Eis?« Der Mann gab wieder dieselbe Antwort und schlief dann ein. In kurzen Abständen wachte er auf, besorgt, das Kind könne ins Wasser oder an gefährliche Orte gegangen sein, aber er sah, daß es in der Nähe, nur ein paar Meter von der Liege entfernt, herumlief, und schlief wieder ein. Um vier Uhr wachte er auf. Sie zogen sich an, ›dankten der Frau‹, die ihnen den Schwimmreifen geliehen hatte, liefen die Straße entlang (das Kind betrachtete die Tafeln mit den Bildern verschiedener Eissorten und Torten) und bestiegen, gerade noch rechtzeitig, den Dampfer nach Venedig. Im Schatten auf dem Oberdeck sagte das Kind: »Hier ist es aber schön kühl.« Dann sah es einen griechischen Ozeandampfer und sagte: »Du lieber Himmel, der hört ja gar nicht mehr auf.«

Sobald sie in Venedig das Schiff verlassen hatten, zeigte der Mann dem Kind die Seufzerbrücke und die dicken Gitter der Bleikammern und erzählte ihm von Giacomo Casanovas Flucht aus diesem Kerker. Er hob es auf das Geländer einer anderen Brücke, damit es die Gondeln sehen konnte, und erklärte ihm, daß es in dieser Stadt weder Autos noch Motorräder oder Fahrräder gäbe: Man müßte mit dem Boot fahren oder zu Fuß gehen. Das Kind hörte zu und umklammerte mit den Händen das kleine, feuchte Bündel mit den Badehosen. Sie betraten die Kirche San Marco und der Mann erklärte:

»Siehst du, daß der Boden aus Wellen gemacht ist? Er ist so, weil darunter die Wellen des Meeres sind.«

Sie stiegen auf den Glockenturm, und der Mann zeigte auf das Bacino di San Marco, das in der Sonne lag: Gerade in diesem Augenblick schob sich zwischen die flimmernden Sonnenstrahlen ein japanischer Öltanker, leuchtend weiß, die Fahne mit der roten Scheibe auf weißem Grund im Wind. Dann zeigte der Mann dem Kind die ›Mohren‹, die mit dem Hammer auf der großen Glocke die Stunde schlugen.

Als sie vom Glockenturm heruntergestiegen waren, fragte das Kind: »Könnte ich einen Photoapparat bekommen?«, und der Mann erklärte ihm, daß das zu teuer sei. Aber das Kind stürzte auf einen kleinen Andenkenstand zu und zeigte auf den Photoapparat, ein Plastikding für zweihundert Lire, das in seinem Inneren winzige Bilder von Venedig in Farbe ›schoß‹. Der Mann schämte sich und kaufte es. Dann setzten sie sich ins Café Florian und bestellten das Eis: einen silbernen Kelch mit einer Kugel Sahneeis, einer Kugel Schokolade und zwei Kugeln Pistazie. Das Kind sagte zweimal, einmal wegen der Piazza und einmal wegen des Eises, ›sehr schön‹ und ›sehr gut‹, und als es das Eis aufgegessen hatte, fragte es:

»Könnte ich Mais für die Tauben bekommen?«, und der Mann, der immer noch beschämt war (obwohl ihn keine Schuld traf) wegen der Geschichte mit dem Photoapparat kurz vorher, fragte das Kind, ob es gerne ein Photo hätte.

Sie posierten zusammen mit den ›Tauben‹, die auf ihren Händen flatterten: der Mann mit leicht zusammengezogenen Augenbrauen, wegen der Sonne in seinen Augen, wie damals, das Kind mit seinem kleinen Mund, seinen hellblauen Mandelaugen, die lachten, wie jemand, der, ohne es zu wissen, der Menschen Schicksal kennt.

BELLEZZA *Schönheit*

Jeden Tag verließ ein alter Bauer mit der Sense und einem Handwagen sein Haus. In der Hosentasche hatte er Pfeife und Tabaksbeutel, ein aus einem Bambusstück gefertigtes Schächtelchen für die Zündhölzer und ein sehr scharfes, gekrümmtes Messer. Am Gürtel hing ein mit Wasser gefülltes Ochsenhorn, in dem der Stein steckte, um die Sense zu wetzen.

Wie alle Bauern hatte er im Sommer viel zu tun: mähen entlang der Bäche, die Wiesenränder sensen, bevor die

Mähmaschine kam, die Erde unter den Rebstöcken von Brennesseln und Fetthennen säubern, das Heu in der Sonne ausbreiten oder zu Haufen zusammenrechen, es mit der Heugabel auf den Wagen laden und nach Hause bringen. Aber da er schon sehr alt war, hielt er oft inne, setzte sich auf den Boden und rauchte.

Im Winter ging er später hinaus, immer mit der Sense und dem Wagen, aus Gewohnheit und weil er bestimmte Hoffnungen hegte, aber auch mit einer Schere, um die Reben zu stutzen, und einem großen Messer, um Weidenzweige zu schneiden. Manchmal nahm er eine Spitzhacke mit: Wenn ein Baumstumpf aus dem Erdboden hervorsah, holte er ihn mitsamt der Wurzel heraus (dafür brauchte er einen ganzen Tag oder zwei), säuberte ihn von der Erde und lud ihn auf den kleinen Wagen. Oft schaffte er es nicht allein, und so wartete er lang auf jemanden, der ihm helfen könnte, aber es kam nie jemand vorbei.

Einmal kam ein Fischer, der Alte sah zu, wie er in den schlammigen Grund des Grabens die Stangen für die Aalnetze hineintrieb, zwei- oder dreimal hielt er ihm die Netze, aber er fand nicht den Mut, ihn um Hilfe zu bitten, den Baumstumpf auf den Wagen zu laden, und der andere war zu nervös, um es von selbst zu merken. Bei dieser Gelegenheit überlegte sich der Alte, daß er mit Hilfe eines Seils die Arbeit auch allein hätte schaffen können.

An manchen Wintertagen fand er nichts auf den Feldern, der Nebel war dicht, und er begnügte sich damit, hier und da Reisig zu sammeln, ohne zufrieden zu sein. Wenn es schneite, ging er trotzdem hinaus, aber er wurde mißmutig, ging zurück nach Hause, legte sich ins Bett, denn im Gegensatz zu fast allen Alten konnte er viel schlafen.

Er hatte wenig anzuziehen: eine Hose aus blauem Leinen, ein wollenes Unterhemd, ein kariertes Hemd und Schuhe aus Leinen und Bast für den Sommer; eine Hose aus Militärwolle, einen dicken Pullover und die Jacke eines Grundbesitzers, der im Jahr 1940 gestorben war, Holzpantinen und einen Mantel für den Winter. Dann besaß er noch einen dunkelgrünen Filzhut und einen Ledergürtel, die er das ganze Jahr über trug. Sonntags zog er einen graublauen Anzug, ein weißes Hemd ohne Krawatte und Socken an.

Er war Analphabet und fürchtete sich sehr vor Krankheiten, aus diesem Grund tat er, als sei er demütig, aber das war er beileibe nicht, im stillen war er stolz darauf, weder lesen noch schreiben zu können, wenn er diesen Dingen auch eine gewisse Wichtigkeit zugestand. Wenn er mit jemandem sprechen mußte (wenn er wirklich nicht umhin konnte), so sprach er ihn mit »Meister, mein Herr oder junger Herr« an und verabschiedete sich mit den Worten: »Gott erhalte Sie gesund«, aber wenn möglich, verschwand er, bevor es zu einer Begegnung kam. Er versteckte sich in den Hecken oder kauerte sich hinter hohes, buschiges Gras oder einen Misthaufen, sehr vorsichtig und ohne ein Geräusch zu machen, dann zündete er seine Pfeife an, und aus dem Gras oder aus dem Misthaufen stieg ein Rauchfaden auf. Er wartete, bis die Person vorbei war, stand wieder auf, sammelte seine Utensilien ein und ging mit wiegenden Schritten seines Wegs.

Natürlich hatte der Alte eine Familie, drei Söhne, drei Töchter und seine Frau. Einer der Söhne war in Amerika, ein anderer war unverheiratet und lebte zu Hause (im Frühling sang er mitten auf den Wiesen im Mondlicht), der dritte hatte einen riesigen Lastwagen mit Anhänger, der durch Italien fuhr, und wenn er nicht fuhr, stand er still vor dem Haus. Zwei Töchter hatten in andere Orte geheiratet, die dritte lebte im Haus mit drei Kindern von verschiedenen Vätern und hatte die unschöne Angewohnheit zu fluchen.

Sie waren eine sehr arme Familie gewesen, vor allem, weil sie kein Holz hatten, aber dank des Lastwagens, den der Sohn fuhr, hatten sie in den vergangenen Jahren das Haus hergerichtet, es gab nun ein Bad und eine Dusche, Kühlschrank, Waschmaschine und Fernseher, aber der Alte benutzte keines von diesen Dingen, weil er viele Stunden am Tag draußen blieb und ihn kaum ein gesellschaftliches Ereignis interessierte. Er hatte noch nie eine Reise gemacht, nur einmal verirrte er sich mit dem Fahrrad und kam in der Morgendämmerung in einem Dorf mit Namen Porto Buffolé an. Er hörte den Namen von den Einwohnern, erschrak, weil er dachte, er sei am Meer angekommen, und fuhr davon. Nach einer Weile hielt er auf einer Brücke an, die stark gebogen war und unter der kein Wasser hindurchfloß, und sah sich um: Hier war weder Hafen noch Meer, aber eine weite Fläche von Wiesen, auf denen die verschiedensten Arten von Gräsern wuchsen, gemähte und noch zu mähende, am Horizont von einem grünlichen Gewitterlicht beleuchtet. Vielleicht endeten die Wiesen wirklich im Meer, aber in weiter Ferne war ein Kirchturm zu sehen, schief und spitz, wie aufgehängt über einem Band aus Regen. Wo war der Hafen und wo das Meer? Diese Frage blieb immer ohne Antwort, und oft dachte er, wenn er rauchend zwischen den Feldern auf dem Boden saß, an Porto Buffolé.

Während des Sommers sah er sich bestimmte Äste an den Bäumen an und versah sie mit einem Zeichen, wenn dann die Blätter fielen, betrachtete er sie genauer und traf seine Wahl, im Winter sägte er sie ab und legte sie ein Jahr lang zum Trocknen in die Sonne, dann schälte er sie langsam mit dem Messer: Um diese Arbeit zu machen, brauchte er manchmal einen Tag für jeden Ast. Seine Arbeit für den Winter plante er zwei oder drei Jahre vorher, angefangen bei der Auswahl des Astes oder der Holzsorte (Weide, Akazie, Maulbeerbaum, Ulme, selten Pappel), dann überlegte er, was er brauchte (Leitern, Rechen, Stiele für die Heugabeln, ein Gatter), und machte sich im Stall an die Arbeit.

Er achtete immer sehr auf die Glocken; wenn sie läuteten, hielt er inne, spitzte die Ohren und hörte schon beim Klang des ersten Schlages, was sie ankündigten: Wenn es das Ave Maria war, hörte er ganz auf zu arbeiten, setzte sich entweder auf die Wiese oder in den Stall, rauchte seine Pfeife und versuchte zu erraten, wer von den Alten wohl gestorben war. Er rauchte mit übereinandergeschlagenen

Beinen, einen Ellbogen auf den Boden gestützt, die halbgeschlossenen Augen immer der Sonne zugewandt.

Er hatte nie gern gejagt oder geangelt, zwar kannte er alle Tiere der Gegend und ihre Lebensgewohnheiten, aber er sah sie lieber lebendig. Oft näherte er sich ganz langsam den Fasanen, dann blies er seine Backen auf, ließ die Luft wieder ab und stampfte mit den Füßen auf den Boden: Dabei hob sich der lange schwarze Schnurrbart in die Höhe, die Fasanen flogen erschrocken davon mit ihrem in den langen grünen Hälsen erstickten Schrei, und der Alte lachte. Vor den Wiedehopfen machte er mit den Fingern einer Hand den eitel gespreizten Kamm nach. Wenn es sein mußte, konnte er Wiesel und Dachs ausräuchern und sie in einem Sack aus Schaffell einfangen. Manchmal war es ihm gelungen, den Fuchs zu sehen, eines Winters folgte er ihm einen Tag und eine Nacht lang, der Fuchs wußte, daß er verfolgt wurde, und als der Alte (der damals jung war) die Spur verlor, wartete er in der Dunkelheit auf ihn und zeigte ihm mit seinen leuchtenden Augen, daß er da war. Auf diese Weise ließ er sich verfolgen, und der Alte folgte ihm bis an den Fuß der Berge: Im Morgengrauen sah er den Fuchs vor sich im Schnee in seiner ganzen Freiheit und Wildheit, in der Pupille den für Einzelgänger typischen Schleier, und er nahm auch seinen Geruch wahr: Der Fuchs stellte sich ihm voller Stolz entgegen (der Alte sah die Zähne aus der Nähe), dann machte er sich mit hohen Sprüngen in Schnee und Sonne davon und verschwand. Der Alte wartete, aber da der Fuchs nicht wiederkam, stieg er ins Tal hinab. Am Abend fragte ihn seine Frau eindringlich, warum er zwei Tage lang nicht nach Hause gekommen sei, aber er sagte nur: »Schweig, schweig« und blies in die Kerze.

Seit ungefähr zehn Jahren dachte der Alte an den Tod, innerlich und äußerlich spähte er nach jenen Anzeichen und Vorboten, die er bestens kannte; aber auch mit größter Aufmerksamkeit spürte er sie nicht. Eben deshalb ging er jeden Tag mit der Sense und dem kleinen Wagen hinaus, und in den Ruhepausen machte er Pläne. Zum Beispiel überlegte er, ob ein Weinberg nur ausgeschnitten oder ob die Weinstöcke ausgerissen werden mußten und einfach Gras gesät werden sollte. Er dachte daran, daß im Falle seiner, nennen wir es einmal Abwesenheit, die Weinberge wegen Vernachlässigung eingingen, das Gras aber leben würde. So schlug er den Mittelweg ein: nur einige Reihen Weinstöcke auszureißen und jede zweite Reihe stehenzulassen. Er zählte die Rebstöcke, verzählte sich und fing von vorn an. Wenn er bei den Bäumen saß, vergaß er den Wein und dachte daran, die Bäume zu schlagen und das Holz zu verkaufen, weil die Bäume, in einer gewissen Höhe abgesägt, wieder austreiben. Wenn er beim Mais saß, überlegte er, daß man, sobald der Mais geerntet war, pflügen und Weizen oder Saatluzerne säen müßte. Besser Saatluzerne, dachte er, während er in sich hineinlachte, weil er sich bei seinen Planungen immer das aussuchte, was mit der Sense gemäht werden mußte.

Wenn er saß, zog er sein Unterhemd aus und das Hemd an, das im Wagen lag oder an einem Baum hing; ab und zu wrang er das schweißnasse Unterhemd aus, dann fiel er in eine Art Schlaf, dessen Natur er mißtraute, und wachte sofort wieder auf. An den Abenden, an denen er nichts zum Aufladen hatte, versteckte er den kleinen Wagen und die Sense irgendwo in einer Hecke und zog aus einer anderen Hecke einen Stock heraus, auf den er sich stützte, um nach Hause zu gehen.

BONTÀ *Güte*

An einem Septembertag des Jahres 1941 am Bahnhof von Cortina d'Ampezzo wartete eine blonde, rundliche Frau in Begleitung eines zehnjährigen Knaben in einer Mönchskutte auf das weißblaue Züglein, das von Toblach kam. Sie waren die einzigen Wartenden und hatten einen Koffer bei sich, ein Modellflugzeug aus Papier mit großen gelbblauen Flügeln und eine Mandoline in einer Hülle aus grobem kaffeefarbenem Leinen. Sie schwiegen, und das Licht, windstill aber kalt, beleuchtete sie auf vollkommene und heitere Art. Der kleine Zug kam, die beiden beeilten sich, einen Platz zu bekommen. In diesem Augenblick rannte eine kleine Frau zur Bahnhofstür herein, schwarz gekleidet und mit einem schwarzen Hütchen; sie trat mit einem Fuß auf die Mandoline und brach sie ein. Die blonde Frau hörte das Geräusch der einbrechenden Mandoline, sie stieß einen Schrei aus und stürzte sich auf die kleine Frau, die ihren Arm hob, um sich zu schützen. Die Blonde schrie zum Zug hin: »Umberto, schau, die Mandoline!«, das Kind in der Mönchskutte lehnte sich aus dem Fenster und riß die Augen auf, ohne etwas zu sagen.

»Das müssen Sie bezahlen«, sagte die blonde Frau, die versuchte, ihre Wut mit Worten zu zähmen, und bei diesem ›bezahlen‹ schien sich die kleine, schwarzgekleidete Frau aus der jähen Angst zu lösen, sie zog den Fuß aus der Mandoline und sprang schnell in den Zug, der zur Abfahrt bereit war. Aber die Blonde folgte ihr, packte sie am Arm und rief: »Carabinieri, holt die Carabinieri! Der Zug soll stehenbleiben!« Aber da ertönte ein Pfiff, der Zug setzte sich langsam in Bewegung, und auch die blonde Frau mußte nun einsteigen. Sie ließ die schwarzgekleidete Frau, die sich zu befreien versuchte, nicht los, und zwang sie, sich ihr und dem Kind in der Mönchskutte gegenüberzusetzen. »Jetzt rechnen wir ab: Sie haben sie kaputtgemacht, und dafür zahlen Sie!« sagte die Blonde mit vor Wut zischender und keuchender Stimme.

»Nein«, antwortete die kleine Frau mit dünner Stimme und hob wieder ihren Arm, um sich zu schützen.

»Und ob Sie zahlen.«

»Nein«, sagte die kleine Frau und bekräftigte dieses ›nein‹ mit einer kleinen Kopfbewegung.

»Doch, Sie zahlen«, zischte die rundliche Frau. Die kleine Frau tat, als höre sie nichts. Sie war sehr blaß und mager, mit Seide, Organza und schwarzen Spitzen, grauen Strümpfen und zierlichen, hellglänzenden schwarzen Herrenschuhen bekleidet. Sie hätte Gesellschafterin bei irgendeiner alten Gräfin oder Haushälterin bei einem wohlhabenden Pfarrer sein können. Ihr Gesicht zitterte (sie hatte sehr blasse blaue Augen), aber an der nervösen Blässe ihres Gesichts und den schmalen blutleeren Lippen konnte man sehen, daß sie entschlossen war, nicht zu zahlen.

»Was man kaputtmacht, das bezahlt man auch«, sagte die Frau angesichts der Blässe und des Zitterns der weißen Lippen der schwarzgekleideten kleinen Frau beinahe etwas spöttisch (die rundliche Frau war hellblond, sie trug grelle Farben und hohe Korksandalen). Das Kind in der Mönchskutte wurde unruhig, weil es seine Begleiterin so wütend sah, und seine Hände drehten und wendeten die Hülle der gebrochenen Mandoline.

Die kleine schwarzgekleidete Frau kniff die Lippen noch fester zusammen und schüttelte den Kopf, zwei- oder dreimal.

»Am nächsten Bahnhof steigen wir aus und rufen die Carabinieri«, sagte die blonde Frau immer höhnischer: »Wenn Sie nicht zahlen, kommen Sie ins Gefängnis.«

Die kleine Frau schüttelte wieder den Kopf, und ihr Kinn begann zu zittern.

Es folgte ein langes Schweigen, während dessen die rundliche Frau scharf und unerbittlich (es sah sogar so aus, als schielten ihre Augen) die schwarzgekleidete kleine Frau musterte, die dem Blick auszuweichen versuchte. Aber die blonde Frau streckte eine ihrer kräftigen, fleischigen, mit Sommersprossen übersäten Hände aus, der rosa Lack blätterte teilweise von den Fingernägeln ab, sie packte mit zwei Fingern die Kinnspitze der kleinen Frau, schob ihren Kopf nach oben und sagte:

»Schauen Sie mich gefälligst an«, und starrte sie aus ihren blauen Augen mit äußerster Anspannung an. Die kleine Frau wandte weiterhin die Augen ab, und wieder trat eine Pause ein: Eine sehr kalte Wolke, die das Ende des Sommers ankündigte, drang durch das halboffene Fenster, ließ die Haut der drei kalt werden und gab ihnen ein Gefühl von Winter. Gleich nach der Pause fragte die kleine

Frau, die von diesem Wintergefühl vielleicht weniger getroffen war als die anderen beiden, fast ohne Stimme: »Wieviel würde die Mandoline denn kosten?«

»Die Mandoline hat hundertzwanzig Lire gekostet«, antwortete die blonde Frau, schon weniger heftig und nicht mehr spöttisch.

»Hm«, machte die kleine Frau zweifelnd.

»Glauben Sie mir etwa nicht?« fragte die Blonde und wurde wieder zornig.

Die kleine Frau antwortete nicht, und immer noch sehr blaß schaute sie zu den Bergen hin, die sich im strahlenden Licht immer weiter entfernten. Auf den Tofane war ein wenig Schnee gefallen, und oben auf dem Gipfel wehte der Wind den Schnee hoch und wirbelte ihn gegen das Blau des Himmels. Auch drang Glockengeläut zu ihnen hinüber (es war Sonntag).

»Wir gehen zu den Carabinieri von Calalzo«, sagte die Blonde zu dem Kind in der Kutte und fügte, ohne die kleine Frau zu beachten, hinzu: »Kanaille, schau, was sie aus der Mandoline gemacht hat!«

Das Kind in der Kutte sagte nichts, aber als wolle es den Zustand der Mandoline vorführen, öffnete es die Leinenhülle und hob das Instrument heraus. Das glänzende bauchige Gehäuse war in der Mitte eingeschlagen, und das gebrochene Griffbrett hing herab wie der Hals eines toten Huhns. Noten mit dem Titel *Macariolita* rutschten aus der Hülle.

Als sie die Mandoline in einem solchen Zustand sah, betrachtete die schwarzgekleidete kleine Frau sie lange, schwankend zwischen Ungläubigkeit und Verzweiflung, und offenbar erst jetzt begriff sie, was für einen Schaden sie angerichtet hatte. Dieser erschien ihr außerordentlich und irreparabel.

Noch einmal wurde sie blaß und ihr Kinn zitterte. Mit den dürren und weißen Fingern einer alten Hausfrau umklammerte sie eine schäbige Handtasche aus schwarzem Leder. »Ich könnte Ihnen fünfzig Lire geben«, sagte sie, öffnete die Tasche und zog einen Geldbeutel aus Stoff heraus, der mit Druckknöpfen verschlossen war. Sie nahm fünfzig Lire in Fünf-Lire-Silberstücken heraus.

»Ich habe gesagt, sie hat hundertzwanzig Lire gekostet, tut mir leid«, sagte die Blonde. Der Triumph über die kleine Frau hatte sie augenblicklich besänftigt, ihre Stimme klang ruhig und ein wenig stolz, und sie lächelte.

»Sie ist gebraucht«, sagte die kleine Frau.

»Wer etwas Gebrauchtes kaputtmacht, muß dafür etwas Neues kaufen«, erwiderte die Blonde.

Die kleine Frau zog noch einen Zehnlireschein und ein Fünflirestück aus dem Geldbeutel. Man sah, daß in dem Geldbeutel fast nichts mehr drin war.

Die Blonde machte eine ablehnende Geste, hielt die Zunge zwischen den Zähnen und sagte: »Nein, nein.«

Die kleine Frau leerte den Geldbeutel aus: Sie hatte noch fünfzehn Lire, im ganzen achtzig Lire.

»Das ist alles, was ich habe«, sagte sie, »wenn Sie mich anzeigen wollen, dann zeigen Sie mich an«, sah auf die Berge, die verschwanden, und streckte die offene Hand mit dem Geld hin. Die Blonde zählte es und gab es dem Kind in der Mönchskutte, aber das Kind schüttelte erst den Kopf, dann nahm es das Geld und umschloß es mit der Hand.

»Steck es in die Hosentasche, Dummkopf«, sagte die Blonde, und erst dann hob das Kind die Kutte und schob das Geld in die Tasche seiner kurzen Hose.

Wieder verging einige Zeit mit Schweigen. Dann sagte die Frau: »Jetzt gehört die Mandoline aber mir.«

Die Blonde nahm dem Kind die Mandoline aus der Hand und gab sie der kleinen Frau, die sie auf ihren Schoß legte; so verging mehr als eine halbe Stunde, und die kleine Frau richtete den Blick von den Bergen, die wieder zum Vorschein gekommen waren, auf die kaputte Mandoline (die nun ihr gehörte) mit den taumelnden Saiten.

Schließlich wandte sie sich dem Kind zu und gab ihm die Mandoline zurück: »Was soll ich damit, nimm sie wieder, ich kann nicht Mandoline spielen. Auch wenn man sie reparieren könnte, ich könnte sie nicht spielen, ich habe nie etwas gespielt…«, und bei diesen Worten begann sie still zu weinen. Aus ihrer Handtasche kramte sie ein weißes Tüchlein mit Monogramm hervor, sie wischte sich damit die Augen, und als das Taschentuch durchnäßt war, benutzte sie die Knöchel ihrer alten Finger. Immer wieder schüttelte sie fassungslos den Kopf, das Kind wollte die Mandoline keinesfalls, sie aber wollte sie ihm geben, und so reichten sie das kaputte Instrument zwei- oder dreimal hin und her. Schließlich legte das Kind es in das Gepäcknetz über dem Kopf der kleinen Frau.

Die Blonde fragte: »Darf man erfahren, warum Sie so weinen?«, und die kleine Frau schüttelte weinend den Kopf.

»Darf man es erfahren?« fuhr die Blonde fort, und weil die kleine Frau keine Antwort gab, ließ sie lange Zeit nicht locker. Schließlich antwortete die kleine Frau.

»Das war alles, was ich hatte, achtzig Lire, bestimmt wollte der Herr mich strafen.«

Wieder verging eine Weile, der Zug war bei Anbruch der Dunkelheit in das Tal eingefahren, aus den Schornsteinen stieg Rauch, und von irgendwoher drang etwas von diesem Rauch ein, vermischt mit dem Duft von Polenta. Der Zug hielt neben einem Haus aus dunklem Stein mit einem Kamin, aus dem Funken nach oben stiegen, und auf einem breiten Streifen aus weißem Kalk stand geschrieben: *Glauben, Gehorchen, Kämpfen. Mussolini.* Aber im Blau der hereinbrechenden Nacht war es kaum zu lesen.

»Was arbeiten Sie?« fragte die Blonde, um die Peinlichkeit des Schweigens und der Tränen zu durchbrechen.

»Ich bin Flickerin«, antwortete die kleine Frau, die sich beruhigt hatte, und es hatte sogar den Anschein, als wolle sie gern einen kleinen Schwatz halten.

»Und wo wohnen Sie?«

»In Bassano del Grappa.«

»Der Zug fährt aber nach Venedig«, sagte die Blonde vollkommen ruhig und freundlich.

»Ich besuche meine Schwester, sie ist Nonne in Venedig«, sagte die kleine Frau. Es war dunkel geworden, die drei Reisenden konnten sich im Schein der blaugetönten Glühbirnen gerade noch sehen, aber das glänzende papierene Modellflugzeug, das zwischen zwei Sitzen hing, schimmerte.

Eine Weile saßen sie so im Dämmerlicht, dann sagte die Blonde zu dem Kind in der Mönchskutte: »Gib der Frau das Geld zurück«, das Kind tat es sofort, und die kleine Frau nahm es, im Dunkeln hantierte sie mit ihrer Handtasche und dem Geldbeutel, schloß die Druckknöpfe und sagte in einem fort: »Danke, danke, ich werde für das Kind beten. Hast du ein Gelübde abgelegt?«

»Ja«, sagte das Kind.

»Wem?«

»Dem heiligen Antonius von Padua«, antwortete das Kind.

»Der heilige Antonius von Padua ist ein guter Heiliger«, sagte die kleine Frau. »Mein Heiliger ist der heilige Franz von Assisi, aber ich weiß, daß der heilige Antonius von Padua ein wirklich guter Heiliger ist.«

Caccia *Jagd*

An einem Novembermorgen, noch lange vor Tagesanbruch, stand ein Mann, er war noch jung, in einem Moor nahe bei Venedig in einer Tonne. Die Sterne am klaren Himmel spiegelten sich im Wasser, kleine Entenscharen flogen durch die Dunkelheit an ihm vorbei zum Meer hin, und er dachte: »Bald kommt die Morgendämmerung«; er spürte aber, wie der Gedanke seinen Körper verließ und zusammen mit den Enten davonflog.

Eine Weile schaute er auf sein Gewehr (eine im Jahr 1942 in Rimini hergestellte Doppelflinte); obwohl er es nicht erkennen konnte, sah er es mit der Erinnerung, denn er hatte es früher schon oft betrachtet, und er dachte: »Ich möchte eine Purdey in einem kleinen Koffer aus Juchtenleder mit silbernen Initialen und allem, was man zur Reinigung braucht. Das kostet ein Vermögen, aber das Leben ist doch so kurz.« Während er so dachte, tauchte im Osten ein hauchdünner schwefelfarbener Lichtstreifen auf, das Schilfrohr, das rings um die kleine Lagune wuchs, zitterte, und ein leichter, sehr kalter Wind streichelte ihm die Wange. »Aurora, die Morgenröte«, dachte er, »oder nein, es ist das weiße Morgenlicht, Alba, die mit ihrem schönen Namen der Aurora vorausgeht.« Er hörte noch mehr Enten, sah sie aber nicht, und auch dieser letzte Gedanke flog mit ihnen davon. Es beglückte ihn, daß die Gedanken aus seinem Körper fortflogen. Ohne Grund empfand er ihn als gebrechlich, und oft sagte er sich, kaum daß er aufgewacht war, genau um diese Stunde: »Ich habe noch zwanzig, vielleicht dreißig, vielleicht auch vierzig Jahre zu leben, dann ist das Leben vorbei, aber meine Träume sind schon seit ein paar Jahren verblaßt, und ich bin ratlos. Ich will eine Purdey«, dachte er wieder wie ein dickköpfiges Kind.

Der schwefelfarbene Lichtstreifen war schon hinter dem Schilfrohr aufgestiegen, seine Farbe hatte sich verändert: Oben war er immer noch schwefelgelb, unten aber rosa, und ›unser Held‹ betrachtete ihn lange mit jener Verehrung, Zurückhaltung und Dankbarkeit, mit der man eine geliebte, aber unerreichbare Frau ansieht.

In diesem Augenblick hörte er hinter sich Flügelschlagen, die Luft bewegte sich nur wenige Zentimeter von seinem Kopf entfernt, und die übermütige Ente ließ sich nahe bei ihm nieder, dort, wo sich in der Lagune das Morgenlicht spiegelte und das Schilfrohr seinen Schatten warf. Der Mann richtete sich auf, die Ente bemerkte ihn erst spät und erhob sich rasch in die Luft. Als sie dem Morgenlicht schon so weit entgegengeflogen war, daß sie vielleicht hätte entkommen können, drückte der Mann ab, die Ente spreizte die Füße und fiel ins Wasser; dort schien sie sich wieder zu erholen, begann in ihrem Gefieder zu zupfen und zum Schilf zu schwimmen, sie versuchte sogar, sich aufzuschwingen, indem sie die Flügel ausbreitete, aber es gelang ihr nicht, und so tauchte sie den Kopf ins Wasser. Erst da erkannte er, daß es ein Bläßhuhn war, er empfand Mitleid, und wieder kehrten seine Gedanken über die Kürze des Lebens zu ihm zurück.

»Trauriger Vogel im Cutaway«, dachte er, »besungen von einer lärmenden Menge von Poeten, die ihn nie gesehen haben, junger, blasser und nicht mal sympathischer Lord, auf einer Beerdigung mit (in seinem Auftrag bei Willoughy gekauften) Handschuhen aus dunkelgrauem Nappaleder, er glaubt, er könnte noch leben, trotz des Schusses, er schwimmt, putzt sich und sucht Futter. Auch er läßt sich täuschen.« Bei diesen Gedanken feuerte er einen zweiten Schuß ab, um das Bläßhuhn zu töten, aber die Schrotkugeln schlugen ins Wasser, er schoß ein drittes Mal und traf wieder nicht, das Bläßhuhn schwamm indessen weiter fort und stieß seinen trompetenartigen Ruf aus.

Der Mann setzte sich, nach einer Weile hörte er, wie hoch über ihm die Luft geteilt wurde, und sah eine riesige Schar von Stockenten, die ruhig vom grünrosafarbenen Himmel aus gen Süden flogen. Er wollte sie zählen, aber sie verschwanden in der Ferne.

Im Osten war die Sonne zwischen den Schilfhalmen aufgetaucht; wo der Himmel vorher rosa gewesen war, hatte er sich orangerot verfärbt, und der höchste Punkt der Sonnenkugel (»ein Buckel, ein Ball«, wie er dachte) war glühend und dunstig. Der Himmel über dem roten Lichthof war grün und hellblau, der gesamte Himmel ringsherum blau und violett, außer im Westen: Dort waren noch ein paar Sterne und ein wenig vom Blau der Nacht zu sehen. Hoch oben flog eine Schar Pfeifenten vorbei, die sogleich wieder verschwanden, aber er glaubte ihr Pfeifen und das Schlagen ihrer Flügel noch zu hören, als er sie schon nicht mehr sah.

»Was für ein Leben in so feierlicher Gemeinschaft«, dachte er, »wie das der Bischöfe in Sankt Peter mit ihren Mitren und ihren Gesängen.«

Die Sonne schien jetzt auf den Rand seiner Tonne, wärmte und färbte ihm die Wange, und er dachte: »Ich will alle meine Wünsche erfüllen, als erstes will ich eine Purdey; wenn es notwendig ist, fahre ich sogar nach England, um Maß nehmen zu lassen. Dann komme ich zurück, um sie auszuprobieren, ich bringe sie in ihrem kleinen Koffer nach Italien. In der ersten Zeit werde ich sie mir oft ansehen, dann immer seltener, aber ich werde stolz sein, sie zu besitzen, und ich werde mich damit brüsten, aber nur vorsichtig, so, daß man es nicht merkt. Ihren Namen gebe ich nur preis, wenn man mich danach fragt, und das, wenn ich kann, freudig und zugleich lässig. Aber ich werde es nicht können, und ich werde keine Purdey haben, und sollte es doch geschehen, dann wird es zu spät sein, denn dann bin ich nicht mehr eitel genug, ihren Namen zu nennen. Außerdem möchte ich ein weißes Jaguar-Cabriolet, eines, das nicht mehr hergestellt wird«; hier blieb sein Gedanke stecken, denn er war nicht ganz sicher, ob er sich den Jaguar so sehr wünschte.

»Ich habe nur wenige Wünsche«, dachte er mit Bedauern, denn er wußte, daß Wunschlosigkeit das Ende der Jugend anzeigt und der erste sehr ferne Hinweis auf das wirkliche Ende des Lebens ist. »An nichts habe ich mehr Freude, nur noch an der Jagd.«

Aus dem Augenwinkel sah er, wie das Bläßhuhn sich schwimmend um sich selbst drehte, hartnäckig und mit größter Anstrengung, als wolle es aus einem Kreis entkommen.

»Ich habe es am Kopf getroffen«, dachte er, »und jetzt versucht es mit aller Kraft zu fliehen. Es hat den Verstand verloren, und seine Anstrengungen sind nichtig, aber das weiß es nicht, und so glaubt es zu leben und lebt auch noch.« Er stand auf, um es zu töten, aber da hörte er Flügelschwirren und sah hinter sich zwischen Ufer, Wasser und Schilf eine tanzende Bekassine: Sie hob den winzigen gestreiften Kopf mit dem nadelförmigen Schnabel, in den Augen ein stolzes, blitzartiges Leuchten; der verschreckte, empörte Vogel hüpfte zwei- oder dreimal auf die Flügel gestützt und flog davon. Der Mann ließ ihn fliegen und schoß auch dieses Mal erst, als sich die Bekassine schon weit entfernt hatte, er traf sie dennoch, und der Vogel stürzte seitwärts ins Wasser.

»Ich fange an, diese Tiere zu lieben, es war nicht recht, die Bekassine zu töten, die mir lebend so gut gefällt, oder das Bläßhuhn, das mir nicht sympathisch, aber auch nicht unsympathisch ist, das weder Vogel noch Ente ist und Trauer trägt, mit seinen Handschuhen.«

Während er so dachte, hörte er noch einmal hinter seinem Rücken Flügelschwirren: Er kauerte sich in die Tonne und sah über sich das Leittier eines Stockentenschwarms, der in einem vollendeten Dreieck flog. Der Abstand war ideal, aber er ließ einige Augenblicke verstreichen, um den dichtgefiederten beigefarbenen Bauch und den langen grünen Hals anzuschauen; schließlich schoß er auf die beiden letzten Tiere der linken Seite, eines starb im Flug und stürzte mit der Unerbittlichkeit des Todes ins Wasser. Bei diesem Abstand hätte er sie beide töten können, hatte aber zu viel Zeit mit Nachdenken verloren.

Die Sonne stieg höher in den nun vollkommen blauen Himmel, und als der Mann aufmerksam geradeaus nach Westen blickte, glaubte er zu sehen, wie sich aus der Lagune, jenseits der äußeren Sandbänke, Campanile und Türme erhoben. Ihm war, als höre er mit dem Wind, der von dort herüberwehte, ein sehr fernes, aber tiefes Glokkenläuten, und sein Herz erkannte mit einem Mal den Campanile von San Marco. Die Augen voller Tränen, betrachtete er seine Hände, dann wandte er den verschleierten Blick auf das Bläßhuhn, das wie ein Häuflein dalag, den Kopf unter dem Flügel versteckt, als wolle es schlafen oder sich vor dem Tode von seinem Schmerz erholen, und er dachte: »Wieviele Jahre doch vergangen sind.«

CAREZZA *Liebkosung*

An einem Winterabend des Jahres 1937, in einer italienischen Stadt, kalt und nur spärlich beleuchtet, mit zahlreichen Arkaden und verschlossenen Kirchen, stieg ein hochgewachsener Mann in einem langen Mantel und mit einem breitkrempigen Hut aus Fell, die seinem Schatten etwas Schiefes verliehen, die Treppe eines feuchten Hauses empor. Im Dunkeln trat er an eine Tür und drückte die Schelle, deren Klang unsicher und zittrig war.

In diesem Haus wohnten ein noch junges Fräulein, ihr siebenjähriger Sohn und ein altes Ehepaar, das mit ihnen verwandt war; der Knabe nannte sie Großeltern. Gewöhnlich ging nur das Fräulein an die Tür (der Mann erschien immer um Punkt acht Uhr). Auf ausdrücklichen Wunsch des Besuchers war sie dann schon zum Ausgehen bereit, oder aber sie gingen in ein kleines, mit Korbmöbeln eingerichtetes Wohnzimmer, wo sie miteinander sprachen.

Das Kind hatte den Mann erst zweimal gesehen, beide Male hatte ihm der Mann zehn Lire für seine Sparbüchse geschenkt; das Kind erinnerte sich kaum mehr an ihn, aber seine Anwesenheit ›da drüben‹ ließ sein Herz jeden Abend beinahe stillstehen. »Er ist es«, sagte einer der beiden Verwandten, dann wurden die Türen geschlossen, und die beiden Alten und das Kind verbrachten die Zeit, als warteten sie auf etwas. Währenddessen sprachen die Alten oft von dem Besucher. Sie glaubten oder richteten es so ein, daß das Kind sie nicht verstand. Fast ehrfürchtig sprachen sie von dem Mann und nannten ihn ›er‹, und besonders die Frau grübelte darüber nach, wie sich die Familie am besten verhielte, um seiner würdig zu sein. Sollten sie ihn grüßen oder lieber nicht, sollten sie sich zeigen und ihn etwas fragen oder nicht? Mit der Zeit drang die Gestalt des unsichtbaren Besuchers, der mit der Mutter ausging oder zurückgezogen mit ihr plauderte, während das Haus in Schweigen versank und die beiden Alten miteinander tuschelten, in die nächtlichen Gedanken des Knaben ein, und er begann sich zu fürchten. Als der Mann an jenem Abend das kleine Wohnzimmer mit den weidengeflochtenen Möbeln betrat, gingen auch die beiden Alten in den Raum. Das Kind begriff, daß sich sein Leben ändern würde. Es begriff es deshalb, weil es durch die farbige Glastür der Küche sah, wie der ›Großvater‹ weinte, dem Besucher die Hand streichelte, wie die ›Großmutter‹ sich auf ihre dünnen Absätze stellte und ihn heftig umarmte. Dann wurde auch er ins Wohnzimmer gerufen (sie hatten ihn ›fein‹ angezogen und bis zum letzten Augenblick immer wieder gekämmt), und er hatte das Gefühl, daß seine Erscheinung zwischen den hohen und engen Wänden der Wohnstube auftauchte wie ein Mißklang, der ihm endgültig erschien.

Da er schwieg und auch nicht näherkam, sagte die Verwandte: »Sag dem Herrn guten Abend.« Da sagte das Kind guten Abend und lächelte sogar. Der Besucher erwiderte den Gruß und nannte das Kind beim Namen, aber es war zu klein und unerfahren, um ihm in die Seele zu schauen, und so sah es nur sein schwarzes, glänzendes Haar auf einem langen Schädel.

Eine Weile geschah nichts, nur das Licht in den Glühbirnen zitterte, alle außer dem Kind blickten nach oben, und die ›Großmutter‹ sagte: »Gestern ist auch schon der Strom ausgefallen.« Sie öffnete die Glastür einer Kredenz (etwas wie ein matter Lichtschein huschte vor den Augen des Knaben vorbei und verlor sich in einer Ecke der Zimmerdecke), nahm eine Flasche heraus und goß dunklen Likör in vier Gläschen, die schon, wie das Kind erst jetzt bemerkte, auf dem mit einem Deckchen verzierten Tisch bereitstanden. Die Frau verteilte die Gläschen, alle kosteten schweigend den Likör, dann sagte die Verwandte mit einer Stimme, die dem Kind streng erschien: »Bedank dich bei dem Herrn, du weißt nicht, was er für dich tut.«

Das Kind sagte nichts, es bewegte sich nicht und verharrte in einer seltsamen Habachtstellung, die Hände an den Nähten seiner kurzen Samthose.

»Das dürfen Sie nicht sagen«, unterbrach sie der Mann, »ich möchte von niemandem Dank ...« In diesem Augenblick begann die Mutter des Kindes leise zu weinen.

»Siehst du, jetzt weint sie«, sagte der ›Großvater‹ an seine Frau gewandt und schüttelte mißmutig den Kopf. »Aber Dankbarkeit ist«, begann seine Frau, verstummte jedoch auf einen Blick des Besuchers hin. Wieder schwiegen sie lange, der Mann klopfte dem Fräulein, das immer noch weinte, zwei- oder dreimal auf die Hand, von einem der vielen Treppenabsätze des Mietshauses hörte man eine krächzende Männerstimme zwei- oder dreimal ›Tilde‹ rufen, und das Glöcklein der nahegelegenen Canossianerinnen-Schule begann zu läuten.

Die Erwachsenen sprachen nun wieder, von einem neuen Haus mit einem Garten, in dem ein Feigenbaum stand, wo der Besucher, das Fräulein und das Kind wohnen sollten, von der Miete, von einer Reise (»Venedig ist gut genug, Venedig reicht«, sagte der alte Verwandte), und die Frau schenkte noch einmal ein Gläschen randvoll mit Nußlikör, das der Mann entgegennahm und dabei kurz auflachte.

Das Kind stand immer noch stramm, das Fräulein trat zu ihm, nahm seine Hand, führte es zu dem Besucher und sagte:

»Redest du gar nicht mit ihm?«

Das Kind überlegte, was es sagen sollte, erinnerte sich an die beiden letzten Male und die zehn Lire und sagte tief beschämt:

»Die zehn Lire.«

Die Alten verstanden es nicht, die Mutter jedoch errötete und sagte:

»Er meint die zehn Lire, die du ihm letztes Jahr für seine Sparbüchse geschenkt hast«, und sie lächelte.

Der Mann aber lächelte nicht und starrte das Kind von der Höhe seines langen, glänzenden Kopfes an. Er stand auf, nahm ein Zehnlirestück aus seiner Hosentasche und gab es dem Kind, das seine Hand ausgestreckt hielt. Dann ging es hinaus, machte Licht in einem Zimmer, in dem zwei uralte Betten aus Nußbaum standen, stellte sich auf die Zehenspitzen und nahm von der Marmorplatte der Kommode eine eiserne Sparbüchse und ein winziges Hündchen des Signor Bonaventura [Comic-Figur] aus gelbem Filz herunter. Es betrachtete den Hund, steckte die Münze in die Sparbüchse, hielt sie ans Ohr, schüttelte sie und ging ins Wohnzimmer zurück.

»Er hat es in die Sparbüchse gesteckt«, erklärte die Verwandte, aber der Besucher stand schon da, den großen Hut aus Fell in der Hand, bereit, mit dem Fräulein auszugehen. Er verabschiedete sich von allen, dann blieb er bei dem Kind stehen und sagte:

»Denk daran, Kleiner, daß man niemals betteln darf.«

Voller Angst trat der Knabe einen kleinen Schritt zurück und stand wieder stramm, der Mann kam näher, beugte sich über ihn, streichelte ihm mit einer glänzenden grauen Hand über die Wange und sagte:

»Ab heute wirst du Onkel zu mir sagen.«

CASA *Haus*

An einem Abend im Dezember saß eine Familie in einem italienischen Landhaus unweit der schneebedeckten Berge beim Essen. Auf dem Tisch standen ein rechteckiger Aluminiumtopf mit einem zerlegten Huhn, Kartoffeln mit Tomatensauce und eine Salatschüssel, bis zum Rand gefüllt mit gut gepfeffertem, rotem, weißstengeligem Radicchio; dazu gab es Brot, ein paar Schnitten geröstete Polenta und schweren roten Wein in einer Flasche, deren Strohmantel weinfarben getränkt war. Die Küche wurde von einem weißen Ölofen geheizt, auf dem auch das Essen zubereitet worden war. Die Familie und zwei Freunde saßen um den großen, mit einem weißen Tuch bedeckten Tisch und sprachen von einem anderen Ölofen im oberen Stockwerk. Der hochgewachsene Alte, der am oberen Tischende saß, hatte von den Stechmücken im Schützengraben im Ersten Weltkrieg erzählt, jetzt lächelte er hinter seinen Brillengläsern in sich hinein und folgte der Unterhaltung, nur hier und da warf er ein Wort ein. Das Barometer zeigte nun nicht mehr schönes Wetter an, es befand sich in jenem Zustand der Unentschlossenheit, der einer plötzlichen Änderung vorausgeht. Der Wind hatte sich gelegt, es war noch sehr kalt (das Außenthermometer zeigte vier Grad minus, stieg aber langsam), und sie alle spürten, daß bald Schnee fallen würde. Eine junge schwarzweiße Bracke lief herein und wieder hinaus, dabei stieß sie die Haustür auf, und jedesmal kam ein Kälteschwall herein, und sie standen abwechselnd vom Tisch auf, um sie schnell wieder zu schließen.

»Gianfranco, er ist wirklich schlecht erzogen…«, sagte die Hausfrau, der Sohn sagte: »Schluß jetzt, Full, Platz!«, und der Hund legte seine weichen Lefzen auf Gianfrancos Bein und sah ihn an. Die Mutter nahm das Gespräch wieder auf, das Gesicht vor Erregung gerötet.

»Er ist phantastisch, wirklich«, sagte sie, »er heizt ein, zwei, drei Schlafzimmer, den ganzen Flur und das Bad.«

»Auf wieviel stellt ihr ihn denn?« fragte einer der Gäste, der den gleichen Ofen besaß.

»Auf sechs, und den Thermostat auf die höchste Stufe«, antwortete Rosetta, die Tochter.

»Die höchste Stufe? Das ist zuviel! Wissen Sie, wieviel Öl da verbraucht wird? Ich stelle ihn nur auf drei, Mittelstufe.«

»In der Gebrauchsanweisung steht, man muß ihn auf sechs stellen und den Thermostat auf Höchststufe«, sagte die Hausfrau, »aber ich finde auch, daß es zuviel ist, Rosetta, merkst du nicht, wie warm es ist?«

»Jedenfalls ist er einfach zu bedienen«, sagte der Hausherr, die Mutter sah den Sohn an und lächelte.

»Erinnerst du dich, Gianfranco, als wir noch mit Holz heizten, zwar hat Pinio das immer gemacht...«

»Was heißt hier Pinio?« sagte Rosetta. »Sind wir nicht auch immer bei Eiseskälte rausgegangen, um Holz zu holen, weißt du noch, Gianfranco?« Gianfranco lächelte, als wolle er sagen: »Und ob ich es noch weiß!« Er war ein schöner, hochgewachsener Italiener, mit lockigem Haar, zweiunddreißig Jahre alt, seine Schwester und Eltern liebten ihn sehr. Warum war er bloß oft so schwermütig? Viele Leute fragten sich das.

Aus der Dunkelheit tauchte hinter dem Türglas ein Gesicht auf, dann kam ein junger Priester in Anzug und Kollar herein. Er rieb sich die Hände.

»Heute nacht schneit es«, sagte er und schloß die Tür hinter sich.

»Oh, Don Antonio«, sagten alle; das Erscheinen des Priesters mit seinem rosigen Gesicht und den tiefblauen Augen gab ihnen allen ein Gefühl der Geborgenheit.

»Schön warm ist es hier«, sagte Don Antonio, er sah sich um und fügte hinzu: »Ist der neue Ofen geliefert worden?«

»Ja, ja, gestern. Setzen Sie sich, Don Antonio, legen Sie doch ab. Essen Sie mit uns?«

»Machen Sie bitte keine Umstände, ich habe schon gegessen …«

»Aber ein Glas Wein trinken Sie doch«, sagte Gianfranco und nahm ein sauberes Glas aus der weißgestrichenen Kredenz. (Am Fensterrahmen der Anrichte steckte die Photographie eines Neugeborenen, ganz in Spitzen gekleidet, vielleicht schlief es, vielleicht war es auch tot.)

»Gut, ja«, sagte Don Antonio, blickte mit seinen blauen Augen hinaus und sagte: »Das ist eine Vogelnacht, ich habe die Netze im Auto.«

»Wunderbar, ich gratuliere, ein Priester als Wilderer!« sagte Signor Alfredo lachend, und auch Don Antonio lachte und breitete seine Arme aus, als wolle er sagen: »Wir sind alle Sünder.«

»Entschuldigen Sie, Don Antonio, daß wir weiteressen, möchten Sie nicht vielleicht doch etwas roten Radicchio, er schmeckt sehr gut«, sagte Rosetta.

»Um Gottes willen, essen Sie nur, das wäre ja noch schöner«, sagte Don Antonio, nahm die Zipfel seines Mantels hoch, setzte sich mit seinem Glas Wein in der Hand auf einen Stuhl, und alle aßen wieder.

»Ausgezeichnet«, sagte Gigi, der zweite Gast, und fischte in aller Ruhe die Kartoffeln mit Tomatensauce und das zarte Hühnerfleisch aus seinem Teller. »So ein Huhn mit Tomatensauce ißt man nur bei Ihnen, es ist vorzüglich.«

»Ich bitte Sie, Signor Gigi«, sagte die Hausfrau, aber man konnte sehen, daß nicht nur sie, sondern die ganze Familie sich über das Kompliment freute.

»Am besten nimmt man junge Zwerghühner.«

»Aber die muß man erst mal finden«, sagte Signor Gigi.

»Wir haben an die hundert hier, sag nur, wenn du welche willst, vielleicht zwei für morgen, zum Braten?« fragte Gianfranco.

»Nein, nein danke«, sagte Signor Gigi, ohne es wirklich zu meinen.

»Gigi, wirklich, wenn du welche willst …«

»Sagen Sie es nur, Signor Gigi«, sagte Rosetta.

Es entstand eine Pause, in der alle langsam aßen und sich gegenseitig Wein einschenkten, dann sprachen sie wieder vom Haus, von den Öfen, von Dingen, die man im Haus braucht. Dies umhüllte sie mit seinen wenigen warmen Zimmern und seinen vielen leeren, kalten und dunklen Räumen, dem riesigen Getreidespeicher und dem Dachboden, auf dem zwei Deutsche gestorben waren. Als sie darüber sprachen, meinten die Familie und auch die Gäste mit einem Mal zu spüren, wieviele Dinge von früher, die sie gar nicht mehr kannten und die verlorengegangen waren, diese Hülle aus Mauern seit vielen Jahren umgab.

Sie sprachen vom Ersten und Zweiten Weltkrieg, aber aus irgendeinem Grund kamen sie wieder auf die Heizung zurück.

»Jetzt rechnen wir es mal aus«, sagte der Hausherr, zog seinen Kugelschreiber aus der Brusttasche und schickte sich an, auf einer Ecke der Zeitung Notizen zu machen. »In der Stunde dürfte er einen Liter Öl verbrauchen, das wären vierundzwanzig Liter. Ein Doppelzentner Brennholz kostet tausend Lire, im Vergleich dazu spart man, und ob man spart.«

Sie gingen die Treppe hinauf, um den Ofen anzuschauen und seine Wärme zu spüren; sie betraten die großen Schlafzimmer (auf einem Bett lag eine Puppe, eine Spanierin) und das Bad, im Gang blieben sie stehen. Eine geschlossene Tür am Ende des Ganges führte sie zu anderen Fluren, zu Zimmern ohne Möbel, Treppen und Dachböden. Durch das Schlüsselloch drang die Kälte unbekannter Dinge. Dann gingen Gianfranco, die beiden Gäste und Don Antonio (vielleicht wegen dieser Tür) hinaus in die Kälte unter die Bäume im Garten und leuchteten mit einer Lampe auf das Thermometer: Es war auf ungefähr null Grad gestiegen, im Dickicht der immergrünen Büsche und Bäume hörte man Flügel und Federn rascheln.

»Psst!« machte Don Antonio, »die Fasane.« Leise gingen sie bis zu der großen Zeder, und Gianfranco richtete den Strahl der Lampe auf die Zweige, sie sahen erst eine, dann zwei, dann drei Fasanenhennen, die im tiefen Schlaf geblendet waren, dann wandte ein großer Fasan seinen Kopf, und das Licht glänzte in seinem Auge.

»Eine Gans, schau, eine Gans!« sagte Gianfranco leise, und das Herz klopfte ihm bis zum Hals. Er leuchtete auf eine große Wildgans, die ihren Hals reckte, mit den langen Flügeln schlug, sie ausbreitete und in die Nacht davonflog. Durch die erleuchtete Tür sahen hinter der Scheibe der Vater, die Mutter, Rosetta und Full nach draußen.

»Dummkopf«, sagte Don Antonio erregt, »weißt du, wie oft man einer Wildgans begegnet? Hättest ja das Jagdgewehr mitnehmen können, du Trottel, eine Gans, Herrgott noch mal, sich eine Gans durch die Lappen gehen zu lassen …« Und bei dem Wort ›Gans‹ begann es um das Haus herum zu schneien.

CINEMA *Lichtspielhaus*

An einem Sonntag im Januar des Jahres 1942 beschloß ein nicht mehr junges Fräulein mit krausem rötlichem Haar, das zu einem Knoten zusammengesteckt war, ins Kino zu gehen. In ihrem Leben war sie erst ganz wenige Male im Kino gewesen, und zwar immer, um die Kinder in Zeichentrickfilme zu begleiten (sie war Gouvernante in einem hochherrschaftlichen Hause), bis auf das eine Mal, als sie den Film *Salvator Mundi* gesehen hatte, zusammen mit der ganzen Familie, an einem Ostersonntag, in welchem Jahr, wußte sie nicht mehr. Das Kino hatte in dem Hause keinen guten Ruf, aber an jenem Sonntag hatte das Fräulein beschlossen, allein hinzugehen und es niemandem zu sagen.

Es war ein Regentag, der dicke gelbe Rauch, der aus dem Schlot einer Fabrik quoll, in der Gerste gebrannt wurde, hüllte sie und ihren Regenschirm ein, die beiden einzigen Wanderer entlang einer endlosen Backsteinmauer. (Außerdem blies der Wind.)

Das Fräulein erreichte die Mitte der Stadt, mit hallenden Schritten, und in ihrem Lodenmantel näherte sie sich dem Eingang des Kinos Edison, sie blieb stehen, um die Photos zu dem Film *Die goldene Stadt* zu betrachten, einem der ersten deutschen Farbfilme jener Jahre. Sie sah, daß an der Kasse ein Gedränge von Soldaten und fast nur Männern herrschte.

Das Fräulein wußte, daß der Film als gewagt galt, sie wußte auch, daß das Kino nicht das beste war, aber sie wollte dem keine Beachtung schenken (sie war in einem Pensionat bei armen Nonnen aufgewachsen, sprach jedoch fließend Deutsch und war sogar Dolmetscherin gewesen), obwohl ihr Herz in diesem Augenblick ein wenig heftiger klopfte. Um sich nicht unter all die Männer mischen zu müssen, gab sie sich einen Ruck und bat den Bonbonverkäufer (einen lakritzkauenden Jungen mit schwarzem Mund), die Eintrittskarte für sie zu besorgen. Zum Dank kaufte sie ihm fünf Bonbons ab und betrat den Vorführsaal. Sogleich erkannte sie, daß dies ein Kino ›für das Volk‹ war, daß fast keine Frauen unter den Zuschauern waren, nur hier und da eine Blondine und sonst ein paar Frauen mit ihren Männern. Sie fand einen Platz, einen unangenehmen Platz inmitten einer Bande junger Flegel, und schickte sich an, in die Reihe zu schlüpfen. Sie wurde jedoch von einem Kerl in einer schwarzen Uniform zurückgehalten, der sich an ihr vorbeischob und ›besetzt‹ sagte.

Dann ging das Licht aus, das Fräulein stand an die Wand gelehnt genau unter dem Projektorschlitz, aus dem ein starker Azetongeruch strömte, und allein dieser unerwartete Geruch gab ihr die Empfindung von etwas Mystischem. Auf der Leinwand erschienen Bilder von Gebirgsjägern, die unterwegs waren, wer weiß wohin, Aufmärsche in Rom, schließlich eine Diva, die zu Werbezwecken an einem Kaffee nippte, der ›astragalo‹ hieß. Das Licht ging wieder an, das Fräulein lief umher auf der Suche nach einem Platz, und ihr wurde immer unbehaglicher zumute (sie trug einen Tirolerhut mit Dachs, der im Hutband steckte), bis mit einem Mal eine große, fleischige, kräftige Hand sie am Arm packte. Verängstigt, aber streitbar wandte sie sich um und erblickte einen alten Mann in einem halblangen Mantel mit weitem rotem Pelzkragen, er lächelte sie an und wies auf einen Platz neben sich. Das Fräulein sagte ›danke‹ und schob sich an ihm vorbei, dabei berührte sie mit ihren Beinen die Beine des Mannes, die sich steinhart anfühlten, dann setzte sie sich. Plötzlich, nach wenigen Augenblicken, fühlte sie glühende Hitze im Gesicht (der Saal war voller Rauch), sie knöpfte ihren Lodenmantel auf, löste den Knoten ihres Halstuchs. In diesem Moment wurde es dunkel, und der Farbfilm begann. Das Fräulein ›verliebte‹ sich sofort in das Gesicht der Hauptdarstellerin, einer jungen Deutschen in der Rolle einer schönen und unschuldigen Bäuerin, aber später merkte sie, daß es sich um einen viel gewagteren Film handelte, als sie sich je hätte vorstellen können. Sie ›fühlte‹, daß sich die Hauptdarsteller früher oder später küssen würden, wenn es nicht gar noch schlimmer käme: Einen Augenblick lang dachte sie daran, wegzugehen (aber wohin?); dann gab sie einer gewissen inneren Erschöpfung nach, hervorgerufen durch die Hitze im Raum und das so harte und reglose Bein des Mannes neben ihr, über das sie hätte hinwegsteigen müssen, außerdem hatte sie starkes Herzklopfen. Und eine Frau, die hinter ihr saß, klopfte ihr mit Fingern, die nach Mandarinen rochen, auf die Schulter und sagte: »Entschuldigen Sie, könnten Sie ein wenig nach links rücken?«

Das Fräulein rutschte weiter nach links, aber nach einer Weile waren da schon wieder die Mandarinenfinger und die Stimme der Frau, die sagte: »Vielleicht wäre es besser, Sie würden den Kopf etwas weiter nach rechts …« Das Fräulein gehorchte. »So?« fragte sie, und die Frau antwortete barsch: »So.«

Es verging einige Zeit, und wieder sagte die Frau: »Hören Sie, ich kann nichts sehen.« Ein Mann, der zu der

Frau gehörte, brummte neben ihr, das Fräulein wußte nicht, was es tun sollte, die Leute um sie herum sagten: »Schluß jetzt, Ruhe!« Da mischte sich der rundliche Mann mit dem halblangen Pelz ein; mühsam erhob er sich ein wenig, stieß mit seinem rechten Bein gegen den hölzernen Sitz und rief so den Klang eines Musikinstruments hervor. Es folgte ein kurzer Wortstreit in einem Dialekt, den das Fräulein nicht verstand, aber sie hörte das Wort ›Erziehung‹. Schließlich sagte die Frau mit lauter Stimme: »Wie kann man nur mit so einem Hut ins Kino gehen?« Das Fräulein errötete, und mit einer raschen, schroffen Bewegung, wie ein Mann, der grüßt, nahm sie ihren Hut vom Kopf, ihr Knoten löste sich, und einige zerzauste Strähnen roten und grauen Haars fielen ihr über die Ohren. Dann legte sie den Hut in den Schoß, hielt ihn mit beiden Händen fest und sah sich wieder den Film an: Sie küßten sich, die blonde und unschuldige deutsche Bäuerin war in einem Bett in einem großen Plumeau versunken, die vollen Lippen im erregten Gesicht zitternd, das Nachthemd aus Leinen über dem keuchenden Atem. Das Fräulein sog diese Bilder verzweifelt und mit bis zum Hals klopfendem Herzen in sich auf.

»Ich gehe jetzt, ich gehe nicht, ich bleibe, welche Schande, reg dich nicht auf, laß dich nicht beeindrucken, es ist eine Schande ...«, murmelte ihr Verstand, und etwas war wohl auch ihren Lippen entflohen, denn der Mann neben ihr, der ihr von Zeit zu Zeit einen Blick zuwarf, fragte leise: »Wie? Was haben Sie gesagt?« und lächelte sie aus einem breiten, gefräßigen Mund an. Das Fräulein antwortete nicht und blickte starr auf die Leinwand, aber sie hörte ein Geräusch, das von dem Mann her kam: Es klang wie ein Klopfen, kurze Schläge, die aus seinem reglosen Bein hervorkamen und sich auf ihres übertrugen wie Klopfen an einer Tür. Zwei- oder dreimal warf sie einen raschen Blick nach rechts unten und sah, daß der Mann eine seiner fleischigen Hände auf das Bein stützte und mit einem oder vielleicht mehreren Fingern darauf trommelte. Das Fräulein war gelähmt vor Schreck und konnte sich nicht vorstellen, wie ein Bein einen solchen Ton hervorbringen konnte (der Mann klopfte jetzt ununterbrochen mit den Knöcheln, genauso, wie man fest an eine Tür klopft). Reglos heftete sie ihren Blick wieder auf die Leinwand, auf der sich die Verführungsszene abspielte, ein Stöhnen, ein kurzer Schrei entfuhr ihr, so stark klopfte ihr Herz.

CUORE *Herz*

An einem tiefblauen Tag kam ein Mann in einen Bergort, der schwarz war von Dunst und zwischen hohen Gipfeln im Schnee begraben lag: Er ging unter den niedrigen Arkaden entlang und blieb vor einem Souvenirladen stehen, er sah ein Tiroler Pärchen mit der Aufschrift *Zwei Herzen* und mit einem Mal erinnerte er sich an ein blondes, rosiges, immer als Tirolerin gekleidetes Mädchen, dem er begegnete, wenn er zur Schule ging. Sie sahen sich dann an und erröteten, und eines Abends traf er sie auf einer schmalen, halbverlassenen Straße, bekleidet mit einem Mantel aus rotem Filz mit Kapuze (es schneite), er nahm ihre Hand, und nach einer Weile küßte er sie erst auf eine Wange, die sehr kalt war, dann auf den roten Mund, sie sah ihn dabei mit offenen, reglosen blauen Augen an.

»Wie heißt du?« fragte der Junge und sie antwortete, immer noch mit weit geöffneten Augen, ganz langsam: »Cu-o-re«. Dann sahen sie sich nicht mehr, und die Jahre vergingen.

Während der Mann die beiden Puppen betrachtete, fragte er sich, wo sie in diesem Augenblick wohl sein könnte, ob sie lebte oder vielleicht nicht mehr, auch am Nachmittag und am Abend dachte er noch an sie und seine Neugierde, sie wiederzusehen, war groß. Ein wenig verlegen rief er vergessene Jugendfreunde an, erklärte sein Anliegen, da er aber nichts von ihr wußte, nur den Vornamen, nicht den Familiennamen, konnte sich niemand an irgend etwas erinnern. Schließlich fand er jemanden mit einem besseren Gedächtnis als die anderen, einen Botaniker mit einem krausen Bärtchen, der in die Vergangenheit versank, ihm erklärte, daß sie verheiratet sei, mit zwei Kindern, in einer Stadt, die nicht weit entfernt war von dem Ort, in dem er sich im Augenblick befand; er machte sogar eine Telefonnummer ausfindig.

Der Mann rief die Nummer an und hörte die Stimme einer Sprechpuppe antworten; sie war es selbst, und sie sagte, sie könne sich an alles erinnern und würde ihn gerne wiedersehen.

»Hast du noch Zöpfe?« fragte der Mann.

»Nein, ich habe kurze Haare.«

»Wie kurz?« fragte er weiter, ohne zu wissen warum, und sie antwortete: »Normal kurz.«

Der Mann sagte, daß er sich an sie als Tirolerin erinnere; sie erinnerte ihn daran, daß so viele Jahre vergangen waren, daß sie jetzt ›eine Frau mittleren Alters‹ sei, daß sie vielleicht eine Enttäuschung für ihn wäre und daß es vielleicht ›das Klügste‹ wäre, sich gar nicht zu sehen. Dann fügte sie noch einen Satz hinzu, der dem Mann sehr schön erschien:

»Auf jeden Fall, auch wenn du keine Lust hast, mich wiederzusehen, ich möchte dich sehr gerne wiedersehen.«

Der Mann fragte sie nach ihrem jetzigen Namen, die Frau lachte und sagte: »Es ist der Name eines der sieben Zwerge, du mußt raten.«

Der Mann sträubte sich (wer erinnerte sich schon an die Namen der sieben Zwerge?), er mußte mit ihrer Hilfe alle Namen aufsagen, bis er zum richtigen kam: Dotto. Die Frau stieß am Telefon einen kurzen Schrei aus.

»Und welcher Arbeit geht Signor Dotto nach?«

»Er ist Nahrungsmittelvertreter.«

Es entstand eine lange Pause, dann verabschiedeten sie sich mit dem Eindruck, daß sie sich viele Dinge zu sagen hatten. »Vielleicht ist sie ein bißchen verrückt, oder auch nur dumm«, sagte sich der Mann, aber, ohne es zu wollen, dachte er weiter an sie, in jener Nacht träumte er von ihr, wie er sich an sie erinnerte, als Tirolerin gekleidet, mit Porzellanaugen zwischen langen schwarzen Wimpern mit Schnee darauf, vollkommen reglos und lächelnd.

Am nächsten Tag rief er sie noch einmal an, aber sie war nicht zu Hause, er sprach mit einem Jungen, der eine strenge Stimme hatte und ahnte, daß etwas in der Luft dieses Winters lag.

Um fünf Uhr nachmittags (er hatte ihr gesagt, daß sie ihn immer um diese Zeit erreichen könne), ganz pünktlich, hörte er ihre bedächtige Stimme. Sie blieben eine Weile am Telefon und redeten miteinander, sie sagte, daß sie sehr in ihn verliebt gewesen sei (sie war damals zwölf Jahre alt gewesen), sie überzeugte ihn, und er überzeugte sie von demselben.

»Bist du es immer noch?« fragte der Mann und errötete (er hatte mit solchen Abenteuern nichts im Sinn), und ihre Stimme sagte nach einer langen Pause: »Ich bin verheiratet, wie könnte ich zwei Männer gleichzeitig lieben?« In ihrer Stimme lag großes Staunen, aber kein Tadel, und er wußte nicht, was er antworten sollte. Er sagte ihr, daß er sich tags darauf einige Stunden in der Stadt, in der sie wohnte, aufhalten würde. Sie verabredeten sich vor dem Dom, und er fragte sie nach ihrer Konfektionsgröße, weil er ihr ein Geschenk mitbringen wollte. »Sechsunddreißig, achtunddreißig«, sagte sie glücklich, »aber mach dir bitte keine Umstände.«

Der Mann trat in den Schnee hinaus, verwirrt und beschwingt, er ging in den Souvenirladen, erstand ein Dirndl (die Größe stimmte nicht genau) und machte sich auf den Weg. Während der Fahrt kam ihm fast vollständig der Film *Schneewittchen und die Sieben Zwerge* in den Sinn, wobei ihm auch die an der Straße gelegenen Wälder behilflich waren, und ohne es zu merken, stürzte er in jenen Zustand von Unwirklichkeit, der immer wichtigen Ereignissen im Leben vorausgeht und sie begleitet. Als er vor dem Dom ankam, erblickte er sie sofort zwischen den Passanten: Sie schien ihm unverändert, dasselbe langsame und erstaunte Mädchen wie vor dreißig Jahren.

»Ciao, Cuore«, sagte er, und das Herz schlug ihm bis zum Hals, »du bist ganz dieselbe«, und die Frau stieg ins Auto und sagte lächelnd mit ihrer langsamen und sanften Stimme: »Ciao, auch du bist derselbe.«

Sie fuhren übers Land und an einem Fluß entlang durch den Wald, zwei Stunden lang. Sie redeten, vor allem sie, sehr intelligent und naiv, wie im Märchen, in einfacher und sehr klarer Sprache. Sie drangen tiefer in den Wald ein, wo sie das Dirndl anprobieren wollte, und als sie es anhatte, sagte sie: »Oh, was für ein dunkler Wald«, und nahm ihn bei der Hand; als sie wieder herauskamen, zeigte sie auf das niedrig stehende Getreide auf den Feldern und sagte: »Das Gras ist schon grün.« Auch ihr rundliches rosiges Gesicht mit den großen blauen, weit geöffneten Augen und dem runden rosafarbenen Mund waren natürlich und sehr rein, und der Mann küßte sie: Wie damals stand sie reglos da und sah ihn mit offenen Augen an.

Auf der Rückfahrt fragte der Mann sie: »Gestern, als du am Telefon mit mir gesprochen hast, haben deine Kinder da gehört, was du sagtest?«

Sie wurde ernst: »Ja, es gab auch eine Auseinandersetzung mit meinem Mann. Er ist ein Starrkopf. Er hat gesagt: ›Was will er denn?‹«

Der Mann merkte, daß ihr Gesicht ein wenig verfinstert war und zerstreut wie das von Kindern, die über etwas nicht sprechen wollen oder im Begriff sind zu lügen.

»Und was hast du geantwortet?«

»Nichts, ich habe gesagt, du willst nichts.«.

Der Mann beharrte darauf, noch mehr zu erfahren, aber sie war zerstreut und sah vor sich hin, da wechselte er das Thema. Er fragte sie, ob sie ein Auto habe. Die Frau lachte und sagte: »Mein Mann will nicht, daß ich Autofahren lerne, er sagt, ich sei dumm.«

»Und was machst du den ganzen Tag?«

»Ich bleibe zu Hause, mein Mann will nicht, daß ich ausgehe, er sagt, ich könne nicht einmal die Straße überqueren, stell dir vor. Ich verlasse das Haus nur morgens, um einzukaufen, aber da begleitet mich der Ladenjunge.«

»Hast du kein Hausmädchen?«

»Nein.«

Der Mann hatte während der ganzen Fahrt ihre Hand in der seinen gehalten, einmal küßte er sie, sie roch nach einer einfachen und sehr gängigen Seife; dann küßte er sie auf die Wange und roch den Duft eines Kinderpuders, das auch sehr bekannt war.

»Ich bin sehr glücklich, daß ich dich wiedergesehen habe«, sagte sie und nahm sorgfältig die Schachtel mit dem Dirndl an sich, »und gern würde ich dich immer sehen.« Nach diesem Satz, den sie mit ruhiger und glücklicher Stimme ausgesprochen hatte, fügte sie hinzu: »Du auch?«

Der Mann bejahte durch ein Nicken des Kopfes, und während die Frau aus dem Auto stieg, hörte er sie sagen: »Ich werde dich immer um fünf Uhr anrufen.«

Von diesem Tag an trafen sie sich immer öfter in der Art und zu den Stunden, in denen Geliebte sich sehen, der Mann fragte nie mehr nach ihrem Ehemann und der Familie, sie sprach selten darüber; wenn sie aber darüber sprach, dann wurde ihr Gesicht abwesend. Ihre Bekanntschaft ging nicht viel weiter: Wenn sie sich trafen, sprach der Mann wenig, versunken in das Staunen, in das sie ihn mit ihren Worten und Ausrufen verwickelte, aber auch mit ihren Liebkosungen und den blauen Augen, geöffnet beim Küssen und geschlossen mit den langen schwarzen Wimpern, wenn sie schlief.

Manchmal war der Mann ein wenig unruhig, aber er äußerte es ihr gegenüber nicht, weil er nicht wußte wie. Also sagte er, fast wie zu sich selbst: »Du bist dieselbe geblieben«, und sie antwortete: »Auch du bist derselbe.« Der Mann wußte allerdings sehr genau, daß alles, was menschlich ist, auftaucht und wieder verschwindet, und vielleicht war dies der Grund für seine Unruhe. Sie sahen sich vier Jahre lang, und in dieser Zeit war ihnen, als blieben sie jung und glücklich, dann, eines schönen Tages, kam sie nicht mehr, und er konnte nie wieder etwas von ihr erfahren.

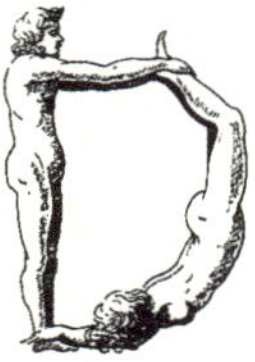

Dolcezza *Süße*

An einem frühen Septembermorgen, die Luft, die vom Bacino di San Marco aufstieg, war salzig und bitter, trat ein Mann, der ein wenig angegriffene Lungen und Bronchien hatte, aus dem Hotel Danieli: Er atmete ›dreimal tief‹, lauschte dem Klatschen des Wassers und betrachtete die Gischtspritzer, durch die das Sonnenlicht schien. Er sah die Insel von San Giorgio im Schatten (ein wenig bläulich) und hörte Venedigs Glocken.

»Ach, wie bin ich glücklich«, sagte er fast laut, dann fügte er in Gedanken hinzu: »Aber leider weiß ich es.«

Er ging bis an die Kaimauer, wo die Gischt hinspritzte, und wie ein Kind begann er, mit den Händen im Wasser zu planschen, er wurde naß und fürchtete, daß ihn deswegen jemand schelten könnte. Also erhob er sich und ging zur Piazza, wo er sogleich von einem Schwarm flatternder Tauben und ihrem Geruch eingehüllt wurde. In großer Schar stürzten sich die Tauben dann auf einen kleinen Futterverkäufer, und der Mann, der nur ein wenig hungrig gewesen war, verspürte (aus Sympathie) großen Hunger. Er summte ein Liedchen, *Nina non fare la stupida – come le tortorelle,* und machte sich auf den Weg zum Café Lavena: Es war noch geschlossen, also kaufte er in der Nähe zwei Zeitungen, kehrte zum Lavena zurück, setzte sich an einen der Tische im Freien, und voller Ungeduld stellte er sich vor, wie er in Kürze ein warmes, mit Mandelcreme gefülltes Blätterteighörnchen, ein Kipferl, mit einem schaumgekrönten und kakaobestäubten Cappuccino zu sich nehmen würde. Er schlug die Zeitungen auf, blätterte sie durch, las ein paar Schlagzeilen, aber das Kipferl, der Anblick des menschenleeren Markusplatzes, das Salz der Luft, der blaue Himmel mit ein paar zarten rosa Wölkchen waren stärker als jede Schlagzeile.

»Politik und die Politiker ...«, dachte er voller Geringschätzung, als handle es sich um eine fremde Spezies von unwürdiger und unangenehmer Erscheinung, ›die Politiker, was verstehen die schon von einem Kipferl?‹

Die Zeit verging (das Lavena öffnete nicht), und die ersten Sonnenstrahlen tauchten zwischen den Zinnen des Prokuratorenpalastes auf, sie schienen dem Mann ins Gesicht und blendeten ihn, er ließ sich ein wenig blenden und dann wieder nicht, halb schloß er dabei die Lider, machte ein Auge zu und spielte mit dem Licht. Durch die Strahlen hindurch sah er undeutlich den Photographen mit seinem schwarz abgedeckten Kasten, dem Stativ und den zur Schau gestellten Photos: Mit raschen, gezielten Bewegungen baute er alles mitten auf der Piazza auf, hängte ein Schildchen hin (»Bin gleich zurück«) und verschwand. Dann wurden auch die Tischchen für Taubenfutter und Andenken aufgebaut, die Verkäufer stellten alles hin und auch sie verschwanden.

»Was ist Italien doch für ein wundervolles Land«, dachte der Mann voller Zärtlichkeit, und um es noch besser und ganz und gar zu lieben, dachte er an die Porta Capuana (Neapel), an das Wasser der Faraglioni (Capri), die Grotte unter dem Felsen, die Kutteln im Restaurant Troja (Florenz), den Film *La dolce vita* (Rom), die Abfahrten durch frisch gefallenen Schnee in den Tofane (Cortina), und es ergriff ihn ein Gefühl, für das er keinen Namen fand. Sicherlich war es ein italienisches Gefühl, denn auf seinen Reisen in andere Länder hatte er es nie empfunden. In Indochina vielleicht, wenn die Sonne versinkt, Kinder rittlings auf Büffeln in die Teiche tauchen und die Lotosblüten sich zu öffnen beginnen; oder zur Morgendämmerung der Lärm der Zikaden in den Eukalyptusbäumen, der genau zehn Minuten anhält, bis die Stille wiederkehrt und die ersten Klingeln der chinesischen Fahrräder zu hören sind. Das war ein wunderschönes Gefühl, aber es war anders und nicht so heiter. Nein, dieses Gefühl ohne Namen war italienisch und sonst nichts.

»Ob Gefühle das Leben wohl eher verlängern oder verkürzen?« fragte sich der Mann, und er ›fühlte‹, daß die zweite Vermutung, so ungerecht sie auch sein mochte, die möglichere, wenn nicht sogar die wahrscheinlichere war.

Das Lavena hatte den Rolladen halb geöffnet, und im Raum dahinter bewegten sich langsam zusammen mit einem Besen zwei alte Beine, die mit einem brüchigen schwarzen Gewebe bekleidet waren und auf zwei Plattfüßen in zerschlissenen und hellglänzenden Schuhen steckten. Dem Mann schien es, als bewege sich jede Minute ein Bein, er konnte sich nicht zurückhalten und rief, wohlwissend, daß er einen Fehler machte: »Kellner!« Er sah Schuhe und Besen lange Zeit innehalten, aber niemand antwortete.

Der Mann dachte immer noch an Italien, ein wenig haderte er mit dem italienischen Gefühl ohne Namen und dachte an die ›negativen Seiten‹ des so geliebten Landes, er fand sehr viele, vergaß sie aber, wer weiß warum, sofort wieder.

Der Mann, der in der Sonne einer leichten Schläfrigkeit nachgegeben hatte, mußte sich noch eine Weile gedulden; dann kamen nacheinander drei warme Kipferl, wie er sie sich vorgestellt hatte, und der mit Kakao bestäubte Cappuccino. Eines steckte er ganz in den Mund, er konnte kaum noch atmen, dachte ›welch ein Glück‹ und holte tief Luft mit einem kleinen winselnden Laut, dessen er sich nicht schämte. Dann zündete er sich eine Zigarette an, und auch der Rauch bereitete ihm Vergnügen; gleich darauf aber überkam ihn tiefes Bedauern darüber, daß seine Lungen und Bronchien davon so in Mitleidenschaft gezogen würden, daß seine Jahre eher gezählt sein würden, als es ihm eigentlich bestimmt war (viel oder wenig); und daß er rasch altern und krank werden würde. »Seit meiner Kindheit sind doch erst ganz wenige Jahre vergangen«, dachte er voller Unschuld. Daraufhin erhob er sich und begann durch Venedig zu streifen auf der Suche nach einer kleinen, von Säulen bestandenen Piazza, auf die er immer nur zufällig stieß, und jenseits derer er sich jedesmal verlief. Wie es schon andere Male geschehen war, stand er auf einer breiten Kaimauer im Norden, von der aus man auf die Insel San Michele mit ihren kühlen Zypressen, auf die Insel Murano und auf die wellenbewegte Lagune mit ihren Sandbänken und dem schilfbewachsenen Uferstreifen blickte. Er spürte in sich die Kühle des Schattens, aber auch die der Zypressen (die Schwäche seiner Bronchien war auch ein wenig seelischer Natur), kehrte um und verlief sich. Dann fragte er nach dem Weg, fand sich wieder zurecht, und um halb eins betrat er eine überfüllte Rosticceria, wo er, auf einem Hocker sitzend, einen grünen Risotto mit Muscheln, Knoblauch und Petersilie aß, genau wie er es sich wünschte. Danach aß er zwei kleine gekochte Tintenfische, in Öl und mit Zitrone garniert (einen probierte er ohne Zitrone, er konnte sich jedoch nicht entscheiden, ob das besser schmeckte oder nicht), ging hinaus, betrat eine Osteria in der Nähe und trank zwei Gläser kühlen friaulischen Tokajers. Er grüßte und kehrte zum Hotel zurück, zog sich rasch ganz nackt aus, schlüpfte in die von der Stärke ein wenig starren Leintücher, hörte ein paar Minuten dem Klatschen der Ruder und dem óoee … óoee … óoee … der Gondolieri zu und schlief ein.

Am späten Nachmittag ging der Mann ins Café Florian, um den Hals trug er einen schönen blauseidenen weißgetupften Schal; er setzte sich in die Nähe des Orchesters, um der Musik zu lauschen und zu schauen. Er sah zwei Männer, die aus einem sozialistischen Land stammten, vorübergehen, einer war ganz rot im Gesicht, er hatte flachsfarbenes Haar und trug Schuhe aus grauem Leder. Das Orchester spielte *Die Lustige Witwe*, und der Mann mit dem Flachshaar schien vor Freude zu strahlen: Er blieb vor dem Orchester stehen, drehte eine Pirouette und verneigte sich, dann gesellte er sich wieder zu seinem Freund, der die Taschen festhielt. Der Mann sah noch mehr: eine Frau, vielleicht eine Engländerin, die in einer Ecke saß, einen Fernet nach dem anderen trank und von Zeit zu Zeit zu singen schien; dann einen kleinen alten Mann, einen Italiener, der mit augenfälliger Eleganz gekleidet war, ganz in Weiß, mit weißen Gamaschen und einem Spazierstock aus Bambus. Sein rosiges Gesicht leuchtete glückselig: Hin und wieder betrachtete er den Mann aus schmalen, ein wenig schräggeschnittenen Augen, die strahlten und voller Leben waren, und nickte zum Gruß oder bewegte den Kopf im Takt der Musik, als wolle er ihn auffordern, es ihm gleichzutun.

»Er ist auch glücklich«, dachte der Mann, »weil er lange leben wird und es weiß«, und noch einmal überließ er sich dem Gefühl ohne Namen vom Morgen, denn er wußte, daß ihm dieses Glück nicht beschieden war.

Er aß im Quadri zu Abend: frisch gefangene Languste (Mario, der Oberkellner, war sehr zufrieden, ihm diese empfehlen zu können) mit eisgekühltem Silvaner. Er sah umher und erblickte eine hinreißend schöne Frau mit sehr kurzgeschnittenem Haar, ein Auge war ein wenig kleiner als das andere, sie aß allein und sehr langsam. Als ihr dann ein Ring herunterfiel, hob der Mann ihn auf, gab ihn ihr, und sie lächelte, mit größter Eleganz auf den Lippen.

Der Mann verließ Venedig, seit jenem Septembertag vergingen nur wenige Jahre, und eines Tages im Februar lag er im Krankenhaus und war sehr traurig. Um sich zu trösten, sang er mit fadendünner Stimme. Es klang wie *La biondina in gondoleta*, und der Mann weinte, weil er in dem Lied das Orchester im Florian, die wellenbewegte Lagune und die Süße des Lebens wiedererkannte.

Eines Tages, in einem großen Tal bei Cortina, das in den Tofane versteckt lag, sah eine Frau, die schnell und als spiele sie, Ski fuhr, in dem weißen Raum ohne Schatten und Wind einen Mann reglos stehen, allein, mit einer schwarzen Mütze [italienisch: mefisto] und schwarzen Augen. Sie sah ihn nur einen Augenblick, dann fuhr sie schwingend ab durch den Neuschnee, aber nichts war mehr wie vorher, und das erschien ihr seltsam.

Unten im Tal angekommen, schnallte sie die Skier ab, lud sie auf einen roten Jeep (sie war auch rot gekleidet und hatte kurzes, lockiges rotes Haar) und fuhr nach Hause. Sie wurde von Kindergeschrei und vom Klingeln des Telefons empfangen: Mit ganz leichter Erregung dachte sie, es sei der Mann mit der Mütze, sie nahm den Hörer ab, aber er war es nicht, es war eine Freundin, mit der sie viel und hastig redete, sie stotterte ein wenig und wußte nicht genau, was sie sagte. Bei Tisch sprach sie sehr viel mit ihrem Mann und umarmte ihn zweimal, ohne zu wissen warum, dann redete sie mit dem Kindermädchen und mit den Kindern, stand andauernd auf und setzte sich wieder, nahm mal das eine, mal das andere Kind in den Arm und küßte es.

Einige Tage vergingen, das Wetter war finster geworden, es war wieder kalt, und eines Morgens fiel dichter, feiner Schnee, für diesen Monat sehr ungewöhnlich. Die Frau, die eine weiße Pelzjacke und eine Mütze aus weißer Schafwolle trug, unter der eine rote Locke hervorlugte, ging mit ihren beiden Kindern an der Hand am Kirchturm vorbei und sah den Mann, er hatte die Mütze nicht an, dafür aber eine alte lederne Fliegerkappe. Ein Mann mit blonden Locken, der eine Militärjacke trug, und eine auffallend schöne Frau begleiteten ihn; sie lachten alle drei, die Frau sah an ihren weißen Zähnen, daß sie glücklich miteinander waren, und empfand ein wenig Eifersucht und Neid. In diesem Moment bemerkte auch der Mann sie, er hörte auf zu lachen und schaute sie auf so eindringliche und rätselhafte Weise an, daß die Frau ihre Augen nicht von den seinen lösen konnte, ohne sich umzudrehen.

Die Sonne kehrte zurück, und ein lauer Frühlingswind begann den Schnee zu schmelzen. Die Frau lief immer noch Ski, manchmal dachte sie, sie würde den Mann mit der Mütze wiedersehen, aber wenn sie ihn zu sehen glaubte, war er es nicht: Bei einem Abendessen mit vielen Leuten begegnete sie ihm doch. Er wurde ihr vorgestellt, sie verstand seinen Namen nicht, aber dann saß sie plötzlich neben ihm.

»Sie fahren sehr gut Ski«, sagte der Mann und sah sie wieder auf jene rätselhafte Weise an (seine Augen waren tiefschwarz und das Weiße ganz weiß). »Wie ein Knabe.«

Die Frau sagte mit zögernder Stimme: »Das ist nicht gerade ein Kompliment.«

»Freilich ist es das«, erwiderte der Mann, »Sie haben etwas von einem Knaben, Ihre Haut, sogar Ihre Stimme.«

»Warum? Was habe ich denn für eine Stimme?« Sie war verschüchtert, sollte sie vielleicht gekränkt sein?

»Ein bißchen rauh.«

»Finden Sie das schön?«

Der Mann sah sie an, sagte dann: »Wunderschön« und verschwand ohne Gruß.

Von diesem Augenblick an fühlte sich die Frau genau so, und sie begann, ohne Unterbrechung zu reden, und sie unterbrach sogar andere, wie es eben Jungen tun. Sie hatte rote Wangen, ihr Herz klopfte, und sie gestikulierte mit den Händen. In der Nacht dachte die Frau, die sonst immer ruhig und tief schlief, wieder an die eigenartigen Reden des Mannes, dann dachte sie an ihn und versuchte, sich in der Dunkelheit sein Gesicht vorzustellen: Über den Augen hatte er tiefschwarze, gebogene Augenbrauen, sein Mund war hart und fast lippenlos, und doch war in ihm und in der Art, wie er sich bewegte, etwas ganz Zerbrechliches, wie es traurige oder kranke Menschen an sich haben.

Am Morgen rief die Frau ihn an und sagte unvermittelt: »Ich muß Ihnen zwei Dinge sagen: erstens, wollen Sie mit mir Ski fahren, zweitens, kommen Sie heute abend zum Essen?«

Der Mann sagte: »Ja, kleiner Junge«, und sie trafen sich. Sie verstaute Skier, Stöcke und Skischuhe in seinem Auto, dann machten sie sich auf den Weg. Die Frau war befangen wegen des Telefongesprächs, sie kauerte sich in den Sitz und sah den Mann von der Seite an, wenn er nicht zu ihr herschaute, er aber fing ihre Blicke zweimal auf und lächelte; weil die Frau merkte, daß ihre Neugier offensichtlich war, bekannte sie sich dazu:

»Wissen Sie eigentlich, daß ich sehr begierig war, Sie kennenzulernen?«

Der Mann sah sie lange Zeit schweigend an, er betrachtete ihre Stirn, die Augen, den Mund, die Wangen und sagte dann:

»Ich noch mehr, ich sehe Sie mir jetzt schon einen Monat lang an.«

Die Frau errötete und sagte nichts. Schließlich fragte sie: »Und warum?«

»Weil Sie wie das Leben sind«, antwortete der Mann.

Viele Dinge gerieten im Kopf und im Herzen der Frau in Verwirrung, was sie aber in all dem Gewirr wiederfand, war Angst.

Sie hielten neben der Seilbahn, aber keiner der beiden bewegte sich.

»Wozu haben Sie Lust?« fragte der Mann, »wollen Sie Ski fahren?«

Die Frau hatte kein Verlangen Ski zu fahren, sie wollte nichts, als den Mann viele Dinge fragen und von ihm so viel wie möglich erfahren, aber sie sagte:

»Machen wir das, was Sie wollen, schlagen Sie etwas vor.«

Der Mann machte eine lange Pause, hier und da unterbrochen von unschlüssigen Seufzern, er lächelte und schwieg immer noch eine Weile und betrachtete die lange sonnige Abfahrt, und dann sagte er:

»Also fahren wir nicht Ski, gehen wir irgendwohin zum Essen, sagen Sie, wo Sie am liebsten essen möchten.«

Die Frau freute sich und sagte: »Sonst weiß ich immer, wo ich hingehen will, aber heute nicht, und ich habe nicht einmal Lust, darüber nachzudenken. Sagen Sie, wo wir hingehen sollen, es freut mich, wenn Sie es sagen.«

Der Mann schlug einige Lokale vor, jedoch ohne Begeisterung, und die Frau war noch glücklicher, denn sie hatte schon etwas ausgesucht, wo sie hingehen würden. Sie sagte:

»Gehen wir in die Cassetta rossa, kennen Sie die?«

»Ich kenne sie nicht, aber gehen wir in die Cassetta rossa«, sagte der Mann. Die Frau meinte, der Mann habe von Anfang an geahnt, daß sie entscheiden würde, und sagte schnell:

»Aber wenn Sie woanders essen ...«

Der Mann unterbrach sie lachend, sagte: »Nein, kleiner Junge, wir gehen in die Cassetta rossa«, und zerzauste ihr das Haar.

»Warum sagen Sie kleiner Junge zu mir? Nennen Sie mich nicht mehr kleiner Junge«, sagte die Frau. Der Mann lachte und antwortete mit ruhiger und fröhlicher Stimme: »Kleiner Junge, kleiner roter Junge, der nie stillhält und auch noch schüchtern ist.«

Die Frau wollte spielen, widersprechen, streiten.

»Ich war in meinem ganzen Leben nicht schüchtern, ich bin fünfunddreißig Jahre alt und habe zwei Kinder. Und ich habe einen Mann.«

Der Mann lachte: »Aber nein, Sie sind dreizehn, sehr schüchtern, und Sie haben weder Kinder noch Mann.«

»Sind Sie immer so selbstbewußt?«

»Nein, aber jetzt schon.«

Sie aßen in der Cassetta rossa, die im Schnee begraben war, leuchtend, voller Wassertropfen. Sie war voller Scheu, genau wie der Mann gesagt hatte, deshalb bekam sie großen Hunger und aß eine riesige Portion Spaghetti, ein Hirschsteak mit Polenta, trank viel Wein und zwei Grappa. Auf der Heimfahrt sang sie, und als der Mann ihr mit dem Handrücken eine Wange streichelte, ergriff sie seine Hand und rieb die Knöchel an ihrer Wange.

Die Frau kam heim, sie schlief ein wenig, gab Anweisungen für das Abendessen und legte sich ins Badewasser, wo sie mit sich selbst sprach und sang. Ihr Mann hörte sie und fragte: »Was hast du, bist du verrückt geworden?«, und die Frau gab zur Antwort: »Nein, Schatz, ich bin nicht verrückt.«

Sie verließ das Bad und ging ins Ankleidezimmer. Vielleicht sollte sie ein langes Kleid anziehen: Sie probierte es an und fand sich lächerlich darin, eine verheiratete Frau mit zwei Kindern und lächerlich. Sie zog einen Minirock an, fand ihre Beine hübsch, aber nicht schön, auf jeden Fall waren es die Beine einer nicht großen Frau. Nicht groß wie die Frau, die sie zusammen mit Mephisto hatte lachen sehen. Der Name Mephisto gefiel ihr, und sie lachte in sich hinein, als sie sich vorstellte, es ihm zu erzählen. Dann zog sie einen Abendanzug aus schwarzem Crêpe an und fand sich vollends lächerlich. Danach probierte sie Tweedhosen mit einer roten Atlasbluse und eleganten schwarzen Lackschuhen. Es paßte nichts, nichts und wieder nichts. Aus dem Augenwinkel blickte sie auf eine Schottenhose, sie begriff (als würde er es ihr sagen), was ›schlechtester Geschmack‹ war, und errötete. Sie probierte noch einen Rock aus Hirschleder an und eine Bluse mit kleinen weißen und hellblauen Karos. Das war nicht schlecht, aber auch nicht gut, sie fühlte sich todmüde und ließ sich nackt und ein wenig verzweifelt aufs Bett fallen.

Im Bad hörte sie, wie ihr Mann sich mit Parfum besprühte, und sie mochte weder das Zischen des Zerstäubers, noch das Parfum, noch die Tatsache, daß ihr Mann sich parfümierte. Ihr mißfiel auch die Vorstellung, verheiratet zu sein und zwei Kinder zu haben, vor allem aber mit diesem Mann verheiratet zu sein. (Bist du verrückt? So ein Dummkopf!). Etwas sagte ihr in diesem Augenblick, sie sollte die Bluse und eine Hose aus Schweinsleder anziehen. Sie tat es, betrachtete sich im Spiegel (zweimal verzog sie die Lippen) und fand sich genügend jungenhaft. Während sie so dachte, fielen zwei dicke Tränen auf die Bluse mit den kleinen weißen und hellblauen Karos.

Estate *Sommer*

Für Natalia und
Alessandra Ginzburg

Eines Tages im Oktober, auf dem Boot von Ischia nach Capri, betrachtete ein Mann, der gegen Wind und Sonne an der Bugreling lehnte, mit starrem Blick und ohne Gedanken das Blau des Meeres und den weißen Schaum.

Er sagte: »Der Sommer ist zu Ende«, ihm wurde die Kehle eng, und er konnte nicht mehr sprechen. Da dachte er: »Wer weiß, wo sie ist« und sah in Gedanken neben sich an derselben Bugreling seine Frau, die er seit vielen Jahren nicht gesehen hatte, und betrachtete sie wie in jenem Sommer. Sie hatte langes kastanienbraunes Haar, das zu einem Pferdeschwanz gebunden, aber vom Wind durcheinandergewirbelt war, ein ovales Gesicht, scheu und wild, wie das einer orientalischen Nonne, sie trug sehr kurze Shorts, eine Bluse aus verblichenem Madrasstoff, rotbestaubte Tennisschuhe an den nackten Füßen, mit schon dunkler Haut, weißen, ein wenig vorstehenden Zähnen (oft hielt sie ihren Mund geschlossen). Sie war neunzehn Jahre alt, redete fast nie, ihre Bewegungen und ihr Gang waren hastig, wirr und anmutig, sie war oft hungrig, durstig und müde. Zusammen hatten sie nicht viel Geld, sogar wenig, aber sie waren sehr glücklich und auch sehr unglücklich, wie es in diesem Alter so vorkommt. Sie stritten sehr oft, er zog sie an den Haaren, um ihr nicht allzu weh zu tun, manchmal packte er sie auch am Hals und drückte zu, oder er verdrehte ihr einen Arm, sie kratzte ihn, und meistens gab sie ihm Fußtritte.

Aber an jenem Tag in jenem Sommer waren sie ziemlich glücklich, als sie in Capri ankamen, und er hätte ihr, wie er sie so angezogen sah, mit echter und unvoreingenommener Begeisterung sagen wollen: »Wie anmutig du bist«; aber er sagte es nicht, aus Schüchternheit, aus Furcht, zu voreingenommen zu sein, und auch, weil er ein wenig unzugänglich wirken wollte. Weil sie nicht viel Geld hatten und auch aus Wohlerzogenheit trugen sie ihre Koffer selbst (die Koffer waren uralt und besonders schön mit Etiketten aus Goa und Singapore), sie fuhren mit der Bergbahn hinauf, überquerten die kleine Piazza, sie ging hastig und mit gesenktem Blick, weil ihr jemand nachschaute, und nicht ohne Anstrengung, aber ohne Pause erreichten sie die Pension Scalinatella. Auf dem Weg von der Piazza zur Pension nahm sie den Duft der Bougainvilleen wahr und sah eine alte Mauer, bedeckt von der zarten violetten Farbe der Blüten: Ihre kleine Nase kräuselte sich ein wenig (sie schnupperte immer nach allem), und sie sagte nichts.

Signor Morgano führte sie zu ihrem Zimmer und öffnete die Fenster zu einer Terrasse, die auf die Certosa und das Meer hinausging. Hochkultiviert wie er war, begriff der Neapolitaner alles, was es von dem jungen Ehepaar zu begreifen gab, ihr wildes und vornehmes Wesen, sein muschelartiges Hirn (das er schon kannte), er bemerkte mit schnellem Blick den kleinen goldenen Ring an ihrem Finger, aber er besaß den Witz zu sagen: »Die Signorina kennt Capri noch nicht?« Sie erkannte den Witz des Signor Morgano, ihr gefiel sein Name, der Name einer Fee, sehr, lachend öffnete sie die Lippen und sagte: »Nein.« Hinter Signor Morgano kam ein weißgekleideter Knabe mit einer Wassermelone auf Eis herein, dann verschwanden beide, ohne daß man sie verschwinden hörte. Das Zimmer war groß und leuchtend weiß, mit einer gewölbten Decke, Leintüchern, Bettüberwürfen, Decken, alles weiß. Der Boden war blau gekachelt, auf diesem kalten und glänzenden Blau standen auf der Terrasse ein weißer Tisch und zwei große weiße Chaiselonguen aus Weidengeflecht. Jenseits der Terrassen wuchsen Pinien und Tamarisken in zwei verschiedenen Grüntönen, man sah weiße Kuppeln, Terrassen und weit unten, jenseits der Felsvorsprünge, lag das blaue Meer. Auf dem blauen Meer war eine große blaue Yacht, die ruhig in den Wellen schaukelte, hinter der Yacht fuhr ein weißes Motorboot.

Sie gingen nicht sofort nach draußen, weil sie sich in diesem Augenblick liebten und sie mit den Händen eine halbe rotgrüne Melone aß und seltsamerweise zum zweiten Mal lächelte. Erst danach gingen sie nach draußen, liefen die ganze Straße von Tragara entlang bis zur Landzunge. Von da aus stieg er, ohne ein Wort und ohne anzukündigen, was nun vor ihnen auftauchte, durch die Pinien zu den Klippen herab. Er erwartete eine Bemerkung, aber sie sagte nichts, wieder zog sie die Nase kraus und dehnte die Nasenflügel, um den Duft des Harzes besser zu riechen, machte aber keinerlei Bemerkung. Wie schon andere Male vorher sah er aus der Höhe die beiden Felsen an, die aus der blauen Tiefe inmitten von kleinem, trägem, sommerlichem Schaum emporstiegen, die Gipfel eingehüllt von großen Schwärmen weißer Vögel, Planipteridoi (er mochte sie nicht Möwen nennen; auch nicht Diomedei [Albatrosse], diesen Namen behielt er für sich als Huldigung an den Namengeber), inmitten lautstarker Schreie. Aber er konnte nicht widerstehen und sagte seiner Frau sein Geheimnis: »Weißt du, wie diese Vögel heißen?«

»Die Möwen?«

»Ich weiß nicht, ob es Möwen sind, ich glaube nicht, es scheint, als wäre es eine andere Vogelart, eine seltene und sehr alte. Ich nenne sie Planipteridoi.«

Sie versuchte ihre mandelförmigen Augen weit aufzureißen. »Pla …«, sagte sie und stockte. Um sich zu konzentrieren, begann das linke Auge ein wenig zu schielen, nur ein ganz klein wenig.

»Planipteridoi«, sagte der Mann und küßte sie auf eine Wange.

»Pla-ni-pte-ri-doi«, wiederholte sie mit großer Aufmerksamkeit, sie blickte in sich hinein, und um es besser sagen zu können, nahm sie seine Hand und drückte sie fest, fast klammerte sie sich daran.

Im Laufschritt stiegen sie den langen Pfad hinab und kamen an den Fuß der Klippen. Dort betraten sie eine Kabine, stellten Taucherbrillen und Flossen ab, zogen sich eilig nackt aus und betrachteten einander, eingeschlossen von den alten Brettern voller Meer und Salz, dann umarmten sie sich einen Augenblick, ganz nah rochen sie ihren Geruch (sie schnupperte an ihm zwischen Hals und Schulter), sie zogen ihre Badesachen an und gingen hinunter zu dem großen, natürlichen Schwimmbecken voll prickelnden Meerwassers zwischen den Felsspitzen. In größter Eile zogen sie Taucherbrillen und Flossen an, tauchten, sahen sich unter Wasser an und hielten sich einen Augenblick lang an den Händen, dann tauchten sie wieder auf. Ihre tropfnassen Haare schwammen im Wasser, ihre Wimpern tropften über den mandelförmigen Augen, und auch ihr Gesicht tropfte, sie verzog es ein wenig wegen des Salzes in den Augen und wegen der kurzen, sanften Berührungen mit Wasser, Luft und Jod, die der Wind durch den engen Schlund des ersten Felsens trieb. Er hätte ihr sagen wollen: »Wie strahlend du bist«, weil ihr Herz und ihr ungezähmter Charakter durch sehr große natürliche und einsame Unabhängigkeit strahlten. Aber er war eifersüchtig auf diese Unabhängigkeit und ihre vollendete Schönheit, und etwas Engherziges in ihm ließ ihn nur sagen: »Wie hübsch du bist«, sie aber, unabhängig wie das Meer, hörte es in ihrer glücklichen Taubheit nicht.

Sie hielten sich an den Händen und schauten unter Wasser in den immer dunkleren Tiefen kleinen Brachsenschwärmen zu (je tiefer der Abgrund sich auftat, desto fester drückte sie seine Hand), mit ruhigen Schwimmzügen und als flögen sie, durchquerten sie das Becken und berührten mit Perlmutthänden die ersten schroffen Kanten des Monacone. Dort kletterten sie durch Schluchten und unterirdische Gänge bis zum Gipfel, und inmitten großer Eidechsen verweilten sie in der Sonne. Dann ließen sie sich noch einmal in die Tiefen des Meeres hinab, tauchten wieder auf, schwammen ohne Eile und kehrten wieder an ihren Ausgangspunkt zurück.

Sie aßen auf der von losen Brettern bedeckten Terrasse »Da Luigi«, mit einer weißen Tischdecke und Kelchen aus federleichtem grünen Glas, das durch den eisgekühlten Wein aus Ischia sofort beschlug. Sie spürten, wie sich der schwefelige Geschmack dieses Weines im Mund mit dem bitteren Meersalz vermischte, wie die Lippen härter wurden und fast betäubt waren von dem eisigen und dünnen Rand des gewichtlosen Glases. Sie aßen Miesmuscheln mit Pfeffer (sie schlürfte die Muscheln mit ihrem vom kalten Wein gehärteten Mund) da küßte er sie eben auf diese Lippen, um zu spüren, ob es wirklich so war: Es war wirklich so, ihre Lippen waren vom kalten Wein gehärtet, und außerhalb, rings herum, über der Lippe war noch ein wenig Salz übrig. Sie aßen eine riesige Languste: Sie kaute schnell, kräftig, mit geschlossenem Mund; aber wußte sie von den Dingen, die sie aß, kannte sie sie und den Augenblick, in dem sie sie aß? Der Mann, der in jenen Jahren alles nur erahnte, fragte es sich. Nein, sie wußte nichts davon, sie war zu jung, um es zu wissen, sie hatte nur großen Hunger, sonst nichts, und aß gleich darauf eine gebackene Mozzarella.

Sie schliefen Arm in Arm auf einer schmalen Matratze auf einem Felsen, zugedeckt mit einem Handtuch aus blauer Chenille mit einem großen Delphin, einem gelben Rand und einem kleinen Monogramm. Auch er schlief (weniger), seine Wange gegen die ihre, die schon fast feucht war; einige kurze Augenblicke wachte er auf, spürte ihr feuchtes Haar auf seiner Schulter, einmal merkte er, wie sie ihm im Schlaf zwei oder drei ganz leise Küsse auf die Wange gab.

Sie blieben dort bis zum Sonnenuntergang, tauchten noch einmal in das Wasser ohne Sonne und trockneten sich ab, dann stiegen sie mit schnellen Schritten den Pfad zwischen den Pinien hinauf und schwitzten dabei sehr.

Nachts schliefen sie in den weißen Leintüchern, die den Duft von morgendlicher Luft ausströmten, und sie hielten sich an den Händen wie im Meer. Das Fenster stand weit offen, und der Mann schaute lange Zeit den Mond an: Es war Juli, dann kam der August, und so ging der Sommer vorbei.

Età *Alter*

Eines Tages verließ ein Mann, der sein Leben und das der anderen liebte, wie auch immer es geartet war, sich jedoch nie im Spiegel betrachtete, sein Bad. Er sah sich nur einen Augenblick lang, der aber genügte, um alles zu begreifen. Deshalb ging er wieder hinein, schaltete mutig und ruhig alle Lichter an und sah sich in die Augen.

»Die Augen sind noch lebendig«, sagte er sich und prüfte sie genau: Er blickte in das Schwarz der Pupille, als handele es sich um einen bewaffneten Mann, der ihm in einem nächtlichen Kampf (oder in einem Film) gegenüberstand; auch er war bewaffnet. Wer würde wohl zuerst schießen? Es entstand eine Pause, niemand schoß, beide lächelten, aber nur innerlich und nur weil sie sich sehr gut kannten (zum Schießen wären sie allerdings bereit gewesen), sah jeder das Lächeln in der Pupille des anderen.

»Das ist kein richtiges Lächeln«, dachte der Mann, »in dieser Art Lächeln liegt keinerlei Freude, dafür Spiel, auch ein wenig Angst, Herausforderung, es ist wie ein Puzzle, vor allem aber liegt darin ein Alter, das ich gar nicht habe, ich sehe nur so aus.«

Der Mann pfiff vor sich hin (er konnte gut pfeifen, tat es aber sehr selten), es war das Lied *Night and Day*; er sah, daß er müde Augenlider hatte, wie welk geworden durch zu extreme Temperaturen (heiß und kalt), denen sie ohne jegliche Vorsicht ausgesetzt gewesen waren, und er sagte: »Was für ein großer Musiker doch Cole Porter ist. Man könnte ein Spiel machen, also machen wir eins: Welches ist das schönste Lied der Welt?« Er pfiff *Stardust, The Man I Love, Tenderly,* alle, die ihm von dem, was man als Lied bezeichnen konnte, am besten schienen. »Vielleicht ist es wirklich *Night and Day,* ich bin zwar nicht ganz sicher, aber doch fast«, und er erinnerte sich an kürzere Zeitabschnitte seines Lebens, zu denen diese Lieder gehörten, das er immer noch für jung hielt. Diese Zeiten schienen ihm unendlich fern, als lägen sie tausend Jahre zurück. Ohne weiteres hätte er sich Betrachtungen über die ›Existenz‹ hingeben können, aber das harte Auge des Feindes im Spiegel mit der auf ihn gerichteten Waffe hinderte ihn daran. Er bedankte sich und sagte sogar »thank you«, der Feind zwinkerte ihm zu, als wolle er sagen: »Keine Ursache«.

Er sah, daß sein Haar, früher rotblond und lockig, grau und schütter geworden war, er öffnete die beiden Flügel des Spiegels und bemerkte zum ersten Mal, daß oben am Kopf nur noch ganz wenige Haare wuchsen, dünne Härchen, eine Art Flaum, etwas zwischen einem toten, noch zuckenden Vogeljungen und den Haaren eines Neugeborenen. Zum Nacken hin wurden sie etwas kräftiger, mit ein paar kupferfarbenen Löckchen. Der dunkle Hals hingegen ragte mit einer gewissen Kraft in das blaugestreifte Hemd hinein. Dies ermutigte ihn, es noch einmal mit dem Gesicht aufzunehmen, das ihm so viele Jahre hindurch unsympathisch gewesen war, weshalb er sich auch nie im Spiegel betrachtete. Er war ein Mann, dem jegliche Eitelkeit abging, aber er liebte und haßte (und beneidete) sie bei anderen Menschen, denn er wußte, wie wichtig sie für das Leben war. Das Gesicht war besser als in jüngeren Jahren, es war mutiger geworden, aber zerbrechlich, und es hatte eigentlich vor nichts mehr Angst. Auf der Stirn waren drei Falten, wenn sie wollten, konnten sie sich in drei Furchen verwandeln, dazu kamen zwei senkrechte Furchen am Nasenansatz, die Haut (dank des Weins) hielt sich gut.

»Die Piaf ist auch eine große Sängerin und Yves Montand ebenso.« Er pfiff *Milord,* gleich danach *La vie en* rose, dann rief er mit der größtmöglichen Banalität Paris in seiner Erinnerung wach (Eiffelturm, Seine, Beaujoulais Nouveau, Rue Jacob, die Portugaises bei Charlot), aber er sagte: »*Night and Day* ist schöner, es ist einfach schöner, da ist nichts zu machen.«

Er sah, daß von der Schläfe her eine Falte zur Wange und zum Kinn hinunterlief. Ganz oben, am Übergang zwischen Ohr und Schläfe, waren es sogar drei Falten, aber zwei endeten sogleich, während die dritte, die echte, den ganzen Weg bis nach unten zurücklegte.

»Später werden die zwei anderen zum Vorschein kommen, die beiden Babys, die gerade beginnen, die ich aber nicht mit einem Backenbart verstecken werde wie die jungen-alten Bartträger der ganzen Welt: Nein, ich werde sie nicht verstecken, jetzt, wo sie geboren sind, werde ich sie sogar wachsen lassen, wie es ihrem Alter entspricht, ganz langsam erst und dann plötzlich, wie Knaben wachsen, die auf einmal Männer sind. Oder junge Mädchen? Mir wären junge Mädchen lieber, jetzt sind es zwei kleine Mädchen, ich wünschte, daß sie zwei weibliche Falten wären, zwei junge Pensionatsmädchen und später elegante Damen, unschuldig, errötend, von aufrichtiger Schüchternheit, die ihr ganzes Leben andauern möge. Die andere allerdings ist eine männliche Falte ohne jede Scheu und Unschuld, sie hat nicht einmal den Schatten von Schamröte. Sie geht den Weg des sturköpfigen Mannes, hat schon Karriere gemacht, schöne Bescherung.«

»Und der Mund?« sagte er und merkte, daß der andere keinerlei Lust hatte zuzuhören, aber er sah ihn sich doch an. »Da sind so gut wie keine Lippen«, dachte er, »er ist wie eine Wunde, er hat nicht einmal die Schönheit, die eine Narbe haben kann, die trocken, gut verheilt, glatt ist und zarthäutig. Nein, das hier ist eine ewige Wunde, ein häßlicher Mund, den man besser geschlossen hält, dann ist er nur noch eine Falte und sonst nichts.« Ein heftiges Gefühl der Abneigung gegen seinen Mund ergriff ihn, aber dazu gesellten sich noch Verachtung und Hochmut gegen etwas, das von ›minderer Rasse‹ war.

»Meinem Mund gegenüber werde ich wohl Rassist sein dürfen, oder nicht?« Schnell dachte er an etwas anderes. »Ist *Anima e core* schlecht?« (Diesmal sang er.) »Nicht einmal *Roma non far la stupida stasera* ist schlecht. *E se domani*? Nein, sie sind schön, aber die beiden ersten sind schön und gut wie typisch italienische Erzeugnisse: wie Mozzarella aus Mondragone, Spaghetti De Cecco und Pomino Frescobaldi. Oder sind sie vielleicht so, weil sie zu typisch italienischen Erzeugnissen wurden (oder waren sie das immer)? *E se domani* ist auch italienisch, auch Mina [Sängerin] ist italienisch, aber sie wurden nicht zu einem typisch italienischen Erzeugnis, es ist einfach ein schönes Lied. Wer weiß, ob *E se domani* Ausländern gefällt, kennen die Amerikaner es? Schade für sie, wenn sie es nicht kennen, wie bei tausend anderen Dingen, die sie besaßen, aber verloren haben. Cole Porter, Gershwin und Freunde. Danach haben sie nichts mehr gehabt. Man kann nicht sagen: Porter, Gershwin and Sons, und man wird es auch nie sagen können; Bob Dylan und Freunde sind nichts im Vergleich zu ihnen ...«

Er hörte den anderen: »Das sagst du, weil du alt bist, wärest du jung, würde dir Bob Dylan besser gefallen.«

»Ganz und gar nicht«, erwiderte der Mann streitlustig (und bereit zu schießen): »Mir würden sowieso immer Porter, Gershwin und *Stardust* gefallen, weil ich Qualität, Urteil, Geschmack und Gefühl genug hätte, sie aufs Neue auszuwählen.«

»In Wirklichkeit bist du alt, wenn auch nicht an Jahren«, sagte der andere, ruhig und ohne die geringste Furcht vor der Waffe. Das Gesicht des Mannes verfinsterte sich, doch lächelte er ein wenig und immer so, daß nur sie beide, die einzigen Menschen der Welt, die sich immer gegenseitig beobachteten, es verstanden.

»Ich mag die Beatles«, sagte der Mann, wie um wieder Boden zu gewinnen, klopfte mit dem Daumen leicht auf die gebrochene Nase, bereitete sich auf die Endrunde vor.

»*Night and Day* magst du lieber«, sagte der andere ruhig. Sie lachten beide, für einen Moment wirklich vergnügt. Die Zähne kamen zum Vorschein, groß und kräftig, aber schon etwas angegriffen am Zahnhals und dunkel vom Rauch, doch sympathisch und strahlend. Das einzige allerdings, was wirklich schön und kräftig war, waren die grauen schwarzgesprenkelten Augen, sie waren von der Farbe, wie sie bisweilen die Ostsee hat oder der Hamburger Hafen, wenn im November, Dezember der Wind weht, mit ihrer großen Pupille, schwarz und tief, die vor nichts Angst hatte.

Der Feind blickte ihn jetzt ohne Waffen an, ohne zu spaßen, sogar, wenn auch nur für einen Moment, mit Güte und Freundschaft: »Nicht einmal davor hast du Angst?« sagte er mit tiefer oder ein wenig heiserer Stimme und meinte damit das Ende des Lebens und danach das Nichts. Die schönen Augen des Mannes starrten einen Augenblick in sich hinein, betrachteten einige Bilder vergangenen Lebens, er pfiff nicht, aber er stellte sich vor, *Appassionatamente* zu pfeifen, ein Lied aus der Zeit seiner Mutter. In diesem Moment mußte er antworten und auch die Wahrheit sagen.

»Nein«, sagte er nach einer langen Pause und sah den anderen an wie der andere ihn, »nicht einmal davor«, und er fühlte, daß die Jahre von *Night and Day* in diesem Augenblick zu Ende gingen.

Eleganza *Eleganz*

An einem Sommerabend, in einem römischen Palazzo, trafen sich zwei Freunde wieder, die sich seit langer Zeit nicht gesehen hatten, und wie Tiere beobachteten sie ihre Bewegungen in den großen fürstlichen Zimmern. Beide wußten, daß es nicht notwendig war zu sprechen: Der eine war Maler, und der andere reiste in Italien umher.

»Ciao, Mario«, sagte der Reisende; sie umarmten sich hastig, dann blickte er sich um. Jenseits der großen offenstehenden Fenster sah man den Himmel, noch nicht dunkel, blauviolett, hier und da ein Stern, ein leichter Wind zog herein, und der Maler ging umher, als folge er diesem Wind, ein wenig ängstlich und doch wieder nicht. Sie wußten nicht, was sie sagen sollten.

»Schifano, was für ein schöner italienischer Name«, dachte der Mann und betrachtete den Freund, der zierliche Schuhe aus Ziegenleder an den nackten Füßen und Jeans mit amerikanischen Streifen trug; aber vielleicht wegen der Farbe des Himmels und der Sterne kehrten seine Gedanken zu einem seiner großen Gemälde zurück, das er vor wenigen Tagen wiedergesehen hatte. Thema des Bildes war die Schachtel der ›baci‹ Perugina [Pralinen; baci: Küsse]: ein weiter blauer Himmel, von Sternen besetzt, und die Silhouette der beiden Liebenden aus dem neunzehnten Jahrhundert, die sich umarmen. Die Sterne waren mit einem phosphoreszierenden Lack gemalt, in der Dunkelheit leuchteten sie wie Glühwürmchen. Der Mann, der in jener Nacht sehr traurig und unruhig war, und keinen Schlaf fand, sah das Bild im Dunkeln (in einer großen Villa am Meer, im Mondlicht), durch die Sterne wurde er getröstet und beruhigt, und er dachte an seinen Freund Schifano, der sie gemalt hatte, um ihm Ruhe zu geben; aus diesem Grund war er jetzt hier, aber sie hatten sich kaum etwas zu sagen, und eine leichte Verlegenheit durchzog die Luft, trotz der freundschaftlichen Gefühle.

Sie standen in einem Zimmer mit hoher Decke, bemalten Balken, drei mit weißer Wolle bezogenen Sofas, einem riesigen Tisch aus Travertin, einem weißen Fernsehgerät und einer komplizierten, wohl elektronischen Musikanlage mit zahlreichen weißen Lautsprechern überall. Es hingen keine Bilder an den Wänden, alles außer den Deckenbalken war weiß, und der Mann sah sich alle Dinge aufmerksam an. Er empfand ein wenig ungerechtfertigte Sehnsucht nach dem alten Atelier am Campo de' Fiori, dort waren viele Bilder gewesen und mehr Jugendlichkeit in den Zähnen und den schwarzen Affenhaaren des Freundes.

In diesem Augenblick tauchte aus den angrenzenden Räumen eine junge blonde Frau auf, die Freunde erhoben sich von den Sofas, und Mario sagte: »Das ist Nancy.« Der Mann schüttelte der Frau die Hand und schaute sie an. Es war eine schüchterne Frau, kindlich, mit einer großen inneren Leichtigkeit, einer Art Leidenschaft für die unbeschwertesten Dinge, unter der sie jedoch litt. Nancy sah in den Augen des Mannes sofort, daß er dies erkannt hatte, und begann von diesem Moment an, ihre Bewegungen und ihre Worte so zu wählen (Nancy war Französin und sprach Italienisch wie eine Französin von bester Erziehung), daß sie ihn auf keinen Fall enttäuschte.

Mario ging auf sie zu, küßte sie scheu und hastig auf die Schläfe, dann, nur noch scheu, weil er unbefangen erscheinen wollte, küßte er ihr die Finger einer Hand und sagte:

»Nancy ist die große Liebe meines Lebens, weißt du«, und es schien dem Mann, als sähe er auf Nancys Lippen ein winziges, schmerzliches Lächeln. »Nancy schreibt, weißt du, habe ich dir nie gesagt, daß sie schreibt?« fuhr Mario fort und schaltete sogleich das Fernsehgerät ein. Der Ton wurde lauter, mit einer kleinen Geste deutete der Mann an, daß er sich gestört fühlte, der Ton wurde leise gedreht, und es blieben nur die stummen Bilder: Buster Keaton im Zylinder auf einem Fahrrad, er bewegte sich mit den Füßen vorwärts, anstatt die Pedale zu treten, ein Diener erschien mit drei Silberkelchen voll Rotwein.

»Wie schön sie sind«, dachte der Mann, der die Kelche betrachtete, »aber hier ist zuviel Teppichboden«; und da hörte er auf, alle Dinge zu betrachten, außer den beiden, unantastbar in ihrer natürlichen Eleganz. Was bedeutete alles andere dagegen schon?

Es folgte eine lange Pause, während der Nancy einen Augenblick lang mit sehr leiser Stimme sprach, dann fragte der Mann mit gelassener Neugierde: »Wie habt ihr euch kennengelernt?«

Die beiden sahen einander an (Mario küßte sie noch einmal hastig, auf einen Mundwinkel, sie lächelte, nicht schmerzlich) und er sagte:

»Auf einem Fest, am einunddreißigsten Dezember neunzehnhundertsiebzig, wir haben uns kaum gesehen, nur ein paar Minuten. Dann habe ich, um sie wiederzusehen, ein Essen veranstaltet, das ein absoluter Reinfall war.«

»Warum ein Reinfall?«

»Weil alles schiefgegangen ist, es waren die verkehrten Leute, alles war fehl am Platze, jegliche Harmonie fehlte. Eine Katastrophe.«

»Und dann?«

Mario lächelte, und sie sagten gleichzeitig: »Sie hat mich angerufen.« »Ich habe ihn angerufen.«

Der Mann lachte: »Ein *coup de foudre*, wie es so schön heißt.« Nancy senkte den Blick und sagte. »Ja.«

»Wenige Tage später reisten wir nach Amerika. Siehst du die Photographie dort? Nancy hatte sich das Haar ganz kurz schneiden lassen und trug ein Herrenhemd, um ein anderer Mensch zu werden, etwas Neues.«

Nancy erzählte mit ganz leiser Stimme von ihrem früheren Leben, von ihrem Kind, und neben all den anderen Dingen sagte sie, auf italienisch, aber mit französischem Klang: »Ich wäre bis ans Ende der Welt gefahren, um ihn auch nur einen Augenblick sehen zu können, weil es Leidenschaft war.«

Sie aßen zu Abend: Russischen Salat mit Eiern, Obstsalat. Der Reisende hatte wegen seiner vielen Flüge, nicht nur derer in der Luft, Hunger, er war leicht verärgert, daß es so wenig gab, und bat um mehr. Etwas Käse und kalter Reis wurden von dem Diener gebracht, der umherlief. Es war kein gutes Abendessen, und nur die Anwesenheit der beiden ließ den Mann seine Gelüste nach einer richtigen Mahlzeit vergessen, blutig roh und reichlich (er hoffte, wer weiß warum, auf ein großes Stück Roastbeef mit Knochen oder französische Leckerbissen: Sie kamen nicht, es war nicht zu ändern).

Sie kehrten in den Salon zurück, ihre Unterhaltung war nicht leicht und gelöst, es herrschte unter ihnen die Distanz zwischen dem, der betrachtet, und dem, der betrachtet wird, ein bißchen wie im Museum, und dennoch verband ein sehr sehnsüchtiges, aber heftiges Gefühl der Vertrautheit sie alle drei, zusammen mit einer großen Flasche gelblichem Kölnisch Wasser auf dem weißen Marmortisch.

Während er sprach, aber auch, während er schwieg, erinnerte sich der Mann an weitere Augenblicke im Leben seines Malerfreundes. Er erinnerte sich an ihn, wie er, jünger und mit kurzen Haaren und Tennisschuhen, tanzend große Bilder umhängte: Er lachte, und hinter seiner Gestalt und seinem Lachen, es war wie das Lachen Aladins, war der Campo de' Fiori mit den Ständen, den Blumen, den dicken römischen Frauen zu sehen. Er erinnerte sich an die Frauen des Malers, eine von ihnen ebenfalls Äffin, blond, mit Zähnen wie er, er erinnerte sich an die Bilder und daran, wie er diese Bilder malte, wie er mit Armen und Fingern in ausschweifenden und engen Spiralen über die Leinwand sprang und flog, er erinnerte sich an die Koketterien der ›Solos‹ aus tropfender Farbe, an die ›Duette‹ von Farbe und Kohle, an die Luft und den Wind all dieser Bilder, die immer einen Himmel hatten, auch wenn keiner da war. Er erinnerte sich an Mario in einem dünnen schwarzen Mantel in einem uralten schwarzen Morris, er sah ihn im Wasser des Meeres, mager, beduinenhaft, mit Affenhaaren, er sah ihn eitel, glücklich, betrügerisch, traurig wie manche *matadores* auf Photographien von 1930, treulos und durchtrieben wie alle großen Künstler in ihrer kindlichen Art, und natürlich war er gerührt.

»Du mußt deine Haare schneiden, sie sind zu lang«, sagte er, während er sich vom Sofa erhob. Mario zog eine kleine Grimasse, die Mißmut ausdrückte.

Nancy sagte: »Ich schneide sie ihm immer selbst.«

»Schneiden Sie sie kürzer«, sagte der Mann. Mario lächelte, mit einer anderen Grimasse, als wolle er sagen: »Ich gefalle dir, stimmt's? Ich gefalle allen«, und indem der Freund dies begriff, tappte er noch einmal in die Falle und lächelte über diese kindliche Schlauheit.

Sie redeten (er und Nancy, Mario telefonierte oder versuchte zu telefonieren) über Frankreich, über die Camargue.

»Mario schläft nie«, sagte Nancy, als der Mann seine Schlaflosigkeit erwähnte, dann hörten sie auf zu reden, schauten sich von Zeit zu Zeit mit einem kleinen Lächeln oder mit Gesten an, alle drei: Dann kamen zwei Gestalten herein, ein Mann und eine Frau, und die Eleganz entschwand sehr schnell am römischen Himmel.

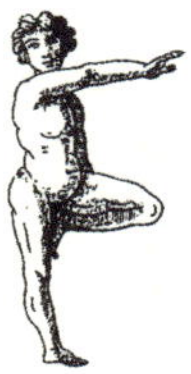

Famiglia *Familie*

Eines Tages, vor vielen Jahren lernte ein Mann, der niemanden hatte, der bei ihm im Haus herumlief, eine Familie namens Tommaseo kennen mit lauter Kindern, Eltern, Onkeln, Neffen und Nichten, die in einem Landhaus wohnten und alle füreinander sorgten. Auch der Mann hatte in jener Gegend ein Haus, und im Sommer ritt er aus mit einem jungen Mann, der zu der Familie gehörte und den Namen Marino trug (seine Frau hieß Eta, der Mann dachte eta-beta und erinnerte sich an das Griechische), und mit einem Jungen, Ludovico Tommaseo, der sein ›Bursche‹ wurde. Warum wurde Ludovico sein ›Bursche‹? Der Mann fragte ihn einmal nach der Uhrzeit (sie ritten in einen Akazienwald), Ludovico sah auf die Uhr und sagte dann: »Sie ist stehengeblieben«, er ließ seine Zügel fallen, breitete die Arme aus und senkte den Blick, als wolle er sagen: Weh mir!

Sie durchquerten einen breiten Fluß und drangen in die Pappelwälder ein, durch das fast dunkle Grün gelangten sie zu kleinen Wiesen in der Sonne, voller gelber Margeriten. Ohne zu sprechen, fielen sie gemeinsam in Galopp und sahen Schwärmen großer und kleiner Fasanen zu, die sich mit ihrem erstickten Schrei zum Flug erhoben. Dann planschten sie im klaren Wasser des Flusses, an den Stellen, wo er Bach war und noch kein Fluß, sie stiegen vom Pferd, zogen sich aus und tauchten ins eisige Wasser. An sehr heißen Tagen warfen sich auch die Pferde ins Wasser, wälzten sich auf den Kieseln und wetzten sich die Rücken. Dann saßen die drei Reiter wieder auf, ritten an kleinen, von Weidenzweigen gestreiften Quellwasserläufen entlang, betrachteten die Aale und Krebse zwischen den Algen, fast immer, ohne zu sprechen (der einzige, der viel redete, hastig und stotternd, war der ›Bursche‹ Ludovico, er war jedoch für einen Burschen zu jung und kannte die Regeln nicht), gegen Sonnenuntergang kehrten sie nach Hause zurück. Nach solchen Ausflügen zu Pferd fühlte sich der Mann so richtig müde: Seine Schenkel und Arme waren müde (der Fuchs war ein Warmblut), und sein Herz war müde, weil er in Gesellschaft gewesen war. So aß er gut zu Abend und fiel in einen tiefen Schlaf.

Er erwachte in der Morgendämmerung, noch vor dem ersten Morgenlicht, und sein Herz, das nachts wieder allein gewesen war, sagte zu ihm: »Du hast niemanden, der in deinem Haus herumläuft, die Jahre gehen vorüber, du wirst ein alter Mann, von dir wird nichts bleiben.« Das Herz drehte sich ›schmollend‹ auf die andere Seite, nach einer Weile schlief es, aber der Mann blieb wach und war traurig, denn er wußte, daß solche Gedanken im Morgengrauen unberührt waren, klar und frei von den Täuschungen, die der Tag mit all seinen Ereignissen bringt. Also dachte er an die Frau, die er liebte, die für ihn auch Tochter war, wie er ein wenig Sohn für sie, und er tröstete sich bis zu den ersten Sonnenstrahlen. Wenn er früher aufwachte, dann war es nicht sein Herz, der Schläfer, das zu ihm sprach, sondern zwei Nachtigallen, die Duett sangen, die eine diesseits, die andere jenseits des Bachs. Das Schlagen der Nachtigallen, eine war gleich beim Fenster, die andere weit draußen in der noch nächtlichen Feuchtigkeit der Wälder, auch sie waren Vorwurf, oder noch schlimmer, sie waren die vollkommenste Sorglosigkeit und Unaufmerksamkeit derer, die am stärksten und glücklichsten sind. So fühlte sich der Mann, der gerade weil er allein war, immer alles wußte, schlechter, als wenn sein eigenes

Herz zu ihm sprach. Mit der Morgendämmerung hörten die Nachtigallen auf, drei oder vier Töne hintereinander zu trällern, sie verschwanden im Wald, und wieder blieb der Mann allein mit seiner Klugheit, seinem Mut und seiner Nutzlosigkeit.

Eines Abends wurde der Mann von jemandem aus der großen Familie eingeladen, der Giorgio hieß und immer fröhlich war, denn er hatte vier Kinder und eine Frau (Grazia). Das Haus war voller Blumen, die Freunde und Verwandte zur Geburt des jüngsten Sohnes geschickt hatten, der an diesem Abend im Brutkasten lag. Der Gedanke an das Kind im Brutkasten (es war mit sieben Monaten geboren) beunruhigte den Gast sehr, aber die Eltern, die immer lächelten, beunruhigte er nicht, auch nicht die Schwestern und das Brüderchen; alle hatten Mandelaugen, wie Grazia, die ihn, starr und staunend, anschauten, ganz nah waren sie ihm, wie einem Fremden.

Zum Abendessen gingen sie in ein Restaurant am Wasser, es war fast leer, von dort sah man das unbewegte Meer, den Mond, der sich darin spiegelte und einige weit entfernte Lampen von Sepiafischern. Während er diese Lampen betrachtete, dachte der Mann: »Wer weiß, wieviele Kinder diese Fischer haben.« Während des Essens sprach der Mann, der rechts neben Grazia saß, viel mit ihr über das Stillen des Neugeborenen. Grazia erklärte:

»Zu bestimmten Tageszeiten pumpe ich meine Milch ab und stelle sie in den Kühlschrank, dann bringe ich sie in die Klinik als Mahlzeit für das Kind.«

Der Mann fragte Grazia viele Dinge über die Brust, Grazia antwortete: »Im letzten Monat schwillt die Brust an, und wenn das Kind geboren ist, spürt man den Drang zu stillen, sonst tut es weh.«

»Was spürt man genau?« fragte der Mann.

»Man spürt innen ein Ziehen.«

»Und welches Gefühl haben Sie nach dem Stillen?«

Grazia lachte ein wenig verlegen: »Ich fühle mich besser, freier, leichter.«

»Stillen Sie gern?«

»Ja, sehr«, sagte Grazia.

Der Mann fand das Unmaß seiner Fragen ungehörig, bat tausendmal um Entschuldigung, aber er konnte sich nicht beherrschen und fragte: »Und Sie, Grazia, haben Sie je Ihre Milch probiert?«

»Nein, nein«, sagte Grazia lachend, und auch Giorgio, der die Milch seiner Frau nie probiert hatte, lachte.

»Ich würde sehr gern einmal Menschenmilch probieren«, sagte der Mann, und die Unschuld dieses Satzes erzeugte unter den Leuten am Tisch, aber besonders zwischen Giorgio, Grazia und ihm, ein solches Einvernehmen, daß Giorgio sofort sagte:

»Möchten Sie probieren?«

»Ich möchte schon«, sagte der Mann, der sich traute und auch wieder nicht, und Giorgio sagte:

»Wenn wir wieder zu Hause sind, probieren Sie.«

Der Mann sah sich die befreundeten Eheleute genau an, sie lachten, er begriff, wie wunderbar diese Antwort war, und dachte: »Sie sind beide so ruhig und fröhlich und haben die Kraft jener Menschen, die mit allen Dingen in Eintracht leben, ohne es zu wissen. Wie die beiden Nachtigallen, die mich morgens wecken.«

Das Mahl war zu Ende, alle begaben sich ins Haus von Giorgio und Grazia (der Mann war voll banger Erwartung), Grazia ging ins Zimmer, um die Milch für ihr Kind abzupumpen, und Giorgio kam mit einem Silberlöffel, den er dem Mann reichte. Der Mann schlürfte die Milch mit großer Aufmerksamkeit und klopfendem Herzen, zuerst schmeckte er die laue Wärme und Dichte der Milch, und als er aufs genaueste darauf achtete, spürte er den Geschmack von Milch, Honig, Gänseblümchen oder Kräutern und Menschen. Dann schmolz die Milch im Mund, und alles verschwand, aber es genügte ihm, um zu verstehen, in wie hohem Maß der Mensch gegenüber allen Lebewesen privilegiert war, und wie groß sein Glück ist, geboren zu werden, zu nähren und zu leben.

Jahre vergingen, während derer der Mann allein blieb, ohne jemanden, der im Haus herumlief: Immer stärker spürte er diese Stille auf dem Parkett (Parkett ist nicht dazu da, geräuschlos zu sein), nachts in den Zimmern (Zimmer sind dazu da, Atemzüge und Seufzer in der Nacht zu beherbergen, und auch den Lärm, wenn Dinge am Tag zu Bruch gehen), bei Tisch hörte er kaum mehr den Klang seines eigenen Bestecks, und niemand mußte dazu erzogen werden, nicht mit dem Löffel auf den Teller zu schlagen, keinen Wein auf die weiße Tischdecke zu verschütten, nicht zu krümeln und nicht ›unmanierlich‹ zu essen. Der Mann gewöhnte sich niemals an diese Stille, im Morgengrauen dachte er an jenen Abend im April oder Mai (er war sich nicht sicher) und an die Milch von Grazia. Er erinnerte sich an Milch, Honig, Blumen, Kräuter und Menschenelixier. Seit ziemlich vielen Jahren hatte er aufgehört, sich Fragen zu stellen, er erinnerte sich nur an die Dinge des Lebens, die mit jener Milch, jenem damals jungen Elternpaar zu tun hatten, das nicht das Ende der Dinge kannte.

Er ritt auch in späteren Jahren aus, der ›Bursche‹ Ludovico und der Onkel Marino begleiteten ihn manchmal, sie galoppierten, wateten im Flüßchen und schreckten die Fasanen hoch: Sie lachten, es war Sommer. Dann schneite es in den Bergen, der Mann ging zusammen mit einem Freund namens Micia, einem Bergbewohner, der selber ein Zwischenwesen, halb Gestrüpp, halb Gemse war, zum Skilaufen; in dieser schneeigen, kalten Lautlosigkeit zwischen aufblitzenden Sonnenstrahlen vergaß er andere Stille; er genoß für eine Weile die ›Freuden des Lebens‹, traf, sah, liebte viele Augen, Häute, die ruhigen Momente und die Klugheit, wie sie in anderen Familien gelebt wurden, dann hörte er auf, die ›Freuden des Lebens‹ zu genießen, und man wußte nichts mehr von ihm, außer vom Hörensagen.

NATALIA GINZBURG

Nachwort zum ersten Band

Vor einem oder zwei Jahren, ich erinnere mich nicht genau wann, las ich auf der dritten Seite einer Tageszeitung eine Erzählung von Parise mit dem Titel AMORE. Was ich bisher von Parise gelesen hatte, hatte mich gleichgültig gelassen, ich dachte, er sei ein Schriftsteller, der mir nichts zu sagen hatte. Mir schien, daß seine Bücher etwas Welkes oder Zerknittertes hatten. Ich hielt ihn für sehr talentiert, und jedes seiner Bücher suchte einen Stil, aber bei dieser Suche fehlten Angst und Staunen, ja, seine Bücher schienen mir bar jeden Staunens. Ich hatte den Verdacht, daß er mit seinem Talent seine Gleichgültigkeit und Unschlüssigkeit überspielte.

Als ich AMORE las, fand ich die Erzählung, glaube ich, nicht sofort schön, ich war wohl zu träge und zu skeptisch, um mir irgendein Urteil zu bilden. Ich erinnere mich jedoch, daß ich mich sehr gefreut habe, einer Frau mit »Haaren, die die Farbe von erdschmutzigen Karotten hatten«, zu begegnen und auch einem Mann, der »wie ein quakender Frosch mit aufgeblähtem Hals zu atmen schien«. Derselbe Mann hatte »gebrechliche, greisenhafte Knöchel, erweckte den Eindruck gleichzeitiger Kraft und Schwäche«.

Der Stil der Erzählung AMORE schien mir sehr anstekkend, denn augenblicklich tauchten in meinen Gedanken ähnliche Sätze und ähnliche Figuren auf und Geschehnisse, die denselben Rhythmus hatten. Wir wissen, daß wir uns vor dieser Ansteckung in acht nehmen müssen, und wir wissen auch, daß sie nicht weiter schlimm sein muß, sondern im Laufe eines Nachmittags abgeklungen sein kann, ohne Spuren zu hinterlassen. Wir wissen aber auch, daß solche Nachahmungsviren manchmal fruchtbar und wohltuend sein können, es ist, als würden wir von einem heftigen Fieber ergriffen, von dem wir uns jedoch voller Tatendurst und neuer Ideen wieder erholen, gesünder und kräftiger als vorher.

Seit jenem Tag habe ich immer gehofft, noch mehr Erzählungen von Parise in dieser Tageszeitung zu finden, ich las immer mehr davon, und jedes Mal erfaßte mich jenes Fieber aus Neid, Ungeduld und Unruhe, das uns befällt, wenn wir versuchen, den Stil eines anderen nachzuahmen. Als ich BAMBINO *Kind* und BONTÀ *Güte* gelesen hatte, wurde mir klar, daß mir die Erzählungen von Parise ausgezeichnet gefielen, und ich wollte sie nicht nur nachahmen, allein die Tatsache, daß sie geschrieben worden waren, war für mich ein glückliches Ereignis.

In der Erzählung BONTÀ kommt eine Mandoline vor, und in BAMBINO geht es um Strände und Speisen, und mir kam in den Sinn, wie sehr wir doch entwöhnt sind, in Romanen und Erzählungen außer Gesichtern von Menschen auch Dingen, Plätzen oder Speisen zu begegnen. Wir sind entwöhnt und haben uns sogar damit abgefunden, diese dort niemals zu finden. Und wenn wir selbst zu schreiben beginnen, drängt sich uns spontan die Empfindung auf, daß wir uns in einer öden Landschaft aufhalten, in der weder Dinge noch Menschen noch Speisen aus unserer Erinnerung auftauchen. Der Anblick einer solchen Landschaft hat etwas vom Mond, aber nicht dem Mond oben am Himmel von der Erde aus betrachtet, sondern von einem Mond im Fernsehen, jenem Reich öder Langeweile, in dem alles steril und ohne Überraschungen ist.

Ich glaube, ich habe schon mehrfach über die eigenartigen geistigen Bedingungen geschrieben, in denen ein

Schriftsteller heute lebt. Natürlich unterscheiden sie sich nicht von den geistigen Bedingungen, in denen wir alle heute leben, aber vielleicht ist der Schriftsteller aufgrund seines Wesens dazu bestimmt, auf intensive und zugleich verschwommene Weise unter ihnen zu leiden. Ein jeder denkt, daß es immer schwieriger wird, das zu tun, was er wirklich kann und was er immer getan hat. So glaubt der Schriftsteller, er sei da, um von der Wirklichkeit zu erzählen, aber er glaubt, daß es nicht einfach ist, das wichtigste Werkzeug des Erzählens, nämlich die Zeit, zu gebrauchen. Die Vorstellung Zeit flößt ihm Widerwillen ein. Die Gegenwart ist sein Feind, und er findet in ihr weder Ruhe noch Raum, und die Vergangenheit ist sein Feind, weil er dort auf die Wurzeln allen jetzigen Unglücks stößt. Im Hinblick auf die Zukunft empfindet er überhaupt nichts, weil es ihm unmöglich erscheint, an die Zukunft zu glauben.

Während er sich bemitleidet, weil er nicht mehr schreiben kann, zuckt er zugleich die Achseln und sagt sich, daß seine Unfähigkeit zu schreiben belanglos ist im Vergleich zu anderen unzähligen und sehr viel bedeutenderen Dingen, die gelingen müßten und die nicht gelingen. Das Schreiben ist jedoch das einzige, wozu er fähig ist, und er empfindet es als Demütigung, nicht mehr schreiben zu können.

Manchmal glaubt er, nicht mehr schreiben zu können, weil er eine Abneigung gegen die Zeitformen der Verben hegt. Allein der Gedanke daran, sich für »er ging« oder »er ist gegangen« entscheiden zu müssen, läßt ihn vor Abscheu erbleichen. Sobald diese Worte in seinen Gedanken auftauchen, drängt sich ihm die Idee auf, daß etwas Falsches, Unangemessenes, Unnützes um sie herum entstehen könnte. Anstelle von »er ist gegangen« versucht er es mit »ich bin gegangen«, aber das macht alles nur noch schlimmer, weil die erste Person Singular sein eigenes Abbild wachruft, und das ist sein schlimmster Feind auf der ganzen Welt. Er stellt fest, daß er nicht nur mit den Zeitformen der Verben, sondern auch mit den Personalpronomen auf Kriegsfuß steht. Jedes denkbare Wort erweckt in ihm ein Gefühl blinder Feindseligkeit und wirbelt Staubwolken auf. Reglos in diesem Staub zu verharren, scheint ihm die einzige Chance, die dem Menschen geblieben ist.

Es ist schwierig zu sagen, in welchem Maß ein Schriftsteller heute darauf angewiesen ist, daß andere Schriftsteller schreiben. Er wird die Vorstellung nicht los, etwas nicht zu können, was aber vielleicht gar niemand von ihm verlangt, es zu können, und so fühlt er seine Glieder erstarren und ist überzeugt, daß die Welt um ihn herum nichts ist als Reglosigkeit und Staub. Sieht er jedoch jemand anderen eine Geste oder einen Schritt tun, fühlt er sich augenblicklich erleichtert, und die Erinnerung an Stimmen, Gesten und Schritte wird in ihm wach. Noch voller Zweifel sucht er die zuvor abgelehnten Werkzeuge und benutzt sie. Er hat nicht vergessen, daß sie ihm verhaßt gewesen und unnütz, falsch und unzulänglich erschienen waren. Er benutzt sie dennoch, weil ihm mit einem Mal völlig gleichgültig ist, was er früher gedacht hat.

Was mich an Parises Erzählungen, als ich sie in jener Zeitung las, am meisten faszinierte, waren die Zeitformen der Verben. Ich war mir nicht ganz klar darüber, was an seinen Zeitformen eigentlich so ungeheuer wichtig für mich war. Ich erinnere mich, daß ich dachte: »Wenn Parise das Imperfekt so verwendet, dann können wir alle es genauso verwenden.« Ich hatte das Gefühl, daß sein Imperfekt eine neue Qualität besaß, es war rein und einzigartig, mir schien, als sei es ein schnelles, trauriges, flüchtiges Imperfekt, als liege es am Grunde seiner Erzählungen, wie um den flüchtigen Lauf des Lebens widerzuspiegeln. Seine passati remoti [Die Vergangenheitsform *passato remoto* drückt aus, daß ein Vorgang in sich abgeschlossen ist und ganz der Vergangenheit angehört.] hatten einen dumpfen, tiefen Klang, und sie schienen mir schwer und feierlich wie Wälder oder Gebirge an einem Wasserlauf, mit den Lauten und Stimmen der Erde entlang des schnellen und traurigen Fließens der Flüsse. Nun, da ich die ganze Sammlung von Parises Erzählungen wieder lese, scheint mir, als liege in den Zeitformen der Verben der Schlüssel zu dem, was ihm plötzlich widerfahren ist:

Ich glaube, daß Parise sich plötzlich in Einklang mit seiner eigenen Vergangenheit gefühlt hat, also mit jener verborgenen Kadenz, die all unsere Handlungen, Versprechungen, Enttäuschungen und Erinnerungen begleitet und die verschiedenen Zeiten unseres Lebens in uns zusammenfügt. Daß er seinen verborgenen Rhythmus fand, ohne Haß seines Kindheitsbildes gewahr wurde und es dem Bild des Erwachsenen gegenüberstellte, muß ein solches Staunen in ihm ausgelöst haben, daß in ihm eine brennende Neugier auf seinesgleichen und auf sich selbst inmitten von ihnen geweckt wurde. Am Anfang jeder Erzählung, schon in den ersten Zeilen, begegnet uns meist etwas völlig Unerwartetes, das uns aus unseren gewohnten Vorstellungen herausreißt und uns urplötzlich Dinge voller Rätselhaftigkeit und Zufälligkeit vor Augen hält. »Am Mariä-Himmelfahrtstag im Jahr 1938 lungerte ein achtjähriger Knabe aus ›bester Familie‹, er hatte einen auffallend runden, fragil wirkenden Kopf, am Strand herum, in der Nähe der Badekabinen des Grand Hôtel des Bains am Lido von Venedig. Es war gegen zwei Uhr nachmittags.« (So lauten die ersten Zeilen von ALTRI *Die Anderen*). »Eines Tages fuhren eine Mutter und ihr achtzehnjähriger Sohn, sie sahen sich sehr ähnlich, lebten in bescheidenen Verhältnissen und waren von einfachem Wesen, in einen Ferienort, dessen Namen die Mutter zufällig von anderen Frauen gehört hatte.« (ALLEGRIA *Freude*). »Eines Tages, in einem großen Tal bei Cortina, das in den Tofane versteckt lag, sah eine Frau, die schnell und als spiele sie, Ski fuhr, in dem weißen Raum ohne Schatten und Wind einen Mann reglos stehen, allein, mit einer schwarzen Mütze und schwarzen Augen.« (DONNA *Frau*).

Die Fragilität eines Kopfes, die Schlichtheit zweier Menschen, das kindliche Gemüt einer Frau sind Signale, die uns vermitteln, daß in jedem Wesen, an jedem Ort, in jedem Augenblick sich etwas Kindliches, Zweifelndes,

Zerbrechliches verbergen kann. Und sie zeigen uns auch Wege, die wir einschlagen sollen, und bringen zum Ausdruck, wie ängstlich und zufällig sich das Leben durch Landschaften und zwischen Menschen hindurchschlängelt.

Die Geschichten haben einen unerwarteten und plötzlichen Beginn, und ebenso unerwartet und abrupt enden sie. Jede Erzählung ist in gewisser Weise die Geschichte eines Versprechens und einer Enttäuschung. Aber die Enttäuschung dient nicht dazu, Verlogenheit, Untreue oder Elend des Lebens zu beklagen, sondern dazu, sein Ausmaß und seine Anmut zu offenbaren, und diese Anmut ist so eigenartig, zufällig und verletzlich, daß all ihre Versprechungen und Enttäuschungen gleichermaßen Glückseligkeit und Schmerz mit sich bringen, und beide, Versprechung wie Enttäuschung, entstammen launischen und rätselhaften Umständen und sind begleitet von einem großen Staunen.

Auf all diesen Erzählungen, die wohl Lebensfreude, Heiterkeit von Landschaften, Geruch und Geschmack von Speisen, das Auftauchen und Verschwinden von Gefühlen wachrufen und preisen, lastet doch eine tiefe Melancholie. Wir wissen nicht, woher diese Schwermut rührt, aber sie könnte im Imperfekt begründet sein, das in der Tiefe schwingt wie das Auf- und Abschwellen eines Geigentones oder eines Flusses. Melancholie in Parises Erzählungen ist nicht grau und eintönig, sie leuchtet purpurn, und ihre Farbe ist nicht die eines Regentags, sondern die eines Sonnenuntergangs.

Die Welt, die er schildert, ist eine Welt, deren innerste Zerbrechlichkeit er erkannt hat, und auf seinen Stränden, seinen Schneefeldern, seinen Familiengeschichten lastet das Wissen, daß sie dazu bestimmt sind, zu verschwinden oder sich so zu verändern, daß unsere Augen sie nicht wiedererkennen können. Während wir sie also betrachten, nehmen wir auch schon Abschied von ihnen.

Januar 1973

Alphabet der

Gefühle

ZWEITER BAND

Hinweis

Im Leben machen die Menschen Pläne, weil sie wissen, wenn einmal der Urheber tot ist, können sie von anderen fortgeführt werden. In der Poesie ist es anders, dort gibt es keine Erben. So ist es mir mit diesem Buch ergangen: vor zwölf Jahren habe ich – von der Poesie an der Hand genommen – mir selbst geschworen, viele Erzählungen über die menschlichen Gefühle zu schreiben, unbeständig wie sie sind, beginnend mit A und mit Z endend. Es sind Dichtungen in Prosa. Ein erster Teil bis F wurde vor zehn Jahren veröffentlicht; der größere Rest erscheint hier. Aber beim Buchstaben S, trotz der Pläne, hat mich die Posie verlassen. Und bei diesem Buchstaben *mußte ich aufhören.* Die Poesie kommt und geht, lebt und stirbt, wann sie will, nicht wann wir es wollen, und sie hat keine Nachfolger. Es tut mir leid, aber es ist so. Ein bißchen wie das Leben, vor allem aber wie die Liebe.

G. P. *Januar 1982*

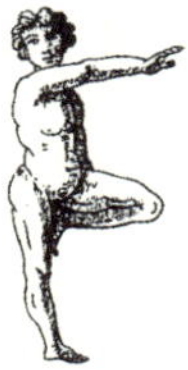

Felicità *Glück*

An einem besonders heißen Tag des Jahres 1944 planschte eine Gruppe von Jungen im Wasser eines Inlandkanals in der Nähe von Padua. Das Land war ganz flach und gelb vom Stroh, denn man hatte eben erst den Weizen geschnitten; nirgendwo waren Bäume zu sehen, aber die Zikaden ringsum zirpten in den lautesten Tönen. Das Wasser des Kanals war nicht sonderlich tief; es floß zwischen Algen und einem gelbschlammigen Untergrund dahin mit ein paar Fröschen. In der Nähe lag eine Brücke, und die Jungen beobachteten, wie um die Mittagsstunde zwei weißgekleidete junge Männer hinübergingen: in Jackett und Krawatte, beide mit einem Revolver in der Hand und um sie herum Uniformierte mit Maschinenpistolen. Sie schienen irgend etwas zwischen den Strohgarben zu suchen; zwei- oder dreimal gaben sie Schüsse ab und traten nach einigen Hühnern, die davonflatterten und laut gackernd viel Staub aufwirbelten.

An jenem Tag hatte sich ein sehr junger deutscher Soldat den Jungen angeschlossen: Er trug einen starren Gipsverband als Stütze für seinen Hals; er hieß Fritz und hatte eine Ziehharmonika bei sich. Außerdem besaß er eine Pistole mit dem dazugehörigen länglich-schwarzen Lederfutteral: Eine P38, die er vor den gebannt zuschauenden Jungen zerlegte und wieder zusammensetzte. Einer aus der Gruppe, Roberto, hatte eine blonde, braungebrannte Cousine mitgebracht, die aus Mailand kam und Coralla hieß. Sie hatte durchstochene Ohrläppchen, in denen zwei winzige Ohrringe steckten, beide mit einer kleinen Perle darauf; immer, wenn das Mädchen aus dem Wasser kam, konnte man sie hell aufblitzen sehen. Coralla war aus Mailand ›evakuiert‹ worden, weil es dort zu viele Bombenangriffe gab. Darüber sprach sie auch mit Giannetto, der Sohn eines faschistischen Verbandsführers war, trotzdem aber ein sehr netter Kerl, und er erklärte Coralla, er kenne die Namen einiger Straßen in Mailand, wie die Via Donizetti und die Via Mozart. Eigentlich durfte man Giannetto nicht als Faschisten bezeichnen, nur weil sein Vater Verbandsführer war, auch war sein Verhalten viel zu unbestimmt, er interessierte sich nur für Fußball und eine junge Tante, die er an bestimmten Nachmittagen besuchte. Einer der Jungen, Mario Foscarini, war schon sechzehn (damit der älteste unter ihnen), er schaute Coralla in dem Moment, als sie ihm vorgestellt wurde, gar nicht richtig an, sondern verschwand noch in demselben Augenblick mit einem Sprung im Kanal, um erst nach längerer Zeit, wohl zwei oder drei Minuten später, wiederaufzutauchen. Mario war übrigens der hübscheste von den Jungen, die andern waren ja fast noch Kinder, er hatte langes schwarzes, ›welliges‹ Haar, das, wenn er aus dem Wasser kam, nach frischgebackenem Brot roch.

Ein anderer Junge, Massimiliano, Max genannt, schaute ganz neidvoll auf Mario, Fritz und Coralla; doch war sein Neid von besonderer Art, weil es eher Bewunderung war als Neid und er sich schwach und unbedeutend vorkam. Er spürte in ihrem Geruch den Duft und die Schönheit der Sieger, also etwas augenfällig Heldisches und Makelloses schon in ihrer äußeren Gestalt – ganz ähnlich wie bei den weißgekleideten jungen Faschisten mit der Pistole in ihrer Hand, die von der Pistole zum Kamm überwechselten, um sich zu kämmen, und zwischen dem Gegacker der Hühner durch den Staub der Felder dahinschritten. »Warum muß Eleganz so dumm sein?« fragte sich Max und stellte sich vor, daß man diese weißgekleideten jungen Burschen mit dem Rangabzeichen am Knopfloch über kurz oder lang erschießen würde.

Coralla konnte Deutsch und unterhielt sich vom Wasser aus, wo sie soeben im Schmetterlingsstil geschwommen war, mit Fritz, der kerzengerade dasaß in seinem steifen Gipsverband und mit khakifarbenen kurzen Hosen aus grobem Leinen, genagelten Schnürstiefeln und der Ziehharmonika über der Brust. Es waren noch drei weitere Jungen da, die allerdings farblos blieben, einer von ihnen hatte von Geburt an sechs Zehen an einem Fuß; sonst war an ihnen nichts weiter bemerkenswert. Daß Fritz dabei war, daß Coralla aus Mailand gekommen war mit ihrer Sonnenbräune und dem hauchfeinen hellen Flaum darauf und daß Mario Foscarinis Haare einen Duft verströmten – dies alles erzeugte an diesem Tag unter den Jungen mal mehr, mal weniger gespannte Erwartung, wie sie noch an keinem Tag zuvor entstanden war und wie sie auch nur selten vorkommt, etwa am Vorabend irgendeines bedeutsamen Ereignisses. Diese eigentümliche Stimmung erreichte nun zwei Augenblicke höchster Intensität. Einmal, als alle den Geruch von frischem Brot bemerkten, der von Mario Foscarinis Haaren ausging, zum andern, als Fritz zu Coralla sagte: »Du bist wohl ein deutsches Mädchen?« Sie jedoch gab zur Antwort:

»Ich bin Italienerin.«

Es waren drei Dinge, abgesehen von allen anderen ›historischen‹ wie der Gegend, der heißen Witterung, dem Krieg und dem nahen Ende einer gewissen Entwicklung, die diesen beiden Sätzen besondere Wirkung verliehen: die deutsche Sprache, die Klangfarbe der beiden Stimmen (weiblich die von Fritz, männlich die von Coralla) sowie der stolze Ton, in dem sie das »Ich bin Italienerin« sagte – und vor dem Fritz einen Augenblick lang die Augen niederschlug.

Sie aßen: Brot und Wurst, Eier, Pfirsiche und tranken Vichy-Wasser. Fritz hatte sich dunkles Brot mitgebracht, auf das er Schweineschmalz strich, nur das aß er, von den

Jungen wollte er nichts annehmen, aber er bedankte sich jedesmal. Nach der Mahlzeit spielte Fritz auf der Ziehharmonika, er spielte und sang zusammen mit Coralla *Lilli Marleen* danach *Fiorellin del prato* und *Con te era bello restar*, einmal in italienischer, einmal in deutscher Fassung, und dann zeigte Mario Foscarini Coralla, wie man tanzt. Es folgte ein Moment der Langeweile für alle, währenddessen man nur noch die Zikaden hörte, weit weg ein paar Hühner und das Geflüster zwischen Giannetto und Max, dicke Freunde trotz aller Politik. Man wußte, daß Giannetto ihn sehr mochte, nur gab es einen Unterschied: Max war derjenige der beiden, der Freundschaft reichlich schenkte, Giannetto nahm sie mit allen Vorteilen für sich entgegen. Während Max sprach, schaute Giannetto zu ihm hin, und zwar genau so, wie Coralla jetzt zu Fritz hinschaute, nämlich ohne ihn recht anzusehen; anders gesagt, sie schaute so, als sei er durchsichtig, und als mache sie sich zugleich Gedanken über ihn, um die Richtung ihrer Blicke nicht zu verraten. Irgendwann fragte Coralla Fritz schließlich, ob sie die P38 einmal sehen könnte; sie nahm sie sogar in die Hand, ganz offensichtlich mit Herzklopfen. Ihre Knie berührten sich. Da sagte Fritz noch einmal:

»Deutsches Mädchen«, doch Coralla antwortete nicht.

In diesem Augenblick vernahm man aus weiter Ferne ein dumpfes Dröhnen.

»Flugzeuge«, sagte Fritz, und alle schauten nach oben, an einen vor Hitze weißglühenden Himmel. Das Dröhnen breitete sich über den Himmel aus und wurde stärker, Flugzeuge waren jedoch nicht zu sehen. Es kam von Süden heran, und mit ihm wurde es allmählich ganz still ringsum, sogar die Zikaden hörten auf zu zirpen. Dann schimmerte es auch schon in der Ferne, und endlich sah man die Flugzeuge näher kommen, glitzernd und sehr hoch, zu drei mächtigen Dreiecksformationen gruppiert.

»Los, zählen wir sie«, rief Giannetto, »so viele habe ich noch nie auf einmal gesehen.«

Als sie direkt über ihnen waren, rief Max mit einem sonderbar freudigen Klang in seiner Stimme: »Sechsunddreißig sind es.«

Jedoch das dumpfe Dröhnen wollte nicht enden. Man vernahm ein weiteres und späterhin noch einmal eines. Max zählte und zählte: Fast eine halbe Stunde lang zogen die Flugzeuge in großer Höhe über ihnen dahin. In entfernten Ställen begann das Vieh zu brüllen. Ein einzelnes Flugzeug blieb plötzlich zurück: Qualm drang aus dem Heck, und es verlor beständig an Höhe. Als es über sie hinwegtrieb, sahen sie deutlich den amerikanischen Stern, den ersten in ihrem Leben. Dann lösten sich vier kleine Bälle aus dem Flugzeugrumpf, und nacheinander öffneten sich Fallschirme. Die Jungen folgten mit den Augen den grünen Fallschirmen, die leicht pendelnd herabsanken, und versuchten, die einzelnen Männer zu erkennen, Amerikaner, von denen sie noch nie einen gesehen hatten. Das Herz schlug ihnen bis zum Hals.

Von jenseits der Hügel, die im Dunst lagen, kam ein Donnerrollen und Krachen, Qualmwolken stiegen hoch. Da sah Max deutlich, wie sich Fritz' Pupillen weiteten und seine Augen mit einem Mal ganz dunkel wurden.

»Das ist Verona«, sagte er, »jetzt ist der Krieg bald vorbei.«

Fascino *Zauber*

An einem Augustnachmittag im Gebirge, inmitten von schwarzen, grollenden Wolken, erblickte eine Frau mit großen, klaren Augen voller Neugierde und einem blonden dicklichen Kind an der Hand auf einem verlassenen Feldweg einen hochgewachsenen Mann, der Clark Gable ähnlich sah. Da weiteten sich ihre Augen, sie dachte »Großer Gott, er ist es selbst!« und blieb stehen, eine Hand auf der Brust. In diesem Augenblick fielen die ersten dicken Regentropfen, Wind kam auf, und die Frau, die dem Mann nicht die Röte in ihrem Gesicht zeigen wollte, begann, auf das Dorf zuzulaufen, dabei zog sie das Kind hinter sich her. Das Kind mit seinen dicklichen Beinen und den leichten Plattfüßen fiel plötzlich der Länge nach hin und brüllte los, wurde aber flugs von dem Mann wieder aufgehoben, der sie gerade einholte: Er hob es ganz selbstverständlich mit kräftigen Armen hoch, zeigte dabei seine blendend weißen Zähne und seine lachenden schwarzen Augen, was es sofort beruhigte. »Ich komme mit Ihnen«, sagte der Mann und behielt das Kind auf dem Arm; die Frau nickte mit dem Kopf und sah ihn dabei unverwandt weiter an. Die schwarzen Wolken senkten sich jetzt fast auf ihre Köpfe nieder und der Regen wurde dichter (der Mann hielt eine Hand über den Kopf des Kindes), es blitzte ab und zu, donnerte aus Schluchten und Tälern in der Ferne, und der Mann nahm die Frau bei der Hand, wenn es blitzte. Schließlich langten sie, völlig durchnäßt, vor dem Hotel an; der Mann verabschiedete sich von ihr mit demselben Lächeln, mit dem er zuvor das Kind beruhigt hatte, und sagte einen Namen: Vargas.

Die Frau eilte auf ihr Zimmer, zog das Kind aus und entkleidete auch sich selbst, hüllte dann das Kind in einen kleinen blauen Bademantel und ließ im Bad dampfend heiß das Wasser einlaufen, dann tauchte sie mit dem Kind im Arm hinein. Nach einer Weile spielte das Kind mit dem Wasser, bespritzte sie und fragte wieder und wieder allerlei verworrenes Zeug, wieder und wieder, das die Mutter nicht hörte. Auf einmal schlug ihr das Kind mit der Hand auf eine Brust, da schien die Mutter wie aus dem Schlaf zu erwachen und rief: »Gib Ruhe, du Quälgeist!« mit strengem Ton, worauf das Kind sogleich zu weinen anfing. Die Frau erhob sich und stieg aus dem Bad, gab dem Kind, nackt und patschnaß, zwei Kopfnüsse, so daß es losbrüllte. Ohne sein Geschrei zu beachten, rieb sie es trocken und packte es in den Bademantel mit groben, hastigen Bewegungen und dachte im stillen: »x-Beine hat er und Plattfüße dazu.« Dieser Gedanke rührte sie plötzlich, und sie liebkoste den Kleinen, der sich gleich beruhigte und von neuem anfing, Fragen zu stellen. Er war kein sehr aufgewecktes Kind, und die Frau wußte dies, hatte ihn aber trotzdem lieb. Diese Liebe war gerade dann am stärksten, wenn sie all jene Fragen vernahm, die zusammenhanglos waren und gar nicht echter Neugier und Lebhaftigkeit entsprangen: Das Kind fragte stets so nur, um die Aufmerksamkeit der Mutter auf sich zu lenken, wenn sie mit ihren Gedanken woanders war. Sie lächelte ihm jetzt zu und kitzelte es: »Kille-kille-pieks-pieks!« machte sie, nicht recht überzeugt, das Kind aber lachte trotzdem los und war glücklich und bat darum, noch mehr gekitzelt zu werden.

Die Frau zog den Kleinen an, telefonierte dann mit einer Freundin im Hotel und bat diese, doch ihre *Nurse* herüberzuschicken, um ihr Kind zusammen mit den anderen Kindern zum Abendessen abzuholen. Die *Nurse* war gleich da, der Kleine machte ein bißchen Theater, denn er wollte nicht von seiner Mutter fort, doch da hörte er hinter der Tür die Stimmen seiner Freunde und ging mit. Die Frau blieb im Morgenmantel allein zurück. Sie begann sich zu schminken, aber nicht lange, und kleidete sich an, dabei dachte sie ständig an jenen Vargas. Auch sagte sie sich zwei- oder dreimal den Namen vor, zunächst nur in Gedanken, dann sprach sie ihn laut aus, und jedesmal spürte sie, daß ihr Herz schneller schlug. Ohne weiteres hätte man ihn mit Clark Gable verwechseln können, er war ein wenig altmodisch gekleidet, mit weißen Hosen aus schwerer, grober Wolle, einem weißen Sportpullover und schwarzweißen Schuhen. Er war ein bildschöner Mann, der schönste, den sie je gesehen hatte, nur, wer war er? Sie ging zum Telefon, rief beim Portier an und fragte:

»Hören Sie, Renato, kennen Sie einen Herrn mit Namen Vargas?«

»Gewiß doch, gnädige Frau, das ist ein Bolivianer, der hier im Ort ein Geschäft hat.«

»Ein Geschäft?«

»Ja, einen Laden mit bolivianischem Kunstgewerbe.«

»Und wo?«

Der Portier erklärte ihr, wo er zu finden war, und die Frau zog sich schnell fertig an. Sie hatte bereits eine lange Hose übergezogen, aber sie schlüpfte wieder heraus und zog statt dessen einen Minirock mit Schottenmuster an, dazu Mokassins über ihre bloßen Füße. Sie warf sich noch einen Regenmantel über, zündete sich eine Zigarette an und trat hinaus; draußen war der Himmel wieder klar, von blaßvioletter Farbe mit ein paar Sternen. Sie eilte zu der vom Portier bezeichneten Stelle, sah aber kein Geschäft mit bolivianischem Kunstgewerbe, sie fühlte sich schwach in den Beinen und blickte mit verängstigten Augen um sich. Dann aber sah sie ihn, mitten in seinem Laden, einer Art winzigem Bazar, vollgestopft mit Bergen bolivianischer Kleidung und Trachten, mit hohen Hüten, Tabakspfeifen und handgearbeitetem Spielzeug. Der Mann trug eine dunkle Hose, wieder aus grober Wolle, und einen blauen Seemannspullover. Seine Schuhe waren weiß und hatten eine dicke Kautschuksohle. Als er sie an der Ladentür stehen sah, die Augen weit aufgerissen und die Füße eng aneinander, als fröre sie, lächelte er erst eine Weile, und ohne aus seinem schäbigen Korbsessel aufzustehen, rief er: »Ich bitte sehr!« und streckte seine Hand aus, sie war länglich geformt, wie die eines Schwarzen. Schüchtern trat die Frau herein. »Guten Tag«, sagte sie so ›wohlerzogen‹ wie möglich. »Das war vorhin sehr nett von Ihnen, und ich bin gekommen, um mich bei Ihnen zu bedanken.« Der Mann sah sie immer noch lächelnd an und erwiderte:

»Aber nein, keine Ursache! Nehmen Sie doch Platz. Möchten Sie etwas trinken? Whisky oder Anislikör?«

»Anis?« fragte die Frau. »Ja bitte, Anis.«

Der Mann stieg eine kleine Treppe hinab, die ins Kellergeschoß führte, und kam mit zwei Gläsern und einer Flasche zurück.

»Den bekomme ich aus Bolivien«, erklärte der Mann, und die Frau bemerkte seinen leicht zischenden Akzent.

»Sind Sie Bolivianer?« fragte die Frau, und sie kamen ins Gespräch. Sie redeten viel, der Mann erzählte, er sei

Psychoanalytiker von Beruf und habe aus politischen Gründen aus Bolivien fliehen müssen. Die Frau erklärte, sie interessiere sich sehr für Psychoanalyse, und über dieses Thema – sie tranken viel Anis (die Frau reichte ihm immer wieder das Glas, wofür sie sich beinah entschuldigte) – hatten sie nun Gelegenheit, eine ›hochinteressante Diskussion‹ zu führen. Der Mann sagte oft das Wort *»Claro?«*, wenn er einen Satz beendete, und breitete dazu lächelnd die Arme aus. Die Frau wußte selbst nicht warum – doch wenn er fragend *»Claro?«* sagte, nickte sie jedesmal ganz ernsthaft bejahend mit dem Kopf.

Die Frau fragte ihn, wo er wohne, und der Mann antwortete mit der größten Gelassenheit, er schlafe dort unten, im Kellergeschoß. »Ich bin ein armer, ein sehr armer Mann«, erklärte er mit seinem eigentümlichen Akzent und lachte laut. »Möchten Sie einmal sehen, wo ich hause?«

»Ja«, sagte die Frau, und sie stiegen die kleine Wendeltreppe hinunter, die ins Souterrain führte. An der Wand hingen ein Plakat und ein großes Photo einer Frau; es waren viele Kisten da, auf einer stand ein Elektrokocher mit einer Kaffeekanne, es gab auch einen Kleiderständer mit Sachen, die daranhingen, und ein Bett, über dem eine bolivianische Decke ausgebreitet lag. Die Frau hatte noch nie zuvor soviel Armut gesehen, fühlte sich davon angezogen, denn sie war sich sicher, daß diese Armut und die Kleidung des Mannes ein Geheimnis verbargen, das zu kennen sie nicht würdig war. Ihr Kopf war jetzt glühend heiß, ihr schwindelte, und sie hörte ihre Stimme sagen: »Ich würde gern ein wenig schlafen, hier, nah bei Ihnen«, und mit diesen Worten zog sie sich hastig die Kleider aus und schloß dabei die Augen.

Als sie nun bei ihm lag (sie hatte sich gleich an ihn geschmiegt), sagte der Mann einige Worte auf spanisch, die sie nicht verstand, weil sie zu sehr darauf achtete, seiner, wenn sie es überhaupt konnte, würdig zu sein, und wenn möglich ohne Fehler. Vor allem dachte sie daran, nur nichts falsch zu machen bei einem Mann von der Art des

Herrn Vargas, und sie fragte ihn nach seinem Vornamen, weil sie ihn beim Namen nennen wollte.

»Marino«, sagte der Mann.

FAME *Hunger*

An einem Augusttag des Jahres 1968 trieben tiefhängende schwarze Wolken am Himmel über einer kleinen Stadt im östlichen Nigeria rasch dahin, und von Zeit zu Zeit regnete es. Der Regen fiel in dichten Garben riesiger Tropfen nieder, sie weichten die rote Erde der Straßen und Wege vollkommen auf und wurden zu Sturzbächen, die wer weiß wohin flossen. Danach drang wieder Sonnenlicht zwischen das Grün des Urwalds; das Wasser, das sich in der Vertiefung der großen Bananenblätter angesammelt hatte, spritzte nicht mehr, die letzten Tropfen schwebten noch eine Weile frei am spitzen Ende dieser Blätter, dann fielen sie herab. Zu diesem Zeitpunkt setzte die Hitze wieder ein, die rote Erde trocknete und dampfte, und lachende Schwarze, bekleidet mit Stücken blauen und rosa Nylonstoffs, kamen unter den Bananenbäumen zum Vorschein, es sah aus, als ob sie mit ihren Füßen, ihrer Stimme und ihren Händen Fangen spielten.

Besagte kleine Stadt war die Hauptstadt eines winzigen Staates, der sich Biafra nannte und den es heute nicht mehr gibt. Ein gewisser Oberst Ojukwu, ein wahnwitziger Schwarzer, der in England studiert hatte, hatte diesen Staat gegründet, und unzählige Kinder und alte Leute, wegen des Kriegs aus dem Urwald geflohen, waren jetzt in abgezäunten Lagern und ehemaligen Schulgebäuden eingesperrt und starben langsam den Hungertod – obwohl es in der Stadt kleine Marktstände gab, die zu Schwarzmarktpreisen Lebensmittelkonserven verkauften. Aber das wußten die Kinder und alten Leute, die aus dem Urwald geflohen waren, nicht. Und selbst wenn sie es gewußt hätten, hätten sie doch nie das Geld gehabt, sich auch nur eine einzige dieser Konservendosen zu kaufen. Die Propaganda des wahnwitzigen Oberst wollte, daß sie verhungerten, um in der Welt Mitleid zu erregen und sie dazu zu bewegen, seinen Staat anzuerkennen. Es gelang ihm, sie sterben zu lassen, in der Welt Mitleid zu erregen und bei ein paar Leuten Anerkennung zu finden. Der Staat hielt sich nur wenige Monate, der Krieg nahm ein Ende, und die Millionen Toten verschwanden aus dem Blickfeld.

In einem der erwähnten Flüchtlingslager, mal im hellen Sonnenlicht, mal im Schatten schwarzer Wolken, dann plötzlich unter heftigen Regengüssen, beobachtete ein Mann, ein Europäer, einen nackten kleinen Jungen. Das Kind hatte keine wirklich schwarze Haut mehr, auch war sein Haar nicht mehr dunkel; infolge Proteinmangels machte seine Haut einen fast rosigen, sein Haar einen rötlichen Eindruck; außerdem wirkte es am ganzen Körper gehäutet. Es war derart mager, daß die Haut auf seinem Schädel aussah, als sei sie von der Sonne ausgedörrt, zahlreiche trockene Runzeln lagen rings um die Augen, und es hatte weder Hals noch Wangen noch Lippen. Die Finger und Zehen waren nichts anderes als kleine Knochenglieder, die sich zusammen mit den anderen Teilen des Skeletts auf sonderbare Weise bewegten. In der Vertiefung des Beckens hatte es einen kleinen Beutel aus verschrumpelter Haut, und all seine Bewegungen wirkten auffallend langsam, hatten etwas Schaukelndes, Schwankendes. Es lächelte und blickte den Mann an, der es seinerseits betrachtete, es lächelte auch den Photographen zu, die reihenweise Photos von ihm machten – ganz so, als sei es überrascht und geschmeichelt von soviel Aufmerksamkeit. Dieses Lächeln war das eines hundertjährigen Greises, der im Augenblick leider zu tun hatte, das heißt, es lächelte aus Höflichkeit, ohne die Arbeit, mit der es gerade beschäftigt war, zu unterbrechen.

Der Mann, der den kleinen Jungen schon längere Zeit beobachtete, hatte gesehen, wie er um die Baracke herum Reisig aufsammelte, und festgestellt, daß er für diese

Arbeit mehr als zwei Stunden gebraucht hatte. Zunächst hatte er dort, wo er sich gerade befand, aus den Reisern ringsherum winzige Häufchen gemacht, danach alle zu einem einzigen Haufen zusammengetragen. Dann hatte er den Mann angesehen, der Mann verstand diesen Blick, zog sein Feuerzeug aus der Tasche und zündete das Reisig an, das gleich zu brennen begann und ein wenig Rauch entwickelte. Jetzt schaute das Kind den Mann nicht mehr an; es wühlte mit den Fingern an einem Spalt in der Barackenwand, zog eine Maus hervor, die auf ein dickeres Hölzchen aufgesteckt war, und fing an, sie ganz langsam und mit beiden Händen über dem Feuer zu drehen. Von Zeit zu Zeit legte es weitere Reisighölzer nach, die es geschickt immer eins unter das andere hineinschob, ohne daß diejenigen, die bereits brannten und sich zu Glut entwickelten, nach unten durchfielen. Diese Arbeit ermüdete es jedoch, und so ließ es die Maus oben auf dem Holzfeuer liegen; nach einer Weile begann die Maus zischend zu braten und sich zu blähen. Von diesem Brutzeln schien das Kind wach zu werden, es nahm wieder das Bratspießchen in die Hände und drehte es zwischen seinen Knochenfingern, die mit den langen Fingernägeln daran ungemein lang wirkten. Doch bei dieser Tätigkeit ging sein Atem immer keuchender, der Brustkorb bewegte sich wie ein kleiner Blasebalg auf und nieder und nach wenigen Minuten ließ das Kind die Maus auf die Holzglut fallen. Weniger Mühe kostete es seinen Körper offenbar, weitere Reisighölzer ins Feuer zu legen.

Das Kind vertiefte sich weiter in diese Verrichtungen, etwa zwanzig Minuten lang; dann, so als sei es endgültig erschöpft, zog es die Maus aus dem Feuer, ließ sie einfach fallen, streckte sich auf dem Boden aus und schien einzuschlafen. Aber es schlief nicht, ab und zu schlug es die großen schwarzen und weißen Augen auf, die stark glänzten, und lächelte dem Mann zu.

In diesen Erholungspausen lächelte es auch den Photographen zu, diese erledigten ihre Arbeit und verschwanden danach. Einer hieß André, er war ein dicklicher junger

Mann, verschwitzt, sein rotes Haar hatte einen scharfen Geruch. Er zwinkerte einem Mann zu, der so etwas wie sein Chef war und keinen Photoapparat bei sich trug, ein dünner Mann, dessen eines Ohr von einer Gewehrkugel durchlöchert worden war, und sagte: *»Vachement bon«*, offensichtlich zufrieden mit den Photos, die er von dem Kind gemacht hatte.

Das Kind schien jetzt tatsächlich zu schlafen; zwei- oder dreimal fuhr es heftig zusammen, als habe es gerade einen bösen Traum oder ein leichtes Nervenzucken, und zeigte dann seine schneeweißen, vorstehenden Zähne. Aber selbst da schlief es nicht richtig; denn der Mann sah, wie der kleine Sack, der den Bauch darstellte, sich regte, ganz so, als sei ein kleines Tier darin, und wie danach ein wenig gelbliche Flüssigkeit unter dem Beckenknochen herausfloß. Das Kind öffnete die Augen, wurde gewahr, was es da gemacht hatte, stand schwankend auf und begab sich langsam, sehr langsam zu einem Büschel Pflanzenblätter, mit Hilfe derer es sich säuberte. Dann wusch es sich mit Regenwasser aus einem Plastikeimer und trocknete sich an Mull ab, den es aus einem großen Paket an der Barackentür hervorzog. Währenddessen wandte der Mann seine Augen ab, denn einem Blick des Kindes entnahm er, daß es nicht beobachtet werden wollte. Er schaute das Kind erst wieder an, als es mit der Reinigungsprozedur fertig war, da lächelte auch das Kind und sorgfältig nahm es wieder seine Arbeit auf.

Aus dem Spalt, in dem es die Maus versteckt hatte, zog es ein altes Messer hervor und begann, alle verkohlten Teile der Maus abzuschaben. Das kostete allerdings viel Zeit, sowohl wegen der Langsamkeit seiner Bewegungen als auch wegen der greisenhaften Genauigkeit und Sorgfalt, mit der es die Maus säuberte. Als sie fein gesäubert war, fing es an, sie zu verspeisen, vom Hinterteil bis zur Rückenpartie. Es aß nur mit kleinen Bissen und alles andere als gierig, wie jemand, der wenig Hunger hat; hin und wieder sah es den Mann an, mit einem recht gleichgültigen Ausdruck in den Augen, und es machte kleine

Pausen, während derer es das Fleisch der Maus mit den Fingernägeln auslöste und es dann in Ruhe verspeiste, es warf einen Blick darauf, bevor es das Fleisch in den Mund steckte.

Es begann wieder zu regnen, der Mann blieb eine Weile im Regen stehen; doch da er wegen des Regens schon bald nichts mehr sah, suchte er in der Baracke Zuflucht, in die auch das Kind gegangen war, nachdem es das, was von der Maus übriggeblieben war, hatte zu Boden fallen lassen. Um in die Baracke zu gelangen, hatte das Kind sich erheben und zwei Stufen hinaufgehen müssen: Es brauchte lange Zeit, um diese Stufen emporzusteigen, es hielt sich am Türpfosten fest, einmal kam es ins Schwanken und war schon im Begriff zu stürzen, als der Mann hinzueilte und es fest an einem Arm packte. Es blieb stehen, stand unsicher auf den Knochen seiner Beine, und doch stellte es ein Bein vor das andere, wie es lebhafte und fröhliche Kinder tun, klammerte sich allerdings mit den Knochengliedern seiner Hand fest an den Türpfosten. Der Mann sah, daß im Innern der Baracke zwei Kinderleichen auf dem Boden lagen, neben denen eine alte Frau kauerte und weinte. Aus dem Regen war ein Sturzbach geworden, er riß die Überreste der Maus schnell fort, auch der Mann stand an den Pfosten der Barackentür gelehnt: Er schaute nicht mehr auf das Kind, er schaute auf den Sturzbach, der durch den Regen entstanden war.

Gioventù *Jugend*

An einem Julitag, der heute lange zurückliegt, erhielt ein Mann von fünfundzwanzig Jahren eine Postkarte von einem achtzehnjährigen Mädchen. Die Karte, die einen Strand mit Sonnenschirmen und ein weißes Hotel mit weißgelben Vorhängen im Wind zeigte, war in Riccione (Italien) abgeschickt worden, und darauf stand: »Hier amüsiert man sich bestens. Ciao, Maria.« Maria liebte ihn, und auch er liebte Maria, aber sie hatten sich für ein paar Monate ›getrennt‹, wegen ganz banaler Dinge, die ihnen ›von grundlegender Bedeutung‹ schienen.

Es kam dem Mann so vor, als spüre er keine Leere, er war sogar sehr froh über diese Trennung, weil er glaubte, sein ganzes Leben noch vor sich zu haben. »Sie amüsiert sich in Riccione«, dachte er voll Freude, weil nichts Dramatisches vorgefallen war und jeder seiner Wege ging, friedlichen Herzens. »Sehr gut, ich fahre nach Forte dei Marmi.« Er sprang in seinen Topolino und fuhr mit einem großen Koffer fort. Er kam an (er war vorher nie in Forte dei Marmi gewesen), traf Freunde, die ihn feierlich empfingen und zum Abendessen und zum Tanzen auf die Capannina ausführten. Natürlich sah er sich die Frauen an, aber er war schüchtern, empfindlich, und eigentlich gefielen sie ihm nicht. Es waren reiche Frauen oder solche, die immer in der Nähe der Reichen waren, ruhig abwartend, und sie schienen umgeben von einer Hülle aus Kalkül und kühler Luft, die sogar ihre schöne gebräunte Haut fühlbar kalt werden ließ. An diesen Frauen war nichts körperlich, kein physisches Verlangen, kein Gefühl für andere Männer und andere Frauen. Ihre Art sich zu bewegen, zu sprechen und zu schauen war wie die Oberfläche eines schönen und klaren Meeres, von blauer Farbe, durchsichtig und mit Schaum, durch welches man genau den Grund sehen konnte: Auf diesem Grund blauen Meeres, in dem Augenblick, in dem der Schaum sich verzog, sah der Mann immer Geld. Dabei war Forte dei Marmi schön, luftig und zu manchen Stunden windig. Der Mann verbrachte so zwei Tage, unter Frauen, die immer an Geld dachten, ohne je darüber zu sprechen, und die immer um die Reichen herumschwirrten wie manche Polypen um die Muscheln, und er sah die Reichen, die lächelten, zahlten (bescheiden wie alle Reichen), sich bräunten, Karten spielten und ihre Muschelschalen schlossen.

Aber die Polypen lächelten und warteten. Dem Mann erschien dieses Leben nicht schön und auch nicht glücklich. Er war es schnell leid und fuhr ab, zum Staunen der Freunde und zur Gleichgültigkeit der Frauen, die um die Reichen kreisten. »Oh«, sagte eine von ihnen, »warum?«

»Ich möchte die Riviera entlangfahren. Vielleicht bis Frankreich.«

»Oh, schade«, sagte die Frau und lächelte langsam, als schwimme sie in die Muscheln hinein.

Der Mann hatte nichts vor, gegen seine Gewohnheit wachte er im Morgengrauen auf, überlegte, ob er die ligurische Riviera entlangfahren sollte, nach Portovenere, Rapallo, Portofino und vielleicht sogar nach Cannes, Monte Carlo und möglicherweise nach Biarritz. Wer hatte ihm noch von den Wellen des Atlantik bei Biarritz erzählt? Er erinnerte sich nicht. Er fuhr fort, kam nach Portovenere,

Rapallo, Portofino, aber er war besorgt, unruhig und fühlte sich immer einsamer. In Rapallo fand er kein Quartier zum Schlafen, landete schließlich in einem Zimmerchen in einem Haus, neben einer Küche mit arabischen Kacheln und einem Kachelofen, das alle grauen, unbestimmten und ekelhaften Gerüche Liguriens vereinte, die ihm vollkommen fremd waren und ihn wegen ihrer Ungastlichkeit aus dem Haus trieben.

Dies erhöhte seine Unruhe noch, er verzichtete auf Frankreich und fuhr, wer weiß warum, nach Mailand: Er fuhr schnell, zu schnell für einen Topolino, und seine Unruhe wurde mit jedem Augenblick größer: Er spürte etwas in der Luft, wußte aber nicht, was. In einem solchen Moment rief er Maria an, die vielleicht aus Riccione zurückgekehrt war, wo sie viele Liebhaber gehabt hatte. Warum er dessen so sicher war, auch das wußte er nicht, aber er war es: Man hatte ihm gesagt, daß sie nach Cannero gefahren war, wo sie bei einem Freund zu Gast war, den sie in Riccione getroffen hatte. Cannero ... wo war Cannero? Er kaufte sich eine Straßenkarte und suchte. Cannero lag am Lago Maggiore. Er beschloß noch in diesem Augenblick, nach Cannero zu fahren, fuhr ohne Pause und zutiefst beunruhigt bis zum Lago Maggiore, fuhr durch Dörfer, die Arona, Cannobio, Stresa hießen, immer begleitet von einer stahlfarbenen Wasserfläche zu seiner Rechten, bis er nach Cannero kam. Hier verschwand seine Unruhe sofort und wich Scham und Angst. Er mußte das Haus suchen, in dem Maria zu Gast war, er schämte sich und hatte Angst vor diesem See mit seinen Klingen aus Licht, so aufgereiht und unbeweglich. Dennoch suchte er nach dem Haus, in dem Maria zu Gast war, und lief von Villa zu Villa an diesem bleiernen See, klingelte an den Türen und wurde bei jeder Türklingel blasser: Er fand die Villa, riesengroß und weiß zwischen Zypressen, mit einem schwarzen Schiff und weißen Segeln. Die Villa war leer, der Hausmeister sagte, daß Maria abgefahren sei.

Der Mann ging zu seinem Topolino zurück und fuhr ohne anzuhalten bis zu der Stadt, in der Maria wohnte.

Hier seufzte er vor Erleichterung, und ihm schien, aber es schien ihm nur, daß er weniger beunruhigt sei, aber er rief bei ihr zu Hause an, und man sagte ihm, daß sie ausgegangen sei. Vielleicht war es nicht wahr. Deshalb begann er in der Stadt herumzufahren, sah nach allen Autos, ob er ihres fände, oder ob sie zufällig in irgendeinem Auto säße, dann blieb er bei einem Bekannten stehen, der gleich zu ihm sagte: »Gerade eben ist Maria vorbeigekommen, hast du sie nicht getroffen?«

»Nein«, sagte der Mann, und er hörte seine Stimme, die klang wie die eines Kranken. Er fragte sich: »Wovon bin ich krank? Was für eine Krankheit habe ich?«

In diesem Moment tauchte Marias Auto auf, sie saß darin. Der Mann sah sie nicht, aber sein Bekannter sagte: »Da ist Maria.« Wegen seiner Schwäche und der Bedrükkung durch die Krankheit drehte der Mann kaum den Kopf und sah sie in dem weißen, offenen Auto. Sie war mehr als gebräunt, sie war schwarz, mit hellweißen Augen, weißen Zähnen, und ihre Haare waren von der Sonne gebleicht, zu einem Knoten hochgesteckt, am Hals hingen einige Strähnen heraus. Ohne langsamer zu fahren, lächelte das Mädchen mit dem Weiß ihrer Zähne, hob eine Hand zum Gruß und fuhr wieder weiter.

Totenblaß fragte der Mann sich immer noch, welche Krankheit er wohl habe, sprang in den Topolino und folgte ihr. Sie sah, daß sie verfolgt wurde (eine Frau saß bei ihr im Auto), sie sah auch von weitem die krankhafte Blässe des Mannes und fuhr schneller. Der Mann machte ihr Zeichen, anzuhalten, er hupte sogar, zuerst kurz, dann lang, dann ununterbrochen, sie aber raste immer schneller und überfuhr rote Ampeln.

»Was tust du da, bist du verrückt?« sagte die Frau neben ihr, eine wissende Freundin, eine der wenigen wissenden Freundinnen. »Willst du ihn nicht sehen?«

»Nein«, sagte das Mädchen und trat auf den Gashebel. In dem Augenblick war der Mann mit dem Topolino neben ihr, er hupte noch immer und war ganz und gar Opfer seiner Krankheit. Er hatte auch Fieber.

»Willst du ihn wirklich nicht sehen?« fragte die wissende Frau ein wenig amüsiert.

»Nein«, sagte das Mädchen und kniff die Lippen zusammen.

»Der Arme«, sagte die wissende Frau und begann zu lachen, wie wissende Frauen eben lachen.

Gerade in diesem Augenblick warf der Mann plötzlich das Lenkrad herum und fuhr in das Auto des Mädchens, von der Seite. Die beiden Wagen blieben am Grabenrand stehen, ihr schöner englischer Spider war beschädigt (ohne daß allerdings Personen Schaden genommen hätten), die wissende Frau ›protestierte heftig‹, aber der Mann, jung und stark (so fühlte er sich im Augenblick, im Gegensatz zu vorher), nahm sie beim Arm, führte sie weg und sagte: »Gehen Sie fort, ich muß mit Maria reden.«

»Was für Manieren«, sagte die wissende Frau und ging weg, dabei klapperten ihre Absätze.

Der Mann berührte die Hand des Mädchens: Sie war fest, dunkel und glühend, und ihr Atem roch nach Blut. Sie redete, aber mit ganz leiser Stimme und fast ohne Pause, der Mann näherte sich mit den Lippen einer ihrer Wangen. Sie wehrte ab, aber er packte sie von hinten am Hals, mit einer ganzen Hand zwischen dem Hals und einer Haarsträhne, er zog sie fest zu sich heran (die Leute waren stehengeblieben, um den Zwischenfall zu beobachten) und setzte die Lippen darauf. Auch ihre Wange war schwarz, glühend, und darunter pulsierte viel Blut. Anders als die Frauen von Forte dei Marmi, anders als das blaue Meer das Geld durchschimmern läßt, anders als die Freundinnen der Reichen.

»Morgen heiraten wir, jetzt komm mit mir und laß das Auto hier stehen«, sagte der Mann, und sie gingen über das Land durch die Wälder bis tief in die Nacht.

Sie heirateten, sie trug ein Strandkleid aus weißem und rosafarbenem Pikee, die eingeladene ›bessere Gesellschaft‹ schien in den Räumen des Rathauses zu schlafwandeln, einer ihrer Freunde, ein Dichter, fuhr sie in seinem Mercedes-Benz, Baujahr 1934, nach Venedig, und dort trennte er sich von ihnen mit halb verrücktem, launischem Lächeln, er lächelte so, wie die Frontdichter die brennenden Strahlen des Lebens anlächeln. Drei Tage wohnten sie am Lido, in einem alten Hotel, Regina, das es heute nicht mehr gibt. Die großen Fenster der riesigen Zimmer empfingen Schatten von Glyzinien und anderen Kletterpflanzen, Glockenblumen schienen den weißen Gardinen aus dem 19. Jahrhundert und den Leintüchern Farbe zu geben. Sie war schwarz, ihre Haut glühte, und sie bewegte sich auf den Leintüchern in ihren Haaren wie auf Schnee. Der Mann (dessen Fieber vorbei war), betrachtete sie: Schwarz auf den Leintüchern oder in der Badewanne, oder er folgte ihr mit den Augen oder dem Fernglas, wenn sie weit weg im ruhigen und vertrauten Wasser der Lagune schwamm, zwischen winzigen Spritzern hier und da. Sie sprach wenig und hatte eine tierhafte Unabhängigkeit, langsam und harmonisch, die sie in unmittelbare Berührung mit den wesentlichen und grundlegenden Dingen des Lebens brachte. So war ihre Art zu gehen, zu schwimmen, zu essen, zu schlafen und zu lieben, und so war auch ihr Atem, der nach Blut roch. Er fühlte sich von dieser Berührung ausgeschlossen, weil er kein unmittelbarer Mensch war, aber es freute ihn sehr, dies in ihr zu sehen, und dafür liebte er sie.

Die Jahre vergingen, der junge Mann und das Mädchen namens Maria verschwanden voreinander, zusammen mit der Zeit. Aber an einem anderen Tag wachte der Mann (er war alt geworden) auf wie immer und sehr schnell wie alle Alten, und er öffnete das Fenster. Da war eine große Wiese mit eben geschnittenem Gras im Schatten, mit Heugarben, am Ende der Wiese lag ein beinahe schwarzer Wald mit Fasanen darin, über dem Wald ein klarer, windiger Septemberhimmel mit Meeresluft. Mitten am violetten Himmel ein Stern, der arabisch funkelte. Der Mann dachte an die Tage, die hier beschrieben sind, vor allem an die glühende Haut und den nach Blut duftenden Atem, und in seinem Bewußtsein, dem eines alten Menschen, formte sich das Wort Jugend.

Grazia *Anmut*

Eines Tages hatte ein Mann eine Verabredung mit einer Frau im Café Florian in Venedig, abends um halb acht. Es war zu Beginn des Sommers, und beide waren sie in einem besonderen Alter, er vierzig, sie fünfunddreißig, in dem sich viele Dinge in der Seele des Menschen ereignen können, es jedoch besser ist, wenn sie nicht geschehen, denn es ist spät, und es ist unnütz sich einzubilden, wieder jung zu sein. Dennoch hatten die beiden, vielleicht ohne es zu wissen, große Lust, wieder jung zu sein, und sie ließen sich auf ihren gerade begonnenen kleinen Flirt wie auf ein Spiel ein, tief im Innern jedoch mit einer gewissen Hoffnung.

Der Mann kam aus Mailand und erreichte die Rückseite der Piazza mit ein wenig Verspätung. Er betrat die Piazza nicht sofort, sondern machte einen Bogen auf der Seite des Bacino Orseolo und trat unter die Arkaden mit Blick auf das Café Florian, damit man ihn nicht sehen konnte und um sich zu vergewissern, ob sie da war und auf ihn wartete. Die Sonne war untergegangen, und die Tische lagen verlassen im Schatten, trotz des kleinen Orchesters. Unter den Arkaden verborgen, sah er sie als einzigen Gast an einem Tisch sitzen: Sie war klein, blond und ›gut frisiert‹, trug eine schwarze, wie einen Russenkittel geknöpfte Satinbluse und schwarze Hosen. Sie rauchte, ein Glas vor sich auf dem Tisch, und der Mann sah auch von weitem, wie ihre großen gelben, ein bißchen hervorstehenden Augen mit den langen schwarzen Wimpern unruhig umherblickten, ob er käme: Im Schatten schien sie braun gebrannt. Der Mann blieb hinter der Säule, um sie anzuschauen, dann ging er zum Restaurant Quadri und fragte nach dem *maître*. Mario begrüßte ihn mit einem breiten Lächeln und offenen Armen: »Wieviel Zeit ...«, begann er, brach aber sofort ab, als wolle er all die vergangenen Jahre auswischen, und sagte: »Es gibt Hummer ...«

»Bravo, Mario, Sie erinnern sich noch«, sagte der Mann, »ich komme in einer halben Stunde, vielleicht schon eher.

Oben bitte. Wiedersehen, Mario«, und lenkte seine Schritte über die Piazza.

Sie sah ihn nicht gleich, weil sie immer noch suchend umherschaute, mit ihren leuchtenden Augen. Sie sah ihn erst, als er nur einen Schritt entfernt war, und errötete. Sie reichte ihm die Hand, fast wäre sie dabei aufgestanden. Der Mann setzte sich neben sie und sagte: »Wie elegant du bist!«

Die Frau lächelte, mit einem leisen Glucksen wie eine Schwalbe, und verspürte das Bedürfnis, sehr wohlerzogen »Danke« zu sagen. In Wirklichkeit war die Frau, so ganz in Schwarz gekleidet, leicht gebräunt, mit dem grünen Lidschatten und ihren Brillantohrringen zwar elegant, aber von einer ganz besonderen Eleganz, weil sie die teure, damenhafte Kleidung einer jungen Frau trug, die nicht viel Geld hat und sich für einen ›wichtigen‹ Besuch zurechtmacht. Auch ihr Blick war naiv und aufgeregt wie der einer jungen Frau, und das rührte den Mann ein bißchen. Als er jetzt sah, wie sie angezogen war und wie sie sich gab (sie hatten sich insgesamt dreimal getroffen), begriff er, daß es wirklich stimmte, was sie damals gesagt hatte: »Ich habe noch nie im Quadri gegessen, das war immer ein schöner Traum.« Und er hatte ihr versprochen, daß er sie zum Abendessen ins Quadri ausführen würde.

Der Kellner kam, aber der Mann hatte keine Lust, etwas zu trinken. Er bemerkte jedoch, daß die Frau gerade einen Negroni bestellt und ihn schon ausgetrunken hatte. Sie bestellte noch einen, schaute dabei mit einem leisen Schrei den Mann an.

Der Mann sah auf dem Tisch das schwarze Samttäschchen und neben dem Täschchen ein winziges Päckchen aus weißem Papier. Die Frau nahm es und sagte: »Ich wollte dir schon lange ein Geschenk machen, aber es war nicht leicht, etwas auszusuchen. Ich hoffe, es gefällt dir.« Sie reichte es ihm. Der Mann sagte »Tausend Dank«, auf etwas affektierte Weise, weil er nicht wußte, was er sagen sollte. Er öffnete das Päckchen, und zum Vorschein kam ein winziger silberner Salzstreuer, der die Form eines Fisches hatte. »Jedenfalls hat es seine Bedeutung«, sagte die Frau. Der Mann verstand die Bedeutung dieses Geschenks überhaupt nicht. Er sagte noch einmal: »Tausend Dank, es ist sehr hübsch«, aber ohne zu wissen, wie er fortfahren sollte, und nach der Bedeutung zu fragen, hatte er nicht den Mut. Er drehte und wendete den Salzstreuer zwischen den Fingern und sah auf der Unterseite den Stempel eines bekannten Juweliers. Auch das rührte ihn, weil er ihr einmal gesagt hatte, es sei ein bekannter Juwelier, aber zugleich war er verlegen, weil er vielleicht den Sinn des Salzstreuers hätte begreifen müssen: Nichts, er erinnerte sich an nichts zwischen ihnen beiden, das in irgendeiner Weise mit Salz, einem Salzstreuer oder mit Fischen zu tun gehabt hätte. Am Ende steckte er ihn in die Tasche, vielleicht zu eilig, wie ihm schien.

Beide wußten genau, daß sich diese Verabredung auf das Abendessen im Quadri bezog, das sie sich ›erträumt‹ und das er ihr vor ein paar Monaten versprochen hatte. Aber wie es so geht mit Dingen, die zu lange im voraus geplant oder zu früh versprochen werden, hätten sich alle beide vielleicht gewünscht, lieber nicht ins Restaurant zu gehen, sondern den Abend ganz anders zu verbringen, vielleicht sogar wegzufahren. Die Frau wußte es nicht genau, und doch gerade diese Verabredung mit eben diesem für sie sehr eleganten Ziel bewegte sie. Das alles hatte für sie etwas Verschwommenes. Der Mann jedoch, der viele Male im Quadri gewesen war, wußte, daß es besser ist, spontan in dieses Restaurant zu gehen, wenn man im Juli oder August, wenn Venedig überfüllt ist, vorbeispaziert an den erleuchteten Spiegeln und Tischen, schon besetzt von Engländern. Er fürchtete, oben einen leeren Saal vorzufinden, mit roten Damastbespannungen und unberührten Tischen und auf den Tischen grüne Kristallkelche, leer bis zur Schließung des Lokals. Diese Vorstellung ließ ihn ein wenig ermatten, aber er schaute die Frau an, die ihren Negroni trank, mit schon geröteten Wangen und noch glänzenderen Augen, und ihm fehlte der Mut, das Programm zu ändern.

Es wehte ein wenig frischer Wind, und die Kuppeln von San Marco leuchteten in der untergehenden Sonne. Ein paar Japaner spazierten über den Platz in durchsichtigen flatternden Regenhäuten. In Kürze würde es noch kühler sein, und der Mann sah, daß die Frau die schwarze Seidenbluse direkt auf der Haut trug, ohne irgendwelche Unterwäsche: Bald würde sie zu zittern beginnen, trotz der Negronis. »Ist dir kalt?« fragte der Mann, in der Hoffnung, die Frau würde nein sagen. Er hätte nicht gewußt, was er tun sollte; die Idee, in den Innenraum des Florian umzuziehen, schien ihm nicht sehr glänzend für einen so wohlvorbereiteten Abend. Aber die Frau sagte, mit einem schönen und gesunden Lächeln ihrer weißen Zähne: »Ein bißchen, aber es geht auch so gut.«

Es verging eine Weile, während der die Frau mit ihrer etwas rauhen Stimme vor sich hinsang und dabei leicht ihren Kopf im Takt der Orchestermusik wiegte: Das kleine Orchester legte jedoch lange, äußerst träge Pausen ein zwischen einem Lied und dem nächsten, und gerade in diesem Moment packten die Musiker im Handumdrehen ihre Instrumente ein, verschwanden ohne jedes Geräusch und ließen das leere Podest mit den Notenständern zurück. Dem Mann erschien dies wie ein Zeichen, aber die Frau hatte die Flucht der Musiker gar nicht bemerkt und fuhr fort, mit ihrer rauhen Stimme vor sich hinzusingen und den Kopf zu wiegen. Da sah der Mann sie an, ein bißchen verstohlen, und wie er noch einmal genau die schönen Lippen, die Zähne, die bernsteinfarbene Haut, die durch die Negronis auf den Wangen leicht gerötet war, und vor allem die großen Augen, die von einer unauslöschlichen Lebhaftigkeit erfüllt waren, betrachtete, verspürte er einen Stich im Herzen. Es war ein Gefühl, das er noch nie bei irgendeiner Frau verspürt hatte. Was war es? Er wußte es nicht. Er wußte jedoch, daß er das gleiche Gefühl als Kind verspürt hatte, als er einem betrunkenen Bettler, der, ganz rot im Gesicht, aus dem Haus gejagt worden war, nachlief, um ihm ein Paar Schuhe seines Vaters zu geben. Er hatte sie ihm voller Eifer und Drängen gegeben, und der andere hatte alles verstanden: Er hatte ihn mit ernsten und freundlichen Augen angesehen, die Schuhe genommen und »Danke« gesagt.

Der Mann nahm beklommenen Herzens alle seine Kraft und Ungezwungenheit zusammen und sagte: »Ich bin etwas hungrig, und du?« »Ja, ja«, sagte die Frau ungezwungen, fügte aber, während sie aufstand und nach ihrer Tasche griff, hinzu: »Gehen wir wirklich ins Quadri?« und lächelte. Der Mann fragte sich, was dieses Lächeln bedeutete. Hieß es, daß es nicht nötig sei, *tatsächlich* ins Quadri zu gehen, oder sollte es im Gegenteil das Versprechen und das so alte Einverständnis unterstreichen? Der Mann schaute sie an und seufzte: Genau das sollte es heißen; in dem Lächeln der Frau lag jene besondere Freude darüber, daß auf lange Sicht geplante Dinge wahr werden.

Sie machten sich langsam auf den Weg, der Wind ließ die schwarze Bluse auf der Haut flattern, und sie hakte sich mit Leichtigkeit, aber indem sie seinen Arm drückte, bei ihm unter. Mario, der *maître,* empfing sie mit einer Verbeugung (er hatte sie dort erwartet und ein wenig beobachtet), begleitete sie nach oben (der Saal im Obergeschoß war vollkommen leer) und ließ sie an einem Tisch am Fenster Platz nehmen. Im Handumdrehen stülpte er die grünen Kristallkelche um, und der Mann und die Frau saßen nebeneinander in der weiträumigen roten Nische, mit einer Kerze in der Mitte des Tisches. Hinter den Fensterscheiben brach die Dunkelheit über den Platz herein, es entzündeten sich die lilafarbenen Laternen.

Der Hummer war hervorragend, und der fast durchsichtige Pomino bianco von Frescobaldi kalt und sehr trokken. Mario brachte für sie ein feines Nußeis (eine Spezialität), das der Mann nicht um alles Gold der Welt gegessen hätte. Aber sie wünschte es sich lebhaft und leckte sich beim Essen die Mundwinkel wie ein Kätzchen. In diesem Augenblick bückte sich die Frau nach ihrer kleinen schwarzen Samthandtasche, die sie erst auf den Tisch, dann auf den Stuhl hinter sich und schließlich in ihren Schoß gelegt hatte, und mit einem kurzen Seitenblick auf die im Frack herumstehenden Kellner, ohne zu wissen, wo sie sie noch hinlegen sollte, da ihr nichts fein genug erschien, legte sie sie auf den Boden. Diese Geste, wie die vorangegangenen, die sich auf die kleine schwarze Tasche bezogen hatten, war weder schüchtern noch schamhaft oder verlegen, sondern verstohlen und beinahe spitzbübisch, als täte sie sie für die Kellner, die da waren, um über die gute Erziehung der Gäste zu wachen, und die es ihrer Ansicht nach, obwohl sie wegen der Anwesenheit des Mannes schwiegen, nicht zu schätzen gewußt hatten, als sie die kleine Tasche auf den Tisch (der sehr groß war), auf den Stuhl oder in den Schoß legte.

Der Mann beobachtete ruhig und mit beklommenem Herzen diese ganze reizende kleine Geschäftigkeit einer Katze, dann führte er die Unterhaltung fort. Sie sagte ihm, sie kenne Rom, sie sei vor vielen Jahren dort gewesen, als sie mit einem Römer verlobt gewesen sei. »Die römischen Trattorien, im Freien, der Wind vom Meer her…«, sagte sie mit glänzenden Augen, wie von der Erinnerung gerührt. Und sie sang in römischem Dialekt ein römisches Lied jener Jahre bis zum Ende und wiegte dabei den Kopf. Sie sang mit leiser und ein wenig rauher Stimme, aber da sie beide allein waren, inmitten dieser roten Damastbezüge, hörten auch die Kellner ihr zu. Da er nicht wußte, was er sonst tun sollte, nahm der Mann ihre Hand, die klein war, und drückte sie leicht.

»Und warum habt ihr nicht geheiratet?« fragte er sie.

»Ach, Schicksal, eine liebe Freundin, meine liebste Freundin, hat mir den Streich gespielt, ihn mir wegzuschnappen …«, sagte sie, und ihre Augen wurden feucht. »Meine Mutter hat mir immer gesagt, ich solle ihr nicht trauen. Aber besser so …«, fügte sie mit einem schönen Lächeln unter Tränen hinzu, »er war bloß Ingenieur.«

Guerra *Krieg*

An einem Julinachmittag des Jahres 1944 im Norden Italiens sangen die Zikaden, und zwei Männer und drei Jungen gingen durch den Staub einer Landstraße dahin: in der Hand länglich geformte Pistolen, die sie so vor sich hielten, als wollten sie gleich auf die Knie fallen und feuern. Wo sie vorbeikamen, hörte das Gezirp der Zikaden auf; große Stille breitete sich aus, und man vernahm nur noch das Geräusch von Kleidern, Schuhen und Waffen. Die beiden Männer waren Milizsoldaten der Nationalgarde der Republik von Salò, zwei der Jungen trugen die Uniform der faschistischen Schwarzen Brigaden, der dritte ging in Zivil. Dieser Junge hieß Ico (Frederico), war klein von Wuchs, hatte einen rundlichen Kopf, runde, fast weiße Augen und eine kleine Stupsnase. Er trug Zivil, sah aus wie ein ›Geck‹ in seinen olivgrünen Gabardinehosen, seinen braunen Wildlederschuhen mit der orthopädischen Korksohle, in seinem cremefarbenen Hemd aus reiner Seide und dem weißgetüpfelten blauen Schal, der aus dem am Hals offenen Oberhemd herausschaute. Zwischen Hemd und Haut konnte man etwas Gold schimmern sehen. Er war parfümiert, und seine welligen, schlaff herabhängenden Haare trug er im Nacken lang, sie glänzten von Brillantine und waren so gekämmt, daß sie von den Schläfen aus zwei Flügel bildeten, die sich am Hinterkopf trafen. Das war damals Mode. Ico hatte kurze Arme, kleine Hände und besonders kleine Füße. Irgendwie war er, ohne daß man es merkte, mißgebildet, er hatte ein wenig von einer Frau, etwas von einem Zwerg an sich; doch war davon nichts zu bemerken, es sei denn, man gab einem leichten Unbehagen folgend genau acht. Sehr deutlich zu bemerken hingegen waren die Selbstsicherheit und Bestimmtheit, mit denen er den anderen gegenüber auftrat, die er offensichtlich befehligte. Seine Erscheinung, viel zu elegant für sein Alter (sechzehn Jahre), mit der Pistole in der kleinen Hand, war sehr anders als die der anderen und wirkte sonderbar mitten in all dem Staub, der sich im

Geflimmer der hitzeglühenden Luft über der unendlichen, baumlosen Weite langsam verteilte.

Ico war einziger Sohn einer Korsettmacherin aus der Gegend. Man weiß nicht warum, nie ist bekannt geworden, wer eigentlich Icos Vater war. Der Junge lebte bei seiner Mutter, besuchte die Schule der Salesianer (als Schüler war er unterschiedlich gut, mal war er der beste, mal der schlechteste seiner Klasse), er hatte jedoch die besagte Mißbildung, die so gut wie niemand bemerkte, von der er selbst aber vermutete, daß man sie sähe. In solchen Augenblicken des Argwohns verengten sich seine runden weißen Augen, und seine weiße, weibliche Haut wurde rot. Seine Mutter war, ohne recht zu wissen, warum, immer in Sorge um ihn; vielleicht, weil er ihr einziger Sohn war und keinen Vater hatte. Doch in Wirklichkeit wußte auch sie, daß ihr Sohn leicht verwachsen war und einige weibliche Züge besaß: seine Haut, seine Hände, die ausgesprochen winzigen Füße, den kleinen, schmalen, an sich wohlgeformten Körper mit den gerundeten und leicht wippenden Brüsten – all das war nicht normal. Von Kind an hatte die Mutter Ico stets fein und geschmackvoll gekleidet; oft steckte sie ihm eine Spange ins Haar.

Zum Ende des Jahres 1943 trat Ico als Freiwilliger bei den Schwarzen Brigaden ein und wurde gleich eine Art Gruppenführer. Er organisierte mit den Deutschen zusammen Säuberungsaktionen, und bei den schlimmsten Razzien in der Gegend führte er das Kommando. Ico war berüchtigt. Er tauchte mal hier, mal dort auf, oder blieb ganz verschwunden. Den Winter über trug er einen kurzen und sehr engen Mantel, einen kanariengelben Schal aus Angorawolle und einen tiefeingedrückten Borsalino mit breiter Krempe, der ein wenig schräg auf dem rechten Ohr saß. Nie trug er Uniform; er war der einzige, der keine trug, und seine Vorgesetzten gestatteten es ihm, weil Ico trotz seiner Jugend ein sehr tüchtiger Spürhund war. Er hatte viel Geld, woher, wußte man nicht; und wenn er nicht gerade zu Einsätzen in der Ebene oder in den Bergen verschwand, hielt er sich fast immer beim Herrenschneider auf, rauchte und probierte Kleidung an. Von einem bestimmten Zeitpunkt an waren an seinem dünnen Handgelenk eine goldene Patek-Philippe, ein Goldarmband, und an einem Finger ein goldener Ring mit einem Saphir zu sehen. Er hatte auch ein Zigarettenetui aus Gold. Niemand wußte, wo das alles herkam; er blieb stets für sich und aß im Restaurant allein, wie ein erwachsener Mann, wie ein Büroangestellter.

An jenem Tag im Juli 1944, inmitten großer Mengen Stroh, das über die sich endlos dehnende Tiefebene verstreut lag, waren Icos Augen besonders glänzend, rund und wie geblendet. Wenn seine Augen so aussahen, hieß es, er nehme Drogen; doch das war nicht wahr. An diesem Tag suchte Ico nach einem englischen Fallschirmspringer, der während der Nacht abgesetzt worden war und sich nun in irgendeinem ärmlichen Bauernhäuschen mit dem typischen Dunghaufen davor verborgen hielt. Das in der hitzeflirrenden Luft wie ausgestorben daliegende Land, die in der Ferne lärmenden Zikaden und das Glitzern in Icos Augen verrieten, daß er irgendwo dort in der Nähe sein mußte. Während Ico so dahinschritt, stand ein Lächeln in seinem Gesicht. Durch das fortwährende Gehen im weißen Staub waren seine Wildlederschuhe ebenfalls weiß geworden (er schien das jedoch in seinem rauschhaften Zustand gar nicht bemerkt zu haben); schließlich kamen sie zu einer kleinen Kate, kein einziger Baum war dort, nur ein Schweinestall, ein Brunnen und auf dem Brunnen zwei Hühner. Aber dort war ein Gebüsch, und in dem Gebüsch zirpte eine Grille in den lautesten Tönen. Ico stieß die Tür der Kate auf und drängte, die Pistole im Anschlag, als erster hinein. Drinnen waren ein alter Mann mit einem Holzbein, der dasaß und seine Pfeife rauchte, sowie eine Frau von etwa dreißig Jahren, aufrecht stehend, hochgewachsen, wohlgeformt, mit langen roten, lockigen Haaren: sie trug Trauer, auch schwarze Strümpfe, und rauchte. Sie war die Tochter des Alten, sah allerdings nicht wie eine Bäuerin aus und sprach sehr schlecht Italienisch. Ico überprüfte die Ausweispapiere, und sah, daß sie in der Schweiz geboren war. Sie hatte kein schönes Gesicht, es war länglich und rechteckig wie das eines Mannes; doch man sah deutlich, daß sie unter ihrem Kleid nackt war. Die Milizsoldaten durchsuchten das Haus, aber sie fanden nichts. Ico unterhielt sich mit der Frau und bemerkte auf einmal, inmitten all der Trauerkleider und der schwarzen Strümpfe, ein kleines Abzeichen mit einem Rutenbündel darauf. Ico fragte sie, wieso sie sich denn hier aufhalte.

»Weil Krieg ist«, antwortete die Frau mit einem starken deutschen Akzent.

»Gefällt es Ihnen, hier zu sein?«

»Nein, ich möchte fort. Ich möchte als Dolmetscherin arbeiten, bei einem deutschen Kommando.«

»Wieso gefällt es Ihnen hier nicht?« fragte Ico.

»Es ist so heiß, und dann die vielen Fliegen«, sagte die Frau.

Ico erfuhr nichts über den englischen Fallschirmspringer; er versprach der Frau, er werde sich für sie bei einem deutschen Befehlsstab verwenden, der in einer Villa in der Nähe lag. Er verließ die Kate und schritt wieder vor den anderen auf der weißen, staubigen Landstraße dahin. Sein Blick war jetzt noch verzückter, und das Herz hämmerte wild in seiner Brust.

In diesem Augenblick bemerkte Ico, weit weg in einer Kurve der Landstraße, eine große Staubwolke. Die Zikaden sangen in diesem Augenblick nicht, und durch den Staub konnte er nur ab und zu undeutlich das Automobil erkennen, das, obwohl es rutschte, schnell näher kam. In einer riesigen Staubwolke hielt es neben ihnen. Aus dem Wagen sprangen zwei Deutsche sowie zwei Männer von der Schwarzen Brigade, einer davon Offizier. Alle trugen Waffen und richteten sie auf Ico, der sie mit einem Lächeln begrüßte.

Der Offizier sagte: »Gib mir die Pistole. Ist besser so«, und mit einer flinken, leichten Bewegung nahm er Ico die

Pistole aus der Hand. »Schön dumm bist du gewesen, Ico«, setzte er hinzu.

»Wieso?« fragte Ico und lächelte; und dabei schlug ihm das Herz bis zum Hals. Die beiden von der Schwarzen Brigade legten ihm Handschellen an und stießen ihn ins Auto. Ico wurde nach Costozza gebracht, wo eine Befehlsstelle der Schwarzen Brigade lag, wurde wegen Raubes vor Gericht gestellt und zum Tod verurteilt. Aber er glaubte weder an das Gerichtsverfahren (es hatte nur wenige Stunden gedauert) noch an die Verurteilung.

»Die machen bloß Spaß«, so dachte er sich, »die haben das ganze Spielchen doch nur inszeniert, um mir eine Lektion zu erteilen und mir Angst einzujagen. Kein Gedanke, daß die mich erschießen. Und was passiert mit den anderen?« Mit dieser Meinung, die sich in seinem Kopf festgesetzt hatte, aß, schlief und rauchte er und zog sich sogar zweimal am Tag um. Eine Frau, die ihm seine seidenen Hemden wusch, brachte sie immer zur Kommandantur und sagte dann: »Das ist für den Herrn Ico.«

Seine Mutter kam ihn besuchen, und er konnte sie mit seiner Meinung trösten. Die Mutter verließ vollkommen beruhigt die Kommandantur und hielt auf dem Heimweg (sie fuhr mit dem Fahrrad) bei einem Bauernhof an, um Wasser zu trinken, das aus dem Brunnen geschöpft wurde, damit es kühler war: Sie trank gleich aus dem Eimer, hielt noch ein Schwätzchen und brachte die Bauern am Ende dazu, ihr ein Huhn zu verkaufen.

Tags darauf, um elf Uhr, führten sie Ico aus der Kommandantur hinaus zum Marktplatz. Ico hatte sich eine weiße Leinenhose und ein weißes Hemd angezogen, dazu trug er ein braunes Halstuch mit kleinen Fuchsköpfen der Marke *Linx* [Luchs]. In die hintere Hosentasche hatte er das goldene Zigarettenetui gesteckt. Er lächelte und spaßte. Er dachte: »Die wollen mir angst machen, mir eine Lektion erteilen, damit ich es nicht noch einmal tue.« Wenn die Sache wirklich ernst gemeint wäre, würde er doch zumindest einmal seinen Vorgesetzten, den Major Volga, zu

Gesicht bekommen, und außerdem hätten sie dazu nicht ausgerechnet die Jungen aus dem Trupp genommen, der ihm selbst unterstand. So dachte er.

»Also, Jungs, ich bitte mir aus: Gezielt wird aufs Herz und geradewegs geschossen. Auf, marsch!« rief er und lachte. Mit seinen beiden zusammengebundenen Händen klopfte er mal diesem, mal jenem der Jungen, die mit ihren Maschinenpistolen und in Uniform dastanden, auf die Schulter. Einer war in Zivil, so wie er, aber nicht fein angezogen, er machte eher einen ärmlichen Eindruck. »Hast du verstanden, Luciano?« fragte Ico und wandte sich zu ihm hin. »Klar?«, und dabei zwinkerte er ihm zu. Luciano lächelte und schlug die Augen nieder, lachte aber dann. Vor der Kirche stand niemand, auch nicht der Priester. Ico hatte ihn nicht dabeihaben wollen. »Also schön, Spaß muß sein, aber nicht mit der Religion«, hatte er erklärt.

Sie stellten ihn mit dem Gesicht zur Kirchenmauer, die schon heiß war, und an der Eidechsen entlanghuschten. Ico hörte, wie hinter ihm gemurmelt wurde; er verstand ein halb geflüstertes »Legt an!«; er kicherte und dachte noch: »Wenn die glauben, sie können mir angst machen ...«, er wandte sich um, um hinzuschauen. In diesem Augenblick hörte er einen Befehl, sah die Maschinenpistolen und das Mündungsfeuer und sah, daß sie ihn erschossen.

Beerdigt wurde er auf dem Friedhof derselben Ortschaft. Fünfundzwanzig Jahre konnte man ihn dort auf einem kleinen Grabstein mit einer Keramikphotographie sehen: Sie steckte in einem Messingrahmen, der immer glänzte. Nach fünfundzwanzig Jahren verlegte die Gemeindeverwaltung die Überreste in ein Gemeinschaftsgrab, und heute ist von ihm nichts mehr übrig.

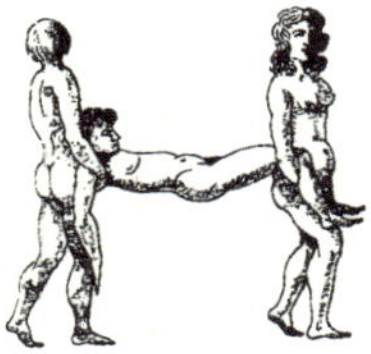

Hotel *Hotel*

An einem Wintertag des Jahres 1943 kam ein dreizehnjähriger Junge in einem Gebirgsort namens Asiago an. In Italien herrschte Krieg; und ein kleiner, qualmender Zug brauchte viele Stunden, um im Abenddunkel zwischen den Bergen emporzuklettern und auf dem Gipfel anzukommen; finster lag der Bahnhof da, nur eine einzige Lampe, die man dunkel übermalt hatte, schimmerte matt durch den Nebel. Der Junge trug eine Kniebundhose und einen neuen Mantel aus Pflanzenfaserstoff, der schwer war, schlecht wärmte und kratzte wie ein Reibeisen. Er hielt einen würfelförmigen Vulkanfiberkoffer in der Hand, das spärliche Licht der einzigen Bahnhofslampe fiel darauf: Und so schwankte der Schatten des Koffers über den weichen schwärzlichen Schnee vor dem Bahnhof. Ein sehr hochgewachsener Mann (er war einen Meter zweiundneunzig groß), der einen langen schwarzen Pelzmantel, Gamaschen und eine breite blaue, weißgetupfte Fliege trug, erwartete den Jungen. Der Junge bemerkte als erstes die Fliege auf dem Weiß des Oberhemds. Der Mann war ein hoher faschistischer Parteiführer und der Vater eines Freundes.

Er lächelte ihm aus der Höhe entgegen, hängte seinen vornehmen Spazierstock in den angewinkelten Arm und vollführte flüchtig den Römischen Gruß – es war mehr eine Art elegantes politisches *guten Tag,* dann gab er ihm einen Klaps an den Hinterkopf. Der Junge sah den Ort nicht, die Straße nicht, er sah überhaupt nichts: Es herrschte nämlich Verdunkelung, die offenbar in den Bergen strenger beachtet und vollständiger eingehalten wurde als in der Stadt. Er blieb deshalb beim Gehen auf Tuchfühlung mit dem langen Pelzmantel seines Begleiters, der in dem lokkeren Schnee sicheren und bestimmten Schrittes vorwärtsging, trotz seiner blitzblanken, dünnen Lackschuhe. Ab und zu zog er aus der Tasche eine kleine Lampe hervor, deren Glasscheibe sich auf Farblos-Grün-Rot schalten ließ, und richtete dieses winzige, dreifarbige Lichtbündel direkt vor ihre Füße, in den schmutzigen Schnee.

Plötzlich hielt der Mann an, und seine Schuhe knirschten. Sie befanden sich an einer Hauswand, und der Junge sah, wie der Mann am Mauerwerk eine schwere Wolldecke hochhob, die im Frost ganz steif geworden war; hinter ihr sah er eine Tür mit Mattglasscheiben und der Aufschrift *Hotel.* Sie traten ein, da war eine flachsblonde Frau, die sie mit Verbeugungen und Lächeln empfing, und der Koffer wurde neben einer Sitzbank abgestellt. Aus einem dickbauchigen, kleinen Ofen mit zierlichen Füßen stieg ein dünner Rauchfaden nach oben. Der Mann erklärte dem Jungen, daß er während der Woche, die er in den Bergen zu Gast sei, im Gasthof schlafen werde, daheim sei kein Platz, es sei ein ›Parteigenosse‹ mit seiner Frau gekommen.

»Heute abend wirst du hier essen und schlafen; es ist jetzt schon zu spät, um mit zu uns zu gehen und danach zurück. Es herrscht Ausgangssperre. Franco erwartet dich, er brennt schon darauf, dich wiederzusehen. Morgen früh kommt er dich dann abholen«, er gab ihm einen Klaps in den Nacken, und damit ging er fort. Wieder knirschten seine Lackschuhe.

Die Frau trug den Koffer des Jungen auf ein Zimmer mit einem auffallend hellen Holzfußboden, zwei weißen Betten und Porzellangeschirr zum Waschen: einer großen

Schüssel, einem Krug und dazu einem Eimer für das Schmutzwasser. Auch hier stand ein kleiner Ofen; er brannte und verbreitete den Wohlgeruch des Bergholzes. Die Frau sagte ihm, er könne schon bald zum Essen hinunterkommen. Sie verbeugte sich und machte die Tür hinter sich zu.

Der Junge schaute sich um: Es war das erste Mal, daß er in einem Hotel übernachtete. Er fragte sich plötzlich, wie eigentlich dieses Hotel hieß; doch da erinnerte er sich, daß auf den Glasscheiben kein Name gestanden hatte. Er würde später danach fragen, erst öffnete er einmal seinen Koffer (der war nämlich mit dem Schlüssel und mit einer Schnur verschlossen) und versuchte, seine Sachen in die Schubfächer einzuordnen. Auf die Marmorplatte der Kommode stellte er die Bücher, Hefte, Schreibfedern, Federhalter und ein Reisetintenfaß aus Bakelit.

»Ich bin jetzt in einem Hotel«, dachte er mit tiefer Zufriedenheit.

»Ich bin für mich allein, in einem Hotel«, und er ging im Zimmer auf und ab, auf Zehenspitzen, damit man nicht im unteren Stockwerk das Geräusch seiner Schritte hörte. Er öffnete die Tür und sah nach der Zimmernummer: Sie stand mit blauer Farbe auf einem weißemaillierten ovalen Metallschildchen. Es war die Nummer 3. Dann erkundete er das Zimmer näher (in einer Schublade fand er ein uraltes Meßbuch, es hatte einen Einband aus Perlmutt, und drinnen lag ein Edelweiß), aber erst nach einer Weile fiel ihm etwas ins Auge, das ihm Rätsel aufgab. Die Betten hatten beide kein Überschlagtuch, es war lediglich ein großes weißes Federbett da, das in der Mitte gefaltet und dann quer aufs Bett gelegt worden war. Wie sollte er darin bloß schlafen? Um das Bett nicht zu zerwühlen, versuchte er das Problem in Gedanken zu lösen. »Ich werde mich einfach in das Federbett einwickeln. Doch nein! Es ist zu kurz, dann schauen ja die Beine heraus.« Dieser ihm völlig unbekannte Umstand in dem Hotel bereitete ihm Sorge: Vor allem bedrückte ihn die Aussicht, sich etwas erklären lassen zu müssen und damit zu verraten, daß er noch nie in einem Hotel gewesen war. Nein, er würde sich gar nichts erklären lassen, er würde schon irgendwie allein zurechtkommen. Und damit stieg er fest entschlossen die helle, nach Seife duftende Holztreppe hinunter. Im Eingang sah er eine große Glastür, die er vorher gar nicht bemerkt hatte. Sie führte in einen kleinen Speisesaal, in dem einige Tische standen, zwei davon fertig gedeckt. Auf den anderen lag nur eine Tischdecke aus grünem Stoff. An einem der beiden gedeckten Tische saß ein Mann. Die flachsblonde Frau trat aus einer Tür, die wohl in eine Küche führte, und bat ihn unter vielen Verbeugungen, Platz zu nehmen. Sie sprach schlecht Italienisch, vielleicht sprach sie aber auch einen Dialekt, den er nicht kannte. Sie fragte ihn, ob er Wein wünsche, und zum ersten Mal in seinem Leben sagte der Junge: »Ein Viertel Rotwein.« Deutsches Brot, dunkel und hart, lag auf dem Tisch, das gefiel dem Jungen sehr. Allerdings lagen nur zwei sehr dünne Scheiben da, und das gefiel ihm nun wieder nicht, denn er wollte sich eigentlich etwas davon mit aufs Zimmer nehmen, um es während der Nacht zu knabbern. Die Frau erschien mit einem Tablett, auf dem zwei tiefe Teller standen, zuerst stellte sie einen vor ihn hin, dann den anderen vor den Mann: Es war Polenta mit Milch. Auf einer eigenen Untertasse war Marmelade: sehr wenig.

Während er aß (die Milch war frisch, es war richtige Kuhmilch, der Junge hatte so etwas schon lange Zeit nicht mehr zu Gesicht bekommen, und sie erinnerte ihn an seine Kinderzeit), musterte er den Mann, der offenbar nicht aß. Auch der Mann schaute ihn an und lächelte. Er hatte auffallend längliche, schräg nach oben verlaufende Augen von durchdringend heller Farbe. Und auch seine pechschwarzen Brauen waren langgezogen, schmal, und verliefen, als seien sie aufgemalt, aufwärts bis zu den spitz zulaufenden Ohren. Er hatte gewelltes, rötliches Haar, und den Jungen beschlich jetzt, wer weiß warum, leise Angst. Der Mann war das, was man gemeinhin einen gutaussehenden, feinen Herrn nennt: Er war offensichtlich hochgewachsen, städtisch gekleidet, wirkte aber doch wie ein

Filmschauspieler; der Junge mußte an den Film *Der bittere Tee des Generals Yen* denken, den er schon dreimal gesehen hatte.

Nach Milch und Polenta brachte die Frau ihnen frischen Käse und eine Art Kohlbrei. Danach Bratäpfel. Der Junge trank seinen Wein nicht, weil er daran denken mußte, daß ihm übel geworden war, als er einmal Wein mit Milch zusammen getrunken hatte. In dem kleinen Saal, der nur sehr dürftig durch das gelbliche Licht einer Glühlampe erhellt wurde, herrschte tiefes Schweigen; man konnte die große runde Uhr an der Wand ticken hören: Aus ihr fuhr plötzlich ein Kuckuck heraus, der achtmal »Kuckuck« rief. Der Junge, der noch nie eine Kuckucksuhr gesehen hatte, sprang ganz erschrocken von seinem Stuhl hoch und blieb stehen, solange das Kuckucksrufen in dem weißen, leeren Raum anhielt. Das Herz des Jungen hämmerte wild in seiner Brust; er setzte sich, bleich geworden, ein zweites Mal nieder, und der Mann lächelte ihm zu: »Eine Kuckucksuhr«, erklärte er und lächelte immer noch. Da begriff der Junge, daß auch er dort fremd war.

Der Mann schien seine Gedanken zu lesen, er erhob sich ein wenig, machte eine Verbeugung und sagte: »Ich bin Herr Krona.« Er stand vom Tisch auf und kam mit einer Tafel Schweizer Schokolade herüber, die er dem Jungen anbot. Der Junge schaute auf die Schokolade (Lindt); es war Vollmilch, und das Wasser lief ihm im Munde zusammen. Er nahm sich ein Stückchen. »Du kannst die ganze Tafel behalten«, sagte der Mann immer noch lächelnd: Es war ein wunderschönes Schauspielerlächeln. Der Junge bedankte sich und fragte: »Sie sind Ausländer?« Der Mann stutzte einen Augenblick es waren nur wenige Sekunden, in denen das Lächeln verschwand, um sogleich wieder hervorzubrechen, wie es bei gewissen Wölkchen vorkommt, die sich vor den Mond schieben. »Ich bin Balte«, erklärte er. Der Junge hatte nicht die geringste Ahnung, um was für ein Land es sich handelte und wo es liegen mochte; das Wort ›Balte‹ samt dem Vokal *a* darin, der von einer tiefen Stimme betont ausgesprochen klang wie ein *o* (Bolte), führten ihn in die Irre. Er glaubte zu verstehen und dachte bei sich: Er ist ein Baron.

In diesem Augenblick erschien die Besitzerin des Hotels und wechselte mit dem Mann einige Sätze auf deutsch. Dann wandte sie sich, mit ineinandergelegten Händen in einer gebeugten Haltung verharrend, an den Jungen: »Herr Krona ist auf der Durchreise. Er ist ebenfalls mit Ihrem Zug angekommen, und wir haben für die Nacht keine Zimmer mehr. Falls es Ihnen nichts ausmacht, könnte er doch in dem Bett neben Ihnen schlafen. Zumindest für diese Nacht. Ich bitte recht schön.«

Der Junge war auf der Stelle sehr verstimmt und zugleich eingeschüchtert. Es war doch sein Zimmer. Er stammelte irgend etwas, den Namen des Parteiführers, schaute Herrn Krona an, der ihn anlächelte und dabei mit langen Zügen eine Zigarette rauchte, die in einer Metallspitze steckte. Schließlich sagte er: »Einverstanden.« Die Frau verbeugte sich und sagte: »Danke, vielen Dank!« Während der Nacht schlief der Junge nur wenig; er wachte fortwährend auf, und beim Wachwerden erblickte er dann jedesmal die Glut von Herrn Kronas Zigarette, die in der Dunkelheit leise vor sich hinbrannte und knisterte. Wenn er merkte, daß der Junge wachlag, redete Herr Krona etwas mit seiner tiefen, wohlklingenden Stimme in das Dunkel hinein. Der Junge träumte, und zwei- oder dreimal wachte er davon auf, daß Herr Krona (der ihm übrigens gezeigt hatte, wie man das Federbett richtig benutzt) ihn zudeckte und die Decke feststopfte. Ein anderes Mal erwachte er und sah, im Widerschein des Ofenfeuers, die länglichen, hellen, leuchtenden Augen des Mannes, wie die einer Katze im Dunkeln. Wieder andere Male hörte er, noch im Schlaf, wie Herr Krona den Ofen nachfüllte; doch geschah das nahezu geräuschlos. Vor allem hörte er das unablässige, feine Geknister der Zigarette; und er roch deren Qualm, einen eigenartigen, nach Kräutern duftenden Tabakrauch, er hörte das leise Aufklopfen des Mundstücks auf den Aschenbecher, wenn die Zigarette zu Ende war, sowie das ratschende Geräusch des Streichholzes, wenn eine neue angezündet wurde.

Vielleicht hatte er auch etwas gesagt: Plötzlich war Licht im Zimmer, genau zu dem Zeitpunkt, da er Durst verspürte, und Herr Krona saß, im seidenen Schlafanzug, mit einem Glas Wasser in der Hand lächelnd neben ihm, die Zigarettenspitze zwischen den blendend weißen Zähnen. »Ich habe Fieber«, sagte der Junge. Da legte ihm Herr Krona seine schöngeformte, längliche Hand, die kühl war und nach Seife duftete, auf die Stirn, holte dann aus einem Beutel des Jungen ein Thermometer hervor (es war auch Geld darin, ganz wenig) und ließ ihn Fieber messen. Er schaute aufs Thermometer, beruhigte ihn, öffnete leicht das Fenster, deckte ihn gut zu und blieb neben ihm auf dem Bett sitzen. Vielleicht hatte ihn der Junge gefragt, was das Wort ›Balte‹ bedeutete. Denn er hörte noch, wie inmitten einer Rauchwolke Herr Krona sagte: »... an der großen, weiten Ostsee, da wohnen die Balten ...«, da fiel er auch schon wieder in Schlaf.

Tags darauf schien ein wenig die Sonne. Der Junge bekam Herrn Krona gar nicht zu Gesicht; der war bereits aufgestanden, hatte sich angezogen und seinen Schweinslederkoffer weggebracht. Er hatte sogar das Bett gemacht, es war, als habe er das Zimmer niemals betreten. Der Junge traf seinen Schulfreund, der aber gerade in einer tiefen Glaubenskrise steckte (»dies irae, dies illa, solvet saeclum cum favilla ...«, verkündete er mehrmals, und der Junge langweilte sich), er traf auch dessen Vater, dem er von Herrn Krona erzählte. Da wurde der hünenhafte Mann zornig, stieß sogar einen Fluch aus und machte sich auf, um der Hotelwirtin gehörig Bescheid zu sagen. Die beiden Freunde machten unter einem graufarbenen Himmel einen Spaziergang durch den Schnee, und da hörten sie das Knallen von Schußwaffen. Sie kehrten heim, zumal es schon dunkel geworden war. So hatte sich der Junge die Bergwelt im Winter nicht vorgestellt; er hatte bereits Lust abzureisen. Sie aßen frühzeitig zu Abend; dann begleitete ihn der Vater zum Gasthof, um sich zu vergewissern, daß er das Zimmer für sich allein bekäme; die Wirtin sah ihn bitterböse an. Der Parteiführer ging in die Nacht hinaus, und der Junge setzte sich in den Speisesaal, schaute auf die Uhr und wartete auf Herrn Krona. Er hatte nicht die geringste Ahnung, wie die Dinge damals standen, und wunderte sich darüber, daß er ihn gar nicht zu Gesicht bekam, und über die bitterbösen Blicke der Wirtin. Er ging zum Eingang zurück und fragte sie nach ihm.

Die Frau maß ihn lange mit feindseligem Blick: »Herr Krona – weggefahren«, sagte sie dann.

Der Junge verstand nicht: »Wohin denn?« fragte er ganz kleinlaut.

»Weg, nicht wissen – wohin, weit, ganz weit ...«, sagte sie hastig, machte dabei eine Handbewegung, als wolle sie den Rauch vertreiben, und stieß dann, als spucke sie vor ihm aus, hervor: »Spitzel!«

Da wurde dem Jungen ganz schwach und elend zumute, und er schämte sich. Nun hatte er begriffen. In diesem Augenblick hörte man drei Schüsse knallen, ganz schnell hintereinander abgefeuert und doch klar und deutlich zu unterscheiden, in der Nacht dort draußen, nicht weit vom Hotel. Gleich darauf ein katzenhaft leichtes Getapse von Schritten im Schnee. Keiner von beiden rührte sich. Die Frau, die den Jungen immer noch anschaute, zündete sich jetzt mit zitternden Fingern eine Zigarette an, sie nahm Küchenstreichhölzer dafür. Ganz, ganz leise sagte sie nochmals: »Spitzel.« Sie verharrten so einige Minuten lang, bis plötzlich ein älterer Mann in Uniform die verglaste Eingangstür aufriß (der Junge erkannte die Aufschrift *Hotel*) und mit asthmatisch-keuchender Stimme rief: »Man hat auf den Polizeipräfekten geschossen. Sperren Sie auf und lassen Sie die Tür offen stehen ...«, und damit war er fort. Der Junge folgte ihm. In der Finsternis des Stadtplatzes sah er umherhuschende Lichter, den Schein von Batterielampen und Schatten, die sich hin- und herbewegten. Der Mond brach in stetem Wechsel zwischen den Wolken hervor und verschwand bald wieder. In dem schwachen Lichtschein der Taschenlampen erblickte der Junge mit weit ausgebreiteten Armen und Händen im Schnee hingestreckt den hochgewachsenen Mann, den Vater seines Freundes. Er erkannte ihn sofort an der Fliege.

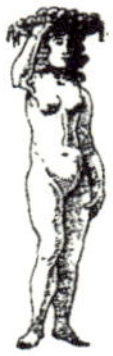

INGENUITÀ *Einfalt*

Am 1. August erhielt eine vierzigjährige Frau mit dem ovalen, schönen Gesicht einer buddhistischen Nonne einen Eilbrief. Sie lebte seit geraumer Zeit allein, zwischen alten Briefen und Photos, und bekam fast nie Post: Der Eilbrief war von ihrem Mann, den sie nie sah, der sich aber von Zeit zu Zeit um sie kümmerte.

Dem Brief lag ein Scheck bei, und er enthielt einige Ratschläge: Sie solle das Geld so ausgeben, wie es ihr am besten erscheine und wo es nötig sei (die Frau arbeitete gewissenhaft und umsichtig in einem Büro, verdiente aber sehr wenig und schämte sich, eine Gehaltserhöhung zu verlangen); wenn möglich sollte sie das Geld dazu benutzen, um Ferien zu machen, am Meer oder in den Bergen, wo sie wollte. Er legte ihr jedoch nahe, da es Hochsommer war, nicht so viele Züge und Flugzeuge zu nehmen, denn er kannte sie gut und wußte, daß sie ein wenig ängstlich und melancholisch wurde, wenn sie Züge und Flugzeuge bestieg, was doch alle, die in die Ferien fahren und Reisen machen wollen, mit Freude tun. Er empfahl ihr, sich nicht zu sehr anzustrengen, alles in allem wäre es vielleicht doch das Beste, jeden Tag zum Swimming-pool des Hilton-Hotels zu gehen, das nur wenige

Schritte von ihrer Wohnung entfernt war. Er schlug ihr auch vor, sich ›hübsche‹ Kleider zu kaufen, sich schön zu frisieren und sich einen Häkelbikini zu kaufen. Er riet ihr schließlich, nicht auf das Geld zu achten, am Buffet des Schwimmbads zu frühstücken, zu essen, zu schwimmen, sich zu sonnen und gegen Abend Tennis zu spielen, wenn es nicht mehr so heiß wäre. Der Spaß und die Anstrengung des Tennisspiels, das sie schon als Kind so geliebt hatte, würde sie die stillen, traurigen Stunden der Dämmerung vergessen lassen, die denen, die im Sommer in der Stadt allein sind, ungute Gedanken bringt.

Das stand natürlich nicht in dem Brief, aber beim Lesen konnte die Frau es fast so verstehen. Aber es kam nicht soweit, und ein bißchen gute Laune milderte ihre Einsamkeit. Sie freute sich, daß ihr Mann sich an sie erinnerte, und sie lächelte in der glühendheißen Luft dieses Tages und der Stille der fast ausgestorbenen Stadt, und für einen Augenblick zeigte sie ihre schönen gesunden Zähne, gewölbt und von genau der richtigen Größe.

Ihre Ferien hatten an eben jenem Tag angefangen, und sie dachte über das nach, was in dem Brief ihres Mannes stand, über seine Empfehlungen, das Geld dort, wo es ›nötig‹ wäre, auszugeben. Sie hatte zahlreiche Bedürfnisse, denn trotz ihrer Arbeit war sie arm. Weder ihr Gesicht noch ihre Haltung oder ihre Art sich zu bewegen und zu sprechen (sie war schüchtern, ›von bester Erziehung‹, großherzig, aber ausdruckslos), ließen erkennen, daß sie arm war, aber dennoch war sie es.

»Schau an, er ist kein schlechter Mensch«, sagte sie sich und lächelte noch einmal bei dem Gedanken, daß der abwesende Mann, den sie so geliebt hatte und den sie vom Körperbau her mehr als Kind denn als Mann vor sich sah, sich an sie erinnerte, auch an sie dachte und sich um sie kümmerte. Mit diesem angenehmen Gedanken und ihrem typischen Gang, mit gesenktem Kopf und versunken in geistige Nebelschwaden und Wolken, die alles verdunkelten, begab sie sich in das Schlafzimmer und schaute im Schrank nach den Kleidern, die sie noch hatte. Sie überlegte, daß sie ein Paar Schuhe für den Herbst und Winter kaufen müßte und den Bikini, zu dem er ihr geraten hatte (sie verstand nicht ganz, was für einen: gehäkelt, aber wie bloß?), und ein weiteres Paar Schuhe mit einer geflochtenen Sohle (aber waren sie wirklich nötig? Hatte sie nicht noch die indischen Sandalen für den Sommer?). Unter solchen Überlegungen geriet sie ein wenig durcheinander, aber gleichzeitig begann sie schon im Geiste, ihre Ferien für den ganzen Monat August im Schwimmbad des Hotels zu planen.

Am Tag danach, dem 2. August, kaufte sie den Badeanzug, aber sie fand das Häkelmodell nicht. Dann besorgte sie eine Schachtel Tennisbälle, und in Tenniskleidung ging sie zum Schwimmbad des Hilton. Es war so, wie sie es in Erinnerung hatte: elegant, ein wenig exotisch und sehr teuer. Sie aß gleich ein Eis und streckte sich dann in der Sonne auf einer weichen weißen Liegematte mit feinen gelben Streifen aus, die nach Lavendel duftete. Sie schlief ein und wurde von der Sonne geweckt, die auf ihrer Haut brannte, und da sie stark geschwitzt hatte, duschte sie erst und sprang dann ins Schwimmbecken. Sie schwamm gut, voller Aufmerksamkeit und Energie, so wie sie alles andere in ihrem Leben tat. Die Luft war glühend heiß, sie ließ sich an der Sonne trocknen und betrachtete die kleinen Palmen und andere unbekannte Tropenpflanzen drüben auf der anderen Seite des Schwimmbeckens zwischen winzigen grünen Rasenhügeln, die an den orangefarbenen Himmel stießen und auf denen sich Rasensprenger drehten. Sie fühlte sich wohl, und auf unklare, doch vertraute Weise spürte sie um sich herum eine Art sauberer und nach Seife duftender Schutzhülle, die von den Fenstern des hochragenden Wolkenkratzers herzukommen schien, von den schnurrbärtigen, weißgekleideten Bademeistern, dem Jungen in Livree, der um das Becken lief und dabei ein Schild mit einem Namen (Mr. Loeb) in die Höhe hielt, vom Geruch des Sonnenöls, das eine Frau mit fast weißem Haar und weißen Wimpern und Augenbrauen gerade auf ihrer Haut verteilte. Diese

Frau sprach Englisch mit einem von stark gelocktem Körperhaar bedeckten jungen Mann, vielleicht einem Spanier, der ausgestreckt am Rand des Beckens lag. Und sie folgte der Unterhaltung. Sie sprachen über Fluglinien.

Ungefähr drei Stunden verbrachte sie damit, zu baden und in der Sonne zu liegen; dann ging sie zum Buffet. Sie setzte sich an einen kleinen Tisch, wurde aber, sobald der Kellner näher kam, schlagartig von ihrer Schüchternheit übermannt. Sekundenlang brachte sie keinen Ton heraus, ängstlich, aber auf eine Art, die fast als gereizt oder grob erscheinen konnte, verlangte sie die Speisekarte. Und als sie die Karte erhielt, kam es ihr vor, als ginge sie in einem Meer der Verlegenheit unter. Der Kellner wartete.

Erst nach einer Weile zählte der Kellner auf, was er aus der Küche kommen lassen und was sie am Buffet auswählen könnte. Die Frau dachte, der Kellner sei über ihre schüchterne und grobe Art verärgert, aber der Kellner war nur ungeduldig. Schließlich entschied sie sich dafür, selbst ans Buffet zu gehen, und entschuldigte sich vielmals. Der Kellner dachte, sie sei vielleicht arm oder geizig, und nicht schüchtern und unentschlossen, aber plötzlich schien er es zu ahnen und zeigte mit einem netten Lächeln, das der Frau ihr Vertrauen zurückgab, auf das Buffet: »Vielleicht möchten Sie lieber selbst am Buffet wählen?« fragte er

»Bitte, was?« fragte die Frau ganz verwirrt.

In diesem Augenblick verstand der Kellner sie und lächelte wieder. Er wiederholte die Aufforderung, und als sie aufstand, war er ihr behilflich und schob ihr den Stuhl zurück. Wieder allein und ermutigt, ging die Frau lange um das Buffet herum, ohne sich entscheiden zu können, und wegen der Hast, die Schüchternheit und zu lange andauernde Arglosigkeit verursachen, erkannte sie die Speisen nicht richtig. Sie wählte Schinken und Melone und senkte gerade den Servierlöffel in die Auberginen, als der Kellner ihr ein stilles Zeichen in Richtung Roastbeef in Aspik machte. Die Frau nahm zwei Scheiben Roastbeef, russischen Salat und ging zu ihrem Tisch zurück. Sie bestellte beim Kellner ein Bier. Aufmerksam und energisch aß sie ihren Teller mit den kalten Speisen leer, dann stand sie auf und ging in die Halle zur Rezeption. Da sie eine noch schöne, aparte Frau war, mit sehr ausgefallenen und geheimnisvollen Bewegungen, blickten ihr zwei Männer und eine Frau, eine farbige, unbeweglich dasitzende Amerikanerin, hinterher. An der Rezeption fragte sie, ob jemand, am liebsten eine Frau, unter den Gästen sei, der am späten Nachmittag mit ihr Tennis spielen wollte.

Der Angestellte fragte nach ihrem Namen, notierte ihn und sagte, daß er ihr bis fünf Uhr Bescheid geben würde, er hätte da vielleicht eine Französin.

Die Frau ging zu ihrer Matte zurück, sie fühlte sich wohl und schlief, vom Bier ein wenig betäubt, ein. Sie träumte von einem Strand an der Adria mit vielen Sonnenschirmen und leeren Tretbooten, einem Himmel, der nicht mehr August-, sondern eher Oktoberhimmel war, und einem kleinen Flugzeug, das über dieser Einsamkeit seine Runden drehte und den Schriftzug *Thank you* hinter sich herzog. Wieder weckte sie die Hitze der Sonne. Aber sie verspürte keine Hitze mehr, sondern ein Brennen am ganzen Körper. Sie merkte, daß sie etwas geschwollen war, und als sie aufstand, um ins Wasser zu springen, kam es ihr vor, als knistere ihre Haut. All das spürte sie, aber wie es oft oder fast immer geht, vergaß sie es in dem Moment, in dem sie es fühlte. Sie sprang ins Wasser, und es ging ihr sofort besser, aber die Schwellung blieb, und von Zeit zu Zeit blickte die Frau zerstreut darauf. Gegen fünf Uhr brachte ihr der Page einen Zettel von der Rezeption. Madame Rose erwarte sie um sieben in der Halle zu einer Partie Tennis.

Das Brennen wurde stärker, doch die Frau nahm es immer nur zerstreut wahr. Sie badete wieder, und es schien ihr, als ginge es ihr viel besser. Als sie herauskam, fing es wieder an zu brennen. Als sie in die Nähe der Rasensprenger auf der Wiese kam, merkte sie, daß von dem Wasser eine feuchte, kühle Luft herüberwehte, und sie ließ sich von dem Sprühregen naß spritzen.

Um sieben Uhr meldete sie sich in der Halle in ihrem Tennisdress, mit Schläger und den neuen Bällen ausgerüstet, und lernte Frau Rose kennen. Sie war Französin, in ihrem Alter, hatte rotgefärbtes Haar, war sorgfältig geschminkt und lebte zwischen New York und Nizza. Ihr Mann, der nicht hier war, betrieb Dattel- und Konservenimport. Auch die Frau hätte gerne von ihrem Mann gesprochen, tat es aber nicht. Es wäre ihr wie eine Lüge erschienen. Sie spielten Tennis, die Frau war sehr froh, eine neue Bekanntschaft zu machen, und sie verabredeten sich für den darauffolgenden Tag. Danach verließ die Frau das Hotel und ging zu Fuß nach Hause, müde und glühend. Sie aß etwas Käse mit Brot, einen Pfirsich, duschte zwei- oder dreimal und ging zu Bett. Nachts wachte sie wegen des Brennens auf. Schläfrig sah sie den Vollmond, betrachtete ihn ein wenig blinzelnd, hinter den warmen Mauern des Hauses. Sie befeuchtete ein Handtuch und legte es sich auf den Körper. Für den Rest der Nacht hatte sie Alpträume, in denen immer der Mond vorkam, aber in Cortina. Er beschien vom Schnee leuchtende Wiesen, die voller Wellen und vereist waren.

Beim Erwachen (es war spät, schon halb zehn, und sie hatte ab acht am Schwimmbad sein wollen) sah sie, daß die Schwellung sich bis ins Gesicht und über den ganzen Körper ausgebreitet hatte, mit lauter schon offenen Blasen und Bläschen. Sie murrte über ihre Nachlässigkeit, zog sich mit viel Mühe und Schmerzen an und ging in die Apotheke, wo ihr der Arzt, ganz erschüttert, eine Tube Heilsalbe gab, ein Mittel gegen starke Verbrennungen.

Die Frau ging mit heftigen Kopfschmerzen nach Hause, legte sich aufs Bett und rief von dort aus Frau Rose an, um sich für den Nachmittag zu entschuldigen. Frau Rose zeigte sich höchst verwundert, daß sie keine Sonnencreme benutzt hatte, es tat ihr leid, und sie sagte, daß sie noch zwei Wochen in Italien bliebe und sich freuen würde, wenn sie sie zum Tennis wiedersähe. Auch diese Herzlichkeit milderte die immer größere Einsamkeit der Frau und sogar das Brennen. Das Schwimmbad gefiel ihr so gut, das

Buffet, die Liegematte, die automatischen, regenbogenfarbigen Sprenganlagen, der Duft des Hotels und des Sonnenöls, das sie nicht benutzt hatte (sie assoziierte den Duft des Sonnenöls nämlich nicht mit seiner Nützlichkeit).

So vergingen einige Tage, in denen die Frau sich mit ihren Englischbüchern und Grammatiken zum Café an der Ecke schleppte (sie glaubte immer, Englisch nicht perfekt zu sprechen, und lernte; sie lernte immer irgend etwas, von dem sie annahm, es nicht perfekt zu beherrschen), aber sie war müde und hatte Kopfweh. In Wirklichkeit hatte sie Fieber und wußte es nicht, sie hatte nicht daran gedacht zu messen. Manchmal ging sie in die Stadt, aber sie fühlte sich nicht wohl. Die Geschäfte waren wegen der Ferien fast alle geschlossen, und sie fand weder den gehäkelten Bikini noch die geflochtenen Schuhe oder etwas anderes. Sie entdeckte ein Kleid aus weißem Pikee mit feinen himmelblauen Streifen und einem dunkelblauen Strickkragen aus Baumwolle. Neben dem Kleid waren in der Auslage zwei Armbänder aus weißblauem Elfenbeinimitat. Sie überlegte hin und her, ging immer wieder an dem Geschäft vorbei, das wie eine Luxusboutique aussah. Sie überlegte, wieviel es wohl kosten würde, und als sie sich mit ihrer endgültigen Unentschlossenheit abgefunden hatte, ging sie schließlich müde, mit schnellen Schritten fort, aber hinkend und mit gesenktem Kopf wie immer.

Sie kehrte fast geheilt ins Hilton zurück, nicht ins Schwimmbad, aber um Tennis zu spielen, und sie spielte einige Partien mit Frau Rose. Sie wurden Freundinnen, und eines Abends lud Frau Rose sie zum Abendessen ins Dachgartenrestaurant ein. Das Essen war schön, die Frau konnte von dort oben das geliebte blaue Schwimmbecken sehen, an das sie in ein paar Tagen zurückkehren würde, in der leuchtenden vollen Augustsonne. Sie kam mit arg gepellter Haut dort hin, aß wieder ein Eis, legte sich auf die Matte, badete oft, aß mit größerer Gelassenheit am Buffet zu Mittag und grüßte Frau Rose zum Abschied, die sie bei ihrer Abreise nach Nizza einlud. Sie schlief in der Sonne ein und holte sich einen zweiten Sonnenbrand. In der vollen Sonne ging sie, sie konnte kaum laufen, morgens zum Markt. Dann verbrachte sie den ganzen Tag eingehüllt in nasse Handtücher, nachdem sie sich mit Fargan eingeschmiert hatte (die Salbe war verbraucht und die Apotheke wegen Ferien geschlossen). Sie lag inmitten von Englischgrammatiken, bekam drei Anrufe, von denen einer ein Irrtum war, hatte ständig Durst und trank deshalb Wasser. Am Abend betrachtete sie ein wenig den Mond und erinnerte sich nicht an den Traum, aber sie fragte sich, warum sie nie mehr das Flugzeug mit dem Schriftzug *Thank you* entdeckte (das sie vielleicht als Kind gesehen hatte).

Am Tage des 25. August gab es ein großes Unwetter, das ihre Blumentöpfe ordentlich goß und auch ihre brennende Haut abkühlte. Am 27. August fühlte die Frau sich viel besser, und eines Morgens wachte sie mit guter Laune auf und hatte große Lust auf ein Eis am Schwimmbad, wohin sie mit allen den Umständen angemessenen Vorsichtsmaßnahmen würde zurückkehren können. Sie zog einen indischen Anzug aus leichter Baumwolle und Sandalen an und packte die schon rosa gewordenen Tennisbälle, den Tennisdress mit den Schuhen und die Tube Fargan in eine Tasche. Sie freute sich auf das Schwimmbad. Sie zog sich aus, legte sich im Schatten auf die Matte und sah, daß die Rasensprenger nicht mehr auf der Wiese standen. Sie merkte, daß die Luft anders war, sie hatte nicht mehr soviel Lust zu baden und war sich sicher, niemanden zum Tennisspielen zu finden. Sie fragte und fand tatsächlich keinen Partner für diesen oder den folgenden Nachmittag. Im übrigen waren auch ihre Ferien zu Ende, und ab Montag würde sie wieder ins Büro gehen.

ITALIA *Italien*

An einem Tag im September, in einer Luft, die nach Kühen und Wein roch, heirateten zwei Italiener namens Maria und Giovanni in einer romanischen Kirche, die schon von kühler Luft erfüllt war, mit Resten hoher Fresken an den Ziegelmauern: Sie stellten den Dichter Dante Alighieri dar, wie er, ganz klein, vor einem riesigen, stark abgebröckelten Papst kniete, der auf dem Thron saß. Auch ein schwarzes Hündchen war zu sehen. Die Kirche stand in jenen fernen Jahren einsam inmitten einer maisbestandenen Ebene, und gleich neben ihr lag ein Teich mit großen und kleinen Enten und Gänsen.

Beide waren jung, Maria war achtzehn, Giovanni fünfundzwanzig Jahre alt, sie kannten einander von Kind an, auch die Familien kannten sich und hatten ziemlich vertrauten Umgang miteinander. Giovannis Vater sagte gleich nach der Hochzeit zu seinem Sohn: »Traue niemandem. Alle sagen, daß die Ehre nichts gilt, dabei gilt sie mehr als das Leben. Ohne Ehre achtet dich niemand.« Seltsame Worte am Hochzeitstag, aber auch ohne sie zu begreifen, begriff Giovanni sehr wohl die Worte seines Vaters, der bei allen Leuten als gutmütiger Mann galt.

Giovanni und Maria waren unverkennbar Italiener, dunkel, mit schönen weißen Zähnen; Maria hatte schöne Brüste und dunkelkastanienfarbenes Haar, das sie als Mädchen in zwei langen, dicken Zöpfen geflochten trug. Später schnitt sie sie kurz. Giovanni war klein von Statur und durch und durch muskulös. Maria war, wenngleich überhaupt nicht dick, doch ein wenig rundlich, im Gesicht, an den Brüsten, am Gesäß: Aber sie hatte eine enge Taille, und deren Linie bildete eine Art Fleischfalte, aus der die Hüften hervortraten; der Bauch war vorgewölbt und elastisch, und das Gesäß setzte hoch an der Krümmung des Rückens an. Ihr Fleisch war fest, und Körperbehaarung, Augenbrauen und Wimpern waren ganz schwarz, kraus, hart und glänzend. Sie hatte jedoch kleine, magere Hände.

Sie erinnerte sich nicht mehr daran, wann sie zu ›sündigen‹ angefangen hatten, aber bestimmt waren sie sehr jung, Maria mußte dreizehn Jahre alt gewesen sein. Sie küßten sich viel an den Frühlingsabenden in einer Tuffsteinhöhle, neben kleinen Quellen, die zwischen Büscheln von Venushaar versteckt lagen, von denen es tröpfelte und die nach Feuchtigkeit und Erde rochen. Manchmal gingen sie tagsüber, zur Sommerzeit, zum Baden an einen sehr breiten Wildbach mit glühendheißen Kieselsteinen und eiskalten tiefen Stellen, zwischen Sonne und von weißem Staub bedeckten Büschen. Es muß zwischen jenen Büschen gewesen sein und vielleicht nahe an der Quelle, aber alles ist sehr verworren angesichts der Zeit, die vergangen ist. Maria weinte ein paarmal, man weiß nicht recht, warum, von dem Augenblick an, da sie ihn fest an sich drückte, von seinen Armen und auch Beinen umfangen, zwischen den Sternen und dem Tröpfeln des Venushaars.

Sie begannen ihren Geruch und ihren Geschmack sehr zu lieben. Im Sommer hatte Maria häufig eine Haut, die nach Salz schmeckte, und Giovanni hatte nach dem Baden im Wildbach Haar, das nach Schokolade roch. Es gab vieles, das ihnen einander beim Schmecken und Riechen ebenso gefiel wie der Geruch der Untiefen in der Lagune von Venedig, der Geschmack der Wassermelonen, mehr als alles andere aber der Geschmack von Brot und der von Bratkartoffeln. Sie waren zu jung: Sie hatten noch nicht gelernt, den Duft der Kräuter zu lieben, Minze, Rosmarin, Salbei, Knoblauch; sie würden sie später lieben lernen. Auch Olivenöl liebten sie erst später, im Erwachsenenalter. Da begannen sie damit, häufiger Fisch zu essen und im tiefen Wasser von Süditaliens Meeren Vergnügen zu empfinden.

Das Gefühl für Ehre, von dem Giovannis Vater am Hochzeitstag gesprochen hatte, war bei ihnen sehr stark: Ehre bedeutete wechselseitige Treue, bedeutete, niemals etwas über sich zu sagen, es sei denn zu einem von ihnen beiden und nie zu anderen. Aus alter Gewohnheit wußten sie, daß ihre Ehre niemandem erlauben würde, sie nicht zu achten; darum gefiel es beiden sehr, nachts in demselben Bett zu schlafen. Geschützt von der Macht der Ehre sanken sie in tiefen Schlaf, rochen und schmeckten einander, denn in jenen Jahren – auch waren sie so erzogen – wuschen sie sich nicht in so übertriebenem Maße wie heute, sondern mäßig, das ›Nötigste‹. Heute würde man von ihnen sagen, sie waren ›dreckig‹.

Die Jahre vergingen, es waren noch immer Jugendjahre, und infolgedessen war es, als ob sie gar nicht vergingen, denn es änderte sich nichts in ihnen, tief verwurzelt wie sie in ihrer Gegend waren, auch wenn sie begonnen hatten, zu reisen. Die anderen Gegenden Italiens waren ein wenig wie ausländische Staaten, aber ganz langsam begriffen sie, daß auch die Bürger dieser Staaten Italiener waren, und daß alle, jeder in anderer Weise, gleichsam in eine eigene regionale Ehre gehüllt waren. Oft erlebten beide Augenblicke des Schweigens, wußten sich nichts zu sagen, und Giovanni nahm – wie ein kleiner Junge bei einem Freund – Marias Hand und versetzte ihr mit der anderen leichte Schläge auf den Rücken. Das war die ›Vertrautheit‹, der Ehre so nahe und so ähnlich: Sie verstanden, daß sie in Wahrheit füreinander die einzigen Menschen waren, denen sie vertrauen konnten. Nicht daß sie eine genaue Vorstellung davon gehabt hätten, was man gemeinhin unter der Institution Familie oder Ehe versteht, sie hatten ganz einfach Erfahrung im Zusammenleben, und das stetig wachsende Bewußtsein, daß man zwar den anderen – Italiener wie sie – einigermaßen trauen konnte, aber nicht sehr, besser nur wenig. Was bedeutete ›vertrauen‹? Sie wußten es nicht genau, weil sie noch jung waren, und manchmal waren sie versucht, zu ›vertrauen‹, aber es war etwas Unbestimmtes, das Gegenteil von etwas anderem Unbestimmten, das Verrat war; deswegen war ihre Beziehung zu anderen Menschen, auch zu ihren Freunden aus der Kindheit, sehr aufrichtig, aber keiner der beiden sagte alles: Man mußte schweigen, um zu leben.

Sie bekamen ein Kind, das sie Francesco nannten. Sie hatten die ›Gabe‹ zu leben, hatten jenen italienischen Genius – den aber nicht alle Italiener haben – sich zu bewegen, zu gehen und zu lächeln wie vom Mittelmeer benetzt. Die Sonne der Adria macht viel aus, aber sie ist nicht wie das Mittelmeer in den Körpern und Bewegungen echter Italiener. Dies gab ihnen ein starkes Gefühl von Vertrautheit, auch wie zwischen Bruder und Schwester, und von immer größerem stillem Einvernehmen. Dieses Einvernehmen war einer großen Natürlichkeit zu verdanken, die vielleicht von den Ehen ihrer Urgroßeltern und Großeltern herrührte und von gemeinsamen Bewegungen abhängt, die man in der Jugend auf demselben Land hat, wenn man nahe beieinander im Hause ißt und schläft, sowie einer familiären Atmosphäre, die in jenen Jahren sehr viele Italiener hatten.

Giovanni bewahrte in seinem Körper, wie übrigens auch Maria, Muskeln, Sehnen, Schlafbedürfnis und den Hunger eines Jungen. Francesco war wie er. Manchmal hänselten die Freunde Giovanni, weil er sich während der Arbeit, wenn er neben jemandem saß, der am Mikroskop arbeitete, sich in seinem Kittel räkelte, seinen Kopf an dessen Schulter lehnte und schlief. Er hatte einen kleinen Kopf mit vielen, wirren Haaren, und während er schlief, hielt er seine Hände gefaltet auf dem Schoß. Er war sehr zerstreut, war ein guter Schwimmer und Skifahrer, konnte aber mit einem Schlag müde werden. Manchmal, wenn er zerstreut war und in dieser Verfassung in der Kantine aß, kaute er wie jemand, der gar keinen Geschmack verspürt, und hielt seinen Blick fest auf seine Gedanken gerichtet, nicht in sein Inneres, indem er seine Gedanken betrachtete und mit ihnen sprach, sondern so, als seien die Gedanken eine Person, die bei ihm saß oder weit weg war, allein.

Sie stritten niemals. Maria hatte nie einen anderen Mann, und Giovanni nie eine andere Frau. Niemals hatten sie Eifersuchtsprobleme, weil sie sich im Lauf der Zeit in immer anderer Weise liebten und jeder immer an die Ehre des anderen dachte. Giovanni wurde ab und zu wütend, dann wurde er bleich, verlor seine Stimme und schlug sich vor den Kopf, um nicht den von Maria mit den Fäusten zu bearbeiten. Er konnte wütend werden, weil Marias Wesen reizbar war, ihre Miene verfinsterte sich, und wie ein kleines Kind heulte sie verzweifelt Rotz und Wasser.

Sie bekamen ein kleines Mädchen, das sie nach Giovannis Großmutter Silvia nannten; sie war mit einem leichten Hüftschaden zur Welt gekommen, aufgrund dessen sie, als sie heranwuchs, ein ganz klein wenig hinkte. Die Eltern waren darüber sehr bekümmert, aber als Silvia dreizehn Jahre alt war und sich zu einer Schönheit zwischen Russin und Tatarin zu entwickeln begann, da hatten sie keinen Kummer mehr. Jenes leichte Hinken sah man fast nicht, und es gab Silvia etwas, das die meisten anderen Frauen nicht hatten.

Nun waren sie schon nicht mehr jung, aber ihre Haut, Fleisch, Speichel und Haare waren noch jung genug. Giovanni war im Gesicht älter geworden, hatte graue Haare, Säcke unter den Augen und zwei strenge Falten an den Seiten seiner kleinen, kindhaften Nase. Maria hatte nicht zugenommen, aber auch sie hatte einige graue Haare, und Brüste und Fleisch waren wirklich nicht mehr wie einst: Ihre Festigkeit war dahin. Giovanni, der sie seit seinen Jungenzeiten in Scherz und Ernst ständig anfaßte, hörte aus Rücksichtnahme damit auf. Maria verstand diese Rücksichtnahme, aber dies zu begreifen war etwas Dunkles, und wenn sie sich im Bad nackt im Spiegel betrachtete, sagte sie laut zu sich: »Ich bin alt.« Und sie bedeckte sich auch vor sich selbst, weil ihre Jugend vergangen war.

Jeden Sommer fuhren sie ans Meer, und manchmal machten sie Reisen durch Italien. In ihrem Kopf kam Capua unmittelbar vor der Porta Capuana, weil sie beide Orte nacheinander sahen. Sie erinnerten sich an Cumae und die Schwefelgruben. Jene Reisen innerhalb Italiens blieben ganz deutlich in ihrem Kopf, obwohl ihre Sinne mit jedem Jahr, das verging, immer weniger Kraft hatten: Die Düfte der Luft, der Geschmack der Speisen und die

Tiefe der Meere waren jedes Jahr weniger überraschend, wenngleich süßer bei ihrem Anblick und noch süßer bei dem Gedanken und der Erinnerung daran. Sie wußten es nicht, aber eine ganz leichte Müdigkeit der Sinne, mithin des Lebens, hatte sich in ihre Körper und Gedanken eingeschlichen. Weitere Jahre vergingen, so rasend schnell wie ein Tag ihrer Jugend langsam verging; Silvia war sehr begehrt, eine der begehrtesten Frauen Italiens, und Francesco wurde als ganz junger Mann leitender Gewerkschafter einer politischen Partei. Er war Idealist.

Eines Tages sagte Giovanni zu einem französischen Kollegen, der sich um die Geschicke Italiens Sorgen machte: *»Tout se tient en Italie.«*

»Ja, aber für wie lange?«

»Für immer.«

Während er das sagte, sah Giovanni (es war ein Abend in einem Restaurant auf der Piazza Santa Maria in Trastevere in Rom, zwischen Lichtern, Blitzen und Glitzern von Gold) vor sich das gesamte Territorium Italiens gleichsam erstrahlen, und Kirchen, Türme, Kuppeln, Ruinen und Schluchten, Landschaften und winddurchwehte Olivenhaine schienen ihm in der Sonne zu kochen, umgeben vom Meer. Die omertà [etwa: Schweigepflicht, stillschweigende Teilnahme] war ein Begriff, den man einem Ausländer schwer erklären konnte, und Giovanni ließ es bleiben.

Giovanni und Maria wurden mit einem Schlage alt, aber durch jene barmherzige Mattigkeit, die beide, ohne es zu wissen, von den unendlichen Illusionen der katholischen Kirche geerbt hatten, nahm keiner der beiden es wirklich wahr, wie immer. Keiner der beiden nahm wahr, daß er nunmehr schon seit geraumer Zeit das ganze Leben gelebt hatte, und es war ihnen auch nicht so, als sähen sie zum letzten Mal die morgendlichen Himmel Roms, den Nachmittag am Lido von Venedig, wenn die Badewärter die Sonnensegel für die Nacht zusammenzurollen beginnen, oder aber die Palmen auf der Piazza di Spagna im August. Maria ging öfter in den Petersdom. Sie war nie, außer als

Mädchen, in der Kirche gewesen, aber jetzt gefiel es ihr, nach Sankt Peter zu gehen, ohne zu beten, aber um die Altäre und die Rundung der Piazza anzuschauen, den Weihrauch zu riechen und den Papst die Messe lesen zu sehen: Ihr Sohn verulkte sie, und Maria lachte mit den Augen, mit denselben weißen Negerlein-Zähnen wie in ihren Mädchentagen.

Maria bemerkte eines Tages im Juni, daß ihr beim Sprechen die Sätze, die in ihrem Denkvermögen noch Platz hatten, abhanden kamen und sie sich verworren und häufig unverständlich ausdrückte. Als er jene Sätze ohne Sinn hörte, wurde Giovanni sehr ernst, und ihn ergriff ein grenzenloser Schmerz, weil er verstand, daß sie sterben würde. Tatsächlich starb Maria, und nichts von ihr blieb im Hause.

Giovanni lebte noch elf Jahre: Er ging viel spazieren und hatte immer etwas zu tun, aber im Kern war er gebrochen; und das Leben ging auch danach weiter seinen Gang, auch nachdem Giovanni starb und niemand mehr nach so langer Zeit die beiden Eheleute sah. Es blieben jedoch Silvia und Francesco, die selbst schon große Kinder hatten. Francescos Tochter hieß Maria wie ihre Großmutter, wie sie hatte sie kleine korallenfarbene Lippen und ganz weiße Zähne.

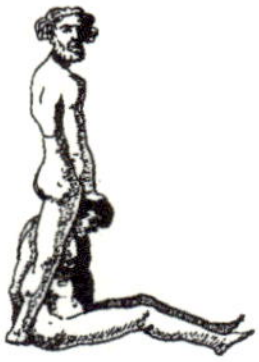

Lavoro *Arbeit*

Um zwei Uhr an einem Nachmittag im August des Jahres 1970 ging ein Mann, der ein Fahrrad schob, in einem staubigen Mantel und einem Hut auf einer Asphaltstraße mitten durch flaches von Weingärten grünes Land. An der Lenkstange des Fahrrads hingen einige Dosen, und zwischen Lenker und Fahrradsattel etwas Weißes, Leichtes, aber doch Sperriges, das aus der Entfernung wie ein Gerippe aussah. Dieser Eindruck zog die Blicke eines Mannes in einem gerade dort entlangfahrenden Auto auf sich (die Straße war seit Stunden menschenleer), der das Gerippe im Geflimmer der heißen Luft schon von weitem ausmachte. Er bremste und hielt neben dem Mann an; unaufhörlich zirpten die Zikaden, und in weiter Ferne konnte man auch schrille Schreie von Schweinen hören. Der Mann mit dem Fahrrad hielt nicht an und sah auch nicht zu dem andern hin, sondern ging mit kleinen Schritten ruhig weiter, und bei jedem Schritt schien von dem schweren Mantel ein dumpfes Schnauben auszugehen.

Der Mann mit dem Auto sah sich das ›Gerippe‹ jetzt noch genauer an, und erst da bemerkte er, daß es sich um ein Möbelstück handelte, um eine Eckkonsole, die aus dünnen und biegsamen Weidenruten und Binsenhalmen geformt und geflochten war. Es war eine höchst schwierige Konstruktion, im *Jugendstil,* wie man heute sagt, mit Palmenblättern und kleinen Blumen, die alle aus entrindeten Weidenzweigen gemacht waren; das Ganze ergab die Form eines Füllhorns. Dieses Füllhorn stützte ein weißes Brett ab, das als Träger für Blumenvasen oder Topfblumen dienen sollte, wer weiß. Die Weidenzweige, aus denen der Gegenstand gefertigt war, waren von reinstem Weiß, so wie solch ein Zweig aussieht, wenn er eben erst geschält worden ist; und vielleicht wirkten sie wegen der Tageszeit und des Sonnenlichts jetzt sogar noch weißer.

Die Eckkonsole war an einigen Stellen bunt bemalt: einzelne goldene und silberne Tupfen, rasch und flüchtig hingesetzt, sowie einzelne Pinselstriche mit Anilinfarben in Blau, Gelb und Rot. Die Dosen, die an der Lenkstange hingen, waren noch zur Hälfte gefüllt mit diesen Farben, und daran war zu erkennen, daß der Gegenstand erst wenige Stunden zuvor mit großem Geschick und sehr schnell angefertigt worden war. Vielleicht bei Tagesanbruch. Diese Arbeit hatte die Neugier des Autofahrers geweckt, er trat zu dem Mann in dem schweren Mantel, grüßte ihn und fragte, ob der Gegenstand verkäuflich sei. Der andere antwortete mit Ja, mit der Stimme eines Betrunkenen.

»Wieviel kostet es denn?« fragte der Autofahrer. Der Alte (es handelte sich um einen alten Mann; aber vielleicht war er gar nicht so alt und sah nur so aus wegen seines mehrere Tage alten Barts, seines Mantels, seines Huts und eines gewissen Eindrucks von etwas Altem, Vergangenem, der übrigens auch von der Eckkonsole ausging) blickte ihn lange mit schwarzen Augen an, und nach einer Weile erst antwortete er: »Das kommt darauf an.«

Diese Antwort machte den Autofahrer für eine Weile sprachlos, diese Augen waren nicht alt, und er kam sich irgendwie schwach vor, ohne recht zu wissen, in welchem Sinn: Lag es vielleicht an der verlassen daliegenden Straße, an den Zikaden, an den Schreien der Schweine und der dreisten Art des Alten? »Der wäre imstande, ein Messer zu ziehen«, dachte der Autofahrer über sich selbst erstaunt. Aber er bezwang sich und fragte:

»Und worauf kommt es an?«

Etwas wie Belustigung blitzte jetzt in den dreist blikkenden Augen des Alten auf, und er antwortete:

»Darauf, wie sympathisch mir einer ist.«

»Und was heißt das?«

»Der Preis kann fünfhundert oder tausend oder zweitausend betragen. Es kommt darauf an.«

Der Autofahrer fühlte sich plötzlich gekränkt (er wußte selbst nicht genau, wie und weshalb) und trocknete sich mit säuberlich gefaltetem Taschentuch den Schweiß ab; aber er fühlte sich bei dem Gedanken, gekränkt worden zu sein, auch stark und fragte daher in schroffem Ton:

»Welchen Preis würden Sie denn von mir nehmen?«

»Tausend«, sagte der Mann, ohne zu zögern.

»Das bedeutet wohl, daß ich ihm doch ein klein wenig sympathisch bin«, dachte der Autofahrer bei sich, und beinahe erleichtert setzte er laut hinzu: »Gut, einverstanden. Wieso aber gerade tausend und nicht zweitausend?« Und genau in diesem Augenblick hatte er das unbehagliche Gefühl, den falschen Ton getroffen und die gesamte Verkaufsverhandlung verpatzt zu haben.

Er begriff sogar, daß es diese geschäftliche Seite gar nicht gab. Der Alte sah ihn denn auch dieses Mal mit einem einfachen, irgendwie bescheidenen und doch selbstsicheren Ausdruck an. Dann senkte er den Blick auf die Eckkonsole und antwortete: »Einfach so.«

Es entstand eine Pause, in der der Alte sich an den Fahrradrahmen zu lehnen versuchte, dabei aber taumelte er, dann schaute er an sich herunter und begann, mit einer Hand seinen Mantel auszuklopfen.

»Haben Sie das gemacht?« fragte der Autofahrer, um eine gewisse geschäftliche Herzlichkeit aufkommen zu lassen. Der Alte nickte bejahend, und der Autofahrer erkundigte sich nach Einzelheiten, hielt sich aber lange damit auf und schien dem Alten lästig zu werden: Als er mit dem Abklopfen fertig war, nahm er den Lenker wieder in beide Hände, sagte »Guten Tag« und wollte gehen.

Der Autofahrer hielt ihn mit einer Hand fest: »Ja, was machen Sie denn, Sie gehen einfach los; haben Sie nicht gesagt, daß Sie mir das verkaufen?«

»In Ordnung«, sagte der Alte, hielt das Fahrrad an, klappte sorgfältig einen Ständer von der Form eines Dreifußes herunter, so daß das Rad selbst stehen konnte. Dann begann er, ein paar kleine Bänder zu lösen, mit denen die Eckkonsole befestigt war: Selbst die steckte er sorgfältig in die Tasche seines Mantels.

Der Autofahrer holte seine Brieftasche hervor, zog tausend Lire heraus und behielt sie so lange in der Hand, bis der Alte die Eckkonsole auf die Erde gestellt hatte, fast mitten auf die Straße. Genau in diesem Augenblick flog ein Schwarm weißer Enten aus einem Wassergraben auf, drehte einige Runden um die Männer und die Eckkonsole und überquerte dann flügelschlagend die Straße.

»Aus welchem Material machen Sie solche Arbeiten?« fragte der Fahrer weiter. Der Alte hatte bereits die tausend Lire eingesteckt und erklärte: »Ich mache sie mit Weidenzweigen, manchmal auch Binsen, wenn ich welche finde und wenn sie mich nicht verprügeln«, setzte er lachend hinzu.

»Wer verprügelt Sie denn?«

»Die Bauern, die Eigentümer der Weidensträucher, der Ruten und Binsen, mit denen binden sie im Winter ihre Weinstöcke an. Einige werden wütend oder geben mir nicht die Erlaubnis, sie zu schneiden. Einmal haben sie mich ins Krankenhaus gebracht. Aber andere, die lassen mich im Heuschober schlafen, geben mir zu essen und sogar Wein als Entgelt für meine Arbeit. Ich mache sie oft für Hochzeiten«, fügte er hinzu.

»Machen Sie eigentlich nur solche Arbeiten?«

»Ich mache außerdem kleine Sessel für Kinder, Blumenständer, manchmal kleine Tische, manchmal Stühle, es kommt ganz auf das Material an, das ich zur Verfügung habe. Ich arbeite mit dem, was ich gerade habe.«

Dem Autofahrer schien erst jetzt aufzufallen, daß der Alte übermäßig viel Kleidung trug. Er hatte nicht nur den schweren Mantel an, sondern noch zwei Jacken und einen Pullover, und hinten auf dem Fahrrad war ein Bündel Kleidungsstücke festgebunden. Er bemerkte jetzt auch, daß die Schuhe des Alten die Form eines Balls hatten und wie eine lederne Hülle aussahen. Trotzdem schwitzte er nicht, ihm schien überhaupt nicht warm zu sein.

»Ist Ihnen denn nicht zu warm?« fragte der Autofahrer.

»Daran bin ich gewöhnt«, erwiderte der Alte. »In der Nacht ist es ja viel kälter, und gewöhnlich schlafe ich unterwegs irgendwo auf den Feldern. Und wenn der Mond scheint, arbeite ich bei Mondlicht, denn dann ist es kühler als jetzt.«

»Haben Sie eigentlich immer nur diese Arbeit gemacht?« fragte der Fahrer weiter.

»Teils-teils, wie man's nimmt.«

»Wieso teils-teils?«

»Als ich jünger war, habe ich in einer Mechanikerwerkstatt gearbeitet. Doch das war keine Arbeit, das war nur, wie soll ich sagen, eine Beschäftigung, und außerdem gab es da noch den Besitzer. Ich habe es eigentlich nur getan, weil ich geheiratet hatte. Später jedoch habe ich wieder meine eigene Arbeit angefangen.«

»Sie sind sogar verheiratet?« fragte der Autofahrer. »Haben Sie denn auch Kinder?« Der Alte half dem Fahrer, die Eckkonsole in das Auto zu schaffen. »Ja, drei«, gab er zur Antwort.

»Und besuchen Sie sie nie?«

»Hmm.« Der Alte grinste nur und machte eine Handbewegung, so als wolle er sagen, daß seine Kinder ihn nicht sehen wollten, oder daß er die Kinder nicht sehen wollte.

»Sind Sie eigentlich in dieser Gegend zu Hause?« wollte der Autofahrer wissen.

»Nein, ich bin nicht hier aus der Gegend. Aber ich komme im Sommer manchmal her, weil es hier viel Weidenholz gibt und auch Binsen.« Er verlor sich in einer

Beschreibung von Örtlichkeiten und von Familien, die er besuchte und für die er Arbeiten anfertigte; doch der Autofahrer erkannte, obwohl er selbst aus der Gegend war, weder Örtlichkeiten noch Familien. Er ließ es sich noch genauer erklären.

»Also, bei der Kirche San Nicolò, wissen Sie, wo das ist?«

»Ja«, sagte der Autofahrer.

»Na schön, vor der Kirche San Nicolò, da ist ein Weg, der aufs Land führt; dorthin, bis ganz ans Ende – nicht ins erste, ins zweite Haus – komme ich. Dort können Sie nach mir fragen.« Und mit diesen Worten klappte er den dreifüßigen Ständer hoch und setzte sich in Bewegung. Auch der Autofahrer stieg in seinen Wagen und fuhr los, aber fast ein wenig schläfrig, wegen der Tageszeit. Er legte die ganze lange Asphaltstraße zurück, sechs Kilometer, bis zur ersten Kreuzung. Dort drehte er auf einmal und kam zurück, um zu sehen, wo der Alte geblieben war. Er fuhr nochmals die gesamte Straße ab, zwei- oder dreimal stellte er den Motor ab und unter dem Gezirp der Zikaden spähte er in die Weinfelder hinein, doch er sah ihn nicht. Als er zum dritten Mal zurückkam, entdeckte er das Fahrrad, es lehnte an der Wand einer kleinen Schenke, die mitten in den Weinfeldern lag.

Er fuhr geradewegs nach Hause: Dort war alles leer, denn seine Frau und die beiden kleinen Töchter waren zur Erholung ans Meer gefahren, dort in der Nähe. Er schaffte die Eckkonsole in die Wohnung und fand einen Platz für sie gleich neben dem Ehebett, das allerdings sehr modern war, wie das ganze übrige Haus. Als einmal – es war zu Ostern – der Priester kam, um das Haus zu segnen, erblickte er die Eckkonsole und sagte: »Da muß einer schon Künstler sein, um solch eine Arbeit zu machen.«

Zwei Jahre vergingen; und wenn der Autofahrer jene Asphaltstraße nahm, fragte er sich oft, was wohl aus dem Alten geworden war. Einmal hielt er bei der Kirche San Nicolò an und erkundigte sich nach ihm, doch er erhielt nur höchst verschwommene Auskünfte. Eines Abends, im

Herbst, als er genau dort vorbeikam, sah er ihn wieder, das heißt, genauer gesagt, er beobachtete folgende Szene: Ein Traktor, der einen mit schwarzen Trauben beladenen Anhänger zog, stand nicht weit von der Kirche.

Ein Bauer sprang vom Traktor herab und begann durch die Weinstöcke hindurch hinter jemandem herzuschreien: Es war der Alte mit seinem Fahrrad, seinen Farbtöpfen und seinem Mantel; er trat schnell in die Pedale. Der Autofahrer begriff nicht recht, was da eigentlich vor sich ging. Aber dann sah er, wie der Alte vom Fahrrad stürzte und darauf seine Flucht weiter fortsetzte, stets verfolgt von dem andern, der allerdings nach einer Weile stehenblieb und immer noch wetterte. Ein kleiner Hund, der bei dem Bauern mit dem Traktor war, blieb gleichfalls stehen und hörte auf zu bellen. Dann stieg der Bauer wieder auf seinen Traktor und verschwand.

Der Autofahrer stellte seinen Wagen neben den Weinstöcken ab und machte sich zu Fuß auf die Suche nach dem Alten in Richtung Fluß. Was konnte er verbrochen haben? Hatte er wieder Binsen gestohlen? Wegen einer solchen Kleinigkeit floh er? Es war schon dunkel, aber der Mond schien, und dennoch gelang es ihm nicht, ihn aufzuspüren. Er fand nur ein Bündel frisch geschälter feiner Weidenzweige, die der Alte auf seiner Flucht verloren haben mußte. Ein Stück weiter begegnete er ein paar Schafen.

In den darauffolgenden Jahren suchte er immer mal wieder nach ihm, denn er war neugierig geblieben. Er zog Erkundigungen ein, aber nahezu alle irrten; vielleicht gab es andere Leute, die genau dieselbe Art Arbeit machten wie er, die allerdings nicht mehr gefragt war und auch nicht viel einbrachte. Eines Tages sah er auf dem Marktplatz eines nahegelegenen Dorfs, am Rande des Markts, neben einer Schenke ausgestellt, zwei oder drei genau solcher skeletthafter Eckkonsolen, wie seine (diese hatte seine Frau zerbrochen und gesagt, sie sähe aus wie ein Grabgebinde), dazu zwei kleine Stühle und ein Tischchen. Diese Arbeiten standen nebeneinander aufgereiht an einer abgebröckelten Mauer, und in ihrem skeletthaften und übernatürlichen Weiß und mit diesen vereinzelten lebhaften Farbtupfern fand er sie einfach wunderschön.

Angestrengt suchte er in der Schenke nach dem Alten, fand ihn dort aber nicht: Da fragte er die Besitzer der anderen Marktstände, und sie erzählten ihm, sie hätten den Alten schon seit längerem nicht mehr gesehen; es sei jetzt aber eine Zigeunerin da, die seine Arbeiten verkaufe. Es gelang ihm auch nicht, die Zigeunerin zu finden, und als er bei Sonnenuntergang (er hatte fast den ganzen Tag verloren) auf dem Weg nach Hause wieder dort vorüberkam, standen die Arbeiten immer noch an der Mauer aufgereiht. Eine aber fehlte, eine Eckkonsole wie die seine, die vielleicht verkauft worden war.

LIBERTÀ *Freiheit*

An einem Frühlingstag trat ein junger amerikanischer Maler namens Tom Corey ›schnell wie der Wind‹ auf einem kanariengelben Rennrad unter den hohen Pinien im Park der Villa Borghese in die Pedale. Der Himmel war (natürlich) blau, aber eher hellblau als azurblau, mit einigen Wolken, und inmitten der Wolken war ein grauer Schleier und auf dem grauen Schleier ein rosa Flaum wie aus Puder. Tom (er natürlich auch) trug Turnschuhe, Bluejeans und ein flatterndes dunkelrotes Hemd aus glänzender Seide mit dicken, großen, handgemalten blauen Blumen, das er für einen Dollar in einem chinesischen Altkleiderladen auf der Zweiundvierzigsten Straße in New York gekauft hatte. Er hatte blondes Haar und hellblaue Augen, war schlank und nicht allzu groß, wie ein Tänzer. Er fuhr stürmisch wie ein Junge und war schon ganz rot im Gesicht. Er schwitzte ein wenig und strömte dadurch einen Geruch aus wie ein gegangener Hefeteig, bereit in den Ofen geschoben zu werden.

Auf seiner Fahrt durchquerte er dunkle Schattenfelder, die mit schwarzer und feuchter Vegetation bedeckt waren und aus denen Tuffstein und sogar Moos hervorschienen. In diesen Abschnitten erholte er sich von der nur leicht durch den Wind gemilderten, glühenden Sonne, die ihm an den ungeschützten Stellen mitten ins Gesicht schien. Er lachte oder lächelte und zeigte dabei seine schönen, kräftigen weißen Zähne, mit Spritzern von Speichel und Licht. Manchmal schloß er halb die Augen, bremste die ›raketenschnelle‹ Fahrt oder hielt sogar an und betrachtete mit immer noch halbgeschlossenen Augen eine Statue, einen Brunnen, eine Wiese unter dem Piniendach, das Licht, das hindurchschien, und die verschiedenen Grüntöne auf der Wiese, von Erbsengrün bis Grau.

Er hielt lange vor dem Haus von Raphael, unentschlossen, mit einer Fußspitze auf dem Boden, unbeweglich und angespannt. Er schloß die Augen immer mehr und biß sich auf den Schnauzbart, dann nahm er die Fahrt wieder auf, aber nachdenklich, und schoß bergab an der Piazza di Siena entlang. Sein Blick glitt hinab in die schattige Mulde, er hielt an und lehnte das gelbe Fahrrad an eine Hecke (das Rad sank hinein in das dunkle Grün). Er griff hinter dem Sattel nach einer Mappe und einer Holzschachtel, mit diesem Malgerät unter dem Arm und in der Hand machte er ein paar Schritte, bis er das weite Becken der Reitbahn überschaute. Hier setzte er sich auf ein Mäuerchen, lehnte die Mappe an, entnahm ihr ein packpapiergelbes Blatt und legte es auf die Mappe. Er befestigte es seitlich mit zwei Klämmerchen und öffnete die Schachtel mit den Pastellkreiden, die ganz klein und in lauter einzelne Stücke zerbrochen waren.

Unnötig zu sagen, daß auch Tom, wie alle schönen und jungen Menschen, die zu einer großen und reichen Familie oder zu einem großen und reichen Land gehören, arm, aber glücklich war. Wie alle glücklichen Menschen war er sich kaum bewußt, daß er arm war, und war sich überhaupt nicht bewußt, daß er glücklich war. Er aß vielleicht einmal am Tag, schlief in einer Bruchbude in einer verrufenen Gegend inmitten alter römischer Mauern, aus denen Blut und Tod sickerten (aber er verwechselte zu Recht Blut und Tod mit Geschichte), und tanzte abends oft Boogie oder Rock mit gewissen Negermädchen aus New York (Mannequins). Dabei verströmte er seinen Geruch von Brotteig und behandelte sie lediglich als rhythmisches Material, und sie waren glücklich, so behandelt zu werden.

Er sprach ein paar Worte Italienisch, aber sehr wenig und mit einer erstaunten jaulenden Anmut, die sein Vokabular vervollständigte. Er malte Landschaften und Interieurs und fuhr jeden Tag mit seinem kanariengelben Rad durch Rom oder ging mit seinen winzigen Ölkreiden in die Häuser. Dort blieb er eine Stunde, vielleicht auch zwei, wenn das Licht sich nicht zu stark änderte. Aber wenn das Licht wechselte und er nicht mehr so glücklich war, oder so unglücklich, wie sein Glück es verlangte, ging er nach einer Viertelstunde. Dann kam er am Tag darauf zurück, wenn die Sonne hoch oder schräg stand.

Es gefiel ihm, die Farbe der vergänglichen Dinge zu treffen, vor allem in jenen unglücklichen Lichtsituationen am Morgen, wenn man die Sonne im Rücken hat, und sie noch nicht die Mauern, die Bäume und die Wiesen erwärmt, und alles noch von etwas Morgendlichem eingehüllt ist, das jedoch mehr der Nacht als dem Tag angehört. Jener völlige Mangel an direktem Licht oder jenes schräge, funkelnde, nur kurz andauernde Licht waren der Grund für sein Kommen und Gehen. In solchen Momenten saugte nicht nur das packpapiergelbe Blatt, auf dem er die Kreiden zerrieb, jene Feuchtigkeit und Kühle auf, sondern auch seine Haut und seine Muskeln. Und all das übertrug sich gleichzeitig vom Papier auf die Muskeln und von den Muskeln aufs Papier.

Jener Frühlingstag und der Platz, den er ausgewählt hatte, waren von dieser Art. Tom arbeitete rasch und ein bißchen verärgert und kurzsichtig. Er hob den Kopf und wartete, daß eine von jenen grauweißen und rosa Wolken die Sonne bedeckte. Da die Wolken rasch vorbeizogen, passierte das oft, und Tom arbeitete schneller mit seinen Kreiden, den Kopf bis auf das Blatt gesenkt.

Nicht weit von ihm saß auf einem Klappstühlchen eine Frau. Sie war nicht alt, aber fast alt. Ihre Beine waren ganz in dicke graurosa Stützbandagen gewickelt, die sie drückten. Bei der Frau standen zwei junge Männer, an ein blaues Auto gelehnt, und rauchten schweigend. Einer von ihnen hatte eine Pistole im Gürtel stecken.

Die Frau beobachtete Tom, während er malte. Sie musterte ihn hin und wieder verstohlen, immer häufiger, mit größter Neugier und jener Art von unschuldiger Indiskretion, die alten Leuten und Kindern eigen ist. In der Zwischenzeit dachte sie an gewisse Vorgänge in der italienischen Politik, bei denen sie nicht nur eine führende Rolle gespielt hatte (es handelte sich um eine Senatorin), sondern deren Zeugin sie auch gewesen war. Der Körper der Frau war stämmig und füllig wie die eingewickelten Beine, aber nicht fett, so wie der einer Bäuerin, und wie eine Bäuerin war sie sauber und korrekt gekleidet und frisiert. Auch ihr Gesicht war das einer Bäuerin, aber im Gegensatz zu einer Bäuerin, die sie gewesen sein mußte, war das Gesicht durch etwas getrübt, etwas, was noch nicht lange dasein konnte, etwas Geradliniges und Grausames, wie in dem Gesicht alter Nonnen, die Befehle geben.

Dennoch betrachtete die Frau Tom, als hätte oder zeigte er in der Art, sich zu bewegen und zu sein und die Kreidestifte auf dem Papier zu zerreiben, etwas, was sie nicht kannte, was sie nie in ihrem Leben gesehen hatte. Sehr langsam erhob sie sich von ihrem Klappstühlchen. Sie hatte einen dünnen schwarzen Spazierstock mit gebogenem Griff, auf den sie sich stützte. Ihre Füße waren dick und klobig und steckten unsicher in den schwarzen Schuhen, die eigens angefertigt schienen. Sie näherte sich Tom, schaute zuerst ihn aus der Nähe aufmerksam an und dann das, was er tat. Für einen Augenblick wurde Tom von einem Spatzen abgelenkt, der sich auf eine Ecke der Mappe gesetzt hatte und die Flügel wie ein Schirmchen auf- und niederschlug. Die Frau nutzte diesen Moment und sagte: »Störe ich Sie nicht?«

Tom zuckte ein wenig zusammen und drehte sich nach der Dame hinter ihm um. In seiner etwas jaulenden und lachenden Art breitete er Arme, Hände und Finger zu einer Willkommensgeste aus, und nervös und schüchtern, als wolle er sie umarmen, sagte er errötend:

»O nein, bitte.« Er machte eine Pause und sagte noch einmal: »Bitte«.

»Sie sind Künstler, Maler«, sagte die Frau mit einer schönen, etwas männlichen Stimme.

»Ja«, sagte Tom und wurde wieder rot.

»Ein ausländischer Maler?«

»Amerikaner«, sagte Tom.

»Ah, Amerikaner«, fügte die Frau hinzu und neigte den Kopf in freundlicher, geradezu respektvoller Weise. Es entstand eine Pause, in der Tom nicht wußte, was er sagen sollte, während die Frau immer noch da stand. Er fand in diesem Moment nicht die Worte auf italienisch, um die gerade begonnene Unterhaltung fortzusetzen. Aber die Frau, die sich zwang, ihre ruhige und autoritäre Stimme so freundlich wie möglich klingen zu lassen, sagte »Guten Tag« und entfernte sich in Richtung des blauen Wagens. Die beiden jungen Männer halfen ihr beim Einsteigen, und das Auto fuhr langsam davon.

Monate vergingen, Tom sah die Frau mit den eingewickelten Beinen nicht wieder und vergaß sie vollkommen. Nicht so jedoch die Frau, die von Zeit zu Zeit mit dem Auto und den beiden Leibwächtern auf ihren Spazierfahrten im Park der Villa Borghese vorbeikam und ihn aus dem Seitenfenster erblickte. Sie gab dann den Befehl, langsamer zu fahren, und schaute einen Moment lang hinaus, bevor der Wagen lautlos in Richtung Senat davonfuhr. Trotz ihrer Krankheit und ihres Alters wurde die Frau immer noch als kämpferisch angesehen, nicht mehr so wie früher, aber sie war, wie es in Italien oft vorkommt, eine Person von hohem politischen Ansehen. Tom wußte das nicht, und er würde es wohl nie erfahren, so weit entfernt war sein Leben von dieser italienischen Politik.

Aber die Frau erinnerte sich an Tom, und ihre Erinnerung war immer mit etwas verknüpft, das sie auf geradezu skandalöse Weise angezogen hatte, so dachte sie bei sich. Aber leider war es ihr unmöglich, es zu begreifen, so daß sie sich oft danach fragte, ohne je eine Antwort darauf zu finden. Einige Jahre später kam ihr eine Journalistin zu Hilfe, die sie für eine Frauenzeitschrift interviewte und ihr unter anderem folgende Frage stellte: »Senatorin, wie würden Sie den Begriff Freiheit definieren? Rosa Luxemburg …«

»Ich weiß, ich weiß«, unterbrach sie die Frau, lächelte ›diplomatisch‹ und hob ein wenig die Hand. Das Lächeln verschwand, und ihre Stimme nahm wieder den etwas männlichen Tonfall an.

»Freiheit ist der Sozial…«, hier stockte sie einen Moment. »Freiheit ist ein amerikanischer Maler im Park der Villa Borghese«, hätte sie sagen wollen. Sie beendete den Satz: »… Sozialismus, unser Sozialismus.«

MADRE *Mutter*

An einem der allerersten Sommernachmittage des Jahres 1940 – die Luft war frisch, und in den Häusern waren die Rundfunkgeräte eingeschaltet – wurde ein elfjähriger Junge, ein ›ausgezeichneter Schüler‹ mit einem verkrüppelten Ohr, er war einziges Kind, und seine Mutter hatte immer ein wachsames Auge auf ihn, von einem Freund, der mehr Freiheiten besaß als er, in Versuchung geführt und riß für ein paar Stunden von zu Hause aus, mit seinen Rollschuhen, die er über alles auf der Welt liebte. Nie wagte er sich über ein bestimmtes Straßenviereck hinaus, das von der Mutter festgelegt worden und durch einige rings um ihr Zuhause liegende Gebäude markiert war, denn die Mutter wollte ihn stets in Rufweite haben: Und so lief und lief und lief er auf seinen Rollschuhen durch diese vier Straßen, fuhr außerordentlich schnell (allerdings verlangsamte er sein Tempo vor einem Haus, dessen Fenster Vorhänge mit einem Guckloch besaßen), und er hatte unendliche Freude daran. Er kannte jede nur mögliche Art, eine Kurve, selbst die engste, zu durchfahren, und das mit der von ihm gewollten Geschwindigkeit. Doch leider war es ihm verboten, an Wettrennen mit den anderen Jungen, die Rollschuhe besaßen, teilzunehmen; er tat es doch, aber nur im geheimen, und in der steten Angst, sich ein Knie aufzuschürfen.

Der Freund nun, der ihn in Versuchung führte, ebenfalls ein versierter Rollschuhläufer, war hübsch, blond, unruhig und spontan, er schwitzte und lief ganz rot an bei ihren weiten Touren. Er war zwei Jahre älter, außerdem erweckte er den Eindruck, als hätte er keine Eltern: So deutlich kam seine Freiheit schon in seinen Körperbewegungen zum Ausdruck. Als er an jenem unseligen Tage seinen kleineren Freund erblickte, sagte er zu ihm nur wenige verlockende Worte. Sie lauteten: »Heute laufen wir zum Flugplatz, die Jagdbomber und die Stukas sind angekommen.«

Der Kleinere, der Giannetto hieß, stand da wie vom Blitz getroffen. Denn alle diese Wörter zusammengenommen – Flugplatz, Jagdbomber und (vor allem) Stukas – stellten für ihn Dinge aus einer anderen Welt dar: Der Flugplatz, das war ein in weiter Ferne liegender Ort, von dem er nie auch nur geträumt hätte, daß er auf Rollschuhen zu erreichen war; die Jagdbomber waren Flugzeuge, die er nur von Photographien und den Wochenschaufilmen her kannte, und die Stukas waren für ihn der Inbegriff von Deutschland, seine uralte Lehrerin, Fräulein Ingelein, die ihm Deutsch beibrachte und, wie man vor Damen mit zusammengezogenen Hacken einen richtigen Diener macht, eingeschlossen: Er schämte sich dessen. Daher geriet er auch gleich ins Stottern: »Aber we... wenn... wenn das meine Mutter hört«, doch bei diesen Worten fuhr er schon wie benommen seinem Freund Beppino hinterher, durch ganz andere Straßen als das offiziell genehmigte Viereck. Vergebens rief er ihm noch zu: »Wir fahren dann aber gleich wieder zurück.« Sein blonder Freund, der sonst so flink reagierte, gab keine Antwort.

Giannetto hielt sich, während er dem Freund folgte, ganz dicht hinter ihm, lief allerdings mit weit ausgreifenden Arm- und Beinbewegungen in eine verlassen daliegende Straße mit einem wundervollen marmorähnlichen Boden, auf dem er schließlich unter einem mittelalterlichen Torbogen hindurchfuhr. Danach gelangten sie auf eine Allee mit sanft geschwungenen Kurven, auf der die Rollschuhe hervorragend hafteten und nur so dahinflitzen konnten. Darauf fuhr man an einem riesigen, schwärzlich-verräucherten Fabrikkomplex entlang, auf dem man beiläufig den zuckenden Feuerschein eines Hochofens wahrnahm. Dann folgten eine von Bäumen flankierte Straße, dann wieder eine Fabrik mit einem Schornstein, aus dem eine braune Rauchwolke hervorquoll, die nach geröstetem Kaffee roch. Dann eine Landstraße, die allerdings asphaltiert war; in jenen Jahren fuhren da weder Lastautos noch Personenkraftwagen, nur ein paar Fahrräder; und vom umliegenden Land aus wanderten dort schwarzgekleidete alte Frauen hin und her, an Backsteinmauern entlang mit spitzen Glasscherben und Stacheldraht auf der Mauerkrone. An den Mauerwänden stand mit Kalk geschrieben: *Es lebe der Duce.*

Sie befanden sich jetzt in offenem Gelände; am Himmel waren plötzlich ein paar schwärzliche Wolken aufgezogen, die sich in Giannettos Innerem als Drohung niederschlugen; in der Luft roch es mit einem Mal nach frischem Sauerstoff. Ein weites Areal mit roten Tennisplätzen tauchte auf, wo sich in völliger Stille (bis auf das ebenmäßige Geräusch, mit dem die Racketts gegen die Bälle schlugen) junge Damen und Herren in Weiß hin- und herbewegten. Hinter den Tennisplätzen, unmittelbar danach, kamen schon die grünen Rasenflächen des Flugplatzes, auf dem sich zwei weiße Lastensegler befanden, ein getarnter Sperrballon und, wirklich und wahrhaftig, grün schimmernd im gleißenden Sonnenlicht, die Jagdbomber und die Stukas.

Beppino und Giannetto hielten an, klammerten sich fest an den Drahtzaun, der das Flugfeld umschloß, und schauten, doch nur einen Augenblick lang, denn da begann Giannetto, der in Angst geriet, die größer und größer wurde, so wie jetzt am Himmel die Gewitterwolken, an seine Mutter zu denken. Was tat sie wohl in diesem

Augenblick? Bestimmt war sie gerade auf der Suche nach ihm, fuhr mit dem Fahrrad umher, mit großer Geschwindigkeit, und rief nach ihm und hielt auf den Straßen des gewohnten Vierecks Leute an.

»Komm, wir laufen zurück«, sagte er zu Beppino. Der aber bedeutete ihm nur, er sei wohl nicht ganz bei Trost; er selbst hatte nämlich schon ein Gespräch mit einem deutschen Wachsoldaten angeknüpft. Er verhandelte mit ihm über die Möglichkeit, näher an die Flugzeuge heranzukommen, sie vielleicht sogar anzufassen. »Los, laß uns jetzt zurücklaufen«, sagte Giannetto noch einmal, doch Beppino hatte den Wachposten schon überredet, außerdem sogar noch einen Offizier, der sich zu ihnen gesellt hatte. Für kurze Zeit verging Giannetto die entsetzliche Angst. Denn da die beiden Deutsch sprachen, fühlten sich Soldat und Offizier geschmeichelt und geleiteten sie auf die Rollbahn und bis zu den Flugzeugen. Man ließ Giannetto und Beppino oben in einen Stuka hineinklettern (es war die eigene Maschine des besagten Offiziers; er hieß Toni Hohestein), und Giannetto verlor (buchstäblich) den Kopf bei all dem betäubend starken Benzin- und Filzgeruch in der Pilotenkanzel. Jedoch schaute er auch zur Straße hinüber, wo womöglich seine Mutter auftauchte mit ihrem blonden Haar und im hellblauen Kleid, auf dem Fahrrad. Der Offizier schenkte den Jungen ein kleines Luftwaffenabzeichen. Die Sonne war inzwischen verschwunden.

»Los, komm, laß uns fahren«, mahnte Giannetto wieder und wieder; und endlich, noch auf der Landebahn, schnallte sich Beppino seine Rollschuhe unter, und sie liefen wieder los, nach der Verabschiedung durch den Offizier, Toni Hohestein, auf dessen Wimpern ein zarter Goldschimmer lag. Die Tennisspieler waren von den roten Plätzen verschwunden, die Wolken grollten am Himmel. Sie fuhren direkt vom Ende der Rollbahn aus zurück (sie mußten dabei über die Umzäunung klettern) und wählten eine Route an einem Fluß entlang, die Beppino für die kürzeste hielt. Trotz des hohen Tempos hielten jetzt allerdings zwei ›äußere Faktoren‹, was soviel heißt wie das Schicksal, ihre Rückfahrt auf: Die Straße verwandelte sich unverhofft – wie von Teufelshand – von Asphalt in Schotter, vom Himmel fielen die ersten dicken Regentropfen. Giannetto dachte im stillen, aber er hatte nicht den Mut, es seinem Freund zu sagen: »Jetzt ist es endgültig aus. Was wird aus mir? Morgen bringt mich meine Mutter in die Anstalt für Waisenkinder, und dann ist es vorbei mit allem: vorbei mit zu Hause, vorbei mit Beppino, mit der Schule, mit Fräulein Ingelein, vorbei mit den Rollschuhen«, und er hielt sie in Händen und blickte darauf.

Schon wollten ihm die Tränen kommen, doch da setzte prasselnder Regen ein, und der Fluß, an dem sie entlangmarschierten, sah jetzt durch die fallenden Tropfen aus wie ein Meer im Gewittersturm, mit großen Löchern im Wasser. Sie banden sich ihre Taschentücher fest auf den Kopf. Sie rannten los, rannten irgendwohin, Giannetto mit bloßen Füßen, denn seine Schuhe waren an den Rollschuhen festgeschraubt. Da sahen sie verschwommen, durch die Regenböen hindurch, eine kleine Holzbrücke; darunter suchten sie Schutz. Der Gewitterdonner rollte gewaltig, und der Himmel war dunkelgrün, spaltzungenförmige Blitze zuckten hervor, aber Giannetto hatte keinerlei Angst. Seine große Angst, die immer größer wurde, rührte von seiner Mutter her, deren hellblaue Gestalt, ins Riesenhafte vergrößert, er bereits undeutlich zu erkennen meinte – mit ihrem hellen, an der rosigen Stirn klebenden Haar und ihren blauen Augen, auf dem Fahrrad am Eingang der Brücke. Ihm war auch, als höre er rufen: »Gianettooooooo!«

Ausgerechnet in diesen Augenblicken höchster Angst quälte Beppino Giannetto auch noch mit Fragen nach seinem Ohr. »Was hast du denn da am Ohr, daß es so aussieht?« und tippte mit einer Fingerspitze daran. Er war ganz neugierig geworden und redete völlig gedankenlos und unbekümmert daher. »Warum sieht es denn so aus, einfach so, ohne alles, nur mit dem Löchlein da? Hat man dir etwas abgeschnitten, als du klein warst? Hast du einen Unfall gehabt?« – »Es ist eine Mißbildung, ich bin schon damit auf die Welt gekommen«, gab Giannetto zur Antwort. – »Ja, und ist es nach innen gewachsen? Wie denn?« fragte Beppino immer weiter, faßte mit dem Finger an das kümmerliche Etwas und versuchte zusammenzurollen, was sich davon zusammenrollen ließ, und er mußte in diesem Augenblick besonders laut reden, denn mitten in all dem Geblitz und Gedonner kam Dröhnen auf sie zu, ganz in ihrer Nähe wie von einem Motor mit knallender Zündung.

Ein Flugzeug war es, ein Bomber, sie konnten gerade noch schemenhaft dessen Umrisse zwischen den tief herabhängenden Wolken und dem Regen erkennen, nur ein paar dutzend Meter entfernt; mit taumelnden Tragflächen strich er haarscharf über Felder und Maulbeerbäume hinweg; dann krachte er gegen den Uferdamm und explodierte. Die Trümmerstücke füllten Himmel und Felder, einige fielen mit Gepolter auf die Brücke nieder, ein Schnürstiefel landete direkt vor ihren Füßen und verbreitete den Gestank von verbranntem Benzin.

Der Regen hielt vielleicht noch eine halbe Stunde an, ohne allerdings die Brandstätte zu löschen; dann begann es am Himmel hell zu werden, ein wenig Blau kam zum Vorschein und die ersten Streifen Sonnenlicht, das auf Soldaten fiel, die in der Umgebung der Flugzeugtrümmer hin- und herliefen, ohne doch näher zu kommen, und die Deutsch sprachen. Die beiden Rollschuhläufer flohen zur asphaltierten Straße, zogen dort ihre Rollschuhe an und fuhren schlitternd durch die Wasserspritzer der Pfützen in Richtung Stadt zurück. Dort stieß Giannetto tatsächlich auf seine Mutter auf dem Fahrrad, in ihrem blauen Kleid auf der Suche nach ihm, mit blauen Augen, weitaufgerissen und funkelnd. Beppino machte sich davon, sagte noch: »Was zu beweisen war«; er aber warf sich weinend auf den Boden und flehte um Vergebung. Dann folgte er der Mutter, die stumm blieb, auf seinen Rollschuhen, an den Sattel ihres Fahrrads gehängt.

Zu Hause wurde er gleich ins Bett gebracht (er konnte sich kaum mehr auf den Beinen halten), bekam die Kleider ausgezogen und erhielt kräftige Schläge auf den Hintern. Dabei brachte er, mit ganz dünner Stimme und dem Takt der Schläge folgend, nur heraus: »Bitte, bitte, laß doch sein!«

Der Abend kam, und dann die Nacht. Giannetto lag unter der Bettdecke verborgen, seine Hand hielt fest eine Taschenlampe umklammert, und erst spät in der Nacht, bei völliger Dunkelheit (nach dem Regen zirpten, lärmten und tanzten die Grillen im Garten) knipste er sie an. Mit ihrem Strahl fuhr er forschend über die Wände des Zimmers hin, die himmelblau gestrichen waren, mit silbernen Sternen darauf und, über dem Ofenrohr in der einen Ecke, einer Mondsichel. Beim Anblick dieses gemalten Himmels wurde er ein wenig heiterer, seine Angst ließ etwas nach, und nur für kurze Zeit tauchten ab und zu vor ihm die Augen seiner Mutter im Moment ihrer Begegnung auf, hellblau und funkelnd. Allerdings vergaß er sie nie wieder und auch nicht die geröteten und schweißbedeckten Wangen, und auch nicht die entsetzliche Angst, die er gehabt hatte: nicht mal an dem Tag, an dem er starb – es war im Februar 1957 –, an einer der Nephritis ähnelnden Krankheit, natürlich im Beisein der Mutter. Was nun seinen Freund Beppino angeht, so führte der ein Leben ›was zu beweisen war‹ unter völlig anderen ›Milieubedingungen‹.

MALINCONIA *Melancholie*

An jedem Tag jenes weit zurückliegenden kühlen Sommers wurden die Kinder des Erholungs- und Ferienheims Bedin-Alighieri, einer Einrichtung für Bedürftige, die unter der Leitung gleichfalls bedürftiger Ordensschwestern, Dorotheerinnen, stand, frühmorgens aus den Betten geholt und gleich darauf in die Wiesen oder in das Nadelwäldchen oben auf der Kuppe des Berges geschickt. Beaufsichtigt wurden sie dabei von zwei jungen Nonnen, die statt in ihrer schwarzen Kutte samt schwarzer Haube wegen der Jahreszeit ganz in Weiß gingen; sie wirkten kindlich klein, kaum anders als ihre Schützlinge. Es waren Jungen ebenso wie Mädchen; und unter den Mädchen war ein kleiner ›Gast‹ mit Namen Silvia, sie wurde ›Gast‹ genannt, weil sie das Enkelkind eines der Institutsbegründer war, eines nicht armen Sozialisten.

Und das war auch der Grund, weshalb Silvia, im Unterschied zu allen anderen Kindern, nicht die im Heim vorgeschriebene Kittelschürze trug – graufarbig war sie, aus einfachstem Stoff, und besaß keinen Kragen –, sondern sich jeden Tag in ihrem Kleiderschränkchen aus ihrer normalen Kleidung etwas heraussuchen und auch ihr gewohntes Schuhwerk anziehen durfte (und nicht die roten Gummisandalen, die zur Uniform gehörten); sie durfte sogar ihre eigenen Puppen und Spielsachen nehmen, die sie von zu Hause mitgebracht hatte. Sie schlief allerdings im großen Schlafsaal mit den anderen Mädchen zusammen, und auch sonst war der Tagesablauf für Silvia der gleiche wie für die anderen: dasselbe Frühstück, dasselbe Mittagessen, dieselbe Vesper am Nachmittag und dasselbe Abendessen. Auch ihr weißemailliertes Kinderbett und das grobe Bettzeug mit der dicken Naht in der Mitte waren wie die der anderen.

Dies war das erste Mal, daß Silvia ständig mit anderen Kindern zusammen war, in einem Heim und nicht, wie gewohnt, allein mit dem Großvater und der Hausgehilfin, mit denen sie das ganze Jahr über zusammenlebte. Der Großvater selbst hatte sie dorthin gebracht, auf der Stange des Fahrrads, wo ein kleiner Sattel eigens für sie montiert worden war. Er war, wie üblich, schwarz gekleidet: Er trug seinen schwarzen Anzug aus Alpaka, seine flatternde breite Fliege am Hals, seinen großen schwarzen Hut und seine gleichfalls schwarzen hohen Stiefeletten aus Ziegenleder mit der Knopfleiste an der Seite. Er hatte Silvia den Ordensschwestern anvertraut, die sich im übrigen hochbeglückt gezeigt hatten, einen Gast von besonderem Ansehen aufzunehmen.

Die große Neuentdeckung dieses Ferienaufenthaltes wurden für Silvia die Gerüche: In den Wiesen konnte sie die verschiedenen Kräuter und Pflanzen deutlich nach ihrem jeweiligen Geruch unterscheiden, ohne deren Namen zu kennen, es waren Minze, Salbei, Rosmarin oder auch einfache Gräser, Zichoriengewächse, Farne oder Quecken und auch andere Gewächse, die allerdings übel rochen und die ihr die Jungen absichtlich unter die Nase hielten. Weitere, doch völlig andere Gerüche gab es in dem Tannen- und Lärchenwäldchen oben auf der Bergkuppe zu entdecken, wohin sie am Nachmittag gingen: Tannenzapfen, Pinienkerne, Kiefernadeln und bestimmte Beeren, die die Form von kleinen Glocken hatten und die Silvia als ›die Totenklingeln‹ bezeichnete, was großen Anklang bei den Kindern fand.

Auch die Insekten hatten ihren ganz besonderen Geruch. Die Heuschrecken, die Silvia höchst geschickt zu fangen verstand, rochen nach Eisenkraut, und entsprechend hatten auch gewisse Käferarten, etwa Hirschkäfer, den Geruch von Zelluloid oder verbreiteten ihn jedenfalls, wenn man sie in bestimmten, aus Pflanzenhalmen gebildeten kleinen Käfigfallen gefangen hatte, die zu bauen eine der Nonnen ihr beigebracht hatte. Zu Silvias Lieblingsgerüchen zählte der Geruch des Bettes und der Betttücher, der den gesamten Schlafsaal erfüllte: Es roch wie nach einem Gewitter, zuweilen auch nach Kinderschweiß und Urin, das mochte sie sehr.

Hin und wieder dachte Silvia an den Großvater, allerdings nur recht flüchtig, und sie hatte den Eindruck, nicht unter seiner Abwesenheit zu leiden. Jeweils am späten Nachmittag mußte sie an ihn denken, gleich nach dem Abendessen, nach dem Rosenkranzbeten in der kleinen Kapelle, wenn die Kinder allesamt draußen auf dem Rasen saßen und sie den Schwalben zuschaute, ihnen vor allem zuhörte, wenn sie mit ihren spitzen Schreien ganz tief über sie alle und die Heimgebäude hinwegflogen, während das größte unter den Kindern die Glocke läutete. In der Dämmerung zeichneten sich die Schwalben deutlich gegen den Himmel ab, der am Horizont lilafarben und gelb leuchtete; durch die Tür der Kapelle drang ein wenig Weihrauchduft nach draußen – und dieser Geruch zusammen mit dem von Feuchtigkeit, der gleich unterhalb der Kapelle aus den Wiesen mit dem hohen Gras heraufstieg, löste in Silvia jedesmal ein Gefühl aus, das sie früher nie verspürt hatte und das sie auch nicht hätte benennen können. Sicher war nur, daß diese eigentümliche Empfindung, die durch die aus der Dämmerung aufsteigenden, leicht kühlen Gerüche hervorgerufen wurde, ihr die Kehle zuschnürte, und daß sie weinen mußte.

Silvia bat die Schwester, sich so wie alle anderen kleiden zu dürfen, das heißt, in den grauen Leinenkittel und die roten Gummisandalen; aber aus einem für Silvia unerklärlichen Grund schlug die Nonne es ihr ab.

»Hat jemand etwas zu dir gesagt wegen deiner Kleidung und deiner Spielsachen?« wollte die Oberin von ihr wissen. »Haben sie dich gehänselt, mit dir geschimpft?« Silvia verneinte. Niemand hatte etwas gesagt; jedoch, ohne daß sie das der Nonne hätte erklären können (sie war erst sieben Jahre alt), fühlte sich Silvia fremd unter den anderen; und in gewisser Hinsicht schämte sie sich sowohl ihrer Puppen und Spielsachen als auch ihrer Kleidung wegen; und so ließ sie denn ruhig die anderen mit ihren Sachen spielen, ohne sich weiter darum zu kümmern. Silvia kam sich wie eine Fremde vor. Das hieß jedoch nicht, daß die anderen Kinder sich ihr gegenüber wie Fremde verhielten oder sie etwa aus ihren Spielen ausschlossen; im Gegenteil, sie wurde immer eingeladen oder aufgefordert, gar dazu gedrängt, bei irgend etwas mitzumachen, irgendeine Rolle zu übernehmen, auch die wichtigste, bei ihren Spielen und beim Bau von kleinen Hütten. Silvia empfand sich selbst als Fremde gewissermaßen von Geburt an und nicht etwa wegen ihrer Herkunft; vielleicht gerade deshalb, weil sie mit Ausnahme ihres Großvaters gar keine Familie besaß. Dies hörten die anderen Kinder mit höchster Verwunderung, und anstatt sie als Fremde zu empfinden, wie sie selbst es von ihnen annahm, löste sie Neugier und allerlei Fragen aus, auf die Silvia keine Antwort geben konnte.

Nein, ihren Vater habe sie nie gekannt, ihre Mutter möglicherweise: Sie erinnere sich an eine junge Dame, die ihre Mutter sein müsse wegen gewisser unbedeutender Einzelheiten, bestimmter Geschenke, einem goldenen Kettchen mit Korallenanhänger, eine junge Frau mit hellem Haar, die sie zwei- oder dreimal gesehen habe, von Geschwistern allerdings wisse sie überhaupt nichts. An dieser Stelle der Befragung sprach sie mit großer Begeisterung und Detailfreude von ihrem Großvater, den im übrigen alle Kinder schon einmal gesehen hatten, denn am Tage ihrer Ankunft hatte er das gesamte Kinderheim besichtigt. Sie wußten, daß er einer der Heimgründer war.

»Dein Großvater ist reich, nicht?« wollte einer der Jungen wissen, das älteste von allen Heimkindern, ein richtiger Veteran, der schon seit mehreren Jahren kam und eine schuppige Haut hatte, die nach Fisch und Ei roch.

»Das weiß ich nicht«, antwortete Silvia.

»Ja, was arbeitet er denn?«

»Er hat eine Fahrradfabrik.«

»Dann ist er reich«, rief alles im Chor, Mädchen wie Jungen. »Deswegen bist du also besser angezogen als wir.«

Einen Großvater zu haben, der reich war, und bessere Kleidung zu tragen als die anderen, das war Silvia gar nicht angenehm. Nicht so sehr, weil die anderen Kinder arm waren, sehr viel ärmer als sie, auch nicht, weil der mutmaßliche Reichtum ihres Großvaters und die Andersartigkeit ihrer Kleidung sie zum Objekt von Neugier und allen möglichen Fragen machte, sondern, weil sie sich selbst als Fremde fühlte. Und als Fremde kam sie sich vor allem wegen ihrer besonderen Geruchsempfindlichkeit vor, mit der sie im übrigen großen Erfolg bei den anderen Kindern erzielte, die ihr irgendein Gras, ein Lorbeerblatt, einen Falter unter die Nase hielten, die sie dann mit verbundenen Augen immer ohne Fehler zu erkennen vermochte. Als Fremde empfand sie sich aber noch wegen etwas anderem. Und dieses andere, das übrigens mit ihrem feinen Geruchsvermögen in engem Zusammenhang stand, war das eigenartige Gefühl, das sie immer um die Dämmerstunde überkam und das sich neuerdings zu wechselnden Tageszeiten einstellte, auch am Tag und während der Nacht – diese sonderbare Stimmung, die sie nicht anders benennen konnte, als sich zu sagen: »Ich muß weinen.«

Es war August, und jenes Gefühl ›ich muß weinen‹ nahm aus Gründen, die genau zu beschreiben waren, zu und wegen noch anderer Dinge, die mit dem Dahingehen der Tage neu hinzukamen. Die Gerüche waren jetzt ein wenig kühler als vorher, auch irgendwie anders, in gewisser Weise begannen sie sich zu verändern: Vielleicht wärmte die Sonne jetzt nicht mehr so sehr, und außerdem zirpten die Zikaden und Grillen, wie ihr schien, nicht mehr so laut. Das Moment des Vergänglichen in Qualität und in Substanz der Gerüche und in der Klangfarbe der Laute und Geräusche war in der Abenddämmerung noch stärker und deutlicher wahrzunehmen, immer zur gewohnten Stunde, nach der kleinen Andacht in der Kapelle; und auch die Farben des Himmels waren um diese Stunde nicht mehr die gleichen. Silvia erreichte es, daß sie ein paar Tage lang dieselben Kleider und Sandalen wie die anderen anziehen durfte, doch mit einem hatte sie nie gerechnet: Das Gefühl des Fremdseins nahm zu. Obwohl sie so wie die anderen angezogen war, empfand sie sich in noch stärkerem Maße als ›anders‹, und das Gefühl, weinen zu müssen, wurde stärker. Sie kehrte wieder zu ihren Kleidern zurück. Ein Gewitter zog auf, das dem Ferienheim einen Tag lang Kühle bescherte; dann kam die Sonne zurück, verschwand allerdings von Zeit zu Zeit immer wieder hinter grau-, rosa- und milchkaffeefarbenen Wolken, die jedoch geschwind vorübertrieben. In diesen Tagen mit wechselhaftem Wetter war Silvia sehr nach Weinen zumute, und ein paarmal lief sie auch auf die Toilette und weinte wirklich.

Es wurden Gruppenphotos gemacht, Silvia in ihren eigenen Kleidern, mit buschigem rotem Haar, das ihre Augen verdeckte, mitten unter all den Kindern, die gleich gekleidet waren. Die Schwestern erklärten ihr, daß in jedem Jahr Erinnerungsphotos gemacht würden, und da fragte Silvia, ob sie sich die aus früheren Jahren ansehen dürfe. Die Oberin nahm sie mit in ihr Büro, wo an einer Wand andere Photographien hingen, die aber denjenigen glichen, die sie selbst gerade gemacht hatten: Zu sehen war eine Gruppe Jungen und Mädchen, alle in der einheitlichen Heimkleidung, zusammen mit denselben Ordensschwestern und vor demselben Hintergrund. Einige von den Kindern waren auch in diesem Jahr wieder im Heim.

»Und was ist mit den anderen?« fragte Silvia die Oberin.

»Die anderen sind inzwischen groß«, sagte die Oberin, »die kommen nicht mehr ins Kindererholungsheim.«

Diese Antwort und die Photographien, die alle einander so glichen, auch denen, die sie ein paar Tage zuvor gemacht hatten, in ein- und derselben Ecke des großen Vorplatzes unter der Fahnenstange, all das stürzte Silvia wieder in jenen Gemütszustand des ›Weinens‹, der von Tag zu Tag schlimmer wurde, so sehr, daß Silvia zum Weinen auf die Toilette laufen mußte. Nur einen Augenblick, dann war es vorüber.

Der August ging zu Ende, und der Großvater kam, um sie abzuholen. Die Kinder wollten ihn sehen und hängten sich an seine Hosen, während er an alle Bonbons verteilte. Silvias Koffer wurde gepackt, und im Büro der Oberin sagte man sich auf Wiedersehen, gemeinsam mit sämtlichen Schwestern. Natürlich erkundigte sich der Großvater bei den Nonnen, wie es Silvia denn ergangen sei und wie sie sich betragen habe.

»Gut, so scheint mir, oder nicht?« sagte die Oberin und wandte sich mit einem Kopfnicken an Silvia.

»Ja, ja, sehr gut«, antwortete Silvia.

»Kommst du denn jetzt ungern mit nach Hause?« fragte der Großvater.

Das verneinte Silvia. Sie hörte sich an, was der Großvater und die Schwestern sagten, und als die Schwester Oberin auf Silvias Wesensart zu sprechen kam, äußerte sie ein Wort, das Silvia nicht verstand: Sie sagte, daß sie ein verständiges, sehr artiges und liebes Kind sei, und noch allerlei schmeichelhafte Dinge mehr, worin die Worte ›Melancholie‹ und ›melancholisch‹ vorkamen.

Silvia sagte nichts; doch wenig später, als der Großvater das Fahrrad zum Gittertor am Ausgang schob, ganz in der Nähe des Pinienwäldchens, zwischen zwei hohen, moosbedeckten Mauern, da fragte sie ihn, was das denn bedeute: ›Melancholie‹.

Der Großvater hielt an, um zu verschnaufen (er war ein wenig außer Atem), und wartete eine Weile, bis er antwortete. Dazu ließ er seinen Blick eine Zeitlang am Himmel umherschweifen.

»Melancholie? – Was soll ich sagen!« und machte eine längere Pause.

»Die Zeit, die vergeht, macht einen schwermütig«, sagte er dann. »Wieso? Bist du denn schwermütig gewesen?«

Silvia erkletterte ihren Sattel auf der Fahrradstange, denn nun konnte man bergab fahren.

»Manchmal«, gab sie zur Antwort.

MARE *Meer*

An einem Sommertag – es war sehr heiß und nicht mehr lange bis zum Mariä-Himmelfahrtsfest – nutzte ein Arbeiter, von bäuerlicher Herkunft und mit schönen, kräftigen Lippen und Zähnen, die Betriebsferien in der Möbelfabrik, wo er arbeitete, dazu, ans Meer nach Jesolo zu fahren. Er war nahezu vierzig Jahre alt, verwitwet und hatte noch nie Ferien am Meer gemacht. Wer weiß, warum er sich gerade Jesolo ausgesucht hatte, vielleicht, weil er im Betrieb gehört hatte, daß es dort viele Campingplätze gäbe (ganz speziell einen, mit Namen Metropolis) und daß man dort viele Bekanntschaften machen könnte.

Der Mann hieß Bruno und hatte ein ziemlich großes kanadisches Zelt, dazu die gesamte Ausrüstung und ein Auto: Er fuhr am 7. des Monats frühmorgens los und kam gegen Mittag an. Er war aufgeregt, fröhlich und gab sich sogar ein wenig prahlerisch, wie alle Leute, die nur zwanzig Tage Ferien haben und die allein sind, harmlos, unwissend und recht gute Menschen. Er kam in Jesolo an, suchte nach dem Campingplatz Metropolis, der allerdings besetzt war. Er ließ sich aber nicht abweisen, er kannte ja keine andere Campingadresse, und bekam schließlich doch einen Platz für sein Zelt (das Auto freilich mußte er weit entfernt abstellen und mitten im Gebüsch) gleich neben dem Drahtzaun, der den Zeltplatz von der Straße trennte.

Gegenüber, auf der anderen Seite der Straße, unter staubigen Pappelbäumchen, standen wiederum Zelte und Wohnanhänger, und hinter diesen lag das Meer. Bruno machte sich sofort an den Aufbau des Zeltes, und um ein Uhr war er schon fertig. Draußen vor dem Zelt stellte er dann Klapptisch und Klappstuhl, Kocher und Gasflasche auf. Und bis das Wasser für die Spaghetti kochte, machte er einen kurzen Rundgang durch die Campinganlage, sah sich Toiletten und Duschen an und erfuhr, daß es Warmwasser nur am Morgen gegen sechs Uhr gab und für Zelte kein elektrisches Licht.

Der Campingplatz war vollkommen überfüllt, es war kein Quadratmeter mehr frei, er fand, daß er Glück gehabt hatte, untergekommen zu sein: Er freute sich so, daß er sich die Hände rieb. Es war zwar sehr staubig, nicht ein Grashalm war zu sehen, dafür aber eine Menge Leute und Kinder, die alle aus derselben sozialen Schicht kamen wie er, auch viele deutsche Arbeiter. Er kehrte zum Zelt zurück; das Wasser kochte, er schüttete die Spaghetti hinein. Während er darauf wartete, daß die Spaghetti gar würden (die Sauce lag schon in einem luftdichten Beutel bereit), sah er vor sich, direkt am Eingang zum Campingplatz, ein

Auto mit einem Funksprechgerät und einer Aufschrift auf den Wagentüren.

Die Aufschrift lautete: Corvo Selvaggio [Wilder Rabe; bedeutet Unglücksbote]. Er ging zu dem pilzköpfigen Aufseher in dem Wärterhäuschen neben der Schranke, um sich zu erkundigen. Da kam ein ungemein kräftiger, hochgewachsener und muskulöser Mann herzu, es war Corvo Selvaggio; der junge Mann machte die beiden miteinander bekannt und erklärte Corvo Selvaggio, daß Bruno ein neuer Gast sei. Sie plauderten eine Weile miteinander, und da inzwischen die Spaghetti fertig waren, lud Bruno Corvo Selvaggio einfach zum Essen an seinen Tisch, damit sie sich besser kennenlernten. Corvo Selvaggio wollte nichts essen, setzte sich aber gerne neben Bruno, während er aß. Er erzählte ihm, daß er in Mailand als Uhrmacher arbeite und sich jedes Jahr für die Urlaubszeit im August freiwillig zum nächtlichen Wach- und Ordnungsdienst in der Campinganlage melde: Er achte dort auf Sitte und Anstand, darauf, daß Ruhestörer, nicht ganz seriöse Damen, Betrunkene und Rowdies keinen Zutritt bekämen. Er sei Karate-Meister, müsse in jedem Jahr irgendwelchen Leuten Arme, Beine und Kiefer einschlagen; zuvor aber spreche er, aus Anstand und Gefälligkeit, jedesmal eine Warnung aus und zähle bis drei. Auch er war Witwer und hatte keine Kinder.

Nach dem Essen hielt der Mann ein Schläfchen, wurde dann aber wach von der glühenden Hitze, von der Sonne, die auf das Zelt herniederknallte, und der fehlenden frischen Luft. Um fünf Uhr zog er seine Badehose an, vertraute dem Pilzkopf an der Toraufsicht seine Brieftasche an und ging durch Zelte und Wohnanhänger zum Meer.

Der Strand und auch das Meer, genauso glatt und eben wie der Strand, waren voller Menschen; aber er badete doch ein wenig und versuchte, bis auf den Grund zu schauen, jedoch gelang es ihm nicht wegen der rötlichen Algen. Dann breitete er an einer freien Stelle sein Handtuch aus und streckte sich darauf aus. Er mußte lange geschlafen haben; als er aufwachte, war es bereits Sonnenuntergang. Der Strand war fast leer, und auf dem Meer lag in geringer Entfernung ein venezianischer Segelkutter mit einem orangefarbenen Segel, darauf war groß eine Sonne mit feurigen Flammenzungen gemalt; das Schiff entfernte sich in diesem Augenblick mit einem tuckernden Traktorgeräusch.

Er kehrte zum Zelt zurück, ging zum Duschen (das Wasser war kalt), rasierte sich, zog sich um und sprühte sich noch etwas Parfüm ins Gesicht. Am Eingang traf er Corvo Selvaggio, der immer noch, wie am Morgen, in kurzen Hosen und Unterhemd ging. Er sprach gerade mit ein paar Mädchen, auch sie fertig zum Ausgehen gekleidet, jedoch, wie es aussah, noch unschlüssig, was sie tun sollten, sie hatten offenbar nichts Genaueres verabredet.

»Ich kann jetzt keinen Schritt von hier weg tun, gerade das ist ja meine Aufgabe«, erklärte Corvo Selvaggio, »um diese Uhrzeit geht hier der Zirkus los.« Corvo Selvaggio stellte Bruno den Mädchen vor, es waren vier, und so blieb man noch und plauderte eine Weile miteinander: die Mädchen, weil sie sich über die eigenen Pläne für den Abend nicht klar waren und auch die von Bruno nicht kannten, der sie selbst ja auch noch nicht kannte. Bruno war ein gutaussehender stattlicher Mann, dem man sein Alter überhaupt nicht ansah; aber er war schüchtern und nicht besonders gesellig und scheute sich jetzt, sich der Gesellschaft der Mädchen anzuschließen, die im übrigen alle noch sehr jung und hübsch waren, außer einer. Schließlich traute er sich zu fragen:

»Geht ihr jetzt tanzen?«

»Tja, hm, vielleicht«, antworteten zwei der Mädchen.

»Habt ihr schon gegessen?«

»Ja«, antworteten die Mädchen.

»Ich nämlich nicht«, erklärte Bruno, »ich würde jetzt sehr gern eine Pizza essen.«

»Hier in der Nähe ist eine Pizzeria mit Bierschenke, und da ist auch die Tanzfläche«, sagte eines der Mädchen, das Ines hieß. Die anderen hießen Maria-Rita, Sandra und Olis. Alle vier hatten sie Parfüm genommen und sich sehr gut geschminkt, mit bronzefarbenem Lidschatten. Bruno lud sie ein, doch mit ihm zu kommen und ein Bier zu trinken, während er seine Pizza aß. Sie nahmen an, scheinbar ungern und nur, um sich ein wenig die Füße zu vertreten.

Bruno plauderte viel mit den Mädchen, diese redeten nur wenig; er tanzte ausgiebig (seine Jugend hatte er mit der Teilnahme an Tanzwettbewerben verbracht), und so kam es, daß die Mädchen neben dem Bier schließlich auch eine Pizza annahmen. Sie aßen ›wohlerzogen‹, hielten ihr Besteck ganz korrekt in den Fingern und nahmen immer nur kleine Bissen. Sie waren Büroangestellte, so wie Bruno es vermutet hatte. Maria-Rita, die älteste von den vieren, war nicht ›übel‹, doch die hübscheste war sicherlich Ines, sie war auch die jüngste und diejenige, die am meisten lachte. All seiner Schüchternheit, Zurückhaltung und seinem Alter zum Trotz befand Bruno, daß sie ihm am besten von allen gefiel.

Nach dem Pizzaessen, dem Bier, dem Tanzen machten sie einen langen Spaziergang und kehrten dann in Richtung Metropolis zurück.

Die Mädchen zeigten ihm ihr Zelt, da war ein Spiegel, und es hingen viele Kleider herum, selbst lange Kleider glaubte er zu sehen, sie boten ihm noch einen Whisky an, danach ging Bruno schlafen.

Da er nur zwei Meter von der Straße entfernt lag, wurde er während der Nacht, mitten im Schlaf, viele Male durch Autofahrer gestört, die ruckartig und mit quietschenden Reifen anfuhren, und gegen Morgen wurde er durch die Stimme von Corvo Selvaggio wach, der rief: »Ich warne euch zu eurem eigenen Besten, ich warne euch rechtzeitig: Wenn ihr näher kommt, bin ich gezwungen loszuschlagen, ich mache Kleinholz aus euch! Seid vorsichtig! Ich hab' euch gewarnt! Ich zähle jetzt anstandshalber bis drei: eins…«, es folgte ein Moment der Stille, die durch einen Pfiff und höhnisches Auflachen zerrissen wurde, »zwei…«, noch ein Moment vollkommener Stille und das Geräusch der japanischen Sandalen von Corvo Selvaggio, der näherkam, kurz darauf Gemurmel und das Getrappel von Leuten, die liefen. Corvo Selvaggio rief: »drei«, und es klang wie ein Brüllen. Gleich darauf schlief Bruno ein.

Die Tage vergingen, auch das Mariä-Himmelfahrtsfest mit dem großen Feuerwerk, das er sich zusammen mit den Mädchen auf dem Segelkutter, von der Seeseite her, ansah. Bruno besuchte oft das Zelt der Mädchen, und Ines gefiel ihm – daran war nichts mehr zu ändern, sie hatte es verstanden, ohne daß er es ihr zu verstehen gegeben hätte, mal schnaubte sie ablehnend, mal willigte sie ein, wenn er sie einlud, mit ihm Pizza essen zu gehen. Bruno sah das Meer kaum und ging nur dorthin, um zu baden, denn die Mädchen waren fast ständig in ihrem Zelt, damit beschäftigt, sich zu kämmen, zu schminken, sich umzuziehen und ihre Kleider zu tauschen. Oft spielte Bruno den Koch, wenn die Mädchen Freunde zum Essen ins Zelt einluden: Zuerst nannten ihn alle Signor Bruno, dann Bruno, und am Ende duzten sie ihn einfach. Bruno war glücklich; es war völlig richtig gewesen, daß er sich Jesolo und den Campingplatz Metropolis ausgesucht hatte. Eines Abends gingen sie alle in den Vergnügungspark, der riesengroß war, in der Geisterbahn saß Ines neben Bruno, und als das Totengerippe vor ihnen hochschnellte, kuschelte sie sich fest an ihn.

Am achtzehnten August reisten die Mädchen ab, Bruno blieb noch zwei Tage (der Campingplatz hatte sich geleert) dann fuhr auch er. Vor seiner Abreise schrieb er noch einen Beschwerdebrief, den er bei der Direktion abgab, wegen der unzureichenden Sauberkeit der Duschen und besonders der Toiletten. Corvo Selvaggio blieb noch: Bruno ging zu ihm, um sich von ihm zu verabschieden in seinem winzigen Zelt, in dem er tagsüber einigen Campern die Uhren reparierte.

Bruno ging wieder in die Möbelfabrik: September, Oktober, November und fast der ganze Dezember vergingen. Er war mit Ines in Verbindung geblieben, hatte ihr zwei Postkarten geschrieben, eine vom Lago Maggiore, und einmal bei der PR-Firma angerufen, wo Ines arbeitete:

Sie war nett zu ihm gewesen, hatte ihn eingeladen, sie doch einmal zu besuchen.

Am 31. Dezember kam Bruno auf den Gedanken, sie zu besuchen, im Grunde waren es nur fünf Stunden mit dem Auto. Er kam in Ines' Wohnort in der Nähe von Jesolo an, suchte ihre Wohnung nach der Adresse, die er hatte, doch Ines war nicht da; ihre Mutter sagte, sie sei mit ihren Freundinnen in die Berge gefahren. Bruno aß in einer Gastwirtschaft am Ort, wo am Abend ein großes Fest stattfand; er nahm daran teil wegen der Lotterie und schlief in einem Hotel in der Nähe von Jesolo. Am nächsten Morgen fuhr er nach Jesolo hinein, um den Campingplatz wiederzusehen. Er fand ihn mit Mühe und Not, alles war leer und kaum mehr zu erkennen.

Die Strohmatten waren nicht mehr da, die Toiletten und Duschen waren mit Tischen verrammelt, die vom Salz angefressen waren; es war kein Wohnwagen, nicht ein einziges Zelt da, nichts. Damit hatte er nun doch nicht gerechnet. Er sagte zu sich: »Dort stand das Auto von Corvo Selvaggio, und hier war mein Zelt«, und er suchte nach irgendwelchen Spuren, nach Papierabfall oder einer leeren Flasche; doch da war nichts, rein gar nichts.

Er überquerte die Straße und ging in Richtung Meer: »Hier war das Zelt von den Mädchen und Ines.« Dann betrachtete er das Meer: Es war stürmisch, voller riesiger Wellen und Schaum, er wandte sich ab. Er ging ein paar Schritte und erblickte die Pizzeria, auch sie mit Tischen verrammelt. Er machte auch dort eine kurze Bestandsaufnahme: »Hier standen die Go-carts, und dort war der Stand mit den Grillhähnchen, und hier der Tabakwarenladen, wo Maria-Rita das Ambre solaire gekauft hat und Ines dann zurückgegangen ist und es gegen eine andere Creme umgetauscht hat.« Auf den Wegen und Straßen war überall Sand, den der Wind angeweht und zu kleinen Dünen aufgehäuft hatte, da war keine Musik, nicht ein einziges Auto, nirgends ein Duft, nichts.

MATRIMONIO *Heirat*

Am Abend des 1. Mai in Moskau, nach den Aufmärschen, den Raketen, den Turnern und den struppigen, wodkaselig dahintorkelnden Menschen auf Straßen voller wie von Zementstaub erfüllter Luft, erblickte ein junger italienischer Viehgroßhändler in dem riesigen überfüllten Festsaal des Hotels Sowjetskaja eine Frau, die ihm gefiel. Die Frau saß an einem Tisch mit Georgiern, sie war brünett, klein, hatte lebhaft-leuchtende Augen und rundliche Körperformen. Ihre Tischgenossen waren dicke Männer mit Schnurrbärten, großen kräftigen Nasen und Mützen auf dem Kopf, zwei oder drei Offiziere, auch sie schnauzbärtig und im Aussehen Stalin ähnlich, und andere dickliche Frauen in geblümten Kleidern, die aßen und tranken.

Es hatte den Anschein, als handle es sich um einen Tisch von Türken, und auch die Frau wirkte ehrlich gesagt ein wenig türkisch mit ihrer hellen Haut und dem gummiähnlichen Fleisch; doch lag in ihrem Lachen – es war ein kurzes, trillerndes Lachen – etwas Leichtes und Unbeschwertes. Außerdem war sie stark geschminkt, und gewisse Seitenblicke, mit denen sie seinen Blick erwiderte, brachten den jungen Großkaufmann (der im übrigen Francesco hieß) auf den Gedanken, daß sie eine Frau war, die man ansprechen konnte. Francesco kannte Moskau und Rußland, er kam jedes Jahr zwei- oder dreimal zum Ankauf großer Mengen Vieh dorthin; und unter den wenigen russischen Frauen, die er kennengelernt hatte, war er nie einer dieser Art begegnet. Er wußte allerdings, daß es sie gab und daß sie sich an Feiertagen besondere Mühe gaben.

Francesco war reich und hatte viel Geld und viel Zeit zu seiner Verfügung. Während jenes Aufenthalts, eine Woche, fünf Wochen, fünf Monate (der Sowjetbürokratie gelang es, ihn immer länger auszudehnen) langweilte er sich. Schließlich verbrachte er seine Tage im Hotel damit, Geschichtsbücher zu lesen (das einzige Steckenpferd, das ihm aus seiner Gymnasialzeit geblieben war) und treppauf, treppab zum Fernschreiber zu eilen, über den er seinen Angehörigen die Viehpreise und deren stete Änderungen mitteilte. Er kannte ein paar wenige Wörter auf russisch, verstand es jedoch nicht, er konnte etwas Französisch und Englisch, was er mühsam gelernt hatte, und hatte keine Freunde dort. Er fuhr mit seinem großen Mercedes in der Stadt umher, entweder allein oder mit einem Dolmetscher, der allerdings nie fest bei ihm angestellt war: Auf diese Weise kannte er Straßen und Kirchen in Moskau auswendig, sämtliche Museen, sämtliche Märkte, alle Bars für Ausländer und viele Schauplätze aus den Napoleonischen Kriegen, die er aufgespürt hatte.

Er war ein Mensch vom Lande, war es trotz seiner ›humanistischen Bildung‹ geblieben: Die geschäftlichen Angelegenheiten der Familie interessierten ihn mehr als irgendein Doktortitel, und das waren, wie gesagt, riesige Geschäfte. Im Ausland spürte er jedoch, daß ihm die Familie fehlte (auch wenn er nicht verheiratet war), sein Heimatort, die Bar und die Märkte; mehr als alles andere aber vermißte er den italienischen Ablauf der Jahreszeiten, und um die Zeit der Aussaat und der Ernte verbrachte er ganze Tage am Fernschreiber, um von daheim zu erfahren, ob es geregnet hatte oder nicht, oder ob es, im Fall von Gewittern, gehagelt hatte. Er war nicht sonderlich groß, besaß dichtes, kräftiges, lockiges Haar und beachtliche Körperkräfte, er wußte nicht recht, was er in Moskau damit anfangen sollte. Hin und wieder dachte er auch daran zu heiraten.

Gegen Ende des Festessens (er war mit dem Dolmetscher zusammen) kam, unter starkem Applaus, das Tanzorchester herein, und einige Paare begannen zu tanzen, auf jene bäuerliche und althergebrachte Art der Russen. Als ein Walzer erklang, stand Francesco von seinem Tisch auf, verbeugte sich vor der rundlichen Frau und begab sich mit ihr in die Nähe des Tanzorchesters: Seltsamerweise konnte sie sehr gut tanzen, und ihr Fleisch war tatsächlich wie Gummi, doch ach! sie konnte keine Sprache außer Russisch. Er verstand lediglich ihren Namen: Alla.

So nahm er die Dienste seines Dolmetschers in Anspruch (ein junger Mensch mit strohblondem Haar, der ungemein viel aß), um die Frau nach ihrer Telefonnummer zu fragen, die er nach längeren Verhandlungen des Dolmetschers erhielt. Die Georgier schienen verärgert; der Abend endete recht schnell unter Streitereien, und die Frau verschwand.

Tags darauf rief Francesco bei der Frau an: Sie redete lange auf russisch, und er verstand überhaupt nichts. Sie beendete das Gespräch, doch gleich darauf rief eine andere Frau an, eine Frau, die Englisch sprach, die sich als Freundin von Alla bezeichnete und ihre Dienste als Telefon-Dolmetscherin anbot. Francesco erzählte, wer er sei und was er mache, und versuchte dann, ein Treffen mit Alla zu vereinbaren. Die Frau erwiderte, sie werde erst einmal Bericht erstatten und dann wieder anrufen. Das Telefon klingelte ein zweites Mal: Alla wollte über die dolmetschende Freundin erfahren, welche Absichten Francesco verfolge, sie könne auf diese Verabredung nur mit dem Ziel einer späteren Eheschließung eingehen. Francesco sagte, er könne die Lage in diesem Sinn näher ins Auge fassen, dazu müsse er aber Alla erst besser kennen. Nach vier- oder fünfmaligem Hin- und Hertelefonieren kam man überein, sich am Sonnabend um drei in dem Park an der rechten Kreml-Mauer zu treffen.

Der Sonnabend kam; Alla wartete bereits auf einer Parkbank auf ihn und fütterte aus einer Tüte mit Brot die Spatzen. Beide redeten lange, doch beide verstanden überhaupt nichts. Sie aßen im georgischen Restaurant zu Abend, redeten dabei viel, aber verstanden sich immer noch nicht (Alla sprach mit gedämpfter Stimme), dann und wann kamen einzelne Wörter zum Vorschein, das Wort *Italia* oder das Wort *samaliota* (›Flugzeug‹, Francesco kannte das), dann das Wort *marriage* und auch *passport*.

Nach dem Essen sagte Francesco *dom, doma* [nach Hause, zu Hause], um der Frau zu bedeuten, sie könnten ja noch ein Stündchen bei ihr zu Hause verbringen, doch die Frau schüttelte den Kopf und schaute ihn verschmitzt an, machte dazu eine Handbewegung, als wollte sie sagen: Schlingel. Daraufhin sagte Francesco das Wort ›Sowjetskaja‹, und hier schüttelte die Frau entsetzt den Kopf. Als sie das Restaurant verlassen hatten, wollte Alla nicht nach Hause begleitet werden. Sie sah sich lange den Mercedes an und lobte ihn mit unverständlichen Worten und sie ließ sich mitnehmen bis an einen Eingang der Untergrundbahn.

In der Woche darauf kam es zu einer dichten Aufeinanderfolge von gegenseitigen Telefonanrufen. Jetzt war es nicht mehr Francesco, der anrief, sondern Alla, über die Englisch sprechende Freundin. Dauerndes Gesprächsthema waren die Eheschließung, der Paß und Italien. Francesco gab klar und deutlich zu verstehen, daß er Alla einmal zu Hause besuchen wolle, und nach zahlreichen Telefonaten wurde dieser Besuch auf den folgenden Sonnabend festgesetzt. Er bekam ihre Adresse und bis in Einzelheiten genau wurde ihm erklärt, wie sie zu finden sei. Es handelte sich um ein Stadtrandgebiet, das in Richtung Flughafen lag, schon recht weit hinter dem Dynamo-Stadion.

Sonnabend um fünf kam Francesco mit zwei Flaschen Wodka, drei Packungen Strumpfhosen, Blumen und Obst vor dem Haus an, in dem Alla wohnen mußte, einem langgestreckten grauen Bau, niedrig und schon ziemlich alt. Hinter der zementfarbenen Eingangstür, wo es nach Desinfektionsmittel roch, stieß er auf eine dick eingemummelte alte Frau, die auf einer Art Feldbett saß und ihm Allas Wohnungstür zeigte. Francesco klingelte, und sogleich ging die Tür auf. Alla war nur mit einem durchsichtigen Morgenrock aus Nylon bekleidet und trug neue Pantöffelchen, rosa mit je einem Federbüschel darauf, alles ausländische Ware. Sie war stark geschminkt und rundlich, schaute ihn mit ernstem Ausdruck und ein wenig von der Seite an, jedoch so, als spiele sie Theater. Francesco überreichte die Geschenke, die Alla sogleich voller Neugier betrachtete, beinah so, als wolle sie deren Wert taxieren; der Ausdruck in ihren Augen veränderte sich, aus dem seitlichen wurde ein direkter, bäuerliche Neugierde verratender Blick.

Allas Wohnung bestand aus einem einzigen kleinen Zimmer mit einem Fenster, das auf die breite staubige Allee hinaussah, die zum Flughafen führte. Dieses Zimmer war seinerseits durch zwei Vorhänge unterteilt, der erste ging in die eine Richtung, der zweite in eine andere, so daß winzige Räume entstanden waren: Das Abteil, in das Alla ihn jetzt führte, enthielt eine Schlafcouch, ein Tischchen ihr gegenüber, ein Regal mit Büchern und selbstkolorierte Photographien in einem großen Rahmen aus mehrfarbigem Kreppapier. Als er sich diese Photos ansah, wurde ihm mit einem Mal klar, wieso ihn seit dem Augenblick, in dem er hereingekommen war, ein Gefühl von Schwindel, von heftiger Seekrankheit, befallen hatte: Es lag am Fußboden, einem sehr sonderbaren Fußboden, der fiel nach einer Seite hin spürbar ab, aber diese Neigung war so stark, daß sämtliche Möbelstücke mit Nägeln und Schnur an den Wänden oder am Fußboden festgemacht worden waren, damit sie nicht alle zu einer Seite des Zimmers rutschten.

Alla merkte, wie es ihm erging, und lachte ihr eigentümliches Zigeunerinnenlachen und drückte ihn zum Sitzen unsanft auf die Schlafcouch nieder. Auch sie setzte sich, Francesco versuchte ein paarmal, sich ihr zu nähern, sie wies ihn energisch zurück, lachte und stieß ihn dabei, gleich darauf begannen die Telefongespräche mit der Englisch sprechenden Freundin.

Sie verliefen nach folgendem Muster: Zunächst redete Alla längere Zeit, dann antwortete Francesco lange, nicht ohne gleichzeitig immer vergebliche Annäherungsversuche, dann rief Alla die Freundin an, reichte Francesco das Telefon hin, und Francesco erklärte der Freundin, was er zuvor gesagt hatte. So verbrachten sie eine Stunde, zwei Stunden, sieben Stunden. Außerdem aßen sie Appetithäppchen und tranken Wodka dazu. Alla öffnete ein wenig ihren übrigens durchsichtigen Morgenrock, und Francesco zog sein Jackett aus. Sie schwitzten. Alla schlüpfte zwei- oder dreimal hinter einen Vorhang, wo sich ein Ausguß und eine Kochstelle befanden sowie ein Holzverschlag, offenbar die Toilette.

Hinter dem anderen Vorhang hörte man einen tiefen Atemzug, dann ein Stöhnen. Francesco hob den Vorhang hoch und schaute nach: In einem Kinderbettchen lag ein etwa zwölf- bis dreizehnjähriges Mädchen und schlief, es hatte ein längliches, wächsernes, in Schweiß gebadetes Gesicht. Alla gab zu verstehen, daß sie sehr krank sei, schloß dann aber mit einem kräftigen Ruck den Vorhang. Man redete noch lange am Telefon miteinander über all die vielen Bestimmungen für eine Eheschließung in Rußland, die Beantragung eines Passes, die Wartezeiten bei den Ämtern zwischen der Antragstellung und der Aushändigung des Passes und noch weitere Verwaltungsbestimmungen, von denen Francesco nichts verstand. Selbst die Stimme der Englisch sprechenden Freundin war mittlerweile bürokratisch und kleinlich geworden, und all diese Anstrengungen ermüdeten Francesco sehr. Er hatte gar kein Verlangen danach, zu heiraten, sagte aber aus Höflichkeit nichts, und so füllten die beiden Frauen – die echte mit den runden Formen und die andere, wer weiß wo sie war – die Heiratsakte mit immer neuen Unterlagen an.

Francesco hatte zwei Küsse bekommen, war jedoch leicht betrunken, mehr wegen des schiefen Fußbodens als vom Wodka. Das blasse Mädchen hinter dem Vorhang jammerte (man stellte klar, daß es ihre Tochter war), ein eifriges Kommen und Gehen zur Toilette begann, Alla war vollkommen betrunken. Jenseits des Fensters sah man ein paar Schneeflocken fallen, im Mai um zwei Uhr nachts. Francesco wollte ins Hotel zurück und sagte zwei- oder dreimal ›Sowjetskaja‹, machte dazu eine Einschlafgeste.

Doch Alla ließ ihn nicht weg, und er mußte geradezu kämpfen, um bis zur Tür zu gelangen. Er torkelte dabei und rutschte auf dem Fußboden aus, zur abfallenden Seite hin. Alla versuchte noch, ihn zurückzuhalten mit russischen Worten, die schon von ihrem Klang her wie eine zärtliche Liebkosung wirken sollten; und als er schließlich an der Tür stand, ließ sie, während sie ihn umarmte, den Morgenrock herabgleiten und stand nackt da. Francesco streichelte ihr kurz die Wange, mehr tat er nicht. Da begann Alla verzweifelt zu weinen, geriet ins Schwanken und glitt langsam zu Boden mit einem Stöhnen, das er schon kannte und in dem er das Wort *passport* zu hören glaubte.

Francesco versuchte, die Tür aufzumachen, und Alla, immer noch am Boden, fragte: »No marriage?«

»Tomorrow«, erwiderte Francesco, beugte sich dann zu ihr hinunter und streichelte sie ein wenig, was Alla zu trösten schien. Dann ging er schließlich. In der Dunkelheit sah er, wie die Augen der alten Frau glänzten, die jetzt auf ihrem Feldbett unter einem Haufen Stoffreste und Zeitungen lag, und diese glänzenden Augen brachten ihn auf den Gedanken, daß auch sie, die alte Frau, irgendwie von dem Heiratsprojekt wußte und sich beteiligt, mitbetroffen fühlte. So mächtig ist Hoffnung.

MISTERO *Geheimnis*

An einem glühendheißen Sommertag in Rom, im Flimmern der heißen Luft, die den Asphalt auf den Straßen schmelzen und die Schuhsohlen am Boden kleben ließ, traf ein verträumter Mann einen in einem Auto sitzenden halbnackten Freund, der ihm Zeichen machte. Das Auto hielt mitten auf der Straße neben ihm an, als wolle es ihn überfahren, und der Freund, Piero mit Namen, schlug ihm vor, ans Meer zu fahren, nach Ostia. Er hatte nichts zu tun, und die große Hitze, die wie aus einem Feuerloch kam, versetzte ihn in jene mediterrane Passivität, die auch nicht die geringste Entscheidung erlaubt, weil das Gehirn zu trocknen scheint. Vielleicht erfaßte Piero – zwischen den glühenden umbertinischen Palästen – intuitiv diese fatale

Unbeweglichkeit, öffnete die seitliche Wagentür und zog ihn ins Auto. Gleich zu Beginn der Fahrt schien der, wenn auch heiße Luftzug den Freund aus seinem südländischen Zustand, in dem er sich auf der Straße befand, aufzuwecken, so daß er zu sprechen begann:

»Wohin fahren wir?« fragte er.

»Ich bringe dich an einen wunderschönen Ort, der sich ›das Loch‹ nennt«, sagte Piero.

»Und warum ›das Loch‹?«

»Weil es sich um einen Strandabschnitt handelt, der mit einem Drahtzaun abgesperrt ist: In den Drahtzaun hat man ein Loch gemacht, und da kann man hinein. Ich habe Brötchen dabei«, fügte Piero hinzu und lachte, »und Nudisten wirst du da auch zu sehen kriegen.«

Sein Freund, der Dino hieß, kannte Rom und seine Strände wenig und hatte nie Nudisten gesehen. Er war naiv und sagte:

»Muß man sich nackt ausziehen?«

»Wenn du willst, aber wenn du nicht willst, kannst du es lassen, ich gebe dir dann meine Badehose, falls du dich schämst.«

Sie sagten nicht viel während der Fahrt, das Auto fuhr durch die EUR und dann weiter in eine kleine Landstraße, die, wie Piero sagte, an Castelporziano vorbeiführte, dem Besitz des Staatspräsidenten. Dino stellte sich einen riesengroßen Park mit Wildschweinen und Damhirschen vor, wie man es ihm erzählt hatte, und zusammen mit den Bildern, die in seiner Vorstellung aufkamen, hatte er sogleich das Gefühl, daß sich die Luft veränderte, von heiß nach kühl, sanft wie von einer Klimaanlage aus dem großen Park herausgeweht. Dennoch war ihm innerlich – so erging es ihm in der römischen Campagna oft – nach Messerstechen und Blut inmitten der Fliegen. Sie kamen an eine zum Wald parallel verlaufende Straße, Piero hatte ein dikkes, stark funkelndes Goldarmband, das Dino klappern sah und klingeln hörte, während Piero am Lenkrad drehte, um das Auto am sandigen Straßenrand einzuparken; dann stiegen sie mit ihren Taschen aus.

Sie fanden das Loch im Drahtzaun sofort und drangen in ein Dünengebiet vor, wo sich inmitten einer ausgedehnten dichten mediterranen Pflanzenwelt ein schmaler, sich dahinschlängelnder Trampelpfad auftat. Mit einem mephistophelischen Lachen und mit kleinen kehligen und erstickten Schreien führte Piero ihn in diese Pflanzenwelt hinein, die niedrig und unbegehbar schien, es aber nicht war: In Bodensenkungen taten sich Höhlen aus Bäumen auf und formten große und kleine Grotten und Korridore mit Dächern aus Lianen und Pflanzengewirr und einem Fußboden aus feinstem Sand, der übersät war mit zusammengeknüllten Papiertaschentüchern. Es staute sich dort wie in türkischen Bädern ein starker, feuchter Geruch nach Mensch. Man hörte auch Seufzer und Gewisper sowie Geraschel von Laub, und Dino dachte, es wären Wildschweine oder anderes Wild, das in diesem Gewirr von Pfaden vom Präsidentenpark bis direkt ans Meer, hin- und herlief. Er sah jedoch undeutlich zwei schlanke, dunkle Körper mit winzigen bunten Slips, die durch die Zweige flüchteten – mit jenem leichten, aber platten, dumpfen Ton, den Fußsohlen im Sand hervorrufen. Es gab auch einige Vögel, denn man hörte sie singen, und Dino kam es so vor, als sähe er einen Fasan, der quer über einen von einem Sonnenstreifen erleuchteten Strich Sandes lief und, den winzigen Kopf erhoben und die Brust herausgestreckt, mit ganz geschwinden Schritten seiner Füße im Dickicht verschwand.

Mit seinem kurzen mephistophelischen Lachen, das er an der Schwelle des Labyrinths ausstieß, ganz ähnlich den Rufen eines exotischen Vogels, und, nunmehr im feuchten und fast dampfenden Halbschatten, mit seinen fuchsartig weißen Zähnen, die aus den zu den Wangen hin runzligen Lippen wie aus dem Nacken dieses Tieres hervortraten, versetzte Piero Dino in einen Zustand der Unruhe, der zu der Befürchtung wurde, der Erdboden könnte mit im Sand verborgenen Glassplittern bedeckt und der Ort mit gefährlichen und mißgebildeten menschlichen Wesen bevölkert sein, vielleicht Geisteskranken, die man dorthin gebracht hatte, damit sie an diesem von allen verlassenen Strand baden und sich sonnen könnten.

Sie folgten noch einem Pfad, der sich zwischen dichtem Gebüsch hindurchwand, und befanden sich einer hohen Sanddüne gegenüber, so hoch wie eine Welle. Sie erstiegen sie, und von dort aus sah Dino einen breiten Strand und das Meer. Dino schien es, als habe er die unmittelbare Bestätigung für seine Verdachtsgründe: Denn die ersten Badenden, die er sah – sie kauerten am Strand mit arabischen Gewändern bedeckt oder mit um die Taille geschlungenen Lumpen oder winzigen Slips und goldenen Ketten –, diese schienen ihm gerade aufgrund ihrer schiefstehenden, aber glänzenden Augen unter ihrer dunklen Haut Geisteskranke, Gefängnisinsassen oder Mißgebildete eines gewissen Alters zu sein.

Er sah überwiegend Männer, einige mit langen weißen oder schwarzen Bärten, der eine dünn und nur Haut und Knochen, ein anderer völlig verfettet und in eine Art Riesenbadehose aus blümchenbedrucktem rosa Plastik gewickelt, die an Brust und Knien mit einem Gummizug verschlossen war und vor Schweiß nur so troff. Er sah andere, junge Braungebrannte mit schlecht gebleichten blonden und mehr als schulterlangen Haaren, die man für Mädchen hätte halten können: Aber bläuliche Bartschatten um die kantigen Hilfsarbeitergesichter aus dem Süden bewiesen, daß sie keine waren.

Dann sah er ganze Familien unter zwei großen Sonnenschirmen lagern, alles Dicke, wie sie eben in diesem Moment in einer riesigen grünen Plastikschüssel Nudeln mit Sauce vermengten. Auch sie schienen ihm Familien von Gefängnisinsassen oder geistig und körperlich Kranke zu sein, die die Erlaubnis bekommen hatten, ein Sonnenbad zu nehmen. Schließlich betraten sie eine kleine Schilfhütte, in der sie sich umzogen (Piero blieb nackt und gab Dino seine Badehose) und Getränke zu sich nahmen, die von einem Mann serviert wurden, dessen Haare mit einem veilchenblauen Färbemittel verbrannt waren, mit extrem kurzen, kräftigen Beinen, die von einem Labyrinth von verknoteten Venen bedeckt waren, die unmittelbar vor dem Platzen schienen.

Sie machten sich zum Strand auf, und Dino stürzte sich sofort ins Meer, um die Bilder von eben mit kühlem Naß wegzuwaschen, kam aber sogleich wieder heraus, weil ihn die hohen Wellen daran hinderten, nach Herzenslust zu schwimmen. Genau in diesem Augenblick schien sich, wie bei dem Effekt, den man im Kino ›Überblenden‹ nennt, der Ort plötzlich zu verändern: Aus einem überraschenden, verschwommenen Flimmern vor sich sah Dino vom Meeresrauschen abgesehen in völliger Stille, wie ihm schien, einige Gruppen nackter Menschen gehen, und er wurde anderer Gruppen gewahr, die entlang jenes vom Meer benetzten Korridors aus Sand ausgestreckt lagen.

Die Nackten, die er vor Augen hatte, waren nicht alle von harmonischer Schönheit: Einige zeigten zwischen den Beinen (die Männer) so etwas wie einen zur Seite weisenden kleinen Finger, andere eine dicke, übermäßig gefüllte Ader, bläulich und glänzend, wieder andere einen einfachen Knopf aus Fleisch, der aus den Schamhaaren hervorlugte. Die Frauen zeigten nichts außer den Brüsten und den Schamhaaren, aber bei ihnen war Dino von den verschiedenen Arten des Fleisches beeindruckt, das in jedem Fall neunzig Prozent ihres Gewichts ausmachen mußte, so als hätten sie keine Knochen.

Ein Mädchen mit langen kupferfarbenen Haaren, das in diesem Augenblick aus dem Wasser herausgekommen war, hatte ein Fleisch, das Dino wunderschön erschien, leicht und elastisch, milchfarben und wie von einer Fahrradpumpe aufgepumpt, derart schienen Brüste und Pobacken vom Propangas der Kirmes-Luftballons hoch in die Luft gehoben.

Diese ganze Nacktheit kam Dino spaßhaft und leicht vor, Dingen zum Spielen und zum Essen ähnlich, wie Bälle, Knöpfe, Kinderhändchen und -ärmchen sowie beim Metzger ausgestellte Kutteln und Kalbslungen. Im Gegensatz zu den Badenden, die er vorher gesehen hatte, die seiner Ansicht nach so bedrohlich waren mit einer Vergangenheit von Verbrechen und Blut, von Drogen und ererbten Mißbildungen, erschien ihm jene völlige Nacktheit wohlerzogen und harmlos wie die ungefährlichen Körper, denen man die animalischen, bedrohlichen, vom bedeckten Geschlechtsteil verkörperte Aggressivität wie eine Badehose vom Körper abgestreift hatte.

»Wie eigenartig«, dachte er, »vor wenigen Minuten erschien mir alles geheimnisvoll und fürchterlich, jetzt erscheint mir alles klar und unschuldig, dazu genügten wenige Meter Strand.«

Er sagte dies Piero, der in seiner luchshaften Art lächelte. Aber sein Lachen, auch dieses, hatte keinerlei Wirkung mehr auf ihn, und das Geheimnis, das seit der flammenden Morgensonne dauerte, wurde von der Meeresbrise hinweggefegt.

NOIA *Langeweile*

Eines Tages befand sich ein Mann, der sich oft (aber nicht zu oft) einbildete, bei seinesgleichen und im Leben irgendeinen Anhaltspunkt für Neues, Unberechenbares und geradezu Geheimnisvolles wie im Kriminalroman entdekken zu können, auf einer schönen Terrasse am Meer beim Mittagessen in einem kleinen Kreis von Bekannten. Der Grund für seine Hoffnungen erwuchs aus dem Umstand, daß er von mehreren Seiten hatte sagen hören: Das Leben ist immer unvorhersehbar, manchmal wie im Roman, und niemals langweilig. Eine Überzeugung, die der Mann in seinem Innersten nicht teilte, denn er hatte sechzig Jahre mit Ereignissen gelebt, die, seit er fünfundzwanzig bis dreißig war, sämtlich vorhergesehen worden oder wenigstens vorhersehbar gewesen waren.

Es hatte zwar persönliche Dinge gegeben, die ihm aufregend erschienen waren, gleich danach aber langweilig. Erfreulicherweise war dies bisweilen Lügen gestraft worden, aber dann waren es Ereignisse von ganz geringer Bedeutung: Einmal war er für mehr als zehn Stunden in einem Aufzug eingeschlossen worden (unvorhersehbar), ein anderes Mal war er mitten in der Wüste von Arizona ohne Benzin steckengelieben (vorhersehbar, aber überraschend), wieder andere Male hatte er sich von der erhofften Neuheit in Gesicht und Ausdruck einiger Menschen angezogen gefühlt, die ihn tatsächlich überrascht und interessiert hatten, für ganz kurze, aber auch für sehr lange Zeit. Aber leider waren diese Leute am Ende auch unvorhersehbar geworden dank eines selektiven Mechanismus, der schließlich immer die Wiederholungen, das heißt die langweiligen Vorgänge, ausfindig machte. Bestimmte Verhaltensweisen von Menschen und Naivität machten ihm zwar Eindruck und langweilten ihn nicht, aber das war selten wie ein Blitz, und bei Kindern dauerte die Naivität nur kurze Zeit.

An jenem Tag am Meer hatte er keinen besonderen Grund zur Hoffnung, wenn er seine Gastgeber beobachtete, aber auch keinen zu tiefer Enttäuschung: Es handelte sich um jene Tafelrunden, wie sie in bürgerlichen Familien üblich sind; wobei man dem Wort ›bürgerlich‹ den bestmöglichen Sinn beimessen muß: und zwar jene gewisse familiäre Wärme, die vor allem durch die Anwesenheit größerer und selbst ganz kleiner Kinder entsteht. Von den letztgenannten weiß man, daß sie kreischen werden, wie es vorherzusehen ist, aber nicht, wann sie kreischen werden. Und das war schon etwas. Es waren Jungen und Mädchen um die fünfzehn, sechzehn Jahre da, ein neugieriges Alter und, wenn man so will, interessant wegen des ersten Auftretens (oder des Verstellens) von Charakterzügen. Ferner war da noch ein Ehepaar um die Fünfunddreißig, es wirkte gleichzeitig würdevoll und bedrückt, etwas, was er noch nie gesehen hatte, aber das zu betrachten er ein wenig Vergnügen haben würde. Die Hauseigentümer und noch andere.

Er begann die Jungen und Mädchen zu betrachten; von den letztgenannten waren zwei da, beide ›hübsch‹, und sie hatten, wie alle Mädchen dieses Alters, etwas Unschuldiges und Banges an sich, was bei ihnen ein offenes, freundliches Wesen ahnen ließ. Nicht so die Jungen: Einer von ihnen hatte (und zwar nicht wegen der Gegenwart der

Mädchen beziehungsweise von Schwester und Cousine) einen wählerischen Gesichtausdruck angenommen, der voller Überlegenheit und Spott war, man weiß nicht, wem gegenüber und aus welchem Grunde: Aber unter Jungen gibt es viele dieses Schlages. Der andere wiederum hatte ein Auge (eines der zwei Augen), das ihm regelrecht scheel erschien, scheel im wahrsten Sinne des Wortes, das heißt beinahe zerquetscht und verschieden vom anderen, mit dem er alle verstohlen ansah. »Es ist wohl das Alter, nicht das Auge, das scheel ist«, sagte sich der Mann, beeindruckt von diesem Auge, das einen wirklichen persönlichen Haß gegenüber ›den Großen‹ und vor allem dem Vater zu verheimlichen schien. »Von diesem Alter an beginnt einer der zu sein, der er ist, und er wird es sein ganzes Leben sein. Vielleicht wird dieser hier kein gesuchter Verbrecher sein, aber er wird dem Leben gegenüber sicherlich eine Haltung einnehmen, die so scheel ist wie sein Auge.«

Während er so nachdachte, kam das Essen, vorhersehbar und gut, also ein wenig langweilig, und nach dem Essen unterhielt man sich. Das Ehepaar, das zu Gast war, begann seine Pflicht zu erfüllen, das heißt das zu tun, was ein Paar, das zu Gast ist, in anderer Leute Haus tun muß. Die Frau nahm ihre Zwillinge in den Arm, die alle beide anfingen zu wimmern, ihr Mann kreiste um den runden Tisch, um Photos von diesem und jenem zu machen, dann von allen zusammen, peinlich genau schrieb er sich die Adressen auf, um die Photos später, wenn sie einmal entwickelt wären, verschicken zu können. Der Mann, der sie nie zuvor gesehen hatte, und das war bereits eine Neuigkeit, begann, um sich die Zeit zu vertreiben, mit der sich leider jeden Tag rascher vollziehenden Arbeit der Beobachtung, oder des Siebens, in Gesichtern und Verhalten der beiden Unbekannten, um so aus ihnen einen allgemeinen Eindruck zu gewinnen. Es brauchte nicht viel dazu: die Frau war wirklich blaß und traurig, eine, die geheiratet hatte, weil sie sich verheiraten mußte, und die es mit Instinkt und Glück verstanden hatte, das Muß der Ehe mit dem Muß der Liebe, sei es zu ihrem Mann oder zur Familie, zu vereinen. Sie hatte Augenbrauen, die, als ob sie weinten, nach unten schauten, und ebenso war es mit den Augenwinkeln; und einen Spalt zwischen den Schneidezähnen hatte sie, der wahrscheinlich während der Pubertät und der Jugend so anziehend hatte erscheinen können, daß sie einen Verlobten gefunden und ihn sogar geheiratet hatte.

Nachdem er diese Aufgabe erfüllt hatte, hörte auch der Spalt zwischen den Zähnen auf, etwas zu sagen; aber der ganze Ausdruck ihres Äußeren und dessen, was sie sagte (sie sprach nur sehr wenig, auf eine freundliche Art, mit viel Verstand und mit ganz schwacher Stimme), der die Reife von fünfunddreißig Jahren erreicht hatte, war der einer Mutter und Ehefrau, die man sich gut mit Fünfzig, mit Sechzig und mit Siebzig vorstellen konnte. Kurz, so schwach und bedrückt die Frau auch war, es gab in ihr eine gewisse bescheidene und familienbezogene Kraft, die Zuverlässigkeit und Beständigkeit für das ganze zukünftige Leben versprach.

Der Ehemann hingegen, der ebenfalls extrem bedrückt war, versprach zwar auch seinerseits Beständigkeit und Zuverlässigkeit (freilich nicht von solcher Langlebigkeit), aber man hätte seine Art beinahe resignierend und widerwillig nennen können. Als sage er: »Mit den Frauen und dem Leben hätte ich mehr tun können und könnte es noch.« Er sagte es, ohne es zu sagen, mehr zu den anderen als zu sich selbst: Er wußte in seinem Innern, daß er niemals über diese Bedrückung würde hinausgehen können, aber er hoffte, daß die anderen aufgrund einer gewissen ihm eigenen äußeren Würde, und gewissermaßen ›voller Hoffnung‹, die seine englische Mutter hegte, so freundlich und gut wären, so zu denken. Gleichzeitig wußte er, daß sie, wie gut sie auch immer waren, dazu nicht in der Lage waren, daß es unmöglich war, daß sie so dachten. Wegen seiner wässrigen Altmänneraugen, wegen seines Doppelkinns, wegen des hängenden Busens unter dem Unterhemd und vor allem wegen seines für abgemagerte Dicke typischen Hinterns, eines Gänsehinterns, den er genau wie eine Gans hin- und herbewegte.

Er gab zu verstehen, daß ihn seine Arbeit als Manager dazu verpflichtete, in Turin zu wohnen, wo er ein Haus gekauft hatte: Und hier verlor er sich in die Details von Häuserpreisen, wieviel ein Quadratmeter hier und wieviel er dort kostete, und wieviele Zimmer und wieviele Bäder es gab, um abschließend zu bemerken, daß sie ein kleines, ganz kleines Haus hätten, aber ›praktisch‹ sei es. Das mit den Häuserpreisen war sein Paradestück; es war klar, daß er mit viel Bangigkeit abgewogen hatte, wie und wo er das Geld, das nicht sein eigenes, sondern das der Familie war, für ein Haus ausgeben sollte, das für das ganze Leben sein sollte. In Turin. Jedesmal wenn er davon sprach – und während er dies tat, verfiel er in den jämmerlichen Tonfall eines Fachmannes für Baumaterial, Fliesen und Badekeramik – hörte ihm seine Frau eifrig zu; sie hielt die Zwillinge im Arm, alle beide sehr häßlich (um die Wahrheit zu sagen), und konnte, wenngleich sie jedem seiner Worte zustimmte, nicht umhin, die Winkel von Augen und Augenbrauen noch mehr zu krümmen, um ihn zu entschuldigen. Die stillschweigende mimische Entschuldigung erschien ihr sozusagen abverlangt, so als ob ihre gute Erziehung sie dazu verpflichtete.

Die Unterhaltung wurde natürlich auch ein wenig politisch, und der Manager sagte, daß er sich als Liberaler fühle, es sei und auch so wähle. Er sagte dies mit sehr geringer Überzeugung, mit der er auch von allem übrigen sprach (ausgenommen den Quadratmeterpreisen der Häuser), als ob er zu verstehen geben wollte, daß er ›aus familiären Gründen‹ ein Konservativer war. Nach englischem Vorbild (wie seine Mutter) und nach amerikanischem. So bedrückt, wenn auch mit ausgerechnet liberaler Würde bemäntelt, war jene beiläufige politische Willenserklärung, daß damit alles zu Ende war. Die Jungen und Mädchen langweilten sich, wie sich Jugendliche dieses Alters immer bei den ›Großen‹ langweilen, und gingen weg.

Man schaute aufs Meer, auf dem sich ein weißes Segel mit blauen Streifen abzeichnete, das sich immer dann blähte, wenn plötzlich ein bißchen Wind aufkam.

Die Hausherren, lebhafte und sehr tüchtige Leute, mühten sich ab, um die Teller mit Essensresten, die Becher und alles übrige von der Terrasse in die Küche und wieder zurück zu tragen. Sie bewegten sich mit der Ungezwungenheit, die Hausbesitz und Tüchtigkeit mit sich bringen, etwas, das dem Gastehepaar trotz guten Willens abging. Es war unvermeidlich, daß nun auch vom Hauspersonal gesprochen wurde. Aber dieses Thema wurde von der Herrin des Hauses mit folgendem Satz vom Tisch gefegt: »Man muß irgendwie zurechtkommen, und damit basta!« Dennoch versuchte der Mann sich bei seinen Beobachtungen das Leben der beiden Eheleute und der Zwillinge in Turin, in dem ›praktischen‹ Haus vorzustellen, wo sie aber sicherlich kein Dienstpersonal hatten. Er stellte es sich auch mit Hilfe einiger Farbphotos vor, die unter den Gästen umliefen und auf denen man anhand einiger Einzelheiten die Wohnung und das Familienleben, das man dort führte, erahnen konnte: Die beiden Eheleute im Morgenrock mit den Zwillingen, jeder mit einem, eine cremefarbene Mauer im Hintergrund, die Lehne eines ›modernen‹ Stuhls, knallrote Teetassen aus Majolika, ein gemäßigt abstraktes Bild. Dann tauchte plötzlich die Photographie eines kleinen Mädchens auf, der ältesten, die nicht da war, neun bis zehn Jahre alt: eine Gans, mit einer Schnabelnase, kleinen runden Augen an den Seiten eines blassen Kopfes, einem großen und tief liegenden Hintern und sogar zwei großen, gleichsam nach Gänseart schwimmtauglichen Händen.

Als sei er durch seine gute Erziehung, durch die in der Kindheit bekommenen Gehirnwäschen dazu gezwungen und aufgrund einer guten menschlichen Absicht im Urteil, dachte der Mann: »Doch, sie haben auch ein Herz«, ein dummer, nicht von ihm stammender Gedanke, der von wer weiß wo ans Licht gekommen und sicherlich ein Erbe aus dem sogenannten bürgerlichen Zusammenleben war.

Ein süßlicher, dummer Gedanke, über den er lächelte, aber an diesem Punkt überwältigt von der Langeweile, die er auch wegen seiner selbst verspürte, entschuldigte er sich und ging.

NOSTALGIA *Sehnsucht*

An einem fernen Sommertag bereitete sich eine etwa vierzigjährige, aber noch kindlich-rosig aussehende Frau mit himmelblauen Augen (man sagt immer blaue Augen) und einer gleichsam aufgeblasenen Haut innerlich auf einen Ausflug vor, eigentlich aber auf einen Spaziergang, nach dem sie sich sehnte. Sie befand sich in einer Art Sommerfrische, einer seltsamen Sommerfrische, es handelte sich nämlich um eine Art Altersheim, das auf dem Gipfel eines Hügels lag und von einer riesigen ehemaligen Volksschullehrerin geleitet wurde, gelb im Gesicht und blind, mit leeren Augenhöhlen: Es war, wie man so sagt, eine Sommerfrische im ›Mittelgebirge‹ und als solche preiswert. Laura, unsere Protagonistin, hatte sie deswegen ausgesucht. An diesem Ort gab es buchstäblich nichts Schönes oder Interessantes, abgesehen von der ›guten Luft‹, befand man sich doch dreihundertfünfzig Meter über Meereshöhe: Aber manchmal war es auch dort heiß.

Das Leben in der Sommerfrische, falls man das so sagen kann, spielte sich gänzlich innerhalb weniger Meter um das Heim herum ab (die Alten sah man nie, ganz selten gingen sie aus, weil es mit ihnen zuende ging), das aus einem Haus und einer kleinen Kirche bestand: Der Campanile stand auf halbem Weg zwischen Haus und Kirche für sich allein, und aus der Entfernung gesehen wirkte er wie ein kleiner Wachturm mit zwei Hörnern. Unterhalb des Gipfels schlängelte sich eine Straße hinunter in die Ebene, zwischen Dornbüschen und plötzlichen Ausblikken auf abschüssige kleine Wiesen, die voller Steine, sonnenverbrannt und von Schlangen bevölkert waren. Es gab auch viele Eidechsen, Smaragdeidechsen und in einer Regenwasserlache am Fuße des Campanile Millionen von Kaulquappen und ein paar Frösche. Nicht weit entfernt gab es einen Hain von Kastanienbäumen mit einem Boden, der von ihrem Saft gerötet war, in den hineinzugehen nicht ratsam war, so zahlreich und verschiedenartig waren im Boden die Spuren von Erdrutschen, die wie Wege aussahen, es aber nicht waren. Man sagte, es gebe dort Stachelschweine und Dachse, um den Ruf der Gegend als Niemandsland mit irgend etwas aufzubessern, aber nur wenigen gelang es, diese zu Gesicht zu bekommen, und selbst das ist ungewiß angesichts der Schläfrigkeit und Ängstlichkeit dieser Tiere.

Das kleine Pensionsheim führte – nach den Vorschriften der blinden Lehrerin – eine ihrer Nichten, eine winzige Person mit einer kleinen, vom Hautwolf befallenen Nase. Zahlende Gäste waren außer Laura und ihrem zwölfjährigen Sohn, der heimlich mit Schwefel und Kalium hantierte, um Bomben zu bauen, ein Schiffsingenieur mit Familie, der im selben Jahr, 1941, aus Bengasi geflüchtet war – auch er ein Verwandter der blinden Lehrerin: ein dunkelhaariger, kräftiger, braungebrannter Mann, der einen Arm verloren hatte, weshalb der Jackenärmel nach oben gefaltet und mit einer Sicherheitsnadel an der Schulter festgesteckt war. Ein beständiger Besucher der kleinen Gesellschaft war ein ziemlich reicher Bauer, der nichts zu tun hatte und der mit einer kleinen Kalesche bis dort oben hochkletterte, um mit irgendjemandem Karten spielen zu können. Es ist nicht unsere Schuld, wenn auch dem Bauern, der wegen seiner andauernden Zechereien Bacchus genannt wurde, ein Bein fehlte, das er im Ersten Weltkrieg verloren hatte, und wenn er anstelle des Beines einen Stock mit einer Gummispitze hatte.

Das war die Gesellschaft, die den Spaziergang machen sollte, bis zu einem Dorf (zwei Häuser und eine Kirche), das höher gelegen war und im Unterschied zu dem Ort mit dem Heim, wo es nur eine einzige Sache mehr gab: eine

Gastwirtschaft mit einem Laden von Lebensmitteln, unter welchen der Geruch von Tomatenmark vorherrschte, das mitten im Raum in einem großen Gefäß stand. Man sagte, in dem Gefäß wäre ein großer Holzlöffel und neben ihm winzige, schon vorbereitete Stücke Ölpapier, auf die das Mark umgefüllt wurde, um gewogen zu werden: nie mehr als fünfzig Gramm.

Laura schloß sich der kleinen Gesellschaft bestehend aus dem Ingenieur, Bacchus (auch dieser wollte die Strekke zu Fuß machen, mit seinen Pirouetten auf dem Holzbein), der Frau, einer Araberin, und den Kindern des Ingenieurs sowie einem noch bei guter Gesundheit befindlichen Alten aus dem Heim an, der den Blindenführer der Lehrerin machte. Lauras Sohn blieb im Heim, um eine seiner streng geheimen Bomben zu fabrizieren, mit der er den Campanile in die Luft zu jagen beabsichtigte. Alle waren, wer weiß warum, fröhlich, vielleicht weil die Gegend so wenige Neuigkeiten bot (nicht einmal die Post kam dorthin), daß nur der Umstand, sich in Gesellschaft lediglich zu einem Spaziergang aufzumachen, jenes prikkelnde Erwarten von Landpartien, von Picknicks erweckte, auf das jede Sommerfrische, groß oder klein, ein Anrecht hat. Vielleicht, aber nur vielleicht gab es bei Laura und dem Ingenieur aus Bengasi eine gewisse gegenseitige Sympathie, aber nichts weiter als Sympathie, die sicherlich der Tatsache zu verdanken war, daß weder Laura noch der Ingenieur glücklich geheiratet hatten, daß sie im Gegenteil unglücklich waren, wobei der Ingenieur dies wußte, Laura hingegen nicht. Die Sympathie war auf Gespräche über Como begrenzt (der Ingenieur stammte aus Como), das Laura seit ihrer Kinderzeit kannte und wo sie für ein Porträt in ein Photoatelier gebracht worden war: ein Papphintergrund von See und Bergen, eine kleine Lucia Mondella (aber erkennbar) in einem Boot inmitten des Sees, und vor der Papplandschaft ein Stühlchen aus Holunderholz, auf dem Laura in einem rosa Kleid mit einer blauen Schärpe porträtiert worden war, auf dem Stuhl stehend und ein dickliches Händchen auf der Lehne. Über diese

Einzelheit (der Ingenieur glaubte, das Photoatelier erkannt zu haben) ging die Sympathie nicht hinaus. Der Ingenieur hatte auch für Lauras Sohn Sympathie und half ihm, ein zirka zwei Meter langes Dampfschiff zu bauen, das Rex heißen sollte, wie der berühmte Transatlantik-Dampfer. Aber Lauras Sohn war ein mürrischer Kerl, und lieber als Schiffe zu bauen, feuerwerkelte er, wie schon gesagt, heimlich für sich in einem verlassenen Schweinestall.

Sie hatten einen Rucksack mit Proviant, Brot und Wein, der von Bacchus stolz wie eine Jacke über der Schulter getragen wurde. Der Pfad, der zu dem Dorf emporführte, war steinig und steil, hie und da erschienen Ziegen und Kühe mit Schellen und Kuhglocken, aber ohne Hirten, so daß sie herankamen und die Wanderer aus der Nähe beguckten. Ein Grund für die unter ihnen herrschende Heiterkeit war vielleicht eine Quelle, auf die sie wenige hundert Meter vom Dorf stoßen mußten (die Entfernung zwischen den beiden Orten betrug vielleicht drei Kilometer), eine Mineralquelle, wie die von Fiuggi, das war doch immerhin ein Hauch von Thermalbad-Atmosphäre an dem öden Ort.

Laura hatte ein fröhliches Naturell und gab sich im Leben so leicht Illusionen hin, daß allein der Umstand, in Gesellschaft ein Dörfchen von drei Häusern zu erreichen, das sie nie gesehen hatte, sie mit bangen Glücksgefühlen erfüllte. Nicht so sehr wegen des Dorfes, das sie aus der Entfernung kannte (sie sah es allmorgendlich beim Öffnen des Fensters) als vielmehr wegen des Weges, wegen der Unterhaltung in Gesellschaft (die sie im übrigen allabendlich mit allen pflegte), die jedoch in diesem besonderen Moment, sozusagen angesichts der Bewegung auf ein Ziel zu, eine andere sein mußte und es in der Tat war. Sicherlich machte das Ziel, das es zu erreichen galt, einen Teil dieses Glücksgefühls aus, aber sich im Sommer von einem Ort zum anderen, von diesem Ort zu diesem anderen zu bewegen, das war eigentlich der wirkliche Grund für das Glücklichsein. So ging es auch den anderen der Gesellschaft, die schon andere Male dort gewesen waren,

Wasser aus der Quelle getrunken, Tomatenmark gekauft und Laura das Dörfchen beschrieben hatten und es immer noch als einen Ort beschrieben, wo die Luft sehr viel besser sei als dort, wo sie herkamen. Laura war rot geworden; mit Gummisandalen, die ihr die dicken Füße drückten, schritt sie zwischen den Steinen daher und schaute aufmerksam die Mäuerchen entlang, die an den Seiten des Weges standen, daß nicht Vipern oder schwärzliche Nattern herauskämen, vor denen sie schreckliche Angst hatte. Aber sie hatte großes Vergnügen an der Luft, die – wie sie fühlte – beinahe mit jedem Meter besser wurde, an den Ziegen, die herumsprangen, an einem Hirschkäfer, der im Flug gegen die Brust der riesenhaften blinden Lehrerin prallte, an der Tatsache, allein ohne den geliebten griesgrämigen Sohn zu sein, und vor allem weil sie auf dem Weg war, zuerst zu einer Quelle mit Wasser, das sie sich als prickelnd vorstellte, und dann in ein Dorf mit unbekannten Geschäften.

Der Himmel war einer von jenen heiteren, beinahe weißen Augusthimmeln, wo man die Sonne, als sei sie in der Luft aufgelöst, nicht anschauen kann und nicht sieht; der Duft der Kräuter und der Tierexkremente war sehr stark, die Bäumchen mit Beeren standen in kräftigstem Grün und waren gleichsam geölt und die steinigen Wiesen mit kleinen fliegenden und brummenden Punkten bedeckt, unter denen hin und wieder wie eine Oberin ein schwarzer Schmetterling auftauchte.

Bacchus sang gewisse lockere und ein wenig anstößige Lieder, und die Lehrerin schlug heftig mit dem Stock nach ihm und verfehlte ihn nicht, der Ingenieur aus Bengasi schien in Gedanken, vielleicht dachte er an seine augenblickliche Lage als Arbeitsloser, an die er jedoch, wie er gesagt hatte, nicht denken wollte. Seine Frau und die olivenfarbenen Mestizen-Kinder waren ein ergebener fremdländischer Anhang, wie der äußerste ausgefranste Zipfel eines Zuges im Gefolge des Negus, aber ohne Negus.

Doch plötzlich hörte man einen Donner, eine Explosion, die aus der Richtung des Heims kam, einen kurzen, rasch vergehenden Donner, dem aber unzählige Male das Echo zwischen Tälern und Wäldern folgte. Ein Zicklein bäumte sich auf zwei Beinen auf, Bacchus vollführte eine Pirouette auf der Holzstütze und drehte sich um. Nichts, man sah nichts, aber der Ingenieur, der etwas über die Machenschaften von Lauras Sohn wußte, riet dazu, sofort umzukehren. Lauras Laune änderte sich schlagartig, weil sie doch, zehn Minuten vom Dorf entfernt, fast am Ziel des Ausflugs, der ihr solchen großen Spaß machte, angekommen waren. Sie kehrten um und hatten nun den Schatten vor sich, das Sonnenlicht lag auf dem anderen Hang.

Es war nichts geschehen, schien es, und erst etwas später, als der Ingenieur lang und breit Heim, Stall, Hühnerstall und die freie Fläche zwischen Kirche und Campanile in Augenschein nahm, bemerkte man am Fuß des schon leicht geneigten Campaniles Spuren der Explosion und zwei große Risse. Er verbot mit aller Entschiedenheit, die Glocken zu läuten. Bacchus beschloß, ins Tal zu fahren, um die Carabinieri zu benachrichtigen, und just in diesem Augenblick kam Lauras Sohn, bislang unauffindbar, heraus und gab unter Tränen seine Schuld zu. Der Ingenieur untertrieb mit Rücksicht auf Laura die Schäden, aber es handelte sich doch um kostspielige Arbeiten. Unter den gegebenen Umständen war der Turm einsturzgefährdet, und man mußte ihn abstützen. Es wurde in Abstimmung mit der Lehrerin Anzeige gegen Unbekannt erstattet. Aber wegen des sonderbaren Sohns, auf den man ein Auge haben mußte, unternahm man den Spaziergang nie wieder.

Odio *Haß*

Eines Tages ging ein Student an der Tür eines großen Hotels in den Bergen vorbei und sah eine etwas ältliche Frau herauskommen, vielmehr hörte er, wie sie herauskam, weil seine Aufmerksamkeit nämlich von einem tierischen Laut gefesselt wurde, dem Quaken eines Frosches. Er schaute sich um und sah in der Tat eine kleine rundliche Frau, die in einen weißen Nerz mit dunklem Nerzfutter gehüllt war. Auf dem Kopf hatte sie eine spitze Pelzmütze, ebenfalls aus weißem und dunklem Nerz. Auch die Stiefeletten, die sie an den Füßen trug, waren in Fischgrätmuster aus weißem und dunklem Nerz gearbeitet.

Er sah ihr ins Gesicht: Es war ein infolge häufiger und langer Sonnenbäder verbranntes Gesicht, braun, eingeölt und glänzend, hatte die Form eines Kuhfladens, als bestünde es aus konzentrischen Kreisen; gleichzeitig schien es das plattgedrückte Maul einer Kröte zu sein, mit zwei dunklen vorspringenden Bällen an den Seiten, überragt von schnurartigen, mit einem schwarzen Stift gezogenen Augenbrauen und einem überbreiten, an den Winkeln herabhängenden Mund, lippenlos und dennoch voller Lippenstift. Sie öffnete den Mund, der ohne Zähne schien, und stieß eben jenes Quaken einer Kröte hervor, wobei sie genau wie eine Kröte die Kehle und die Adern am Hals aufblies.

Der Student, der ganz nahe war, begriff die Bedeutung dieses Quakens nicht, es mußte jedoch eine Aufforderung an einen Kellner sein, der sogleich zu einem Liegestuhl eilte, diesen auseinanderklappte und der Frau dienstbeflissen zuwinkte: Diese setzte sich breitbeinig hin, zog aus einer weißlichen krokodilledernen Handtasche mit einer Hand von ganz dunkler, pergamentartiger Haut und mit lackierten Nägeln wie schon bereitgelegt, zehntausend Lire hervor und gab sie dem Kellner.

Dieser Anblick sowie der Ton, der aus dem feuchten roten Einschnitt des Mundes ganz glückselig und befriedigt herauskam, trafen den Studenten heftig, und er fühlte, wie er erbleichte und, von einem mächtigen Haßgefühl übermannt, gleich darauf errötete. Er hatte oftmals Haß verspürt, aber das war verglichen mit allem, was er in diesem Moment verspürte, vielleicht kein Haß: Jetzt nämlich hätte er die Frau vom Liegestuhl zerren, auf die Straße schleifen, schlagen, zertrampeln und mit seinen Skistiefeln töten können.

Er erwartete Freunde, die ihn von einem großen Automobil aus schon riefen; mit größter Anstrengung wendete er Augen und Ohren von der Frau ab und ging auf die Freunde zu. Obwohl er ein fröhliches Naturell hatte, sagte er während der Fahrt mit den Freunden zum Skigebiet kein einziges Wort, so daß ein Mädchen namens Marina, die Marilyn der physikalischen Fakultät, zu ihm sagte: »Oh, Pino (der Student hatte den seltsamen Namen Fiordispino), bist du mit dem falschen Bein aufgestanden?«

»Ich fühle mich nicht gut«, sagte der Student mit schwacher Stimme, so als drohe er ohnmächtig zu werden. Er war kreidebleich und noch immer von jenem Gefühl beherrscht, das er sich vor lauter Aufregung in seinem Inneren nicht hatte erklären können. Die Straße wand sich in engen Kurven zum Skigebiet empor, und nach zwei oder drei dieser Kurven bat der Student, dem im Auto noch nie übel geworden war, ganz plötzlich den Fahrer anzuhalten, sprang nach draußen und erbrach sich auf den Schnee.

Er schämte sich, vor allem vor den Mädchen, aber Marina trat gleich hin zu ihm, wie er über den Schnee gebeugt am Straßenrand stand, ein wenig davon in die Hand nahm und sich damit das Gesicht einrieb. Zu den jungen Leuten im Auto sagte er: »Fahrt ihr weiter, ich komme vielleicht per Anhalter nach, entschuldigt bitte alle, aber ich fühle mich heute morgen nicht wohl.«

Da gab es solidarischen Protest, allen voran Marina in ihrem roten Skianzug, die sich nicht von der Stelle rühren wollte. Der Fahrer, der gerade in diesem Winter vor seinem medizinischen Examen stand, fuhr das Auto an den Straßenrand und tat seine Pflicht als angehender Arzt: Er stieg aus und warf einen Blick auf seinen Freund, der im Gesicht schneeweiß war. »Ein Cognac oder etwas Ähnliches muß her«, sagte der Arzt in spe, und sofort zog ein anderer Bursche, ein Dicker mit roten und lockigen Haaren, aus seiner Windjackentasche ein kleines Fläschchen Whisky hervor, das er dem Freund reichte. Der Student nahm einen großen Schluck und fühlte sich sofort besser, nahm auch wieder Farbe an, und nach ein paar Schritten und gymnastischen Übungen (er war ein ausgezeichneter Leichtathlet in der Universitätsmannschaft) machte er einen kleinen Lauf und stieg wieder in den Wagen.

Sie fuhren bergauf und erreichten die Liftstation; von dort starteten sie gipfelwärts und fuhren bis zwei Uhr nachmittags Ski. Sie redeten viel beim Fahren und gaben sich dabei gute Ratschläge und Empfehlungen, die Schwächsten den Besten: »Gib acht, Lawinengefahr!« sagten sie zu dem Studenten, der die Piste in Richtung Neuschnee verlassen hatte, um eine seiner üblichen Vorstellungen als ›Gemse‹ zu geben. Aber der Student war nicht in Form, er stürzte und verursachte dabei eine ganz kleine Lawine, aus der er sich jedoch wieder aufraffte und er setzte seine Abfahrt fort, wobei er sich auf dem verharschten Schnee möglichst schwer machte. Aber er war nicht in

Form, auf der Hütte aß er fast nichts; um vier Uhr kehrten sie zurück, kurz bevor die große Kälte der Dämmerung auf die Berge mit ihren roten Gipfeln niedersank.

Endlich allein auf seinem Zimmer, mußte Pino für sein Studium arbeiten, aber er konnte es nicht, weil sich vor die Formeln beziehungsweise ›vor die Kultur der Formeln‹, wie er dachte, sofort das breite kuhfladenförmige Gesicht der Frau mit ihrer Krötenstimme schob. Von neuem ergriff ihn dieses Gefühl und ließ ihn die Muskeln anspannen, die bereit gewesen wären, ohne Verstandeskontrolle gegen die Frau loszuschnellen, um sie zu schlagen, zu zertrampeln und zu töten.

Der Student ließ seine Wut am Bettkissen aus, fühlte sich, nachdem er seinen Fäusten freien Lauf gelassen hatte, ruhiger und fing an nachzudenken: Wer konnte diese Frau sein? Bestimmt eine Steinreiche, ihrer geschmacklosen doppelten, dreifachen Nerz-Staffage und der Handtasche nach zu urteilen, und wegen der zehntausend Lire, die sie dem Kellner für das bloße Öffnen des Liegestuhls gegeben hatte. Vielleicht eine Obst- und Gemüsegroßhändlerin, eine Händlerin auf Wochenmärkten, aber nein, viel mehr: vielleicht eine Viehhändlerin, vielleicht besaß sie sogar eine Bank, aber bestimmt war sie jemand aus dem Volk, eine *self-made woman,* wenn nicht gar eine Dirne, die einen Schwerreichen geheiratet hatte.

Aber es mußte nicht so sein: Klar, das Geld hatte sie sich persönlich verdient, mit Geschäften oder besser mit ein paar halb schwarz betriebenen Fabriken und sicherlich hatte sie gar keinen Mann, oder wenn sie einen hatte, zählte der nicht, war ein armer Teufel, dünn, klein und dienstfertig.

Aber warum dieses Gefühl, dieser Haß? Jetzt verstand der Student, daß dieses Gefühl ausschließlich Haß war; weil er gebildet war, analysierte er es und schloß sogleich aus, daß es Klassenhaß war, der immer mittelbar ist: Hier handelte es sich um direkten, unmittelbaren Haß, in gewisser Hinsicht tierisch kurz, er definierte ihn für sich selbst als Rassenhaß, Artenhaß.

Sein persönliches Interesse für Biologie, für tierisches Verhalten half ihm nicht weiter. Er blieb bei seiner Definition von Rassenhaß, Artenhaß und kam für sich zu dem Schluß – wobei er jeden Augenblick heiterer wurde –, daß die Menschen nur vereinbarungsgemäß, wenngleich es wissenschaftlich gesichert war, derselben Rasse, derselben Spezies angehörten, daß sie aber in Wirklichkeit aus verschiedenen Rassen bestanden, aus einer Vielfalt unterschiedlicher Arten, die sich bis zum Individuum hin zerstäubten.

Der Student schlief schlecht, wachte ständig und abrupt auf, erinnerte sich aber nicht, ob es Alpträume oder Träume waren, die ihn aufwachen ließen –, und was für welche es waren. Am Morgen stand er früh auf, ging Zeitungen holen, saß im Café, las, aber er tat es immer widerwillig, und am Ende vergaß er alles, was er las, ein Wort nach dem anderen. Er strich durch den Ort (im Lauf der Nacht war viel Schnee gefallen) in einem Zustand großer Unruhe. Er wollte es sich fast nicht eingestehen, aber er fürchtete, diese Frau wiederzusehen, sie irgendwo zu treffen, und im gleichen Augenblick wollte er es.

Es war fast die Stunde ihrer Verabredung, der Student hatte Stöcke und Skier an eine geschlossene Tanksäule gelehnt, und just in diesem Moment vernahm er den Ruf, das Froschquaken der Frau. Sie war dieses Mal mit einem anderen Pelz ausgegangen, Wolf oder Luchs, der stark aufbauschte und bis zu den Füßen reichte, aber immer noch mit der gleichen Pelzmütze und einer dunklen krokodilledernen Handtasche. Sie redete und lachte und ließ dabei das leere schwarze Loch ihres breiten Mundes sehen, in dem man die Zunge rot schimmern sehen konnte. »Vielleicht hat sie ein Leiden im Mund«, dachte der Student ruhig, aber sofort loderte der Haß in ihm auf und seine Muskeln spannten sich gerade in dem Moment, als die Frau an ihm vorüberging. Der Student sah, wie die Augenlider der Frau, braungrün, sich einen Augenblick über die Augäpfel senkten, genau wie die Membranhäute der Kröten, wobei sie jedoch etwas für sich ausdrücken wollten: einen Moment der Konzentration, eine Rechnung, Rechnungen, als ginge es um irgendeinen Gewinn, den es zu machen galt oder den sie nicht gemacht hatte.

Der Student gab ihr einen leichten Tritt und lachte seltsam dabei, einen kleinen Tritt mit der Stiefelspitze. Die grünen Lider der Frau öffneten sich plötzlich, die hervorquellenden Augen sahen ihn angstvoll an, die kleinen Pfoten krallten sich um die ganze Tasche und drückten sie an sich. Der Student trat noch einmal zu, viel stärker, und diesmal erhob die Frau besagtes Froschquaken, das jedoch langsam kam, stoßweise, als gelte es, Leute herbeizurufen; aber die Leute konnten diesen Laut nicht verstehen, und der Student versetzte ihr mit der Faust einen mächtigen Hieb, zuerst auf die Fellmütze, die bis zu den Augen herunterrutschte, und danach mitten ins Gesicht, aus dem sofort Blut hervorschoß. Die Frau fuchtelte mit den Armen, vollführte einen kleinen, blinden Tanz um sich selbst, rutschte auf dem Eis aus und schlug hin.

Auf der Terrasse schauten Leute zu, eher neugierig als verängstigt, auch ein Verkehrspolizist und ein Kellner in weißer Jacke waren da, aber wer weiß warum, niemand griff ein. Alle schauten zu, rührten sich aber nicht. Die Schläge des Studenten waren fürchterlich, das Blut tropfte in den Schnee, und als Antwort darauf kam dieses langsame Froschquaken, das eine oder andere Stammeln und nichts weiter.

Auf einmal versuchte der Student, sie vom Boden hochzuheben, am Revers des Pelzmantels, dessen Naht sofort riß; er führte das eingecremte dunkle Gesicht nahe an seines heran, um den schwersten Schlag auszuführen, denjenigen, mit dem er sie würde umbringen wollen, mitten ins Gesicht: Er nahm sogar den Geruch der Sonnencreme wahr, doch in diesem Augenblick schien die Frau beinahe zu lächeln, sie zog nämlich den ohnehin schon großen, breiten Mund mit der roten Zunge breit zu einem Lächeln der Verständigung, von Übereinkunft, kurzum von Geschäft.

Es war nur ein Augenblick, der Augenblick, in dem der Student, der die Faust über den eigenen Kopf erhoben hatte, diese mit größtmöglicher Kraft auf ihr Gesicht niedersausen lassen wollte. Aber dieses Lächeln, dieses Geschäftsangebot nahm der Faust jegliche Kraft und obsiegte. Der Student ließ die Frau los, die zu Boden glitt, ihren Laut wiederholte und immer noch mit diesem Lächeln blickte: Er drehte sich mit einem Ruck um, ging zum Auto seiner Freunde, die schon da waren und auf ihn warteten. Er lud die Skier auf, und sie fuhren los. Niemand vom Hotel und in den Liegestühlen rührte sich, nicht einmal der Verkehrspolizist, und die Frau, zunächst auf allen vieren, dann taumelnd, erhob sich wieder, zupfte ihre Kleidung zurecht und setzte langsam, mit einem Taschentuch vor der Nase, ihren Spaziergang fort.

Ozio *Muße*

Eines Tages wurde ein etwas wunderlicher Mensch kurz vor Morgengrauen durch ein Gewitter geweckt: Es war, als brächen vom Blitz- und Donnerschlag Risse in der Hauswand auf; die Leitungsdrähte ließen ein lautes Knistern hören und sprühten einige Funken. Er wohnte in einem winzigen Haus, beinahe begraben mitten im Wald; am Abend zuvor war er unter den mißtönenden Rufen einer Elster, die noch munter war, eingeschlafen: Es waren wohl eher zwei oder drei Elstern. Oder waren es etwa Laubfrösche? Darüber dachte er noch immer nach, trotz des Tosens draußen, Laubfrösche konnten es einfach nicht sein, sicher waren es Elstern. Dies war die große Frage, die er sich während des Tages immer wieder gestellt hatte, und auch in den Tagen zuvor. Mitten in dem Problem hatte ihn dann der Schlaf übermannt, und er hatte sich mit einem Gähnen niedergelegt, quer über das große Bett mit der grobleinenen Zudecke.

Noch warm vom Schlaf, überraschten ihn Donner und Blitz, heftiger Wind und hernach niederprasselnder Regen; und ein sonderbares Geräusch, das sich nach einem Brunnen anhörte: dies traf ihn mitten in all dem Getöse plötzlich wie ein Schlag. Er stand auf und öffnete das Fenster. Die Bäume wurden vom Wind hin- und hergerüttelt und vom Regen durchgepeitscht; das Licht war von blaugrauer Farbe. Wie Rauch aussehende weiße Wolken trieben rasch unter grauen Wolken in einer zweiten Höhe dahin, und noch darüber lagerten wieder Wolken, bleifarben und nahezu reglos: Von irgendwoher einfallendes Sonnenlicht färbte die Ränder der Bleimasse schwefelgelb.

Er kleidete sich eilig an und fragte sich ein weiteres Mal, wo wohl dieses Brunnengeräusch herkäme; seine Neugier trieb ihn nach draußen. Er stieg ins untere Stockwerk hinab, öffnete Türen und Fensterläden und wurde sogleich vom Regen bespritzt. Hinausgehen, ja, das mußte er, das Haus war feucht, und er mußte Feuer machen: Dazu aber brauchte er Brennholz, und der Holzschuppen war draußen vor dem Haus.

Er setzte sich eine Mütze auf den Kopf und trat hinaus, schaute nach oben, wo das Wassergeräusch herkam. Er bemerkte sofort, daß die Dachrinnen durchlöchert waren und daß aus den Löchern dort oben das Wasser wie aus kleinen Brunnen herausfloß: Dies also war die Ursache des Geräuschs. Wer aber konnte solche Löcher hineingemacht haben, so klein, so rund, so präzise? Er schlüpfte in den Holzschuppen und suchte sorgfältig Brennholz aus, dünne Stücke zum Feueranzünden und dicke Stücke für später.

Er ging zurück in das dunkle Haus; im grünen Licht des Gewitters fand er zum Kamin, legte sich für das Feuer Papier und Holz zurecht und steckte es an. Das Holz war trocken, und wie immer genügte das lodernde Papier, um es in Brand zu setzen. Darauf ging er in die Küche hinüber und machte sich, zum Kaffeebereiten, am Herd zu schaffen. Mittlerweile prasselte das Kaminfeuer, das Holz brannte trotz der äußeren Feuchtigkeit wunderbar, und der Kamin zog unter Gestöhn und Gepolter.

Er trank seinen Kaffee vor dem Kaminfeuer und zündete sich eine Zigarette an: »Wer hat bloß die Dachrinnen so durchlöchert?« Er grübelte über die Herkunft dieser kleinen Löcher nach und kam nach einer Weile zu dem Schluß, daß es Schrotkugeln gewesen sein mußten, also: die Jäger. Jäger waren es – während seiner Abwesenheit – gewesen, die bei der Jagd auf einen Vogel aufs Geratewohl geschossen und dabei die Regenrinnen getroffen hatten.

In seinem Hirn hatte eine rege Tätigkeit begonnen; diese war so geschwind und so ungreifbar, daß sie ihn gleich nötigte, näher zu untersuchen, um welche Betätigung es sich handelte, und gegebenenfalls eine Auswahl unter den vielen Impulsen zu treffen, aus denen sich diese Energie zusammensetzte.

»Also, was soll ich tun?« fragte sich der Mann, dem es schien, daß er da vielerlei zu tun hätte. »Was muß ich denn unbedingt erledigen?« Jedoch nahm – allem Beschwören zum Trotz – keine einzige Tätigkeit wirklich Gestalt an. Den Mann überlief ein wohliger Schauer, und er meinte, die erste Betätigung wäre wohl die, sich einen Pullover anzuziehen. Nur, welchen Pullover? Er hatte immerhin drei, alle verschieden dick; und nach längerem Grübeln gelangte er zu dem Schluß, daß der mittlere genau das sei, was man jetzt brauchen könnte: aus Wolle, aber doch leicht. Er eilte nach oben, als könne der Pullover ihm weglaufen, und zog ihn sich über.

Er setzte sich hin, zündete sich noch eine Zigarette an und wartete darauf, daß die große, übergroße allmorgendliche Energie, die in seinem Kopf umherjagte, endlich Form gewinne und sich zu irgendeiner bestimmten Tätigkeit anordne, zumindest einer.

Eine – allerdings ganz unbedeutende – bestand darin, weiteres Holz für das Kaminfeuer zu holen, das bereits zwei große Scheite aufgezehrt hatte, im Nu, wie es ihm vorkam.

Er setzte sich auf einen hohen und unbequemen Stuhl, denn er war der Ansicht, daß der Sessel viel zu bequem sei und am Morgen unangebracht, da man aus ihm nicht rasch genug hochkommen könne, um mit der Arbeit zu beginnen. Auf diesem unbequemen Stuhl befiel ihn aber die Erinnerung an eine Art Märchen, das er sich am Abend zuvor hier ausgedacht und einem kleinen fünfjährigen Jungen erzählt hatte: Es handelte von einem Zwerg; er war muskulös, sehr kräftig und stark behaart, hatte einen kleinen, gebogenen Spitzbart, trieb sich in der Gegend herum und wohnte auch dort. Ein Zwerg, er war nicht wirklich ein Zwerg, sondern ein Elfe, ein Gnom, mit dem der Mann, wie er sagte, in gewisser Weise befreundet war, obwohl er ungemein wortkarg sei und außerdem das Zäpfchen-R spreche.

»Wie ist er denn angezogen?« hatte das Kind gefragt.

»Er trägt ein kleines Fellwams, eine Art lange Jacke aus einzelnen Stücken Fell zusammengenäht, so gut es eben ging. Er sucht Leute in ihren Häusern auf und borgt sich Nadel und Faden aus, aber er hat kleine Finger, seine Hände sehen aus wie die Borke an einem Baumstamm, und keiner weiß, wie er es eigentlich fertigbringt zu nähen. Er lebt für sich allein, läuft zwischen dem Wald und dem Fluß dort hinten umher, und in seiner freien Zeit schneidert er sich seine Kleider.«

»Was für ein Fell, von welchem Tier?« hatte das Kind weiter gefragt. Genauigkeit in Einzelheiten, vor allem auch sprachlich, dafür war es besonders begabt: Es gebrauchte Wörter wie ›vorzüglich‹ und ›köstlich‹, sprach sie mit leicht zischendem S-Laut, ließ dabei aber seine Händchen und Fingerchen kreisen in einer Weise, die ganz und gar nicht bestimmt, vielmehr vage und verträumt wirkte.

Der Mann hatte auf Anhieb eine nicht vorhersehbare Antwort gefunden: »Von der Maus«, hatte er ganz gelassen erklärt, und bei dem Wort ›Maus‹ hatte Lorenzo die Augen aufgerissen, die Finger gespreizt und kein Wort gesagt.

Nun saß der Mann also auf dem unbequemen Stuhl, sofort bereit, auf die Füße zu springen und seine ganze Energie an irgendeine Betätigung zu wenden, die allerdings noch immer nicht zum Vorschein gekommen war. Da kam ihm der Gedanke, die Geschichte mit dem Zwerg fortzuspinnen und auf eigene Faust weitere Einzelheiten hinzuzuerfinden, die er vielleicht später Lorenzo erzählen würde. Aber nichts, keine Einzelheiten wollten ihm einfallen; die Behendigkeit seiner Phantasie, die durch die Frage des Kindes ausgelöst worden war, war verschwunden mit der vollkommenen Stille der Nacht und des Schlafes. Aus der Ferne, von der anderen Seite des Flusses her hörte der Mann die Glocken zu Mittag läuten.

»Mittagszeit?« fragte er sich. »Es ist bereits Mittag. Das ist doch nicht möglich. So habe ich also den ganzen Vormittag vergeudet. Jetzt muß ich auch noch Essen zubereiten.« Er war allein, lebte für sich allein.

Er sah zu, daß er sich etwas zu essen kochte, legte ein Tischtuch auf, ging in den Keller und holte eine große Flasche Wein, die voller Spinnweben war. Im Keller sah er, wie das feiste Hinterteil einer Maus sich ohne Hast davonmachte, leicht tänzelnd wie bei gewissen Amerikanern, der häßliche Schwanz immer hinterdrein.

Das Gewitter war zurückgekehrt. »Zwei Gewitter, im Abstand von wenigen Stunden«, sagte er fast ungläubig zu sich. »Es hat doch aber so ausgesehen, als käme die Sonne heraus. Was für ein absonderliches Wetter!«, doch da dachte er an sich selbst, an sein eigenes Naturell, und seine ernstliche Verwunderung ging in einem innerlichen Grollen unter.

Das Licht am Himmel nahm ab, die Bäume begannen, sich wieder im Sturmwind zu biegen, und der Regen trommelte wieder aufs Dach. Ein paar Tropfen fielen in den Kamin, und weiter weg, auf der großen Wiese unten hörte man jemanden ein Lied pfeifen, musikalisch vollkommen: Sollte es etwa Leute geben, die bei solchen Regengüssen in den Wiesen spazierengingen?

Der Mann schaute verstohlen hinaus und sah tatsächlich einen großen schwarzen Schirm, der aus dem Blickfeld verschwand. Es war dunkel am Himmel, jetzt war sogar das elektrische Licht ausgefallen; keine von den vielen Betätigungen, die ihm vorschwebten, kam daher im Augenblick in Frage. Er ging nach oben, legte sich aufs

Bett, deckte sich mit einem Federbett zu und schlief ein. Doch bald darauf wurde er wach; es waren lediglich zehn Minuten vergangen. Er fühlte sich ganz großartig, voller Tatkraft.

Nun war er bereit, all das zu tun, was er am Morgen versäumt hatte. Nur, es war jetzt so dunkel! Er holte noch mehr Holz, das er dann auf den Gluthaufen im Kamin legte, auch um etwas Licht zu erhalten.

»Aber dieser Zwerg, dieser sonderbare kleine Zwerg, bin im Grunde ich selber«, dachte der Mann mit großem Behagen; aber da sagte ihm eine Stimme: »Der kleine Zwerg arbeitet, du hast erzählt, daß er Holz schlägt, es zu einem Haufen aufschichtet und dann Kohle herstellt.«

»Sicher«, sagte der Mann jetzt laut, es konnte ihn ja ohnehin niemand hören, »er macht Holzkohle.«

»Und was machst du?« vermeinte er Lorenzos Stimme ihn fragen zu hören, die Augen weitaufgerissen und das hellblonde Köpfchen lächelnd zur Seite geneigt.

Und in dem Dunkel war es dem Mann, als sehe er auch Lorenzos zur Seite geneigtes Köpfchen, phosphorig leuchtend: die Haare, Wimpern und die so blonden Brauen, auch sie phosphoreszierten, und diese Helligkeit warf Licht auf die blauen und lebhaften Augen.

»Dieses Kind ist schon ein Teufelsbraten, ja ein richtiger kleiner Teufel, es ist tatsächlich etwas Diabolisches an ihm«, dachte der Mann ganz ernsthaft, »vor allem dieses eigentümliche Leuchten…« Er redete jetzt laut und sprach beide Rollen, seine eigene und die von Lorenzo. Draußen war es richtig dunkel, es regnete gleichmäßig, und der Mann konnte hin und wieder einzelne Regentropfen erkennen in dem Augenblick, wo sie an ein Blatt klatschten. Er sah nach der Uhrzeit: sechs Uhr. Wie war bloß all diese ganze Zeit vergangen? Das war doch nicht möglich, einfach unfaßbar. Er konnte es wirklich kaum glauben; aber so war sie eben verstrichen, mit Grübeln, Vorsichhinträumen und Nachdenken.

»Und damit ist der Tag so gut wie vorbei; ein wahrhaft müßiger Tag«, sagte er sich. Jetzt war es zu spät, um sich an eines der vielen Vorhaben zu machen: »Verschieben wir's auf morgen. Oder besser«, da Sonnabend war, »auf Montag.« Er bemerkte auf einmal, daß er gar keine Morgentoilette gemacht hatte: Bei all dem Wirbel der zu erledigenden Dinge und bei aller Energie, die möglichst rasch in Taten umgesetzt zu werden verlangte, hatte er vergessen, Toilette zu machen, sich zu rasieren. Er fuhr sich mit der Hand unters Kinn. »Nun ist es zu spät zum Rasieren, das wäre doch sinnlos, der Tag ist vorbei. Und außerdem gibt es kein Licht.«

In der Tat, das einzige Licht in dem kleinen Haus war das der Flammen im Kamin, die dort an einem dicken Holzklotz herumzüngelten: feurige Zungen, flink und spitz, die ohne irgendeine Ordnung unter dem Holz hervorzuckten, weitere kecke Teufelchen vom Schlage Lorenzos, die sich über ihn lustig machten.

Der Mann bereitete sich etwas zu essen, eine Tasse Fleischbrühe, in die er altes Brot hineinbrockte. Er hatte keinen Hunger.

»Was ißt eigentlich der kleine Zwerg?« hatte Lorenzo gefragt.

»Fleischbrühe, eine Tasse Fleischbrühe mit Brot darin«, hatte der Mann prompt geantwortet.

»Wirklich immer eine Tasse Fleischbrühe mit Brot?«, die dem Teufel eigenen Zischlaute kamen aus der Lücke, die einige Tage zuvor zwei ausgefallene Zähnchen hinterlassen hatten.

»Ja, immer.«

»Ist das denn genug?«

»Ja, das ist genug.«

Paternità *Vaterschaft*

Jeden Tag betrachtete Piero Tommaseo-Ponzetta seine Söhne mit väterlicher Liebe: Es waren zwei Knaben, schön, mehr als schön, antik, ihre Art von Schönheit sah man nur sehr selten: Sie waren nicht groß, hatten die Statur von Hopliten, etruskischen Apollos, unterschieden sich einer vom anderen sehr: langsam und löwenhaft der größere, ruckartig, mit blauen Augen und glänzendem Email unter den langen schwarzen Wimpern der zweite. Piero sah sie voller Liebe an und machte immer neue Annäherungsversuche, eine Liebkosung, ein Kuß, eine Umarmung, als wären sie Kinder geblieben. Aber weder seine Blicke noch seine zärtliche Art wurden von den Söhnen angenommen.

In Wirklichkeit waren die väterliche Liebe und die Blicke von Piero befremdlich, denen, die sie sahen und dem Instinkt der Söhne: Es waren Blicke einer Frau, die nicht mehr jung ist und verliebt, voller Verlangen (nach einem Blick, einer Liebkosung, einem Kuß) und gefügig (gegenüber Zurückweisung). Und es waren zweifellos Blicke wie von zuviel Liebe ermattet, und sie standen im Widerspruch zu den starken und egoistischen der Söhne und zu ihren elastischen und kräftigen Muskeln. Es waren, in einem Wort, Blicke der Leidenschaft, immer sich täuschend und immer enttäuscht.

Im Sommer lebte Piero mit seiner großen Familie, einer Schar von Brüdern, Schwägern und Neffen in einer Villa auf dem Land, wo die Spiele der Kinder sich mit dem fortwährenden Auftauchen der ›Großen‹ kreuzten, hier und da verstreut zwischen dem Garten der Villa und der Tenne, wo man die Pferde wiehern hörte, winzige Hunde bellen, Hähne und Hühner singen, die einen wegen der Liebesspiele, die anderen wegen gelegter Eier.

Dahinter, im Gemüsegarten bei Mondschein, kletterten die Schnecken in den Salat, die Kaninchen kauten hüpfend in schiefstehenden, moosbewachsenen Ställen, Piero hätte sie versorgen sollen, denn er war für Grünzeug und Geflügel zuständig. Tatsächlich aber lief Piero wie ein Kreisel vom Gemüsegarten zur Tenne, zwei-, drei-, viermal mit schnellen Schritten, schaute sich alles an, indem er die Brille ganz dicht an Pflanzen und Tiere hielt, dann ging er wieder zur Tenne hinüber oder ins Haus, oder er verschwand im Grünen. Dort traf man ihn oft auf einer Gartenbank, halb verborgen mit einem Mortadellabrötchen.

Eines Abends schienen die Sterne hoch über den Pappeln der Tenne: Es fand ein Abendessen statt, eine Feier von der Art, wie Piero sie haßte, widerborstig wie er war, einsam, wie man gesehen hat, und eifersüchtig. In den verschiedenen Häusern brannten viele Lichter, und Piero hätte sie am liebsten gelöscht, um keinen Strom zu verbrauchen, genau wie er auf solchen Festen und Essen nicht erschien, um wegen der Kosten für die Speisen nicht leiden zu müssen. Man konnte ihn nicht sehen, hörte aber seine Stimme durch die Tenne rufen: »Der Zahlmeister geht um.«

Das Fest wurde zu Ehren eines Flügels, genauer gesagt eines Steinway gefeiert, den einige Freunde Pieros Frau geschenkt hatten. Man spielte, tanzte, die ganze große Familie und viele Bekannte nahmen an der Neuheit teil, und Marcella, die Frau von Piero, saß am Flügel. Lange Bündel von Licht drangen durch Hof und Tenne und in jede Tür, die sich öffnete. Gesang und Musik schlängelten sich durch die Brennesseln im Garten, die Kaninchen, die noch nicht eingeschlafen waren, spitzten die Ohren, die Schnecken nagten am Salat, die Hühner jedoch schliefen.

Piero stand wie üblich abseits im Dunkel einer Laube, mit einer kleinen, unabhängigen Tüte mit Mortadella, und grübelte über seine Schüchternheit nach, unentschlossen, was er tun sollte wie jedesmal, wenn Besuch da war: Er spielte die Rolle des Sonderlings, und zwar vortrefflich, erfand immer neue Auftritte und Abgänge wie ein Goldoni-Schauspieler. Er wußte, daß er den anderen gefiel. Doch mit unendlichem Verlangen wartete er darauf, auch selbst in die Lichter und Geräusche des Hauses zu treten, in dem Augenblick, in dem es die Torte gab; langsam und unerbittlich würde er sie in ganz dünnen und kaum wahrzunehmenden Scheibchen verzehren. Als aber der Augenblick der Torte näherkam, Piero rechnete es, während er im Dunkeln stand, auf die Sekunde aus, stürzte Ludovico, der jüngere der beiden Söhne, der mit den Emailaugen, der Gewalttätigere, aus jenen Lichtern hervor, stöberte seinen auf der Gartenbank zusammengekauerten Vater auf und sagte brüsk wie eine Sprungfeder:

»Gib mir die Wagenschlüssel.«

»Warum? Warum?« Piero war auf der Stelle erregt.

»Ich hab' es satt, ich gehe tanzen«, war alles, was der Sohn sagte, an der Hand ein blondes Mädchen. Im Schatten traf den Vater die Schönheit seines Sohnes mit seinen zitternden Muskeln, und er wurde wieder ganz von seiner väterlichen Leidenschaft ergriffen.

»Wohin?« brachte er hervor, mit veränderter Stimme, die aber nichts Autoritäres hatte. Mit lauter, aber schwacher Stimme. Der Sohn siegte, und er wußte, daß er siegen würde. »Zum Lido, nach Venedig«, sagte er schroff. »Also, los, gib mir die Schlüssel!«

Die Leidenschaft und das Theater oder das Theater der Leidenschaft erregten Piero: »Zum Lido? Jetzt? Allein der Gedanke.«

Sohn Ludovico schnaubte. »Gib mir die Schlüssel!« befahl er. Auch er spielte Theater, ihr Dialog begann.

»Jetzt, mitten in der Nacht? Nicht daran zu denken. Nein.«

»Ich nehme ihn trotzdem«, sagte Ludovico, und er lief zu dem alten Auto hin. Leute waren nach draußen gekommen, Brüder, Bekannte, Freunde. Auch Piero lief zum Auto. Es kam zum Tumult, einer Art Kampf, bei dem Piero Umarmungen und Küsse versuchte, dafür aber Stöße und Fausthiebe erhielt. »Kleiner Ludovico«, sagte er. »Du bist verrückt, um diese Zeit.«

Der Sohn sagte: »Dann fahr' ich eben mit dem Motorrad« und ging zum Motorradunterstand. Er kam donnernd auf den Vater zugefahren, der sich ihm entgegenstellen wollte, und bedeutete ihm, in ihn hineinzufahren, wenn er nicht den Weg freimachte. Das Mädchen sprang auf den Rücksitz.

»Mein kleiner Ludovico, du bist verrückt, mein kleiner Ludovico«, jammerte Piero, »jetzt nach Venedig, tu Papa einen Gefallen!« »Geh weg«, sagte Ludovico.

Es bildete sich ein Kreis, dem Piero und die Freunde sich anschlossen. So gut wie alle hielten ausdrücklich zu Ludovico, forderten, Piero solle ihm das Auto geben. Es sei doch Sommer, sie seien jung, und auch andere Jugendliche wollten gerne am Lido tanzen gehen.

»Ich schließe das Tor«, schrie Piero verzweifelt. Und dann rannte er zum Tor der Tenne. Dröhnend fuhr Ludovico vor ihm her, bremste aber. »Geh aus dem Weg«, sagte er zu seinem Vater.

»Um diese Zeit, sei vorsichtig.« Der Vater gab nach, zum ersten Mal. Das zweite Mal folgte gleich: »Hast du Geld? Willst du Geld?«, und er holte aus seiner Tasche einen Geldbeutel, den er nur auf dem Land benutzte. Er war zerfetzt und ausgefranst wie der eines Bettlers. Er drehte sich um, als wolle er sich verstecken, das Geld heimlich aus dem Geldbeutel nehmen. »Zweitausend«, sagte er, küßte das Geld und reichte es dem Sohn. »Mein Lieber«, fügte er hinzu und streckte seine dicken Lippen zu einem Kuß vor.

»Ich will nichts«, sagte der Sohn. »Behalte nur alles, auch das Auto.«

»Fünftausend, zehntausend«, riefen die Anwesenden, forderten Piero auf, zu zahlen.

»Fünftausend für Ludovico, fünftausend für Alvise«, schlug jemand vor, und Alvise, der andere Sohn, tauchte auf, drohend und in Schweigen.

»Fünftausend, man stelle sich das vor …«, brummte Piero. Ludovico machte mit dem Motorrad einen Satz nach vorn, fuhr auf den Vater zu, der zur Seite sprang. »Ich will nichts«, sagte er und fuhr schneller.

»Fünftausend«, sagte Piero, kramte in seinem halb geschlossenen Portemonnaie herum, den Anwesenden warf er argwöhnische Blicke zu. »Wenn du mir einen Kuß gibst«, und näherte seine Lippen Ludovico, allerdings vorsichtig.

»Ich schlage dich, weg!« sagte Ludovico.

»Mein Lieber«, seufzte Piero und verzog sein Gesicht mit der großen Nase zu einem breiten Lächeln. »Lieber, kleiner Ludovico.«

»Dann eben Alvise, gib Alvise einen Kuß«, schlug jemand vor. Alvise machte einen Sprung nach hinten, aber sein Vater kam auf ihn zu, die Lippen vorgestreckt.

»Kleiner Alvise«, sagte Piero lächelnd. »Mein Liebster.« Alvises Faust war plötzlich nur einen Zentimeter von seinem Gesicht entfernt.

Ludovico dröhnte. »Addio, addio«, sagte er und machte donnernd einen Satz nach vorn.

»Halt, halt an!« schrie Piero jetzt voller Angst. »Zweitausend.«

»Nichts.«

»Dann gebe ich dir das Auto. Mein Lieber…«, zum dritten Mal gab er nach, jetzt in schwerwiegender Weise.

»Nichts«, sagte Ludovico wieder auffahrend, amüsiert und muskulös. Der Mond beschien ihn wie die Kruppe eines Rennpferdes. Er war ein wenig verschwitzt in seiner weißen Frotteejacke.

»Mein Lieber«, sagte Piero, »er ist genau wie ich, vollkommen gleich.« Wieder beugte er sich vor, um Küsse zu erhalten oder abzulisten von dem einen oder anderen Sohn, oder vielleicht von beiden. Er bekam zwei oder drei kleine Fausthiebe: Er schwamm im Glück.

Ein Campingwagen mit Freunden und Kindern fuhr davon, mit erleuchteten Fenstern wie bei einem Boot im Hafen. Die Hunde bellten.

»Jetzt reicht's! Geh da weg!« sagte Ludovico mit einem letzten mächtigen Donner und fuhr davon, er verschwand in seiner weißen Jacke mit dem Mädchen, das sich an ihm festklammerte. Alvise blieb zurück, trat in eine der erleuchteten Türen, sammelte Reste für Hühner und Hunde und warf sie in zwei Kochtöpfe: Er hatte im Garten, bei den Hühnern und den Kaninchen die Zügel übernommen. Piero nahm die Gelegenheit wahr (Alvises beide Hände waren mit den Kochtöpfen beschäftigt), umarmte ihn und küßte ihn mit zu einer Röhre geformten Lippen.

»Weg«, sagte Alvise und drohte, die Kochtöpfe auf ihn zu werfen.

»Weg.«

»Mein Liebster«, sagte Piero lachend vor Glück, »ihr Lieben.«

Patria *Vaterland*

An einem Morgen im frühen Winter des Jahres 1942, mit einem Hauch von Schnee und danach einem kalten Himmel mit weißen und blauen Streifen, verließ ein Junge das Haus, um zur Schule zu gehen. Damals sahen die Städte auch wie Gärten aus, mit riesigen Libanonzedern, Amseln und großen unbebauten Flächen. Aber dieses Latein, all diese Deklinationen und Verben, sie waren so anders als der leichte weiße Puder, der die Straßen bedeckte! Wie unglücklich das Latein – und wie glücklich und frisch der Schnee! Die Stadt roch nach Bauholz, nach Skiholz, nach jenem Hickory, von dem er so oft geträumt und es im Wörterbuch nachgeschlagen hatte. So dachte Franco gerade, als er, wenige Meter von einem öffentlichen Pissoir entfernt, einen Mann auf der Erde sitzen sah, der sonst immer am Stock humpelte. Weit und breit war niemand zu sehen, die Straßen waren leer und weiß um acht Uhr am Morgen, nur hier und dort Schlangenlinienspuren von Fahrrädern. Als der Mann den Jungen bemerkte, rief er ihn über die Straße hinweg an: »He, du da! He!« sagte er und winkte ihm mit der Hand.

Franco kam näher und erkannte den Mann nicht ohne eine gewisse Angst: Es war ein Kriegsversehrter aus dem Ersten Weltkrieg, ein Mann mit einem Holzbein, der an seinem Stock in der Stadt umherging und mit lauter Stimme fluchte. Er trug drei Ordensbänder im Knopfloch, das große Abzeichen der Kriegsversehrten und das Parteiabzeichen der Faschisten. Er war immer sehr elegant und gepflegt, denn es hieß, er habe eine ausgezeichnete Pension, er blieb jedoch bei seinen Spaziergängen stets allein und war oft betrunken: Er ging in Stehkneipen und Wirtshäuser, hängte seinen hübschen Spazierstock aus spanischem Rohr an den Schanktisch, bestellte etwas, trank und sagte dann, daß alles, was er da verzehre, ihm als Kriegsbeschädigtem zustünde. Sein Zorn kam so unverhofft und war so heftig, daß ganz selten jemand etwas darauf erwiderte, und wenn er etwas erwiderte, dann wehe ihm! Seine ganze Erscheinung war irgendwie rundum grau, in einem perlfarbenen Ton, durch seine Kleidung und seine Augen und eine sonderbare Blässe seines Gesichts, die sich, selbst wenn er drohte und brüllte, nie veränderte: als ob er tot sei und ihn ein eingebauter Mechanismus dazu antrieb, durchs Leben zu gehen, in jener hochfahrenden Art mit dem harten Bein, das regelrecht wie ein Scharnierstift funktionierte, wenn er umherlief.

»Ihr Kanaillen und Drückeberger«, sagte er, »ihr könnt gehen, wie? Ihr jedenfalls habt eure Beine noch, ich aber habe eins hergegeben für euch, ihr Kanaillen«, und während er so redete, schlug er mit dem Spazierstock auf das Bein, daß es nur so widerhallte. Er trug einen grauen Filzhut, einer Melone ähnlich, mit einem breiten schwarzen Band.

Es war kaum zu glauben, daß er manchmal auf der Straße einfach stehenblieb und die Vorübergehenden um Geld anbettelte, wenn er gerade keines hatte, und gerade, weil er so elegant gekleidet war, wirkte er einschüchternd, und nur wenige gaben ihm nichts. Er nahm das Geld ohne ein Wort des Dankes und ging fort.

Wer war er eigentlich? »Halt dich fern, er ist gefährlich«, hatte sein Vater erklärt. »Er war schon immer gewalttätig, vielleicht ist er ein *ardito** und hat im Krieg ein Bein verloren; jetzt ist er schlimmer als früher.«

»Ist er allein, hat er keine Familie?« hatte Franco gefragt.

»Er lebt mit einer Frau zusammen; aber man bekommt sie nie zu sehen. Er prügelt sie mit seinem Stock und ist deswegen sogar schon im Gefängnis gewesen.«

Franco kam jetzt trotzdem näher, so als ziehe ihn irgend etwas an der Gestalt dieses bösartigen Pierrot an: Der Mann war bleich und schien mit Mehl bestäubt, sein Hut lag ein paar Meter weiter weg, und er mühte sich vergeblich, den Stock irgendwo einzustechen, um aufstehen zu können. Doch die Gummispitze rutschte auf der dünnen Schneeschicht, mittlerweile voller Striche, weg, und er fluchte vor sich hin. Vielleicht war er auch betrunken, denn neben ihm lag eine Lache Erbrochenes. Es war sehr kalt, die Sonnenscheibe, weiß und eisig, beschien zwar alles, wärmte aber nicht und warf auch keinerlei Schatten. Die Lippen des Mannes hatten eine violette Färbung, als seien sie verätzt, und waren an den Mundwinkeln eingerissen. Er schaute Franco jetzt von unten herauf an, und sein Blick kam unter Wimpern hervor, die wie mit Tusche bedeckt wirkten.

»He, du! Zieh mich hoch!« befahl der Mann und streckte seine Hand nach Franco aus, der sich auch willig

* Freiwillige im Ersten Weltkrieg, von denen die schwarze Jacke der Faschisten stammt. Manche waren Sträflinge, die so ihre Strafe abdienten.

packen ließ. Aber der Mann war schwerer, als es aussah, und als Franco ihn emporzuziehen suchte, rutschte das Holzbein auf dem Schnee zur Seite weg, als habe es keinerlei Verbindung zu dem anderen Bein.

Der Mann fluchte, wurde gleich böse und schimpfte mit dem Jungen: »Du Dummkopf, Kriegstrottel, du! Zieh doch, du Dummkopf.« Franco war es, als sehe er ein mißbilligendes, herausforderndes Grinsen auf dem violetten Mund des Mannes. Franco stellte seine Schultasche auf die Erde und versuchte, mit beiden Händen an dem Arm zu ziehen, aber das Holzbein bewegte sich, so als sei es aus dem Gelenk gesprungen, wohin es wollte, es spreizte sich genau nach hinten ab, und Franco meinte ein Knirschen und Knarren zu vernehmen, ein Geräusch von Holz und Leder.

Das Gesicht des Mannes schlug von Blaß in Lila um: »Mistkerl!« stieß er hervor und brabbelte noch allerlei anderes vor sich hin, mit Bläschen vor dem Mund. Allerdings schien er sich mit einem Mal mit seiner Lage abzufinden und lehnte sich mit Rücken und Hinterkopf gegen die Mauer, wie um sich bequemer zurechtzusetzen, auch wenn das bewußte Bein nach rückwärts zeigte. Franco wollte sich gerade ein weiteres Mal über ihn beugen, um ihn aufzurichten, aber da sagte der Mann: »Warte, warte einen Augenblick.« Bei diesen Worten kramte er in der rechten Tasche seines Jacketts (er trug keinen Mantel), zog ein Päckchen Zigaretten, Marke Turmac, hervor, riß es auf, zog eine heraus und steckte sich das goldfarbene Mundstück zwischen die violetten Lippen. Dann zündete er die Zigarette an. »Weißt du eigentlich, was das Vaterland ist?« fragte der Mann Franco, ganz so, als säße er behaglich irgendwo daheim in einem Sessel und wollte soeben mit jemandem ein Schwätzchen beginnen. Da von Franco keine Antwort kam, fragte der Mann nochmals: »Das Vaterland, was ist das Vaterland?«

Hastig stellte Franco sich selbst diese Frage, doch wie es ihm so oft in der Schule bei plötzlichen Fragen passierte, wußte er keine Antwort. Immerhin brachte er stotternd heraus: »Das Vaterland … das Vaterland ist«, da schoß ihm plötzlich etwas durch den Kopf, und plötzlich kam ihm, wer weiß aus welchem Grund, in den Sinn: »… die Hochebene von Asiago.« Der Mann schien nicht hinzuhören, rief nur: »Lumpenhund!« und schlug dann mit seinen Fingerknöcheln so auf das Bein, daß es in der menschenleeren Straße widerhallte wie in einem Kleiderschrank.

»Das hier ist das Vaterland, dieses Bein hier, du Dummkopf! Mein Bein, das ich fürs Vaterland hergegeben habe«, und wieder rauchte er, an seinem goldfarbenen Mundstück ziehend.

»Probieren wir's noch einmal«, sagte Franco und griff mit beiden Händen nach dem Arm des Mannes, der sich willig wie ein Bündel anfassen ließ – in diesem Augenblick bemerkte Franco, daß der Mann eine wunderschöne Krawatte trug, aus Atlasseide und mit einer Perle darauf. Der Junge hatte den Holzfuß gegen einen seiner Füße gestemmt und begann, den Mann hochzuziehen, der eigentlich nicht aufstehen zu wollen schien. Es ging langsam, doch schließlich stand der Mann aufrecht und stützte sich auf den Spazierstock. Franco hob den Hut auf, der in der Nähe lag, und reichte ihn dem Mann; dieser drückte ihn sich fest auf den Kopf, ein wenig schräg, und zog die Krempe in die Stirn. Er versuchte, auf den Stock gestützt, zwei oder drei Schritte, das Bein knarrte. Dann sagte er mit süßlicher Stimme: »Hilf mir beim Pinkeln« und deutete auf das Pissoir in der Nähe. Franco verstand nicht, was er meinte, und der Mann, immer noch in demselben süßlichen Ton, erklärte ihm, er habe steife Finger und könne sich nicht die Knöpfe aufmachen. Mit einer Hand, deren Finger lang und hart waren, packte er Franco an einem Arm und dirigierte ihn, teils sich auf ihn stützend, teils ihn vorwärtstreibend, zu dem Pissoir hin. Franco ließ sich von dem Mann zunächst führen, dann riß er sich von ihm los und sagte: »Nein!«

Der Mann lehnte sich schnell an die Mauer, hob den Stock und ließ ihn blitzschnell auf den Jungen niedersausen. Franco riß den Kopf zur Seite, und der Hieb traf ihn an der Schulter.

»Lumpenhund!« rief der Mann, »nein sagen zu jemandem, der sein Bein fürs Vaterland hingegeben hat.«

Franco hob seine Schultasche vom Boden auf und rannte davon. Er drehte sich um und sah, wie der Mann allein und umständlich in das Pissoir ging, der Himmel hatte sich leicht verdunkelt, und es begann zu schneien, hier und da ein paar weiße Tupfen.

PAURA *Furcht*

An einem Abend voller Nebel und Sirenen ging am Lido von Venedig eine Frau allein nach Hause: Sie war siebzig Jahre alt, Witwe und hatte in ihrem Leben wenig Gesellschaft gehabt, mit Ausnahme einer Reihe siamesischer Katzen vor zwanzig Jahren und eines Dackels, der an den Folgen ihres übertriebenen Fütterungseifers (er aß nur Bandnudeln mit Butter und Hühnerleber), blitzschnell gestorben war, und schließlich ihres Mannes. Aber auch dieser war vor zwei Jahren gestorben, und von ihm blieb nichts als eine vage Erinnerung, wie die an einen hohen Schatten, ein wenig gebeugt mit einem Schnurrbart, der sich jetzt, als sie sich im Nebel an ihn erinnerte, im Nebel verlor. Seit kurzem hatte sie einen Kanarienvogel.

Die Erscheinung dieser Frau war kindlich und zugleich tierhaft; sie war rundlich, trug einen Mantel mit dikkem Fell innen, der sie noch runder machte, eine runde Lammfellmütze, und ihre gesamte Figur bewegte sich, gestützt auf zwei Beine, die wie zerbrechliche Säulen waren, mit der Unsicherheit eines zwei- oder dreijährigen Kindes, das laufen lernt, durch den Nebel. Sie ging langsam vorwärts, als werde sie von ihrem Nacken angetrieben, der dick und kräftig war wie ein kleiner Höcker auf dem kurzen Hals am Beginn der Wirbelsäule: Dieser Punkt zwischen Kopf und Rücken umschloß in seiner Gewölbtheit eine tierische und schweinsartige Kraft, die das Geheimnis ihrer Arroganz und ihres Egoismus war. Aber wie es bei Wesen, die zusammengesetzt sind aus Tierhaftigkeit und Menschlichkeit, vorkommt, hatte die Frau helle blaue Augen wie ein Mädchen, das trotzig, launisch, unendlich dumm und immer zum Lachen bereit ist. So also, mit all diesen Dingen an ihrem Körper, Zerbrechlichkeit, Tierhaftigkeit, Trotz und Fröhlichkeit, ging sie langsam (aber unerbittlich) im Nebel durch die kleinen, verlassenen Straßen am Lido. Sie dachte nach, aber in der ihr eigenen Art, die auch zusammengesetzt war wie im Traum, halb mit dem Gefühl, halb mit dem Verstand.

Sie dachte an einen Dampfkochtopf, den sie an diesem Abend gerade jemanden hatte benutzen sehen und den sie sich gerne gekauft hätte, ohne sicher zu sein, ob sie damit umgehen konnte, folglich mit ein wenig Angst vor dem hohen Druck und dem Explodieren. So ein Kochtopf fehlte jedoch in ihrer Sammlung von Kochtöpfen, alle neu, die sie zusammen mit alten Kochtöpfen in riesigen Mengen in einem Lager, das sie in einem Nonnenkloster gemietet hatte, aufbewahrte. In diesem Lager hatte sie außer Kochtöpfen, Decken, Matratzen, einen Koffer voller Weißwäsche, einige Möbel und ein paar Schachteln, an deren Inhalt sie sich im Moment nicht erinnern konnte: vielleicht die Gipsfiguren einer alten Krippe und kleines Spielzeug für den Weihnachtsbaum. All diese Sachen hatte sie, seit sie allein war, nicht mehr hervorgeholt. Es gab eine Zeit, als sie einen Mann hatte und einen Sohn; als er klein war, hatte sie ihm zu Weihnachten das eine oder andere gebastelt. Bei diesem Gedanken, dem an ihre Einsamkeit, verlor sie sich ein wenig zwischen Erschütterung und der Nichtigkeit der Dinge und der Menschen. Aber es dauerte nicht lange, bis sich dieser Gedanke veränderte und sie konzentrierte sich, wie es oft bei alten Leuten geschieht, auf die besonderen Dinge, die direkt und unmittelbar mit ihrem eigenen Leben zu tun hatten: einen Wasserflecken in der Ecke ihrer Schlafzimmerdecke, der sich jeden Tag zu vergrößern schien. Warum kümmerte sich der Hausverwalter nicht darum, wo er doch schon tausendmal darauf hingewiesen worden war? Die Frau wurde wütend, ihre Kraft, die sich allein in ihrem Nacken befand, schien zusammenzuschrumpfen zu einem tiefen Gefühl der Ungerechtigkeit und Kränkung, zu ihrem Schaden hervorgerufen, und sie beschuldigte bei sich ihren Sohn in der Ferne, von dem sie nicht wußte, ob er lebte oder tot war.

Sie ging langsam, in jener kindhaften und etwas schleppenden Weise, wie es geschieht, wenn der Geist, der so nahe an den Muskeln, Sehnen und Nerven liegt, den Illusionen der Vergangenheit nachgegeben hat und nichts mehr zu tun bleibt, als sich beim Vorwärtsgehen ein wenig treiben zu lassen wie ein Kahn. Und wirklich hörte man dreimal die tiefe, langanhaltende Sirene eines Schleppers, oder eher eines Überseedampfers, der das Bacino di San Marco verließ. Da wurde der Geist der Frau wie immer, wenn sie solche Sirenen hörte, wach, und auch ihr Schritt.

»Wenn ich könnte, wenn ich die Möglichkeit hätte, würde ich eine Winterkreuzfahrt machen. Bevor ich sterbe, möchte auch ich eine kleine Schiffsreise machen«, dachte die Frau, und bei dem Gedanken an eine solche Reise schien sie aufzuwachen: Sie fürchtete sich nicht vor Reisen, und sie war auch immer bereit, welche zu unternehmen, und der Augenblick, in dem ihr Geist erwachte und Feuer fing, war der, in dem sie ihren Fuß, so geschickt wie möglich bei ihrer Statur und ihrem Alter, auf das Trittbrett eines Zuges oder Busses setzte. Sie wäre auch in ein Flugzeug gestiegen. Aber jetzt lag vor ihr unendlich dicht der Nebel des Lido. Sie hörte, wie es von den Bäumen tropfte, Ladegeräusche auf den Kanälen und das Schwappen der Lagune, nicht weit, aber unsichtbar.

Sie dachte an den Kanarienvogel und sofort an ein paar Eichhörnchen, die sie im Schloßpark von Schönbrunn in Wien gesehen hatte, und die den Leuten aus der Hand fraßen. Von Zeit zu Zeit gingen ihr in schnellstem Tempo Erinnerungen durch den Kopf, deutlich und klar, in denen sie sich selbst in jüngeren Jahren wiedersah, ihren Sohn, ihren Mann mit seinem Schnurrbart (in ihrer Erinnerung war er schwarz), eine andere Stadt, den Sommer am Strand, eben jenen kalten und feuchten Strand in der Nacht, der nur wenige Schritte von ihr entfernt war: die Eisdielen, die Lichter, und dann plötzlich den Nebel und das Eis auf den Straßen von Cortina, wo sie immer mit kleinsten Schritten gehen mußte, um nicht zu fallen.

Redeten ihr die Gedanken die Schritte ein oder die Schritte die Gedanken? Sie hörte nämlich hinter sich Schritte und Stimmen. Es waren Stimmen von Jungen, die schnell gingen und sie einholten: Sie sah sie fast nicht, weil ihre Brille vom Nebel beschlagen war, sie erkannte undeutlich, daß einer, der an ihr vorbeiging und sie dabei ansah, lange Haare hatte. Da hörten die Jugendlichen auf zu sprechen und überholten sie langsam und schweigend. Wieder hörte man die Sirene des Überseedampfers, der jetzt schon fast im Meer angekommen war, auf der Höhe des Leuchtturms. »Rex« war der Gedanke der Frau, einen Moment dachte sie an ihren Bruder, Zahlmeister der Rex, seit Jahren tot. »Die Rex wird es nicht mehr geben. Ist sie nicht untergegangen?« fragte sich die Frau, und während sie so dachte, bemerkte sie, daß die Jugendlichen noch da waren, neben ihr, stumm und mit ihr im Gleichschritt.

Einer der Jungen näherte sich ihr, und genau unter einer Brücke (man hörte das Klatschen des Kanals unter den Holzplanken der Brücke) stellte er sich vor sie. Die Frau hatte Angst, und in jener wirren, schnellen und unglaublichen Art, die die Vorstellung eines alten und völlig normalen Menschen in einem solchen Moment haben kann, dachte sie an den Tod. Alles war da: das Klatschen, der Nebel, der Abend, das Ertrinken im Pelzmantel im schwarzen Wasser des Kanals, der Friedhof. Sie hörte die Stimme des Jungen, eine sehr tiefe Stimme wie die eines alten Mannes, der trinkt. Der Junge sagte:

»Gib mir deine Handtasche, oder ich *schlag dich tot*!« Die Beine der Frau zitterten, aber warum, sagte sie sich, soviel Angst vor dem Tod? Und jenes *ich schlage dich tot* hatte alle Unwissenheit der Wahrheit.

»Warum soviel Angst vor dem Tod? Ich bin allein«, und langsam, mit einem Zittern, aber fester Stimme:

»Schlag mich tot.«

Der Junge zögerte: »Gib mir die Handtasche«, sagte er noch einmal, mit jener verbrecherischen und zufälligen Stimme, belegt von Nebel. Sein Atem dampfte.

»Nein, ich gebe sie dir nicht, *schlag mich tot*, woll'n mal sehen, ob du es kannst.«

Sie umklammerte ihre Tasche mit beiden Händen, aber sie sah mit Kraft, mit tierhafter Kraft den Jungen an, von dem sie nur die Umrisse sehen konnte, lang und gebogen, in S-Form.

Der Junge versetzte ihr einen Schlag auf die Schulter, eine Art Fausthieb, die Frau taumelte und schlug gegen das Brückengeländer. Wieder sagte sie, diesmal mit vor Empörung zitternder Stimme durch ihre schmalen Lippen:

»Schlag mich tot«, und bei diesen Worten lief der Junge davon, gefolgt von den beiden anderen.

Der Frau schlug das Herz bis zum Hals, sie stand an das Brückengeländer gelehnt wie zusammengedrückt, ohne es zu wagen, sich auf die Beine zu stellen, die ihr jetzt keinen Halt gaben. Ihre Augen waren voller Tränen, und sie sah nichts mehr. *»Schlag mich doch*, elender Mörder«, sagte sie fast zu sich selbst und begann zu weinen, wobei ihre Wirbelsäule leicht zuckte.

Ganz langsam verging die Angst, die Beine (sie machte zwei oder drei Versuche) trugen sie wieder, und genauso langsam machte sie sich auf den Heimweg. Ein wenig Angst hatte sie noch, weil sie denselben Weg ging, auf dem die Jungen geflohen waren. Vielleicht warteten sie irgendwo weiter vorne auf sie. Aber jetzt merkte auch sie, daß ihre Stunde noch nicht gekommen war, daß sie einigermaßen ruhig nach Hause gehen konnte, jedoch ging sie vorsichtig.

Pazienza, Primavera *Geduld, Frühling*

An einem Tag im Februar (gegen Ende des Monats) redeten ein Mann und eine Frau unter einem Wetterdach (oh, es war ein kleines Schutzdach, die übliche Größe), sie wirkten in diesem Augenblick viel jünger, als sie hätten sein müssen. Der Mann war kahl und die Frau wie aufgequollen, jedoch war sie nicht schwanger.

Die Frau sagte: »Es steht fest, daß wir uns nichts mehr zu sagen haben.«

Der Mann dachte, daß ein ähnlicher Satz schon milliardenmal auf dieser Welt ausgesprochen worden war, ohne je wirklich und gänzlich banal ausgefallen zu sein, und so machten diese Worte sein Herz beklommen.

»Das ist oft gar nicht so wichtig, es ist nicht nötig, immer zu reden: Man leistet einander ein bißchen Gesellschaft. Das ist auch schon etwas.«

»Dieser Ansicht bin ich nun nicht«, erklärte die Frau und wollte so ein Gespräch über die Verschiedenheit der Meinungen und über die Notwendigkeit eines klaren Bruchs wiederaufnehmen, der einer ›allzusehr verlängerten Bouillon‹ ein Ende bereitet hätte.

Der Mann schwieg: »Was gibt es darauf noch zu erwidern?« dachte er. »In solchen Fällen ist es besser, man schweigt.« Auch dies war, so schien ihm, etwas, das milliardenmal auf dieser Welt nicht ausgesprochen worden und entsprechend milliardenmal gedacht worden war. Er wechselte jetzt das Thema: »Was willst du machen – wenn man es sich recht überlegt, sind doch alle Menschen einsam und allein, was meinst du dazu?«

»Das ist vielleicht richtig, ich aber habe darüber immer völlig gegenteilig gedacht. Wenn ich einem alles gebe, dann will ich auch alles von ihm haben; nur dann ist man wirklich zu zweit.«

»Oh weh!« dachte der Mann.

Ein winzig kleines Vögelchen hatte sich auf dem Erdboden niedergelassen und hüpfte mal hierhin, mal dorthin, stets mit beiden Füßchen zugleich, und zwischen einem Hopser und dem nächsten, da zwitscherte es und trällerte vor sich hin. Es war ganz klein und dürr und pickte auch nicht auf der Erde herum, wie Vögel es gewöhnlich tun. Es hüpfte eine Weile im Staub umher, dann sprang es auf ein Häuflein Schnee, das hart und mit Ruß bedeckt war, tunkte mit dem ganzen Schnabel hinein, zog ihn aber erstaunt zurück und schüttelte das Köpfchen. Dann setzte es sich auf den Zweig eines Bäumchens, und von dort aus sang und tirilierte es aus voller Brust. Von diesem Zweig gingen andere graufarbige Zweige ab, und auf denen konnte man andeutungsweise und in regelmäßigen Abständen Pünktchen erkennen: Man sah es und man sah es wieder nicht.

»Deshalb wäre es das Beste, wenn du mich jetzt verließest: Du gehst dann deiner Wege, ich meiner, und wir bleiben Freunde«, erklärte die Frau. Und sie vollführte jetzt eine Bewegung, als wolle sie ihre füllige Brust und ihren Bauch zurechtrücken.

»Oh weh!« dachte der Mann, aber dieses Mal hatte sein Klageruf nichts Geduldiges wie zuvor; diesmal begann er mit dem geduldigen Seufzer der Ungeduld und fuhr fort mit einem echten Seufzer des Bedauerns.

»Aber wir sind doch Freunde ...«

»Gewiß, aber nicht in dem Sinne, wie ich das verstehe; die jetzige Art Freundschaft gefällt mir nicht«, sagte die Frau. »Dann besser gar nichts.« Und erneut rückte sie ihre Schwellung zurecht.

»Also, dann geh und verlaß mich, ich habe dir schon tausendmal gesagt, daß es dein gutes Recht ist, ja dein Recht, du hast recht, hundertmal recht, aus gutem Grund. Nur, was kann ich daran ändern?«

Die Frau schmollte, ihre vorgeschobenen Lippen hatten etwas Langgezogenes.

»Nein, du mußt mich verlassen, dann denke ich nicht mehr daran. Es wird ein Monat vergehen, es vergehen zwei, drei, vier, fünf, und ich denke nicht mehr daran. Ich werde mich elend fühlen, sicher, aber dann ist auch das vorbei«, erklärte die Frau. Sie hatte einen wunderhübschen kleinen roten Mund, die Oberlippe war leicht aufgeworfen, und man konnte ihre Zähne sehen, weiß und auch schön, mit Ausnahme eines Eckzahns mit einem Pünktchen Blei. Auch den Schatten eines Lippenbarts.

»Und wozu dann all diese Mühen«, dachte der Mann, »dieses wir-gehen-auseinander, wir-gehen-nicht-auseinander, dieses ich-verlasse-sie, sie-verläßt-mich«, wieviel Mühsal und wieviel Verdruß, allein daran zu denken. »Wer hat das verordnet, der Arzt?« Dann traf es ihn wie ein Keulenschlag, denn er hörte sich beinahe selbst denken: »Aber das ist doch die Jugend, das sind die intoleranten Ansichten der Jugendzeit! Da sieht man, daß sie immer noch den Ideen ihrer Jugend anhängt, dabei geht doch für sie alles vorüber.«

Es wehte ein leichtes Lüftchen, das nun den Zweig bewegte, das nach Schnee roch und nach etwas anderem, das den Schnee im Gebirge zum Schmelzen brachte. Die Sonne, nein, das war ausgeschlossen; aber ein wenig Wärme von irgendwoher war schon da. In der Tat hatten die Wangen der Frau nicht das Rot des Winters, das sie bekamen, wenn sie einen beheizten Ort betrat: Vielmehr war ihre Haut gleichmäßig rosig, leicht gelblich an der Halspartie.

»Sie wird dick werden«, dachte der Mann, »das ist nun einmal ihr Schicksal, sie ist ganz so gebaut wie die Frauen, die Fett ansetzen: Sie muß sehr achtgeben.« Und das sagte er jetzt.

»Das mußt du gerade sagen«, rief die Frau, wiederum mit schmollend verzogenem Mund, »sieh dich doch selber an: Die Knöpfe springen bald ab. Ich esse kaum etwas«, und unversehens wurden ihre Augen feucht und begannen zu glitzern.

»Nun fang doch nicht an zu weinen«, sagte der Mann, nicht allzu grob, eher im Gegenteil. Nochmals ein schon milliardenmal ausgesprochener Satz, der ihm anzeigte, daß die Geschichte, bis in das kleinste Detail des Falles hinein, sich wiederholt: inmitten der Völker, der Staaten, der Familien, zwischen Individuen; und zwischen ihnen beiden.

»Nein, ich weine nicht«, sagte die Frau, und sie weinte tatsächlich nicht. »Es ist nur, daß ich eben ein Unglücksrabe bin.«

»Wem sagst du das«, erklärte der Mann, »ich bin einer, aber nicht du.«

»Wieso nicht? Merkst du es denn nicht?« fragte die Frau.

»Was merke ich nicht?«

»Daß ich nicht imstande bin, dich zum Teufel zu jagen?« sagte die Frau. Und in den glänzenden Augen, in dem plötzlich entstehenden Grübchen und mit den zum Vorschein kommenden Zahnreihen, zwischen denen sich ein Speichelfaden spannte, tauchte ein Lächeln auf.

»Du bist eine schöne Frau«, sagte lächelnd der Mann, dem schien, daß das Unwetter vorüber war, »du hast noch das ganze Leben vor dir.«

Das erschien ihm nun selbst als die ärgste Grobheit bislang; aber es gab keine anderen Worte, um denselben Sachverhalt ebenso schlicht auszudrücken. »Wie kann man nur so etwas sagen: ›Du hast noch das ganze Leben vor dir‹?« dachte der Mann. »Gewiß, die Liebe ist banal, selbst wenn sie wunderbar ist, vielmehr ist sie wunderbar, gerade weil sie auch banal ist; doch derart grob sein, wie kann man nur?« Und doch, die Banalität, das heißt, sie beide, erschien ihm ganz, ganz allmählich wie Polaroid-Bilder, die erst nach einigen Minuten zum Vorschein kommen und ihre Farben zeigen, die Banalität erschien ihm als eine Sache, die man nicht einfach wegwerfen sollte, vielmehr als etwas Schönes, das sogar mit der Gewohnheit immer noch schöner wurde.

Plötzlich kam rings um das Wetterdach heftiges Vogelgezwitscher auf, eine Art Rauferei, bei der einer auf den anderen losging, doch es dauerte nur wenige Sekunden: dann verschwanden sie wieder.

»Wieso sind nur all die kleinen Vögel hier? Sollte etwa Frühling sein?« fragte der Mann. »Ja, Frühling, was für ein Frühling, im Februar?« rief die Frau immer noch schmollend. »Also dann, Ciao, auf Wiedersehen und Dankeschön.«

Sie stand auf, schloß, sich vorwölbend, mit einem Ruck den Reißverschluß an ihrem Pelz und hängte sich ihre Tasche um.

Beinah entsetzt, zwischen entsetzt und gereizt, fragte der Mann: »Und was machst du jetzt?«

»Ich habe auf Wiedersehen und Dankeschön gesagt«, erwiderte die Frau, kramte jedoch dabei in ihrem Täschchen herum. Sie zog ihre Zigarettenpackung hervor, nahm eine heraus und zündete sie mit dem Feuerzeug an. Diese Bewegungen beruhigten den Mann. Tatsächlich, die Frau rührte sich nicht vom Fleck.

»Nein, also wirklich«, sagte sie in fast bitterem Ton, »ich bin es leid, ich habe es dir auch am Telefon gesagt. Was ist das für ein Leben? Immer das gleiche, was gibt es da noch für eine Zukunft? Ich habe es satt, im Ernst, ich habe es satt«, und sie stieß schnaufend die Luft aus, oder holte sie etwa Luft? – es war nicht zu erkennen.

»Geduld«, dachte der Mann, und während er so dachte, bekam er Lust, einen Gegenangriff zu führen. »Was hast du satt?« fragte er.

Die Frau zuckte die Achseln. »Fett bin ich«, dachte sie bei sich. »Und er? Der hat es gerade nötig, mir jetzt eine Predigt zu halten.«

»Man muß sich nur daran gewöhnen«, sagte der Mann, »alle Lebewesen sind Gewohnheitstiere.«

»Ich nicht, ich gewöhne mich nicht daran, ich habe noch Hoffnung, aber du hast solche Hoffnung nicht.«

»Da hast du recht«, erwiderte der Mann, »tausendmal recht.« Doch wie zwischen Sagen und Tun ganze Welten liegen, so kam ihm jetzt, wo er das, was er in Wahrheit seit längerem fühlte, ausgesprochen hatte, eben dies erschrekkend vor. »Was kann ich daran ändern?« sagte er, »auch ich bin ein Unglücksrabe.«

Es war, als dringe ein ganz feiner Lichtstrahl durch die dichte, von einem Lüftchen kaum bewegte Wolkendecke. Der Mann hob den Kopf, um zu sehen, ob es wirklich Sonne war oder nur eine Aufhellung: Es war Sonne. Gerade in diesem Augenblick zogen sich bei dem winzigen Vögelchen von vorhin, das über ihm auf einem Zweig saß, unter dem Federkleid die Muskeln zusammen (es schaute übrigens gleichfalls nach oben), und ein weißer und grüner Klacks fiel herab und platschte, noch halbwarm, auf den kahlen Schädel des Mannes. Es folgte ein Tirili.

POESIA *Poesie*

An einem Sommertag saß ein Dichter, der dem Ende seines Lebens sehr nahe war, auf einem kleinen Stuhl im Schutz einer schmalen Eingangsveranda, die zum Garten hinausging, vor seinem Haus, einer kleinen Vorstadtvilla. Es hatte nichts Poetisches. Es war ein ganz beliebiges Haus, der Garten winzig, andere Häuser dicht herum, Kieswege, Gartenzäune, Fernsehantennen, zum Trocknen aufgehängte Wäsche. Neben ihm las eine Bäuerin, die seine Amme gewesen war, eine kleine Frau, ganz in Schwarz gekleidet, mit lauter Stimme und ohne Brille einige Prosastücke vor, die er geschrieben hatte, als er jung war und in der Welt umherreiste. Das Buch hieß *Amori d'Oriente*, und fast niemand kannte es, so wie niemand wußte, daß an diesem Ort, wo es nicht einmal Zikaden gab, noch ein Dichter lebte: Es erzählte von einem China, das heute wie erfunden wirken würde – so weit waren jene gepuderten Frauen mit den rotgeschminkten Wangen, die Seidenstoffe, die sie umhüllten, die Bewegungen der Fächer entfernt vom heutigen China.

Der Dichter wußte es: Farben und Rascheln, die von den Zeilen, die er mit einem Füllfederhalter geschrieben hatte, wie Schmetterlinge auftauchten und verschwanden, gehörten einer anderen Geschichte an, in die auch er gehörte. Da er aber am Ende seines Lebens stand, war es ihm gleichgültig: Vielmehr fand er mit Verwunderung Gefallen an den mit flügelschlagenden Wörtern geschriebenen Abenteuern, so als hätte sie ein anderer geschrieben, und er gab seiner Bewunderung Ausdruck durch Heben der Augenbrauen und leichte Bewegungen der Hand, so als dirigiere er ein Orchester, oder durch plötzliches Lachen, das ihm die Tränen in die Augen trieb. Manchmal fügte er noch Worte hinzu wie »Welch ein Wunder«, »Das kleine rosa Kaninchen«, »Applaus!« (und er lachte), »Der Mandarin Fu«, doch meistens schwieg er und hörte zu, beinahe unbeweglich wie ein Buddha. Eine mysteriöse Krankheit hatte ihn wie eine Riesenfrucht aufgeschwemmt, und genau wie eine überreife Frucht, die fast schon in Fäulnis übergeht, umschwirrten ihn Wolken von kleinen Mücken und Fliegen. Ab und zu ließ sich eine Biene auf seinem Gesicht nieder, ohne ihn jedoch zu stechen, und er merkte es nicht, so gefangen war er von der Lektüre der Bäuerin. Er hatte einen alten Strohhut schräg auf dem Kopf mit weißem, kurzgeschnittenem Haar, die Augen schienen zu schielen, taten es aber nicht, sondern blitzten ab und zu vor Vergnügen auf, so als sei alles, was in dem Buch vorkam, komisch. Er wußte, daß sein Leben nur noch kurze Zeit dauern würde, aber außer einigen plötzlichen Tränen (komisch auch das) lachte er über alles wie ein Kleinkind. Die Bäuerin, die man für eine Analphabetin gehalten hätte, las korrekt und langsam mit Pausen vor, und bei den Lachanfällen ihres Herrn lächelte auch sie überrascht, unterbrach die Lektüre und sagte: »Was für ein Simpel, was für ein Narr, seht, wie er lacht!«

Um die beiden herum lag keineswegs ein Hauch von Krankheit und Tod, die Bäuerin war sehr klein und dünn, auch hinkte sie, und auch der Dichter erschien wie ein etwas kindisch gewordener Bauer, doch da konnte man nicht sicher sein, denn seine Augen glänzten stark, voller Ironie und erfüllter Sinnlichkeit: Es schien unmöglich, daß er beinahe blind war.

Es kam Besuch, ein Mann und eine Frau, beide ziemlich jung, die Wolke von Mücken, die um seinen Kopf herumtanzte, war plötzlich wie weggezaubert, als hätte der Duft der reifen Frucht, der sie anlockte, sich verloren. Der Dichter hatte gewisse Schwierigkeiten, die Gäste zu erkennen, doch schließlich begrüßte er sie lachend: Der Hut glitt zu Boden, und die Bäuerin stand von ihrem Stuhl auf, humpelte hin, hob ihn auf und setzte ihn dem Mann wieder auf den Kopf. Auch die Bäuerin begrüßte die Neuankömmlinge und bot ihnen gerade Stühle an, als der Dichter zu den Gästen gewandt sagte: »Meine *Amori d'Oriente*, welch ein Buch!«, und er machte noch eine Geste lustvoller Bewunderung, als handle es sich um eine Speise. »Weiter, lies weiter, Giovanna!« Und nachdem sich die Bäuerin bei den Gästen entschuldigt und ihrem Herrn gesagt hatte, daß man bei dieser Hitze Wasser und Anislikör anbieten müsse, fuhr sie in der Lektüre fort.

Die jungen Gäste holten sich Stühle heran und hörten zu. Keiner der beiden folgte wirklich jener Prosa, die sie beide sehr gut kannten und die heute keiner mehr schreiben würde, aber in diesem Moment gelang es ihnen einfach nicht, zuzuhören. Beide dachten, daß der Dichter bald sterben würde; denn das spürte man, obwohl er wie eine reife Frucht wirkte, und vielleicht gerade deshalb. Der junge Mann erinnerte sich an ein Photo des Dichters, auf dem man ihn halbnackt am Meer sah, hager, gelenkig und alt. Und als er ihn jetzt anschaute, erkannte er in den Augen das leicht verrückte, schielende Leuchten seines Verlangens nach Meer, Bergen und Land.

Während der Lektüre der Bäuerin sah der junge Gast voller Staunen, daß der Dichter unentwegt unter Tränen lachte und sich mit Kleenex-Tüchern das Gesicht trocknete. Es war nichts Komisches in dem Text, den die Frau gleichmäßig wie im Gleichtakt eines Metronoms vorlas, und obwohl er wußte, daß der Dichter in letzter Zeit dazu neigte, fast alles komisch zu finden, konnte er weder lachen noch sich so amüsieren wie er. Irgendwann sprang eine alte, kleine schwarzweiße Hündin mit buschigem Schwanz um die vier herum und störte die Lektüre. Und auch das trieb dem Dichter Lachtränen in die Augen. Er zog die Hündin an einem Ohr zu sich heran und tätschelte ihren Bauch, und mit hochgezogenem Mund, der wie der einer ausgehöhlten, von Kindern zur lachenden Grimasse geschnitzten Melone aussah, sagte er: »Sie ist schon wieder trächtig« und streichelte sie.

Sie redeten über gemeinsame Freunde, und es zeigte sich, daß der Dichter ein gutes Gedächtnis hatte, doch er unterbrach sich ständig durch Lachen. Manchmal gab es Grund, manchmal nicht; und der junge Besucher spürte die ganze Zeit, obwohl er es nicht begriff, daß er, jünger und gesünder, im Vergleich mit dem Alten geistig im Rückstand war. Zu einem bestimmten Zeitpunkt fragte der Dichter die Bäuerin nach der Zeitschrift. Die Alte stand auf, seufzte, humpelte ins Haus und erschien mit einer Illustrierten. Doch kaum hatte der Dichter sie gesehen, sagte er nein. »Nein, nicht diese, die andere, die andere, die andere mit dem Apoll«, sagte er ärgerlich und plötzlich ungeduldig. Wieder seufzte die Alte, ging ins Haus zurück und wandte sich von drinnen mit lauter Stimme an die Gäste: »Welche Zeitschrift? Hier sind so viele Zeitschriften, er will immer die Zeitschrift.« Doch sie sagte diese Worte so, als wisse sie sehr wohl, um welche Zeitschrift es ging, und als hielte sie es nicht für gut, sie in Gegenwart von Fremden hervorzuholen. Es war, als brumme sie: »Schlimmes Laster.«

Sie kam mit der Zeitschrift zurück, und die Augen des Dichters leuchteten auf, als er die Hand ausstreckte, um sie an sich zu nehmen. Es war eine beliebige, kleinformatige Zeitschrift, die er sofort auf der letzten Seite aufschlug, wo ein ganzseitiges Reklamephoto zu sehen war. Zuerst warf er einen Blick darauf (die Bäuerin ließ einen langen, vorwurfsvollen Seufzer vernehmen), dann reichte er sie den Gästen, indem er die noch schwarzen und buschigen Augenbrauen hochzog, Zeichen ungeheurer Bewunderung. Die beiden Gäste schauten das Bild an: Es handelte sich um eine Anzeige für einen Motorroller, ein Junge um die achtzehn mit schwarzgelockten Haaren in Bluejeans stand neben einem Mädchen und hielt mit seinem kräftigen sonnengebräunten Arm seitlich den Roller. Sie schauten sich an und sprachen vielleicht miteinander, direkt hinter ihnen sah man einen im Mittelmeerklima wachsenden Busch, im Hintergrund das Meer. Sonst nichts. Groß war das Erstaunen der Gäste, die wegen des vorwurfsvollen Verhaltens der Bäuerin und weil sie die eigenartig und stets wache Sinnlichkeit des Dichters kannten, ein Nacktphoto erwartet hatten, etwas, das die Ablehnung der Bäuerin gerechtfertigt hätte. Nichts dergleichen, nur ein banales, kitschiges Farbphoto, nicht einmal perfekt in den Farben, eine Reklame. Sie begriffen nicht.

Aber der Dichter lachte, und es lag zugleich etwas Kindhaftes und Beunruhigendes in diesem Lachen, um das herum sich wieder die kleinen Mücken eingefunden hatten, und in seinen Augen, die für kurze Augenblicke zu schielen schienen und beinahe japanisch wirkten, wie die eines Nô-Schauspielers. Der Dichter gab seiner Bewunderung mit Gesten der Hand und des Mundes Ausdruck und wurde plötzlich ernst. Kurz darauf wurden seine Augen feucht, und es war, als spritzten Tränen wie Tau auf die vor ihm liegende Zeitschrift. Er berührte den Arm des Jungen auf dem Photo mit einem Finger, eine bestimmte Stelle am Puls. Die Gäste schauten hin, aber da war nichts, nur der junge Mann erkannte an einer Stelle des gebräunten Arms, am Handgelenk, das Schimmern heller Haut – wie bei jemandem, der seine Uhr, die er immer in der Sonne und am Meer getragen hatte, ablegt: Wer weiß warum, aber das erschien dem jungen Gast und seiner Begleiterin wie das Leben, wie die Schönheit des Lebens.

Die hinkende, griesgrämige Bäuerin brummte. Alles war eine Sache von wenigen Augenblicken.

POVERTÀ *Armut*

An einem Tag im November fuhr ein Mädchen vom Land, das so zarte Wangen wie ein Kind hatte, in die Stadt, um Einkäufe zu machen. Sie wußte nicht genau, was sie kaufen wollte, aber wie viele Menschen vom Land faszinierten sie die Läden in der Stadt und stießen sie gleichzeitig ab:

Fasziniert war sie, weil die Auswahl und die ausgestellten Waren viel abwechslungsreicher waren als die auf dem Wochenmarkt in ihrem Dorf, abgestoßen jedoch aus Mißtrauen gegenüber den (unbekannten) Verkäufern und den zu hellen Läden, die sich den Luxus des Lichts bezahlen ließen, und dann natürlich vor allem wegen der Preise. Sie hatte eine Börse aus rotem, knirschendem Leder, mit ziemlich viel Geld, das sie in ihren ersten Arbeitswochen in der Fabrik verdient hatte. Sie war immer arm gewesen, jetzt war sie es nicht mehr, und sie wollte es sich und den Leuten aus dem Dorf dadurch beweisen, daß sie dieses Geld um jeden Preis ausgab: doch wie, wußte sie nicht.

Die kühle Luft prickelte auf ihrer Haut wie im Sommer das Mineralwasser auf der Zunge, der Himmel war ganz blau und paßte gut zu ihrer weißblauen selbstgestrickten Wolljacke, und die Beschaffenheit und Farbe der Dinge, der Himmel, die kleinen winzigen weißen Wolken und der Flausch ihres Jäckchens vertrugen sich nicht nur gut, sondern standen auch in Beziehung zueinander: genau wie ihre weiße Haut. Das Sonnenlicht flimmerte wie ein Zeichentrickfilm auf den Brillengläsern. Auch ihr Name stand im Einklang mit dem Blau, dem flauschigen Weiß, dem Rosa und dem Flimmern: Paloma. Sie war in Argentinien geboren. Um sie herum, um den Namen, den Himmel, die Jacke und die Haut, die einen leicht milchigen Duft ausströmte, roch es jedoch nach Naturdünger, das heißt nach dem Urin von Kühen, der morgens früh auf die schon von Rauhreif bedeckten Felder gegossen worden war. Das Land war flach, es lag in der Nähe des Meers, aber es verlor sich zwischen weißen Rauchschwaden und immer kleiner werdenden Häusern und Bäumen, bis es sich schließlich in bläulichem Dunst auflöste, aus dem ganz in der Ferne die Berge der Schweiz oder vielleicht Österreichs auftauchten. Hier und dort sah man Kirchtürme – spitze, gedrungene, schiefe oder solche mit Zwiebelturm – und hörte Glockenläuten.

Paloma war aufgeregt, also fröhlich, wie immer, wenn jemand, der arm ist, Geld ausgeben und mit vielen Paketen nach Hause kommen will. In dieser Stimmung bestieg sie den Überlandbus und setzte sich neben eine Alte, die aus einer anderen Zeit zu stammen schien und, zusammen mit einem Rosenkranz, einen Geldbeutel in ihren Händen umklammert hielt. Paloma, die ihre Aufregung nicht verbergen konnte, erzählte der Frau, daß sie in die Stadt fuhr, um Einkäufe zu machen, und sie sagte es so, als tausche sie mit einer Dorfnachbarin Neuigkeiten aus.

»Sei vorsichtig«, sagte die Alte, die einen kleinen Bart hatte, »du bist jung, und in der Stadt sind alle Betrüger. Was mußt du denn einkaufen?«

Paloma fühlte, daß sie auf diese Frage nicht sofort antworten konnte, weil sie nicht wußte, was sie kaufen wollte, allenfalls vage, wie jede Frau, die einkaufen geht.

»Es kommt darauf an«, sagte sie und sagte etwas von Unterwäsche und einem Geschenk für die Familie. Also hörte sie auf, mit der Alten zu sprechen, die auf gewisse Art ein Spiegel ihres eigenen Argwohns war: Sie zog die Aufregung vor. Beinahe neidisch beäugte die Alte lange Zeit die Geldbörse von Paloma, und geradezu voll Mißgunst und hinterhältiger Gedanken sagte sie: »Und du hältst sie so in der Hand, ohne eine Tasche, ohne sie zu verstecken? Glücklich bist du, daß du keine Angst vor Räubern hast«, und sie zeigte, wie sie ihre Geldbörse, wenn sie auf der Straße war, tief in einer großen Tasche ihrer schwarzen Schürze versenkte.

Paloma stieg in der Stadt aus und bewegte sich, bevor sie auf den Wochenmarkt am Stadtrand ging, der eher für die Leute vom Land als für die anderen war, in Richtung Stadtmitte. Sie betrat ein elegantes Café und bestellte einen Cappuccino. Zuerst aß sie ein Gebäckstückchen, dann zwei, dann drei. Sie öffnete ihre Geldbörse, die sie dabei fest in der Hand hielt und die mächtig knirschte, und bezahlte. Dabei sah sie, wie die größeren Geldscheine aus den Fächern herausschauten, und von neuem übermannte sie die Aufregung. Sie strich um viele Geschäfte herum, ohne hineinzugehen: Taschen-, Schuh-, Wäschegeschäfte, Geschäfte mit schönen, fertigen Kleidern, Jeans und Pullover inbegriffen. Lange betrachtete sie in einem Schaufenster ein Paar Wildlederstiefel, die fünfundvierzigtausend Lire kosteten (aber sie konnte sogar mehr ausgeben), dann ging sie weiter und sagte sich, daß sie später wiederkommen würde. Sie sah kein Kleid, das ihr gefiel, und schon dieser bedeutende Umstand verwandelte ihre Erregung in Angst: Sie waren alle farblos, ihre Farbe war immer die gleiche, in verschiedenen Schattierungen, von hell- bis dunkelbraun, und Paloma hätte in den Auslagen der Stadt lieber etwas Rotes oder Geblümtes gesehen, etwas Ausgefallenes, das die Ausgabe lohnte.

Sie sah ein fast durchsichtiges Kleid mit Faltenrock, das allerdings blaßgrün war. Sie beschloß (aber ihr Entschluß war natürlich so entschlossen nicht) hineinzugehen. Sie fragte die Verkäuferin nach dem Kleid, betrachtete es genau, prüfte den Stoff zwischen den Fingern, dann forderte die Verkäuferin sie auf, es anzuprobieren. Sie ging in die Kabine und zog Hose und Jacke aus. Sie trug jedoch ein Strickhemd für den Winter, über das sie das Kleid zog.

Kaum hatte sie es an, gefiel es ihr nicht mehr, auch wegen des Hemdes, das armselig durch den Stoff schien. Und beim Anprobieren dachte sie auch noch die ganze, übrigens kurze, Zeit voller Angst und Verlegenheit an den enormen Preis: 140.000 Lire. Die Verkäuferin kam in die Kabine, und mit unbeteiligter Stimme – sie redete mit jemandem außerhalb der Kabine und öffnete dabei ihr dunkelrotes Mündchen, das zwischen der Schminke im Gesicht und der legeren Sportkleidung, die Paloma sehr lächerlich vorkam, leuchtete – sagte sie, daß das ›fabelhafte‹ Kleid ihr ›wunderbar‹ stehe. Diese Art zu reden, über die Paloma auch immer bei ihren Arbeitskolleginnen in der Fabrik stolperte, ließ ihr Mißtrauen gegenüber Verkäufern wiederaufleben, das durch die paar Worte der Alten mit dem Rosenkranz im Bus neue Nahrung erhalten hatte.

Sie lächelte die Verkäuferin an und dachte: »Fabelhaft, wunderbar, mit mir machst du das nicht, meine Liebe«, aber sie sagte: »Ich fühle mich nicht wohl darin«, und dabei zog sie das Kleid, als wolle sie fliehen, hastig aus, sie fürchtete, daß es, wenn sie es länger anbehielte, wäre, als hätte sie es schon ein bißchen gekauft. Aber die Verkäuferin beharrte darauf, daß sie ihr Wollhemd auszöge und das Kleid noch einmal, nur mit BH und Slip, anprobierte. Dabei sagte sie: »Mit Ihrer Figur braucht man keine Unterhemden... wenn man ein solches Figürchen hat...« Paloma wurde rot und sagte bei sich: »Ja, denkste.« Paloma probierte das Kleid an, zog es aber sofort wieder aus, weil sie beim Anprobieren an die List der Verkäuferin dachte, die schon verkauft und eingepackt zu haben schien.

»Und es ist auch zu sommerlich«, meinte Paloma, ganz rot im Gesicht, als sie sich halbnackt in dem durchsichtigen Kleid sah. Sie zog es ohne die Hilfe der Verkäuferin aus, die jetzt endgültig ihr rotes Mündchen geschlossen hatte, es sogar wie zum Kuß spitzte und dabei die Augen verdrehte.

Erneut fand sich Paloma auf der Straße wieder und machte sich diesmal entschlossen auf den Weg, um die Stiefel zu kaufen. Sehr viel ruhiger betrat sie den Laden und fragte nach den Stiefeln, zeigte auf die Auslage. Eine Verkäuferin verschwand in Richtung Lager des großen Geschäfts und erschien mit einer Schachtel wieder, die sich zwischen zwei Flügeln aus feinem, parfümiertem Seidenpapier öffnete. Es lag nur ein Stiefel darin, den Paloma anzog: Er paßte wie angegossen, war ganz mit Fell gefüttert, und man fühlte sich beim Gedanken an den Winter darin sehr wohl. Sie sagte, daß sie sie nehmen würde.

»Warten Sie, probieren Sie auch den zweiten«, erwiderte die Verkäuferin und ging auf die Suche nach dem anderen Stiefel, im Geschäft; dann tuschelte sie mit der Chefin an der Kasse, die mit Gold und Ketten behängt war. Er wurde schließlich im Schaufenster entdeckt und mit einer langen Greifzange hereingeholt. Aber er war eine Nummer kleiner, jedenfalls paßte er nicht. Paloma gab sich große Mühe, damit es ging, aber der Stiefel paßte nicht. Sie war nahe daran, sie trotzdem zu kaufen, entgegen der

Meinung der Verkäuferin, und dachte, daß es mit der Zeit schon klappen würde. Sie verließ das Geschäft mit leeren Händen und wurde von Niedergeschlagenheit und Wut gepackt. Sie mußte etwas kaufen, war es möglich, daß nichts richtig paßte? Sie war nicht arm und hatte jetzt das Geld, sich zu kaufen, was sie wollte.

Die Enttäuschung darüber, bis jetzt nichts gekauft zu haben, lenkte ihre Schritte in Richtung Markt, wo sie nacheinander die Stände abklapperte. Als sie aber nach den Preisen gefragt hatte, faßte sie wieder Mut und fühlte sich wohl in ihrer Haut. Das waren nicht die Preise der Stadtmitte, sie waren für sie erschwinglicher, sie waren ›angemessener‹. Aber warum angemessener? Sie hätte ausgeben können, was sie wollte. Gaben die anderen das Geld aus? Auch sie hätte es getan. Aber nun war sie auf dem Markt, nicht mehr in den Geschäften des Zentrums, und es war fast Mittag. Sie setzte sich in das Café am Markt, um nachzudenken, und bestellte ein Brötchen mit Spanferkel und ein Glas Weißwein. Sie probierte das Brötchen, das bißchen Geld war gut ausgegeben. Als sie ihre Geldbörse aufmachte, knirschte diese zustimmend und öffnete sich zum Zeichen der Billigung fast von selbst.

Was hatte Paloma in den Geschäften und auf dem Markt gesehen? Nichts, was ihr wirklich gefallen hätte, keine Farbe, kein Kleid, nur die Stiefel, um die sie noch trauern würde. Aber plötzlich ließ sie mit jugendlicher Unrast andere Dinge Revue passieren: Marken-Büstenhalter und -Unterhosen, zwei rote Kämmchen, die sie sich in die Schläfenhaare stecken und sofort kaufen könnte, die allerdings ganz billig waren, kleine Goldringe beim Goldschmied, die sie jedoch lieber geschenkt kriegen als selbst kaufen wollte. Dann hatte sie nur im Vorbeigehen ein Paar fellgefütterte Holzpantoffeln gesehen, aber das waren keine wichtigen Einkäufe, keine Stadteinkäufe wie ein Mantel, ein Paar Schuhe, eine Tasche, ein Felljäckchen, ein elegantes Kleid – es waren nur armselige Dinge, die sie auch auf dem Dorfmarkt hätte kaufen können. Sie nahm sich noch die Zeit und ging zur Telephonkabine der Bar, um einen Freund anzurufen. Aber schon bei den ersten Worten fing ein untersetzter Junge, eine Art Travolta mit schwarzen Locken, weiten Hosen und spitzen Schuhen, an, die Scheibe der Telephonzelle zu traktieren. Paloma, die deshalb nicht sprechen konnte, lief vor Wut rot an und versuchte eine Weile, ihn nicht zu beachten, dann aber öffnete sie die Tür und schrie: »Ich bezahle genau wie Sie die Einheiten und kann telephonieren, solange ich will.«

»Du stehst schon 'ne halbe Stunde da drin, blöde Kuh«, antwortete der Kerl.

Paloma fühlte, wie sie vor Wut erstickte, und es platzte aus ihr heraus: »Ochse, Oberochse«, brüllte sie und machte die Tür zu, der Junge trommelte weiter dagegen. »Da draußen vor der Tür steht einer, der gegen die Scheibe schlägt, ich kann nicht sprechen, aber auch ich habe ein Recht darauf, auch ich bezahle wie er die Einheiten...«, klagte sie mit noch schriller Stimme ihrem Freund. Sie war sehr erregt, verabschiedete sich von dem Freund, beendete das Gespräch und ging hinaus.

»Blöde Kuh.«

»Du Ochse, Hornochse«, beschimpften sich Paloma und der Junge, der eine Hand in der Hosentasche hatte und die eine Schuhspitze in den Boden bohrte. Paloma ging ins Freie.

Mit schnellen Schritten eilte sie zu dem Schuhstand, wo es die Holzpantoffeln mit dem Fell gab. Sie entdeckte, daß es kein Fell, sondern Fellimitat war und daß sie deshalb so billig waren. Aber die paßten wenigstens, und Paloma kaufte sie. Sie kosteten sehr wenig, und sie öffnete die Börse, die träge knirschte, und zog einen der neuen, größeren Geldscheine heraus, um zu wechseln. Diese Geste und das Rascheln und Knistern des 50.000-Lire-Scheins zwischen den Fingern beruhigten Paloma ein wenig. Man sah es an ihren Augen und Wangen. Die Augen deuteten ein Lächeln an, ohne wirklich zu lächeln, und auf den Wangen erschienen zwei Grübchen, die zu sagen schienen: Ich kann Geld ausgeben. Aber einen Augenblick lang, es war nur ein Augenblick, bildeten sich Schweißtropfen in ihren Achselhöhlen. Sie zog ihn in die Länge, indem sie einen kleinen Strauß roter Nelken kaufte. Ein Augenblick nur. In Wirklichkeit war fast alles Geld in ihrem Täschchen geblieben, und sie war nicht zufrieden.

»Was habe ich in den Händen?« fragte sie sich, als sie im Autobus saß, voller Angst, zuviel geschwitzt zu haben, so naß war sie unter den Achseln. »Nichts. Ich habe nichts gekauft. Daran ist diese Alte schuld«, dachte sie weiter und kam im Dorf an, als das Licht und die Sonne nicht mehr so stark waren wie am Morgen. Der Dünger, der sich in der Sonne auf den Feldern erwärmt hatte, roch übel. Paloma konnte es kaum erwarten, die Holzpantoffeln mit dem weißen Fellrand auszuprobieren: am Abend in der Diskothek. Und morgen war Sonntag.

RICORDO *Erinnerung*

Eines Tages kam ein Mann in Mailand an, wo er viele Jahre gelebt hatte. Da er ein Dichter war, ist es schwierig, sein Alter zu schätzen; er hatte weiße Haare, aber auch die Manieren und Leidenschaften eines Kindes, verbunden mit der Bildung eines Alten, was man daran sah, daß er völlig verschieden von allen Reisenden war, die die Bahnhofstreppen hinunterstiegen. Woran man das sah? An einer Tennistasche, an seinem großen Kopf, der Blicke schweifen ließ, sowie an seiner federleichten Art, die Treppen hinabzusteigen. Er erwischte ein Taxi mit einem Fahrer, der ihn sogleich mit Namen ansprach, er hingegen erkannte ihn nicht wieder. Dann aber tauchte plötzlich in seiner Erinnerung eben derselbe Mann auf, aber jung, dünn, ein bißchen verrückt, wie viele Jugendliche, die verrückt spielen wollen und es, außer für ganz kurze Zeit, gar nicht sind, und dennoch war er, immer noch in der Erinnerung, nicht besonders anziehend. Er gehörte zu einer Bande von Jungen, mit der er vor vielen Jahren oft zusammen war, in der Nähe der Porta Ticinese, wo er wohnte.

»Du bist doch Abelardo«, sagte er vor sich hin, weil er sich an jene aus der Bassa Pavese stammenden Jungen mit den west- und ostgotischen Namen erinnerte, die noch aus der Zeit der Barbareneinfälle übriggeblieben waren.

Als der Taxifahrer seinen Namen hörte, wurde er sofort wieder beinahe zum Jungen, trotz des dicken Bauchs und der Schweißtropfen auf der Taxichauffeuren eigenen Erwachsenenstirn. Er umarmte den Dichter und drückte ihn an sich, und sie sprachen von jener Zeit, die allen beiden gemeinsam war: Fast zwanzig Jahre war es her. Die Bars, die Tanzdielen, die gemeinsamen Freunde. Sie lachten und ließen dabei eine Menge Jungen zwischen fünfzehn und zwanzig Revue passieren, die heute gar nicht mehr waren wie damals, sondern verheiratet, mit Kindern und in Mailand verstreut. Sie sprachen auch von manchem, der in der Zwischenzeit gestorben war, aber dieses Thema, das den Eifer ihrer Erinnerung nur getrübt hätte, ließen sie fast von selbst wieder fallen.

»Und Bertino, erinnerst du dich an Bertino, den du so gern hattest«, sagte Abelardo, und in seinem Blick hatte er dasselbe schelmische Zucken, das alle damals unschuldigen Jungen hatten, die anfingen, es ganz und gar nicht mehr zu sein. Als der Name Bertino fiel, erschien dieser in der Erinnerung des Dichters in all seiner Zerbrechlichkeit und seinem Charme: Ein hellblaues, etwas schielendes Auge, das war alles. Aber welche Ängste, welche Leidenschaften und Erwartungen verdichtete er in seiner Erinnerung: Er stand in einer Schießbude, die auf einer Kirmes auftauchte und wieder von ihr verschwand, und damit, mit dem Auftauchen der erleuchteten Bude und ihrem Verschwinden, bei dem eine rechteckige Spur von zertretenem Erdreich und Sägemehl zurückblieb, von zerplatzten Knallfröschen und kleinen Kugeln in einem leeren Raum ohne Bertino – damit ist schon fast alles gesagt. Das ›fast‹, das das alles ergänzt, ist die Leere, die absolute, der Mangel – bei einem blauen Himmel voller Sterne, die freilich keinen Hinweis, keine Adresse, keine anderen Kirmesplätze der Provinz angeben konnten.

Dem Dichter schlug das Herz nicht wie damals, das Herz schlug regelmäßig wie eine Uhr, die nichts mit dem

Herzen zu tun hat. Allerdings mußte er das Zittern seiner Stimme besiegen, und tatsächlich sagte er ganz ruhig:

»Bertino, wer weiß, wohin Bertino gegangen ist.«

So als müßte er ihm wieder Mut machen und ihm eine gute Nachricht bringen, sagte Abelardo aufgeregt: »Bertino, der ist hier in Mailand, in der Innenstadt, er hat einen Posten als Portier in der Via Montenapoleone. Du mochtest ihn gern, mochtest du ihn gern oder nicht?«

Diese letzten Worte sagte Abelardo ohne jede Bosheit, herzlich und mitfühlend wie damals, doch von ihnen beiden wußte nur der Dichter, daß die Jahre vergangen waren. Er gab ihm aber die Nummer des Hauses, wo Bertino zu finden war.

»Du wirst ihn doch besuchen, oder?« sagte der dicke Taxifahrer, der aus der Zeit, da er dünn und jung war, in die Gegenwart zurückkehrte. Lästigerweise – denn er war jetzt kein Junge mehr – wollte der Taxifahrer wissen, ob es in Rom schöne Frauen gäbe und er Schauspielerinnen kannte und ob er nie mit ihnen zu tun hätte.

»Und die Jungen, gefallen sie dir immer noch?« fragte er, und diesmal sah der Dichter darin eine für einen Erwachsenen indiskrete und unnütze Frage, eine die das Vertrauen bricht.

»Die aus Rom nicht.«

»Ja ja, und obendrein in deinem Alter«, sagte Abelardo noch zu allem Übel, so wenig hatte er über das Erwachsenenalter gelernt, doch sie waren am Hotel angekommen. Abelardo bestand darauf, kein Geld für die Fahrt zu nehmen, und sie verabschiedeten sich.

Allein auf seinem Zimmer fühlte der Mann eine leichte Nervosität unter der Haut, eine Erregung, die, wie er wußte, ihn – wenn nicht der Angst, so doch der Sehnsucht aussetzen würde, und er erkannte sogleich, daß der Ursprung in seiner eigenen Einbildungskraft lag: Es war die Bude mit den Schießscheiben, strahlend in ihrem Lichterglanz und dem Knallen, und dann erschien und verschwand die kleine, zartknochige Gestalt Bertinos mit seinem himmelblauen schielenden Auge.

Er erhob sich vom Bett und ging aus. Die Via Montenapoleone war gleich um die Ecke, und er ging los, weil er Bertino sehen wollte. Er fand die betreffende Hausnummer (das Haus war eines der ersten), schlüpfte in den marmorverkleideten Hauseingang und suchte die Portiersloge. Bevor er fragte, schaute er hinein, es war jemand da, mit einem gekrümmten Rücken, rund wie ein kleiner Bukkel, über ein Comic-Heftchen gebeugt. Der Portier hob den bleichen, ausgezehrten, aschgrauen, spärlich mit dünnen Haaren behaarten Kopf. Der Mann erkannte sofort das schielende Auge wieder. Der Portier, der ganz in Grau mit einer Goldborte am Jackenrevers gekleidet war, zog ein wenig das Augenlid zusammen, als sei das Auge aus Glas, und mit einem Lächeln, in dem eine plötzliche Hoffnung zu liegen schien, sagte er:

»Mario«, und indem er dies sagte, kam er wie ein Junge aus der Loge und warf sich ihm in die Arme. Sie redeten, anfangs unter Stocken, wie es immer geht, dann ruhiger und der Reihe nach. Bertino wollte den Mann in ein nahegelegenes, besonders elegantes Café führen, um ihn zu einem ›Aperitif‹ oder einem ›Digestiv‹ einzuladen, oder zu einem Bier oder Kaffee. Der Mann nahm einen Kaffee; danach gingen sie die halbverlassene Via di Milano zurück, und Bertino fing wieder an zu reden.

Bertino, der von Minute zu Minute immer aufgeregter wurde, sagte: »Die schönen Zeiten sind vorbei«, und das wiederholte er, als wären sie überhaupt nicht vorbei, oder aber er hoffte, fast war er sich sicher, daß sie nicht vorbei waren; sie waren nun bei dem Haus, und ab und zu ging Bertino in die Loge hinein, um die Spione der Sprechanlage zu kontrollieren.

»Bist du verheiratet?« fragte der Mann.

»Ich habe sogar zwei Kinder«, sagte Bertino mit einer gewissen Enttäuschung in der Stimme, so als sei er unterbrochen worden.

»Hübsche Kinder?«

Einen Augenblick verharrte Bertino in Schweigen und schaute ein wenig verloren mit seinem Auge auf den Boden, dann sagte er: »Ja, hübsche, besonders das erste, dem letzten fehlte bei der Geburt ein Händchen.«

»Und deine Frau, wie ist sie?«

»Sie läßt mich nie eine Minute in Ruhe, aber sie ist eine gute Frau, sie läßt mir jedoch nie eine freie Minute; für sie, die Kinder und vor allem das Mietshaus bin ich immer da. Du siehst mich ja, ich bin immer hier, jeden Tag, fast jeden Samstag und Sonntag und sogar Mitte August bei den Feiertagen an Mariä Himmelfahrt.«

»Und wieso?«

»Wegen der Überstunden, meiner Frau fällt immer etwas ein, was sie sich kaufen will und überhaupt, wie soll ich das Haus verlassen und die Herrschaften, die rufen, und die Reinigungsarbeiten. Zwar bin nicht ich derjenige, der sie macht, das wäre ja noch schöner, eine Agentur schickt die Putzkolonne, aber bei dem, was sich heute hier abspielt, muß ich hier sein, um aufzupassen.«

Bertino redete ohne Unterlaß, mit Pausen, aber wie er redete, so dachte er auch. Was er dachte? Er hing Erinnerungen nach, und der Mann sah diese in Form von Gedanken unter seinen Worten und unter seiner Gestalt vorüberziehen: Er war immer noch zerbrechlich, aber nicht mehr leicht, keinesfalls mehr leicht, im Gegenteil, er war leicht und gleichzeitig schwer. Auf ihm lasteten, dachte der Mann, die üblichen ›Verantwortlichkeiten‹: Ehefrau, Besorgungen, Kinder, Herrschaften, die einen rufen, das Mietshaus, die Reinigungsarbeit und vor allen Dingen die Zeit, die verstrich, die ›Verantwortlichkeiten der Zeit‹, nicht seine eigenen. Auch der Mann erinnerte sich an einige Momente, frei von Verantwortung, zwischen Gebüsch, Staub im Gebüsch und Schlamm an den Ufern des Ticino und vielen auf ihren wahren Kern zurückgeführten Dingen zwischen dem Blitzen und dem Knallen der Schießbude und danach, als diese geschlossen war.

»Und die Schießbude?« fragte er.

»Nach Vaters Tod habe ich die Lizenz verkauft, schließlich war es nichts für mich, mit dem Wohnwagen umherzuziehen, von Dorf zu Dorf, ohne jegliche Sicherheit für die Zukunft. Ich habe nur die Realschule besucht.«

»Also gibt es die Schießbude nicht mehr?«

»Nichts ist von ihr übrig«, sagte Bertino und lachte. »Sie hat Feuer gefangen, oder sie haben sie wegen der Versicherung in Brand gesteckt, ein Feuer hat die Kirmes zerstört. Hast du nichts in den Zeitungen gelesen? Vor zwei Jahren in Varese. Alle Zeitungen berichteten davon.«

»Ich habe es nicht gelesen«, sagte der Mann.

»Sieh mal an«, fuhr Bertino fort, »und schreibst du noch immer Gedichte?«

»Manchmal«, sagte der Mann mit jenem selbstgefälligen Lächeln, das er vor Zeiten gerne die Jungen sehen ließ, um Aufmerksamkeit zu erregen.

Bertino faßte ihn am Arm, mit einer Hand, die dem Mann knochig vorkam.

»Hör mal«, sagte er mit einer ganz kleinen Pause, die gleichzeitig von Bescheidenheit und Eitelkeit zeugte, »das, was du über mich geschrieben hast, hast du das noch?«, und indem er das sagte, rannen ihm, ohne daß er dabei irgendwie seinen Gesichtsausdruck veränderte, unversehens Tränen über die Wangen.

»Ich glaube schon«, sagte der Mann und erinnerte sich an das eine oder andere Wort des Gedichts, aber vielleicht war es auch ein anderes.

»Und Reisen machst du, fährst durch die Welt, wie man mir erzählt hat.«

»Dann und wann.«

Die Sprechanlage summte, sie verabschiedeten sich, Bertino hatte bei ihrer Umarmung etwas von einem alten Verwandten und der Mann, der viel älter war als er, etwas von einem jungen Neffen, der verlegen ist. Bertino eilte in die Loge, sagte aber noch:

»Schick mir doch ab und zu eine Ansichtskarte, zur Erinnerung.«

»Geht in Ordnung«, sagte der Dichter, »einverstanden.«

ROMA *Rom*

An einem Sonntag im Winter in der Dämmerung kam ein Mann, der sich als Fremder fühlte, ohne es jedoch zu sein, mit dem Schnellzug aus dem Norden im Bahnhof von Rom an. Schon vom Zug aus, beim ersten Auftauchen der Stadt und ihrer riesigen Häuser, die wie aufgepfropft schienen auf die Hügel aus schmierigem Müll, und jener Steine des Bogens der Porta Maggiore, zwischen denen Grasbüschel und kleine Bäume wuchsen, sah er den violetten Himmel, der wie ein Seidentuch von dem ruhigen, kühlen Wind der Tramontana aufgespannt war. Er spürte wie immer, wenn er ankam, die sterbliche Gegenwart der Jahrhunderte und der Geschichte. Er trat aus dem Bahnhof, um ein Taxi zu nehmen, und kam auf den Platz als die Dämmerung ganz allmählich in den Abend überging. Das Licht des Himmels verschmolz mit dem des großen Scheinwerfers auf der Mitte des Platzes und wurde da und dort vom Widerschein rosa und blauer Neonlichter zerrissen. Unter jenem Licht kauerten in den Anlagen des Bahnhofs auf dem Rasen, der von der wechselnden, ständig dort liegenden Menschenmenge versengt war, Gruppen afrikanischer Frauen. Sie waren weiß gekleidet und schwatzten in ihrer Sprache mit ständigen Bewegungen ihrer dunklen, mageren Hände mit den metallfarben lackierten Fingernägeln.

Das Licht der Dämmerung senkte sich langsam herab, aber jeden Augenblick konnte man eine leichte Farbveränderung zum Schatten hin bemerken, in welchem weiter weg die plumpen Silhouetten von ein paar italienischen Soldaten und einzelnen Gruppen Äthiopier mit dichtem Kraushaar schon als erste den Schatten der Nacht aufgesogen hatten. Das Licht, das sie beleuchtete, war ein violettfarbener Überrest, aber ihre Körper, wie die hochgewachsener Krieger ohne Lanze, schienen sich im Schritt von Kamelen zwischen den Büschen der Savannen ihrer Länder zu bewegen. Die Soldaten hingegen liefen um die Silhouetten der Beduinenfrauen herum, als suchten sie etwas auf dem Boden.

Immer noch mit jenem Gefühl der Fremdheit, bedingt durch diesen Ort, der gleichzeitig so dunkel und voller Licht war, wie es auch in Afrika vorkommt, stieg der Mann in ein Taxi und durchquerte die Stadt, die fast wie ausgestorben wirkte. Das Licht (die Straßenbeleuchtung war noch nicht eingeschaltet) kam nur von den Neonreklamen und zerfloß in ein zwischen Rosa und Blau schimmerndes diffuses Lila, das von dem helleren Farbton des Himmels beherrscht wurde.

Der Mann gab eine Adresse an, und das Taxi fuhr zügig durch die Straßen ohne Autobusse, Staus, Lärm und Gehupe. Vielleicht wurde gestreikt, oder hatten alle Römer Rom verlassen? Der Mann hatte auf diese Weise Gelegenheit, Rom, nachdem er so viele Jahre dort gelebt hatte, so zu sehen, wie er es noch nie gesehen hatte. Das Rom, das er sah, war zum größten Teil von Afrikanern bevölkert. Er sah zwar einige Soldaten, die allerdings in eine Hundseinsamkeit gehüllt waren, von der man nicht wußte, ob sie besorgt oder verstört war, immer wieder Gruppen von Beduinenfrauen in ihren weißen Kleidern, aus denen schwarze, sehnige und alte, dünne Beine herausragten, auf der Stirn kleine tätowierte Kreuze. Dann immer wieder Männer verschiedener Rassen, unter ihnen, bei den Diokletiansthermen, eine Gruppe großer, sehniger Schwarzer, die fast sommerlich gekleidet waren, mit leichten Stoffen über ihren muskulösen Gliedern und wie mit Öl eingerieben. Ihre Schädel waren rasiert, und sie hatten einen gleichzeitig milden und kraftvollen Gang, der den Mann an Nubiersklaven erinnerte, an die Fächerträger der Umzüge im späten kaiserlichen Rom und die kräftigen, mit Öl eingeriebenen Masseure in den Thermen. Wie eine Filmszene, die Wirklichkeit wird, ließ ihn dieser Eindruck nicht mehr los. Er stieg bei der angegebenen Adresse aus, trug seine Tasche ins Haus und fühlte sich durch das Licht gedrängt, wieder hinauszugehen.

Noch war es nicht dunkel, und man hätte meinen können, daß das violette Licht die Stadt während der ganzen Nacht nicht verlassen würde. Ganz junge Carabinieri, beinahe noch Jungen, die aussahen wie Rekruten eines Söldnerheers, hielten mit müde angelegtem Maschinengewehr vor einem Ministerium Wache. Auch sie schienen Fremde zu sein oder wenigstens armselige und störende ausländische Uniformen zu tragen, müde und gelangweilt von der einsamen Wache.

Der Mann ging am Tiberufer entlang und traf ununterbrochen farbige Menschen, die gingen und sich bewegten, als seien sie die Herren der Stadt. Ab und zu raste ein Auto vorbei, in dem Jungen saßen, die ebenfalls dunkle, gelockte Haare hatten. Einer dieser Schwarzen, vielleicht ein Äthiopier, mit einer hellen Decke auf den Schultern, kam lachend auf ihn zu; er lachte so, wie alle Afrikaner lachen, wenn sie mit Europäern sprechen wollen: mit Gesten, die zugleich übertrieben dienstfertig und selbstgefällig sind, und mit Augen, deren Hornhaut ganz weiß ist, und in denen der Wahnsinn flackert. Er sprach kein Italienisch, aber mühsam redend und mit Gesten bot er die Decke zum Kauf an. »Fünfundzwanzigtausend«, sagte er, und nach fast jeder Silbe machte er eine Pause, bei jeder Silbe bewegte er die Hände, so daß er zugleich etwas von einem Bettler und von einem Angeber hatte. Der Mann lehnte dankend ab. Aber der Schwarze lachte immer mehr und legte mit einer Bewegung voll bedrohlicher Anmut, langsam und elegant, die Decke über die Schultern des Mannes und schob sie sogar noch zurecht, während er ihn von unten nach oben anguckte und dies mit Bewegungen seiner langen, glänzenden Hände begleitete, wie um ihn dazu zu beglückwünschen. Der Mann nahm sie wieder ab und reichte sie dem jungen Äthiopier, in dessen Augen Mißmut aufzuleuchten schien. Er zog sogar eine richtige Grimasse des Abscheus und entfernte sich, als ob er die Decke nicht zurücknehmen wollte. Da hängte sie der Mann über die Ufermauer und nahm den Spaziergang wieder auf.

Er ging weiter am Tiber entlang und befand sich bald darauf am Rande des Zirkus Maximus: Noch war es nicht Abend oder schien nicht Abend zu sein wegen des Lichts und der Geräusche der Stadt, die ihm vollkommen gedämpft vorkamen, so als hätte er Stopfen in den Ohren. Zwei- oder dreimal sperrte er den Mund auf, wie man es im Flugzeug tut, aber es gelang ihm nicht, deutlichere Geräusche wahrzunehmen; vielleicht ein Flüstern, ein Wispern am Rande des Zirkus Maximus, wo sich zwischen den Büschen etwas bewegte. Und tatsächlich kam kurz darauf eine Frau heraus in einem winzigen Unterrock aus glänzendem roten Satin, der nicht einmal bis über den Slip reichte. Sie trug eine Perücke mit langem blondem Haar, aber auch sie war schwarz; und an der Art, wie sich die Haare in der kühlen Luft bewegten, in steifen, leblosen Strähnen, erkannte der Mann, daß es sich um einen Transvestiten handelte. Es war niemand in der Nähe, trotzdem machte der Transvestit Tanzschritte und öffnete und schloß herzförmig seinen großen rotgeschminkten Mund.

Der Mann ging weiter bis zum archäologischen Rundweg, sein Gemütszustand war äußerst sonderbar, und er fühlte sich, vielleicht wegen dieses Gefühls der zugestopften Ohren (vorhin hatte der Transvestit mit Sicherheit gesungen, aber er hatte kein Geräusch vernommen), noch fremder als er es ohnehin war, auf leichte und beunruhigte Weise, und wie von einer Last befreit, die ihn, wie er erst jetzt erkannte, sein Leben lang begleitet hatte.

Auch der archäologische Rundweg war beinahe ganz eingetaucht in jene violette Dunkelheit, die trotz der brennenden Laternen andauerte. Er kam an den Caracallathermen vorüber und ging sehr langsam, angezogen von der Gegend um die Mauern und Ruinen herum. Es gab dort staubige Grasbüschel, Papierfetzen, zusammengeknüllte Papiertaschentücher und Bierflaschen. Er hob ein Stöckchen auf und stocherte im Gehen in diesen Abfällen herum, als ginge es darum, die Vergangenheit wiederzufinden, die dort lag, mit Sicherheit, dort unter einer oder mehreren Schichten. Er entdeckte ein paar Präservative und ein Kettchen, ein armseliges kleines Kettchen aus Metall. Er ging weiter: Einige Autos fuhren vorbei, die sich durch das Scheinwerferlicht und langes Hupen zu erkennen gaben, das jedoch seine Ohren nicht deutlich wahrnahmen. Ob er taub geworden war, ganz plötzlich? Das fragte er sich, spürte aber im selben Augenblick, daß es sich um eine allgemeinere Taubheit handelte, eine Art Betäubung, die seinen ganzen Körper durchdrungen hatte. Er blickte auf die Uhr, es war spät, aber trotzdem setzte er, wie von der süßlichen Trägheit Roms geleitet, seinen Weg fort. Vielleicht hatte ihn die Einbildungskraft plötzlich gepackt und er träumte, bei all jenen Afrikanern, die er seit dem Moment, an dem er am Bahnhof ausgestiegen war, gesehen hatte, vom Alltagsleben von vor tausend, fünfzehnhundert oder zweitausend Jahren.

Das violette Licht hing noch am Himmel, und der Mann sah einen ersten Stern über den römischen Mauern. Von neuem richtete er seinen Blick auf das Unkraut und die Abfälle: Er sah eine schillernde Öllache mit alten, verschmierten Lappen am Boden. Dann Reste von ganz weißem, porösem und sicherlich sehr altem Gestein. Er warf einen Blick auf den Rundweg, an dem ein paar Autos gänzlich geräuschlos vorbeifuhren. »Vielleicht werde ich taub, aber gerade jetzt, heute?« fragte er sich und folgte immer weiter den Mauern, den Ruinen, den Abfällen. Plötzlich stand er vor dem Eingang zu einer Höhle, die wie eine Vertiefung in Form einer Felsnische weit in die Mauer hineinführte. Er dachte sofort an eine Wachstube, wie es sie hier doch geben mußte, vielleicht auch zur Bewachung der Thermen, und sagte das Wort *Tepidarium* vor sich hin, was die Erschlaffung in ihm steigerte. In der Nische leuchtete ein Streichholz auf, da er jedoch am Eingang stand, sah er dank jenes violetten Lichts, daß dort jemand war. Da war eine sehr dicke Frau, die fast auf der Erde lag, sie trug bis zu den Knien heruntergerollte Strümpfe, und man sah ihre Schenkel. Es war eine alte Frau, die wie eine römische Haushälterin oder Portiersfrau aussah. Neben ihr stand, an einen Pfeiler der Nische gelehnt, ein großer junger Mann mit Kraushaar, und man sah, wie sein halb einladendes, halb angewidertes Lächeln im violetten Dunkel weiß schimmerte. Auch er war Äthiopier, er ähnelte sogar sehr dem mit der Decke von vorhin. Mit seinem Stock trat der

Mann ein; er hörte nichts, obwohl die beiden redeten. Die Frau lag unbequem ausgestreckt auf der Erde und stützte den Kopf auf eine Hand. Ihm war, als höre er den Namen Ali, als er den glänzenden und engen Anzug des Äthiopiers betrachtete, der in einem Sprung vorschnellte. Die Trägheit des violetten Lichts am nächtlichen Himmel und die wie ein schmerzstillendes Mittel wirkende anhaltende Taubheit führten dazu, daß der Mann nicht gleich bemerkte, daß der Äthiopier ihn mit einem Messer getroffen hatte. Dann sah er wieder in seiner Hand das Messer, und es sah für ihn wie ein normales Küchenmesser aus, blutbeschmiert. Dann fühlte er, wie es erneut in seinen Bauch eindrang, in die Brust, in den Hals, während die weißen Zähne des Äthiopiers nahe bei ihm waren; und der Mann, immer noch gefangen in jener völligen Taubheit, fast ohne Schmerz zu verspüren (die Frau war aufgestanden und hatte sich abseits gestellt), stieß in vollen, regelmäßigen Stößen Blut aus, wie in hellem, aber auch dunklem Einklang mit seinem Herzen.

Sesso *Sex*

An einem Abend gegen Ende des Winters ging eine fünfzigjährige Frau, die sich allein fühlte, weil ihr Liebhaber fort und das Haus leer war, ohne allzu große Lust auf einen Vortrag mit anschließendem Empfang. Eine langweilige Angelegenheit, bei der sie zum tausendsten Mal dieselben Gesichter sah, die sie seit jeher kannte und mit denen sie den üblichen Tratsch austauschte: Tratsch weckte sie, die keine Klatschtante war, sondern allein, ein wenig auf, besonders Tratsch über Liebesbeziehungen, in den sie leider nie Eingang fand. Er weckte sie jedoch nicht allzusehr, und zu dieser Stunde, vor dem Abendessen (es war halb neun) begann sie zu merken, wie ihre Augenlider sich senkten, als sie da stand mit dem üblichen Glas in der Hand. Sie war nicht besonders gut angezogen, wie man es bei solchen Gelegenheiten zu sein pflegt, sie trug vielmehr eine verstaubte blaue Filzjacke. Ihre Hände: die, welche das Glas hielt, war schon ein wenig alt, hatte aber die Finger eines Mädchens, ein wenig krumm und kindlich wie die einer Schülerin, die lustlos ihren Füller hält und sich mit Tinte bekleckert. Sie war keine schöne Frau, aber sie hatte sich eine kindliche Art bewahrt, sich zu bewegen, und, noch viel kindlicher, die Gewohnheit, mit einer Hand ihr lockiges Haar zu zerzausen. Mit Wasserstoffsuperoxid verbarg sie ihre weißen Haare, die jetzt von weißlichem Blond waren, weil sie seit einiger Zeit nicht mehr zum Friseur ging. Sie hatte jedoch schmale und launische Lippen, und wenn sie lachte, zeigte sie ihre kleinen und sehr kräftigen Zähne.

Gegen neun begannen die Leute auseinanderzugehen, und auch sie ging hinaus in die schon fast frühlinghafte Nacht. Ein Geruch von weither, milde Wärme, mehr nicht. Auf der Gasse sah sie ein paar Jungen, und einer mit einer Fülle lockiger Haare, Turnschuhen und einer schwarzen Lederjacke, einer von vielen, die da herumliefen, näherte sich ihr und sagte: »Du bist sympathisch, wie heißt du? Ich möchte dich wiedersehen.«

Einen Moment zögerte die Frau, schlaftrunken wie sie war, aus Angst bestohlen zu werden, aber schließlich sagte sie ihren Namen und, nachdem sie Zettel und Bleistift aus ihrer Handtasche genommen hatte, schrieb sie selbst die Telefonnummer auf. Das überraschte sie sehr, aber sie bemerkte ihr Erstaunen erst, als alles schon geschehen war. Dann machte sie sich zu Fuß auf den Weg nach Hause. Zu Hause machte sie sich ein kleines Tablett mit einem Ei, ein wenig Käse und Brot, sah fern und ging dann ins Bett. Das Haus war leer, sie fühlte sich allein, aber dies war nun seit mehr als einem Jahr so. Auch langweilte sie sich sehr. Ab und zu war sie traurig und hätte sich gewünscht, daß sich jemand bewege. Sie hatte Valium genommen und schlief sofort ein. Um drei Uhr früh wurde sie vom Telefon geweckt: Es war der Junge, der sie auf der Straße angehalten hatte, mit heller und fröhlicher Stimme fragte er, ob er sie besuchen könne. Die Frau sagte nein und schlief wieder ein. Aber eine Stunde später wurde sie erneut geweckt, und danach noch zwei weitere Male. Sie ließ diese nächtlichen Anrufe, an die sie nun wirklich nicht gewöhnt war, eher passiv über sich ergehen, aber ihre Passivität verwandelte sich sehr schnell in ein seltsames Gefühl von Angst und Anziehung. Ein Räuber, ein Dummkopf, wer weiß, was für einer er war und warum? Zu ihrer großen Überraschung fühlte sie jenes kleine Prickeln der Verlockung, das sie lange nicht mehr verspürt hatte, und nicht allzu überzeugt und doch immer noch überrascht lächelte sie in sich hinein.

Tags darauf begann der Junge wieder anzurufen, am Nachmittag, und er sagte, als ob sich in den wenigen Stunden schon eine Gewohnheit entwickelt hätte: »Ich bin's, Mario.«

»Ah, ciao«, antwortete die Frau passiv. Beim dritten oder vierten Telefonanruf des folgendes Tages fragte der Junge noch einmal, ob er sie besuchen könne, er fragte es mit Nachdruck. Die Frau war unlustig, voller Überdruß, traurig, weil das Haus leer war, weil ihr der Liebhaber fehlte, den sie seit einem Monat nicht mehr gesehen hatte, und sagte ja. Wenig später, nur ein paar Minuten später, hörte sie die Türklingel.

»Mario«, sagte der Junge durch die Sprechanlage, und in einem Augenblick war er an der Tür, trat ein, schloß sie unvermittelt in die Arme und wollte sie küssen. Die Frau entwand sich mit Mühe, weil der Junge sie fest in seinen muskulösen Armen hielt. Sie standen in der Tür, und die Frau spürte in der Nase den Geruch der offenen Jacke, aus der die Brusthaare hervorkamen. Die Haare hatten einen angenehmen Geruch.

Es gelang ihr, sich ihm zu entwinden, und der Junge verließ, die rechte Schulter nach vorne gezogen, den Hals gestreckt, mit einem unvorhergesehenen Ausbruch von grenzenloser und beinahe närrischer Eitelkeit türschlagend das Haus. Die Frau war überrascht und vielleicht auch ein wenig besorgt, ohne genau zu wissen, warum. Den ganzen Abend dachte sie an jene seltsame Begegnung, die sie neugierig machte und sie (sie wagte nicht, sich das einzugestehen) einschüchterte. Beim Abendessen mit Freunden fragte sie sich: »Ob er sich beleidigt fühlt?« und hörte nicht, was die anderen redeten.

Während der Nacht wurde sie zweimal von dem Jungen am Telefon geweckt. Er sagte: »Ich bin's« und lachte ein verrücktes Lachen, einer Geste der Eitelkeit ähnlich.

Die Frau sagte: »Wo bist du? Ich höre ein Geräusch«, aber der Junge hatte schon eingehängt. Es war zwei Uhr. Beim zweiten Mal um fünf Uhr morgens geschah genau das gleiche, nur das Lachen dauerte länger und ließ die Frau wie vor Angst erschauern. Dieses Mal sagte sie nichts, aber sie blieb am Telefon, weil keiner der beiden sprach, sie hörte nur in der Ferne eine Sirene, und dann wurde die Leitung unterbrochen.

Einige Tage vergingen, in denen die Nerven der Frau aufs äußerste gespannt waren und sie seit vielen Jahren nicht an ihren Liebhaber dachte. Statt dessen wartete sie, ohne sich dies einzugestehen, Tag und Nacht auf die Telefonanrufe des Jungen, aber es kamen keine. Das Haus verließ sie nur für kürzeste Zeit, sie blieb daheim und beschäftigte sich mit irgend etwas, und wenn man sie mittags oder abends zum Essen einlud, ging sie nicht hin. Sie erinnerte sich nur dunkel an ihn: lockige Haare, jene Geste der Eitelkeit, die an seinem Körper eine Geste der Männlichkeit wurde, Mut und Verachtung gegenüber dem Tagleben (erinnerte sie sich oder träumte sie, daß sie ihn hatte sagen hören, daß ihm der Tag zuwider war?), die Armmuskeln, die Brusthaare, die sich an ihrer gepuderten Wange rieben, der Geruch der Lederjacke, die nächtliche und übermächtige Stimme eines Kriminalfilms. Während sie sich so erinnerte, erschauerte sie. Sie war nervös, und zum ersten Mal in ihrem Leben begann sie, Zigaretten zu rauchen, sie hatte nie welche geraucht; ein Päckchen pro Tag rauchte sie und pustete den Qualm aus wie ein Kind. Sie ging nicht aus dem Haus.

Eines Nachmittags rief der Junge an. Er sagte: »Soll ich kommen?«, und die Frau sagte »ja« mit einer ganz dünnen Stimme, so groß war ihre Erregung.

Eilig kämmte sie sich, schminkte sich, zog andere Kleider an. Aber der Junge kam nicht. Es klingelte drei Tage später gegen Abend. Sie sah ihn vor der Tür, groß und mit den dichten Haarbüscheln, und ließ ihn eintreten. Der Junge schwieg, hatte seine Augen hinter einer Spiegelbrille verborgen und ging mit hochgerecktem Hals und ein wenig schräg, die Schultern aufgerichtet, aber ein wenig schief, und die Frau bemerkte, daß er groß war: Ihr kam es vor, als bewege er ein wenig die Luft in dem bewegungslosen Haus. Er ging umher, als ob er den Wert des Hauses ermessen wolle, mit Geringschätzung auf den vollen Lippen, ohne die Frau anzusehen, die hinter ihm herging. Dann ließ er sich auf eine Couch fallen und setzte sich breitbeinig hin. Er sah die Frau starr, stumm und mit jener unendlichen Eitelkeit an. Dann erblickte er ein Radio, stellte es an, suchte nach modischer Musik und begann, ohne ein Wort zu sagen, Tanzschritte anzudeuten, wiegte sich in den Hüften und wölbte die Brust vor. Zu den Bewegungen seines Körpers rollte er die Augen. Dann plötzlich nahm er die Frau am Arm und zog sie von der Couch hoch, wo sie wie ein Pensionatsmädchen gesessen hatte: Er küßte sie lange, bewegte seinen Körper gegen ihren, warf sie auf das Sofa und küßte sie dabei immer noch und wälzte sich eine Weile über ihr, die der Frau unendlich erschien, dann liebte er sie und verdrehte dabei in Verzückung die Augen. Die Frau spürte ein unbekanntes Vergnügen, zitterte, wälzte sich und schrie. Der Junge erhob sich, immer noch in jener Verzückung befangen, und stellte sich ausgiebig vor ihr mit gespreizten Beinen zur Schau. Sie betrachtete ihn, wie man eine aufgerichtete, nur wenige Zentimeter vom Gesicht entfernte Kobra ansieht. Erst nach geraumer Zeit machte er seinen Reißverschluß zu und näherte sich mit langsamen und leisen Schritten auf seinen Gummisohlen der Tür. Die Frau folgte ihm ein wenig zerzaust, gebeugt, und als der Junge die Tür schon geöffnet hatte, sagte sie: »Mario« mit einer dünnen und flehenden Stimme, aber er hatte die Tür schon geschlossen. Ein dumpfes Geräusch, Sprünge von Gummisohlen auf den Stufen, Stille. Die Frau wandte sich gebeugt ins Schlafzimmer, warf sich aufs Bett, und ihr Herz schlug ihr bis zum Hals, bald darauf aber schlief sie ein und träumte einen Kindertraum: von etwas wie Dracula, etwas Nächtlichem, Schwefligem.

Die Monate vergingen, wie hypnotisiert verließ die Frau nicht mehr das Haus. Fast immer klingelte nachts das

Telefon. Sie hörte »Hallo« (das war er), und die Leitung wurde getrennt. Von Zeit zu Zeit kam der Junge, vollkommen eingehüllt in seinen Panzer von Eitelkeit, liebte sie, stellte sich zur Schau, schwieg immer und ging fort. Die Frau rauchte viele Zigaretten am Tag, gab sich Mühe, ihr tägliches Leben zu leben, ein wenig gesellig, ein wenig mondän, aber immer wieder rannte sie nach Hause und wartete auf das Klingeln des Telefons oder einen Besuch. Manchmal gab sie dem Jungen Geld, der sich einige Minuten beleidigt zeigte und es dann annahm, manchmal brachte er eine Schachtel Pralinen mit. Die Frau überredete ihn, sich auszuziehen und sah, daß sein Körper von Narben übersät war, besonders an den Handgelenken, Narben von violetter Farbe, und das gab ihr dasselbe Gefühl von Anziehung und Abscheu wie der Anblick der Kobra beim ersten Mal.

In eben jenen Monaten und Tagen, aber schon eher zum Sommer hin, schaute ein Mann, allein und viele Kilometer entfernt, mit einem Fernglas in das dunkle Dickicht. Fasanenpaare liefen umher, angelockt von Futter, das er selbst gestreut hatte. Der Mann beobachtete sie: Die Weibchen machten sich an das Futter heran, vorsichtig, zitternd, und gleich danach näherte sich ihnen das Männchen von hinten und pickte sie heftig auf den Kopf, damit sie sich entfernten, um ihm den Platz zu überlassen, an welcher Stelle auch immer das Futter lag. Das Männchen pickte hier und da und jagte die Weibchen immer wieder vom Futter weg. Dann lief es zwischen ihnen umher, sie waren eingeschüchtert, hatten Angst vor dem Padrone mit seinem winzigen Auge, und die Weibchen schienen glücklich, ihm zu gehorchen, als es beschloß, sich zu bewegen und im dichten Wald zu verschwinden, den vielfarbigen langen Schwanz hoch aufgerichtet.

Simpatia *Sympathie*

In einer Winternacht wurde eine Art struppiger Hippie, den der Zufall und eine Mutter vom Lande Bortolo genannt hatten, von einer Maus geweckt, die an etwas nagte. Bortolo schlief mit einer Gefährtin, einem Mädchen von zwanzig Jahren namens Papillon, einer wer weiß wie nach Italien verpflanzten Französin, zwischen Schlafsäcken und alten heugefüllten Decken. Sie bewohnten eine ärmliche, halb verfallene, kleine Bauernhütte, die wie mit dem Wasser von den Bergen herabgekommenes Geröll verlassen am Ufer eines Wildbachs lag. Sie taten praktisch nichts, außer daß sie (beide hatten die Universität abgeschlossen und konnten Sprachen) einige Stunden in einer unweit gelegenen Privatschule gaben, die sie in ihren löchrigen Schuhen zu Fuß erreichen konnten. Wenn sie frei hatten, kümmerte sich Papillon um ein taubstummes Kind, Enkel reicher und ein wenig grobschlächtiger Bauern, die auf dem Land begraben und die Eigentümer des Häuschens waren.

Bortolo spitzte die Ohren wegen der Maus, die recht nahe sein mußte, vielleicht in einem Korb an der Fußseite, und im Schweigen der eiskalten, nebelverhangenen Nacht schien es ihm, als habe die Maus Zähne aus Stahl, so stark war das Geräusch, ähnlich dem einer Tischlerraspel, und Bortolo dachte tatsächlich an einen Tischler, der ganz in seine Arbeit vertieft ist.

Auch Papillon war aufgewacht, auch sie struppig in ihrer großen Fülle gelockter und zerzauster Haare, und durch diese hindurch hielt sie in der Dunkelheit die Augen offen. Beide lauschten betäubt in einer Art, wie es nur junge Leute sein können.

Die Maus brachte eine ganze Weile mit dem Raspeln zu, dann wurde das Geräusch sanft und glatt, wie das eines Hobels. Das eine Geräusch löste das andere ab: Zuerst hörte man im ganzen Haus das Gro-gro der Raspel, danach das des Hobels: Schiäh, schiäh. Dann nichts mehr, nur ein schnelles Pfötchentrippeln unter den Schlafsäcken in

Richtung Ofen, und in diesem Moment, aber zwischen den jungen warmen Körpern, lief ganz schnell das weiche Streicheln eines Eichhörnchenschwanzes vorbei: Das war sie, die Maus. Alle beide sprangen mit einem Satz auf, Papillon mit einem Schrei, und Bortolo hob unter einem mächtigen Wirbel von Kälte und Staub die Decken auf. Eine gute Weile standen sie so nackt da, nachdem sie Licht gemacht hatten, schließlich schlüpften sie unter Lumpen und Federbett, wärmten sich gegenseitig an und schliefen – struppig wie sie waren – ein. In der Nacht, im tiefen Schlaf schien es ihnen, als hörten sie noch immer das Geräusch der Tischlerei; doch trotz des Winters endete die Nacht früh, die erste Helligkeit drang durch die vielen Ritzen, es war ein Nebelmorgen.

Bei Tageslicht sprachen sie über die nächtliche Maus und deren Handwerk als Holzarbeiter und nannten sie den ›Tischler‹; dabei dachten sie mit viel Sympathie an die individuelle und sozusagen kunsthandwerkliche Qualität der Arbeit der Maus. Ohne es zu wollen, spitzten sie auch tagsüber die Ohren, weil der Tischler sein Wirken hören ließ: Er übte es zu verschiedenen Tageszeiten aus, teilnahmslos gegenüber den Bewohnern des kleinen Hauses, und zeugte dabei von jener leicht fieberhaften Konzentration dessen, der eine Auftragsarbeit möglichst rasch beenden und rechtzeitig abliefern muß, weil er sein Wort gegeben hat. Es war eine pünktliche und unbekümmerte Maus.

Papillon war die erste, die in bezug auf die Maus das Wort ›Sympathie‹ aussprach. Bortolo ärgerte sich ein wenig, weil er glaubte, in dem Wort die Überbleibsel von Papillons täglicher Lektüre zu erkennen, nämlich der Mickymaus-Heftchen, etwas, das die Vorstellung von sympathischen Mäusen banal, kindisch und süßlich erscheinen ließ: Und da Papillon, selbst ein Tier, alles andere als banal war, wollte Bortolo sie nicht aus der Sicht von Mickymaus-Lesern sehen, einer anderen Rasse, einer anderen Spezies. Papillon hatte ihr Examen in Psychologie gemacht und war trotzdem nicht dumm.

»Warum sympathisch?« sagte Bortolo ein wenig aufgebracht: Als Bauernsohn sah er in der Maus nicht Mickymaus, sondern ein ekelhaftes und schädliches Tier.

»Weil sie als Tischler arbeitet und sich nicht um uns schert. Sie braucht unsere Hilfe nicht, ist beschäftigt und redet wenig«, sagte Papillon und lachte mit ihrem herzförmigen Mündchen.

Bortolo dachte, daß Papillon nicht unrecht hatte, und wurde selbst von einer bestimmten, bäuerischen Sympathie gegenüber dem erfaßt, der in dieser Weise arbeitet, mit Pflichtbewußtsein, elementarer Leidenschaft, Starrköpfigkeit. Trotzdem kämpfte in ihm auch der Geist seiner Vorfahren, die die Mäuse verjagt und mit Fallen, kochendem Wasser, Gift und spitzen Werkzeugen getötet hatten.

Es vergingen einige ruhige Nächte (oder ihr Schlaf war im Nebel dichter und tiefer und von Papillons Haaren bedeckt), danach kam die Maus wieder, um das Geräusch ihrer Arbeit hören zu lassen. Aber dieses Mal hatte sie ihren Beruf gewechselt, war vom Tischler zum Maurer geworden. Das Nagegeräusch hatte nichts Hallendes oder Hölzernes mehr, jetzt hatte man es mit Ziegel, Kalk und Stein zu tun. Es wurden Mauerstückchen unter dem Fußboden, im Hohlraum zwischen den Fußbodenbrettern und der darunterliegenden Decke transportiert, Steine bewegten sich rasch, dann wurde Sand gemischt, gespachtelt, kurz, es geschahen die Dinge, die ein Maurer im Haus tut.

Bortolo versenkte den Mund in Papillons Lockenfülle, bis er ihr milchduftendes Ohr fand (sie war schon wach), und sagte:

»Sie ist immer noch hier, jetzt ist sie Maurer geworden.«

»Maurer«, lachte Papillon leise mit ihrem üblichen kleinen Schwalbenlachen. Und sie sprachen noch ein wenig von dem neuen Mieter, den sich Bortolo (sehr verärgert) ein wenig im Stil der Comic-Hefte vorstellte: irgend etwas zwischen Mickymaus und einem von Schneewittchens Zwergen. Draußen tropfte der Nebel von den Bäumen, Tropfen, die einem mitten im Schlaf wie Regen vorkommen konnten: Dann änderte sich das Wetter, und es kam eine Art böiger Wind auf, so daß das schiefe eiserne Wetterfähnchen auf dem Dach quietschte.

Die geschäftige Maus machte eine Weile Pause, weckte sie aber ein weiteres Mal gegen Morgen: Sie war wieder Tischler geworden, ein eintöniger immer dasselbe tuender Tischler mit Säge, Raspel und Hobel.

Papillon setzte sich wütend und mißgelaunt im Bett auf: »Ssst«, machte sie. »Ssst, hör auf damit, Nervensäge!«, mit solcher Autorität und einem derart schrillen und zischenden Tonfall in der Stimme, daß es Bortolo schien, als sähe er (wie es ihm mitunter selbst erging), wie die Maus Angst bekam, ihr unter ihrem Walt-Disney-Käppi die Haare zu Berge standen und sie sich hinsetzte und mit übereinandergelegten Vorderpfötchen zu Boden blickte. Von diesem Augenblick an hörte man in der Tat nichts mehr, die beiden jungen Leute schlangen sich zu einer Art Knoten ineinander und schliefen. Gegen Morgengrauen war es sehr kalt und windig.

Es vergingen Tage, es schneite (nur wenige breite Flocken hier und da), der Nebel kehrte wieder, der Wildbach dampfte, und man konnte das Wasser nicht sehen, aber die Maus konnte es nicht ohne Arbeit aushalten. Weil sie am Tage (Grund war die erzwungene Muße zur Nachtzeit aus Angst vor Papillon) nicht müßig sein konnte, bekam sie plötzlich Anwandlungen wütender Aktivität, sei's als Tischler, sei's als Maurer: Marathonstrecken von zehn, fünfzehn Minuten, in denen sie knetete, baute, sägte, raspelte und hobelte. Wenn Papillon sie erwischte, hörte sie auf; Bortolo probierte es ebenfalls, fand aber kein Gehör. Deswegen staute er gegen die Maus ein paar eifersuchtsbedingte Haßgefühle an, die er aus seiner bäuerlichen Abstammung fischte. Und in jenen Momenten sann er auf Mausefallen, Spatenhiebe und Gifte. Er sagte es Papillon.

»Nicht mal im Traum, was tut sie dir denn, sie ist doch so sympathisch.«

»Aber darf man wissen, warum sie dir so sympathisch ist? Guck mal, was sie macht«, sagte er, indem er auf die

Löcher zeigte, die breiter wurden, und die winzigen Kothäufchen, die von Gleichgültigkeit und Mangel jeglicher Erziehung oder Bildung zeugend überall verstreut waren, sogar rings um das Brot in der Anrichte. Weil die Maus sich nicht darauf beschränkte zu arbeiten, fraß sie in unordentlicher und dreister Weise, mal hier, mal da, eine sinnlose Verschwenderin. Sie durchlöcherte eine Khakipflaume oder einen Panettone von einer Seite zur anderen, oder aber ein Buch, dessen Größe ihr gefiel. Das brachte Bortolo, der es nicht wagte zu essen, was die Maus übriggelassen hatte, zur Weißglut. »Warum ist sie dir sympathisch? Heh? Krieg' ich keine Antwort?« »Laß mich in Ruhe, du tust mir weh«, Papillon riß sich los, »sie ist mir sympathisch, weil sie ist wie wir, ihre Arbeit ist nutzlos, sie macht keine Gewinne und hat keine Bedeutung: Sie ist selbstlos. Das ist der Grund, weshalb sie sympathisch ist.«

Bortolo gab vor sich selbst zu, daß Papillon in jeder Hinsicht recht hatte, aber die Maus störte, störte ihn, sie machte eine Unmenge Arbeit – wenngleich poetische – und Lärm, und überhaupt: Er war eifersüchtig, jawohl eifersüchtig, weil er wußte, daß er nicht so sympathisch war. Er beschloß, sie aus dem Weg zu schaffen, sie war schließlich nichts weiter als eine Maus, ein häßliches kleines Tier. Er kaufte Vogelleim, schmierte ihn auf ein Brettchen und legte dies vor das Loch; dort würde sie vorbeimüssen, sich im Leim verfangen und von dort aus würde sie in den Herdflammen ihr Ende finden.

»Welche Grausamkeit«, sagte Papillon, aber sie war zerstreut, beharrte auf nichts; sie dachte seit ein paar Tagen an eine rote Jacke mit Gänsedaunenfüllung.

Bortolo legte das Brettchen mit dem Leim aus, und sehr häufig, aber immer seltener, je mehr Tage verstrichen, ging er hin und sah nach: von der Maus nicht einmal eine Spur.

Die Maus begann, sich sehen zu lassen: Pfeilschnell erschien und verschwand sie. Sie war – wie man so sagt – tatsächlich ein Mäuschen. Papillon gab bei jedem Hervorkommen ganz leise Schreie von sich, die immer leiser wurden; aber dieses Erscheinen stachelte nur Bortolos Haß an, dem es schien, als sähe er in diesen Augenblicken Ohren. Er kaufte Gift, eine Art rosafarbene Samenkörner, rosa *shocking* (wegen dieses *shocking* brummte Bortolo), das er um die Löcher und die Stellen herum verstreute, wo die Maus vorbeimußte.

Die Tage vergingen, die Maus war immer noch, von Tag zu Tag mehr, sympathisch in ihrer Arbeitssehnsucht, in ihrer Hast, etwas abzuschließen, zu beenden, auszuliefern. Was? Nichts, das Bedeutunglose. Aber diese Art und Weise, dieser Stil, aufrichtig und hartnäckig, konnte gar nicht unsympathisch sein, wie der Stil irgendeines Künstlers. Und dennoch blieb die Abscheu: Er las Freud und hatte die Bestätigung für seine Abscheu, und nichts auf der Welt brachte es fertig, ihn von seinem Vorsatz abzubringen. Eines Nachts sagte Papillon zur Maus, nachdem sie sie gerügt hatte: »Ich werfe dir Freud an den Kopf.« Und sieh mal an, es war ein klinischer Fall: der Mensch unter den Mäusen. Die Maus verstummte ehrerbietig.

Eines Nachts war Bortolo unruhig. Er stand auf, schlenderte im Haus umher und ging in den Holzschuppen. Es war kalt, aber plötzlich hörte er ein leichtes Raspeln, leicht, und Bortolo spürte es sogleich – krank. Die Maus war geschwächt, vergiftet. Es schien ihm von den Khakipflaumen zu kommen, die auf einer Konsole aufgereiht waren. Er stocherte mit einem Stöckchen herum, schob eine Khakipflaume beiseite und sah die Maus: Winzig klein war sie dort, den Kopf zwischen die Khakipflaume gesteckt, ängstlich, das Hinterteil ihm zugewandt. Dann drehte sie sich langsam um, ohne zu flüchten, zu verschwinden, und schaute ihn mit dem kleinen langohrigen Kopf an. Sie hatte eine mongoloide Schnauze, die eines alten mongoloiden Mannes, mit winzigen leuchtenden mongoloiden Augen: scharfen, nach oben gerichteten Augen, die zwischen ganz kleinen ohrwärts weisenden Falten lagen.

»Ich glaubte, sie hätte runde Augen«, dachte Bortolo, und dieses Bild ererbter Entartung, dieser Mongolismus, das dicke Hinterteil – mehr Buckel als Hinterteil –, das die Maus ihm gewandt entgegenschleuderte, ekelte ihn an. Einen Augenblick lang suchte er mit den Augen nach etwas Scharfem, um sie zu durchbohren, aber dann dachte er: »Sie hat nur noch kurze Zeit zu leben«, und er ließ sie dort, wo sie war, zwischen den Khakipflaumen. Bortolo dachte mit Abscheu an die vielen (augenscheinlichen) Entartungen der Natur, an die *Raptus*, an die geschrumpfte Fortpflanzungsfähigkeit, an die Mißbildungen; dann ging er wieder ins Bett zu Papillon, die so vollkommen, so ästhetisch nutzbringend, wirklich sympathisch war – mit ihren herz-, kußförmigen und gleichsam die stillende Brust suchenden halbgeöffneten Lippen. Er verbrachte einige Stunden der Nacht hellwach: Die Stille war vollkommen, winterlich und tief und nicht sympathisch.

SOGNO *Traum*

Eines Nachts hatte Piero, ein Bankdirektor mit einer großen, dicken Nase, folgenden Traum: In einer Kommodenschublade in dem Zimmer, in dem er gerade schlief, kramte und wühlte er alle Gegenstände ans Licht, in ständig steigender angstvoller Erregung suchte er nach einem Füllfederhalter der Marke OLO, der aus seiner Gymnasialzeit stammte. Doch so sehr er auch kramte, er konnte ihn einfach nicht finden, und dabei war er sich doch sicher, daß er an der Stelle sein mußte, an der er schon viele Jahre über immer gelegen hatte. Piero war dem Weinen nahe, Verzweiflung stieg in ihm auf und kindliche Angst. Irgendwie war der Füller verschwunden, aber wie war das möglich, wenn er sich im Traum nicht nur ganz genau daran erinnerte, daß er immer dort gelegen hatte, sondern auch, daß er ihn sich beinah jeden Tag einen Augenblick lang anschaute – lange genug, um sich zu erinnern, wie und wann der Füller in seinem Leben aufgetaucht und sein eigen geworden war.

Dies geschah nicht im Traum, sondern an dem Tag, an dem er ihn in seinem Etui sah, beinahe verborgen zwischen den ordentlich übereinandergelegten Taschentüchern, einem Lavendelsäckchen und der Innenwand des Schubfachs. Wenn er ihn sich tagsüber anschaute, dann wiederholte sich – klar und deutlich wie in einem Film – die Szene, wie er als Junge in die Auslage eines Schreibwarengeschäfts starrte: Da war zusammen mit anderen durch ein Gummiband auf einer Scheibe aus amarantrotem Samt befestigt – ein Füller aus Bakelit, in Weiß und Blau, gefleckt, wie marmoriert, und einem Malachit ähnlich, nur eben blau und mit ein paar Adern, die an Perlmutt erinnerten. Er betrachtete ihn staunend und bewundernd, und er stellte sich lange Zeit vor, daß er ihm gehörte, bis er eines Tages, diesmal in Begleitung seines Großvaters, wieder vor dem Schreibwarenladen stand und zaghaft und schüchtern, so wie nur er schüchtern sein konnte, seine Bewunderung zum Ausdruck brachte. Es geschah in einem Augenblick: In den wachen Augen des Großvaters, eines kräftig gebauten Grundbesitzers adliger Herkunft mit einer großen Nase, ganz wie die seines Enkels, jedoch durch Äderchen und Poren älter, blitzte ein Leuchten des Verstehens auf, und er fragte:

»Gefällt er dir wirklich so sehr?«

»Ja«, sagte Piero mit einem Klang in der Stimme, den sie nur noch einmal in seinem Leben haben sollte, am Tag seiner Hochzeit, und dann nie mehr. Dies war jedoch das erste Mal, und das Ja hörte der Großvater kaum, nahm aber ein Röcheln, eine Art Pfeifen wahr.

Der alte Herr, der einen schweren bibergefütterten Pelzmantel und einen schwarzen weichen Hut trug, faßte ihn bei der Hand und betrat mit ihm den Schreibwarenladen: Es war am 12. Januar 1944 in einer verräucherten dunklen Gasse von Venedig, gleich neben einer Garküche. Irgend etwas fiel vom Himmel herab, vielleicht Regen oder Rauch oder feinster Ruß von Ofenrohren seitlich am

Dach oder aber der erste Nebel des Nachmittags. Piero begriff noch gar nicht, was gleich geschehen würde. Es war ein Augenblick höchster Spannung.

Der Füller wurde begutachtet, Piero verstand die Worte ›achtzehn Karat‹, den Preis hörte er nicht, ihm wurde der Füller in die Hand gelegt und dann für einen Augenblick vom Schreibwarenhändler weggenommen, der ihn mit blauer Tinte füllte: Er tauchte ihn in das Pelikan-Fäßchen in Form einer Pyramide mit gekappter Spitze und Piero vernahm das saugende Geräusch der kleinen Gummipumpe. Danach wurde ihm der Füller wieder ausgehändigt in einem kartonierten Etui, mit falscher Krokodilhaut überzogen. Sie traten hinaus, Piero gab dem Großvater einen Kuß und erblickte seine eigene Nase, die bereits dick und groß war, unmittelbar neben der des Großvaters, die ihm jetzt ungeheuer dick vorkam: Sie waren einander ähnlich, und daraus ergab sich eine innige Beziehung.

Dann verlor sich der 12. Januar 1944 im Lauf der Jahre, es waren etwa vierzig, mit dem Geschlurf dreier Männer von der deutschen Feldgendarmerie, die mit scheppernden Waffen im Nebel der Gassen entschwanden. Der feine Ruß der Ofenrohre, der Rauch und das feuchte Pflaster kehrten jetzt im Traum zurück.

Für Piero bedeutete dieser Tag den glücklichsten Augenblick seines Lebens, das sich für ihn ganz auf die Kriegs- und Nachkriegsjahre zusammendrängte. Der Füllfederhalter begleitete ihn in die Schule, er durchlief mit ihm die verschiedenen Unterrichtsfächer, Latein und Griechisch, er war eins mit Plutarch. Er begleitete ihn auch auf das Landgut seines Großvaters und dort in ein Zimmerchen, das von einem Ofen geheizt wurde, mit einem Bett, einem Tisch und dem Wörterbuch, dem *Gheorghes*. Pieros OLO steckte gerade in der inneren Brusttasche seines Jacketts, als er die Maschinenpistolen knattern (oder knallen?) hörte, die einen englischen Gefangenen, einen blassen Blonden in zerlumpten Kleidern, an der Umfriedungsmauer des Landguts töteten: Er dachte noch, daß sein Füller, wenn er an dessen Stelle gestanden hätte, in tausend Stücke zersprungen wäre.

Langsam, ganz allmählich (Piero konnte es nicht wissen) ging das Glück seines Lebens zur Neige: Es kamen die Jahre '45, '46, '47, und dort endete es, so wie ein Leben endet. Jedoch in eben diesen Jahren erlebte Piero mit weit offenen Sinnen das Land und den Geruch des Landes, die undichten Ofenrohre in den venezianischen Gassen, die Kälte, das Leben der Bauern, das Leben mit dem Großvater, die Aussaaten, die Ernten, die Stallungen und nahezu überall den Geruch des Düngers: vor allem die Weinlese und den Geruch des Weins. Piero war sehr glücklich, wenn er, mitten auf dem Lande, im Nebel über schlammige Wege lief, zwischen Silberweiden hindurch, und wenn einige stinkende Hunde plötzlich losjagten und ein flüchtendes Käuzchen verfolgten: Er kam an Häusern vorüber und roch Polenta und den leicht ranzigen Geruch von Schweinefleisch.

Sehr schön waren auch die Frühsommertage am Lido, wenn erst wenige Badegäste da waren, und auch hier ließ sich Piero nutzloserweise von OLO, seinem Füllfederhalter begleiten. Da das Leben eines Menschen im wesentlichen stets auf seine glücklichen Jahre zusammenschrumpft – die unglücklichen haben ja bereits gewisse Ähnlichkeit mit dem Tod –, hatte Piero im ganzen fünf Jahre wirklich gelebt, und den Füllfederhalter gab es immer noch. Das war der Grund, weshalb es ihm im Traum unmöglich erschien, daß er verschwunden war, denn damit wäre auch sein eigenes Leben dahin, und er läge eben jetzt im Sterben oder wäre schon tot: daher also auch der Angsttraum.

Mit dieser Gewißheit erwachte Piero und weinte verzweifelt. Neben ihm schlief seine Frau, stark und frei von Angstträumen. Im Zimmer nebenan schliefen seine beiden Kinder, die er sehr liebte. Auch sie frei von Ängsten und noch am Leben. Lebhafte, muntere Wesen, die er liebhatte, gewiß; doch hatten sie wenig mit ihm, seiner großen, dicken Nase, dem Füllfederhalter und den undichten Ofenrohren von damals gemein: Sie kamen ihm jetzt so sehr verschieden und so weit entfernt von ihm vor, weil sie den bewußten fünf Jahren des Glücks, diesen Jahren wirklichen Lebens, fremd waren. Was hatten sie denn zu tun mit dem OLO, weiß und blau, mit dessen Schreibfeder von achtzehn Karat und dem Tintenfaß, mit den verschiedenen Tintenfässern und mit Plutarch? Nichts: später, danach, erst danach war alles gekommen, aber dieses Danach zählte jetzt so gut wie gar nicht, wenn der Füller nicht dort in der Kommode war, wie eh und je, seit eh und je.

Er stieg aus dem Bett; seine Frau öffnete für einen Moment und nur halb ihre hellen blauen Augen aus Email und protestierte mit einem kurzen Stöhnen, das Piero aber gar nicht hörte, so wie ein Mensch nichts hört, wenn in seinem Innern Verzweiflung widerhallt. Er stürzte zur Kommode und riß wie in dem Traum die zweite Schublade auf, er schaute in der Ecke links nach, neben den Taschentüchern und dem Lavendel. Dort war der Füller, er war da –, weiß und blau lag er da (die weißen perlmuttartigen Äderchen waren mittlerweile gelblich) als Beweis nicht nur dafür, daß er noch am Leben, sondern daß er fünf Jahre glücklich gewesen war. Piero setzte seine Brille auf, faßte den Füller dann mit zwei Fingern, schraubte die Kappe ab, besah sich die Feder, an der noch ein paar angetrocknete rostbraune Tintenspuren waren, küßte ihn plötzlich zwei oder drei Male und weinte und lachte im Herzen der Nacht. Dann schraubte er die Kappe wieder zu und legte ihn an seinen Platz zurück. Er ging in die Küche, seinen kleinen Notizkalender in der Hand: Wie sein Großvater schrieb er jeden Tag kurze Notizen in dieses Büchlein, ein Geschenk der Bank. Er schrieb: »Nacht zum 17. Juli 1979: geträumt, den OLO, Geschenk von Großvater, nicht mehr aufzufinden. Größter Herzenskummer und Gewißheit, die Seele auszuhauchen. Sofort in Kommode nachgeschaut, ihn wiedergefunden und geküßt. Er war da, der liebe, gute Füller!«

Er ging wieder zu Bett, schlief völlig traumlos, wie nahezu immer. Am Morgen ging er, wie an jedem Tag, zu Fuß zur Bank, und gutgelaunt, wie immer übrigens. Zu seinem Kaffee kaufte er sich ein Stück Gebäck und aß es mit größtem Behagen: Es war im Preis gestiegen: um zweihundertfünfzig Lire.

Solitudine *Einsamkeit*

An einem eiskalten Wintertag beschloß eine Frau mittleren Alters, die seit Monaten unentschlossen umherlief, die Einladung eines Freundes anzunehmen, der zusammen mit seiner Tochter auf dem Land, in einer flachen und feuchten Gegend lebte. ›Beschloß‹ ist zuviel gesagt, weil ihre Seele so geartet war, daß sie nie irgend etwas entscheiden konnte, und ihr Zaudern beherrschte ihren Körper bis in die Hände und die Finger mit den Ringen, lauter Andenken, die in den Wollhandschuhen zitterten. Sie war ungepflegt, achtete kaum auf sich, schminkte sich nicht, hatte in ihrem Koffer nur vier alte Kleider und trug einen halbkahlen Pelz mit aufgetrennten Nähten, der nirgendwo richtig saß. Sie war nicht arm, aber sie wirkte so, sie war nicht alt, aber sie wirkte so, sie war nicht häßlich, vielmehr ging in ihrem Schmerz eine große Schönheit von Mund und Augen aus, die immer einen Ausdruck von Leid und Erschütterung hatten. Sie war allein, das war sie wirklich.

Sie kam nun mit ihren Koffern auf einem kleinen Bahnhof an und gelangte dann zu einem winzigen Haus, ärmlich anzusehen, aber gut geheizt, mit zwei oder drei Zimmern. Es war Abend. Ein bescheidenes Mahl wartete auf sie, sie aß und ging schlafen im Zimmer der Tochter des Freundes (es standen nur zwei Betten darin). Während der Nacht blies draußen der Wind, der viel Raum hatte, sich auszutoben, es gab nur wenige Zweige, in denen er pfeifen konnte. Irgendwann machte sie Licht, nur für ein paar Sekunden, weil sie vergessen hatte, ihr Schlafmittel zu nehmen, und sie sah die Tochter ihres Freundes, die neben ihr schlief, unter Decken und Kopfkissen begraben: Sie war eine Frau, sah aber aus wie ein Mädchen. Sie schlief tief, mit geschlossenen Fäusten, und ihre zarten, rundlichen Wangen waren heiß. Die Frau dachte daran, daß es in ihrem Leben keine Kinder gab, machte schnell das Licht aus und glaubte schließlich einzuschlafen: Sie hörte das letzte Knistern des Feuers im Erdgeschoß.

Am nächsten Morgen war schönes Wetter, und die Frau zog Gummistiefel an und unternahm in ihrem zerrissenen Pelz einen langen Spaziergang durch die Winterlandschaft im Matsch, sie stieß auf Brombeeren und Gestrüpp. Aber sie sah auch eine Schar Perlhühner in der Ferne und fand am Boden eine Feder, die von diesen Tieren stammte, und hob sie auf. Dann begegnete sie einer Bäuerin, und schließlich gelangte sie ins Dorf. Dort kaufte sie Zeitungen, etwas in der Apotheke und wechselte ein paar Worte im Café. Als sie sagte, bei wem sie zu Gast war, wurde sie nicht mehr als Fremde angesehen, sondern gewissermaßen als jemand aus der Gegend. Mittags ging sie durch die Felder nach Hause zurück, ein wenig erheitert. Sie traf dort den Freund an, dann kam gleich auch die Tochter, die in der Fabrik arbeitete, und sie redeten ein wenig, der Ofen brannte immerzu; die Stimme des Mädchens ähnelte dem Schrei der Schwalben und war der Jahreszeit voraus. Dann ging das Mädchen zurück in die Fabrik, und die beiden verbrachten den Nachmittag, der schon bald zur Nacht neigte, im Gespräch über andere Freunde, die in weit entfernten Städten wohnten. Auch dies erheiterte die Frau ein wenig.

Am Abend kamen zwei Freunde der Tochter zum Essen, ein junger Mann, der auch in der Fabrik arbeitete, und seine Verlobte, die Medizin studierte. Es entspann sich ein Gespräch, und die Frau, die den neu Hinzugekommenen unbekannt war, erregte die Aufmerksamkeit der beiden sehr. Mit Ausnahme der Frau, deren Verhalten, Denken und Sprache die einer Städterin waren, wie teilweise auch die des Hausherrn, hatten alle anderen das Verhalten, die Denkweise und die Sprache von Landbewohnern. Ein wenig wie die Feldmaus und die Stadtmaus. Aber im Gegensatz zu den Mäusen der Fabel, selbst wenn sich Stil, Klang und Redeweise unterschieden, war ihr (unausgesprochenes) Gefühl dasselbe: die Unwiderstehlichkeit, mit der sie sich alle von der Frau angezogen fühlten. Es hätte umgekehrt sein müssen, wo doch der Ton der Frau und der der anderen so verschieden waren. Gewöhnlich ziehen sich Stadt- und Landbewohner nicht gegenseitig an, aber hier geschah es. Der Mann fragte sich nach dem Grund, und er hätte die anderen direkt danach gefragt, wenn nicht die Frau dagewesen wäre, aber er glaubte, es zu verstehen: Die Sympathie, die alle für sie empfanden, rührte von einem jener schwierigen Augenblicke im Leben her, wie sie auch in Kriegszeiten vorkommen, wenn sich ein Flüchtling in einem Haus auf dem Land versteckt.

»Gewiß«, dachte der Mann, »aber es gibt Flüchtlinge und Flüchtlinge. Einige waren unerträglich.« Er betrachtete die Frau, die er seit vielen Jahren kannte, und versuchte, sich ein Urteil über sie zu bilden: Es war unmöglich und schon das war ein Zeichen von Sympathie, auch sah er sie mit dem Herzen und dem Verstand der anderen, seine Tochter inbegriffen. Diese saß neben der Frau, auf unbewußte und kindhafte Art saß sie mit ihr Seite an Seite wie angeklebt und sah sie, weil sie kleiner war, von unten an, durch die dicken Gläser ihrer Brille. Die Studentin sprach mit einem feinen Lächeln, auch der Arbeiter schaute die Frau an, sie waren alle von der Frau eingenommen, und er wußte nicht, ob er darauf stolz oder eifersüchtig sein sollte. Er fragte sich, was sie so für sie einnahm (nach dem Grund der Sympathie), und versuchte, sich einige Antworten zu geben, keine war jedoch zufriedenstellend. Die Neuheit? Die Neugierde? Die Anziehung, die, wenn sie auch nicht gleich Sympathie bedeutet, Städter auf Landbewohner ausüben? Die Verschiedenheit, die Sprache, die Anteilnahme, welche die Frau für alle von den anderen vorgebrachten Argumente gezeigt hatte? Vielleicht einfach der Klang der Stimme, ihre freundlichen ›damenhaften‹ Umgangsformen, ihr trauriges Aussehen, ihre Hände, ihr Blick? Dies alles ganz sicher, aber da war noch mehr, die Sympathie eben. Was aber war die Sympathie?

Es war elf Uhr, alle verabschiedeten sich, alle gingen schlafen. In dieser Nacht blieben sowohl der Mann als auch die Frau noch eine ganze Weile wach, hörten das Rauschen des Regens, dem es gelungen war, das Eis zu zerbrechen, die Tochter schlief in ihrer eigenen Wärme, innerhalb der Wärme des Federbetts und bemerkte nichts: Sie war jung. Tags darauf war die Frau von anderen Freunden, die nicht weit entfernt wohnten, zum Mittagessen eingeladen, und der Mann holte sie ab, nachdem sie gegessen hatten. Als er kam, plauderten sie gerade, und ihm entging nicht, daß sich dasselbe ereignete wie am Abend zuvor. Die Sympathie war überall im Zimmer, und der Hausherr, ein gutaussehender Landwirt mit Schnurrbart und sehr hellen Augen, hielt die Frau in schützender Gebärde bei den Schultern; auch seine Gattin sah die Frau mit halbgeschlossenen, glänzenden Augen an.

Auch hier: War es die Neuheit, die vergangene Zeit, die Freude, einem Menschen wiederzubegegnen, den man jahrelang nicht gesehen hatte, und der sich immer, wenn man ihn sah, zu verjüngen schien? All das spielte eine Rolle, aber das Wesentliche war es nicht. Das Wesentliche entzog sich dem Mann, oder er wollte, daß es sich ihm entzog. In Wirklichkeit hatte er das Wesentliche in der Hand, aber dies war eine Seite seines Lebens, der er es zu oft erlaubte, sich ihm zu entziehen, weil der Griff seiner Hand zu unsicher war. Nicht aus fehlendem Interesse, nicht aus mangelnder Einfühlsamkeit, sondern aus Überdruß.

Jeden Tag, der verging, wurde die Frau heiterer (es waren erst ganz wenige Tage vergangen, drei oder vier), und jeden Tag, der verging, gewann sie die Sympathie der Menschen, die sie kennenlernte, selbst wenn es nur flüchtig war. Auf einen jener Tage fiel ihr Geburtstag, drei oder vier Leute, die sie kaum gesehen hatte, brachten ihr Blumen und Kuchen. Der Freund war gar nicht überrascht, aber er sah sich veranlaßt, über das Zusammentreffen zweier Gefühle nachzudenken: das der Landbewohner, die sich von der Frau angezogen fühlten, und das der Frau, die nach und nach immer heiterer wurde. Er kannte die

Gründe für ihr Leid ziemlich gut, und er las sie noch deutlicher aus ihren Händen oder aus manchen ein wenig gekrümmten Bewegungen oder aus gewissen unsicheren, kleinen Schritten, aus manchem Stolpern auf dem Boden, den zwei tiefer werdenden Falten um den Mund, er las sie dort deutlicher als aus den Worten, die sie sprach.

Das Gefühl der Landbewohner allerdings konnte er sich nicht erklären: Es ging weit über die Art, wie sie sich gab, hinaus, die Frau strahlte etwas aus, das nicht von oberflächlichen oder banalen Dingen ausgelöst wurde wie jene, die ihm in den Sinn gekommen waren, es war eine Faszination, die sie eigentlich nicht haben konnte. Sie war nicht jung, sie war nicht schön, sie war nicht reich, sie trug keine schönen Kleider, ja sie war so etwas wie eine Herumtreiberin, die in den Morgenstunden über die Felder lief, sich dann und wann bückte, um einen Stein aufzuheben oder eine Feder, einen Zweig, Dinge, die sie gar nicht bemerkten. Und dennoch war in ihr etwas Großartiges, in dem Sinne, daß es Aufmerksamkeit erregte, daß sie sich von den anderen abhob, sei es durch ihre Art sich zu geben, sei es durch ihr Aussehen. Er selbst war davon eingenommen wie die anderen, wie alle.

Er betrachtete sie, als sie über eine riesige Wiese auf das Haus zukam: Sie war kaum mehr als ein brauner behaarter Punkt, nachdenklich umherirrend. Er öffnete das Fenster, und plötzlich hob die Frau ihr Gesicht, etwas Bleiches, und nach dem Gesicht hob sie den Arm zum Gruß und beschleunigte ihre Schritte auf das Haus zu. Dies genügte, und der Mann war von ihr eingenommen wie alle anderen.

Die Frau wurde ein wenig heiterer, gerade so viel, daß sie nicht mehr immerzu weinte, wie der Mann es erlebt (und weshalb er sie auch eingeladen) hatte, aber nicht genügend, um wieder so zu werden, wie er sie vor vielen Jahren gekannt hatte. Es vergingen noch einige Tage, dann fuhr die Frau wieder ab, allen, die sie einluden, mußte sie versprechen, bald wiederzukommen.

NATALIA GINZBURG

Nachwort zum zweiten Band

In den Erzählungen des *Alphabet der Gefühle,* den beiden *Sillabari,* begegnen uns die unterschiedlichsten Figuren: Frauen und Mädchen, Arbeiter und Studenten, Poeten und Kinder. Zeit, Ort, Situation und Personenbeschreibung werden zu Beginn jeder Erzählung mit wenigen kurzen, schnellen, scharfen und wehmütigen Sätzen gezeichnet. Ihre Traurigkeit rührt daher, daß alle Figuren, Orte und Situationen überraschend auftauchen. Plötzlich und wie zufällig entspringen sie der Unordnung der Welt; und so denkt man an die Unordnung der Welt, an den Zufall, an Elend und Einsamkeit jedes Lebewesens. Was sich dann ereignet, ist jedoch nicht immer nur traurig, es erweist sich manchmal als traurig und fröhlich zugleich, und es spiegelt sich darin die Unordnung der Welt, aber auch ihr eigenartiges Licht.

In den Erzählungen der *Sillabari* kommen zwar unterschiedliche Personen vor, aber ob sie nun Frauen, Studenten, Poeten oder Kinder, ob sie überheblich oder schüchtern, gewalttätig oder sanft, Wölfe oder Schafe sind, in ihrem Charakter findet sich doch immer der eine oder andere Wesenszug, der sie alle einander ähnlich sein läßt. Sie sind alle naiv, voller Vertrauen ins Leben und ihre eigenen Fähigkeiten, aber in allen steckt auch immer so etwas wie Unsicherheit, Mißtrauen und Argwohn, und in ihnen findet sich auch etwas Ängstliches und Begieriges, eine fieberhafte Erwartung, vermischt mit tiefer innerer Gleichgültigkeit. Ihr Blick ist aufmerksam, übergenau und penibel, aber zugleich auch abwesend und zerstreut. Ihr Schritt ist schnell, wenn es darum geht, einem Ziel näherzukommen, aber er ist auch zutiefst träge, schleppend und ausschweifend. Er ist bei aller unsteten Hast, die gemischt ist mit großer Trägheit, doch äußerst wachsam, vorsichtig und bedachtsam. Ihre Gesichter haben das Feuer der Jugend, aber zugleich die Falten des Alters. Sie mögen Diebe oder Räuber sein, in Wahrheit sind sie eigentlich Bettler. Sie mögen Mutter und Vater haben, eigentlich sind sie Waisen. Sie mögen eine gesicherte Existenz mit eigenem Haus und Kindern haben, eigentlich sind sie auf der Flucht. Aus solchen vielschichtigen Mischungen und Gegensätzen bestehen die Personen in Parises Erzählungen, die in *Sillabario Nr. 1* und die in *Sillabario Nr. 2*. In diesen Mischungen und Gegensätzen liegt ihr Zauber, und dieser hebt sie über die Handlung der einzelnen Geschichten, die zuweilen nebensächlich und belanglos ist, weit hinaus.

In *Sillabario Nr. 2* hat sich etwas geändert, jedoch ist diese Wandlung kaum wahrnehmbar. In den Erzählungen des ersten *Sillabario* herrschte rosafarbenes Licht, die Landschaften waren voller Wälder, die Himmel rötlich, die Farben klar. Und nun sind die Landschaften häufig unfruchtbar, staubig und kahl, gelbes Licht hat sich in die Luft gemischt. Oft fällt warmer, strömender Regen. Die Unordnung der Welt offenbart sich hier mit zäher Beharrlichkeit.

Die dritte Erzählung des *Sillabario Nr. 2*, FAME *Hunger*, hat keine richtige Hauptfigur, besser gesagt, sie hat deren drei. Ich mag diese Geschichte vielleicht deshalb nicht so sehr, weil hier die Hauptfigur fehlt, die wie in anderen Erzählungen die Welt betrachtet und beurteilt. Das Auge, das hier sieht, hat keinen klaren und präzisen, sondern einen getrübten Blick. Die Geschichte *Hunger* spielt in Biafra. Wenn ich darüber spreche, dann deshalb, weil mir scheint, daß die Erzählungen der *Sillabari*, wenn ihnen eine richtige Hauptfigur fehlt, kraft- und konturlos werden. Hier geht es um einen Mann, ein Kind und eine Maus. Die Maus ist tot, hat aber ihr unverkennbares Aussehen behalten. Der Mann beobachtet, wie das Kind ein kleines Reisigfeuer entfacht, die Maus darin brät und sie mit guten Manieren, aber müde aufißt. Der Mann und das Kind lächeln sich an, ohne ein einziges Wort zu wechseln. Er ist Europäer und weiß, daß es für dieses Kind auf diesem Stück Erde keine Rettung gibt. Seltsamerweise scheint auch das Kind dies zu wissen. Journalisten und Photographen stehen herum. Die Photographen schießen Bilder. Der Mann haßt sie im stillen, aber er ist einer von ihnen, und gleich wird er mit ihnen weggehen. Das Kind bleibt in einer anderen Welt. In unserer Erinnerung behalten wir das Kind und die Maus, die Figur des Mannes aber bleibt verschwommen, hat keinen wirklichen Blick.

Die schönsten Erzählungen der *Sillabari* sind diejenigen, in denen der Wille der Hauptfigur eindrucksvoll und präzise zum Ausdruck kommt. Dieser Wille ist im allgemeinen auf Ziele gerichtet, die belanglos scheinen. Wenn die verschiedenen Personen der *Sillabari* ihre Vorhaben in die Tat umzusetzen versuchen, verlieren sie nie die Einfachheit, Bescheidenheit, Geringfügigkeit ihrer Pläne aus den Augen, dennoch wünschen sie heftig, sie wahr werden zu lassen. Es kann sich um Ferien handeln oder um eine Reise oder den Kauf eines Kleides; um das Wiederfinden einer Bekannten, die man aus den Augen verloren hat, um einen Menschen, den man mag, aber nicht unbedingt liebt, und von dem man nichts Besonderes erwartet, ein Mädchen namens Maria, das eine Postkarte geschrieben hat. Was ihr Herz bewegt und sie fiebern läßt, ist nicht die Sehnsucht nach dem Glück, das in ihrem Blickfeld gar nicht existiert, sondern die Hoffnung auf Wohlbefinden nur für einen Augenblick, auf eine Art flüchtigen Frieden. Sie haben wohl in irgendeinem weit zurückliegenden Moment erkannt, wer weiß wo und wie, daß es ihnen wahrscheinlich nie möglich sein wird, dies zu erreichen. Ihr Blick ist zerstreut, weil er sich verloren hat in der Betrachtung ihres Unvermögens in der Unordnung der Welt. Ihr Schritt ist unvorsichtig, weil es, möglicherweise oder ganz sicher, einen Gegner, einen versteckten Feind gibt, der ihnen den Weg blockieren wird. Für die Frau »mit dem sehr schönen, oval geschnittenen Gesicht einer buddhistischen Nonne« in der Erzählung INGENUITÀ *Einfalt* wird das große Vergnügen, die Ferien in einem Luxushotel mit Swimming-Pool, nur wenige Meter von ihrem Haus entfernt, zu verbringen, geschmälert und schließlich vergiftet durch ihre eigene Schüchternheit, von den Strahlen der Augustsonne, die ihren Körper mit Bläschen bedekken, und von ihrer Unfähigkeit, das süße Leben der Reichen zu genießen, wegen ihrer angeborenen, unheilbaren Armut. Ihr Mann hat ihr das Geld für diese Ferien geschickt und ihr vorgeschlagen, sie im nur ein paar Meter entfernten Hotel zu verbringen. Sie lebt getrennt von ihm, er ist für immer von ihrer Seite verschwunden. Die wenigen auf dem Kies des großen Hotels verbrachten Tage, der Duft des Sonnenöls, das sie nicht benutzt hat, die Ausländer, mit denen sie Tennis gespielt und ein paar Worte gewechselt hat, sind die wenigen schönen Momente, die sie in Erinnerung behält, die sie in ihrer Einsamkeit hervorholt, vermischt mit Staunen, Müdigkeit, Enttäuschung und Dankbarkeit.

Paloma, ein Mädchen vom Land, fährt in die Stadt, um Kleider und Schuhe zu kaufen. »Sie hatte eine Börse aus knirschendem rotem Leder mit ziemlich viel Geld, das sie in jenen ersten Monaten in der Fabrik verdient hatte. Immer war sie arm gewesen, jetzt war sie es nicht mehr, sie wollte es sich und den Leuten im Dorf beweisen, indem sie unbedingt dieses Geld ausgab. Nur wie, das wußte sie nicht.« Sie kauft, nachdem sie in zahllosen Geschäften Kleider angefaßt und anprobiert hat, nichts als ein Paar Holzschuhe mit weißem Leder, wundervoll und enttäuschend zugleich. Dem Arbeiter Bruno, »von bäuerlicher Herkunft mit schönen, kräftigen Lippen und Zähnen«, mit einem Zelt zum Strand von Jesolo unterwegs und beseelt von starker Neugier und irgendeiner vagen Hoffnung, können Sommer, Zeltplatz und Strand weder besondere Abwechslung noch dauerhafte Freundschaften bieten, sondern nur oberflächliche, lockere Beziehungen und ab und zu einen knappen Wortwechsel mit einem Mädchen namens Ines und einem seltsamen starken Mann, dem Betreuer des Zeltplatzes, der im Winter als Uhrmacher in Mailand arbeitet, Karatemeister ist und Corvo Selvaggio genannt wird. Das Meer, die Menschen die den Zeltplatz bevölkern, und der Strand wecken in dem Arbeiter lebhafte Neugierde und Verzauberung, aber es ist ihm unmöglich, sich auf sie einzulassen und sich bei ihnen wohl zu fühlen. Menschen und Meer bleiben ihm fremd. Etwas davon nimmt er mit, ein paar kleine Freuden, die er sorgsam behütet. Auf dieselbe Weise ist es dem Mädchen Paloma unmöglich, das Geld aus dem roten Portemonnaie auszugeben. Das Geld, das Meer und die Menschen sind und bleiben fremde Mächte für jemanden, der, in einem längst vergangenen Augenblick, begriffen hat, daß er für immer arm bleiben wird. Als er aus Neugier im Dezember an den Strand von Jesolo zurückkehrt, findet der Arbeiter weder Ines noch ihre Freundinnen, weder Corvo Selvaggio, der wieder als Uhrmacher nach Mailand zurückgekehrt ist, noch den Zeltplatz Metropolis, wo er Tage verlebt hat, die ihm seltsam und angenehm erschienen waren.

»Die Strohmatten waren nicht da, Toiletten und Duschen waren mit Tischen verrammelt, die vom Salz angefressen waren, kein Wohnwagen, nicht ein einziges Zelt, damit hatte er nun doch nicht gerechnet. Er sagte zu sich: ›Da drüben stand das Auto von Corvo Selvaggio, und hier war mein Zelt‹, und suchte nach irgendwelchen Spuren, nach Papierabfall oder einer leeren Flasche, aber es gab nichts, gar nichts … Die Straßen waren voller Sand, den der Wind angeweht und zu kleinen Dünen aufgehäuft hatte, da war keine Musik, kein Auto, nirgends ein Duft, nichts.« Dieser Aufenthalt am Meer hinterläßt in ihm einige seltsame und angenehme Erinnerungen und das Geschenk staunender Melancholie. Vor allem aber überläßt er ihm ein Gefühl der Fremdheit. In allen Erzählungen der *Sillabari* kommt Fremdheit auf irgendeine Weise vor.

Die Existenz ist jedoch nicht vorhersagbar, sie verwirft Pläne und Vorhaben. Sie ist weder im Guten noch im Schlechten vorhersehbar. Während die Personen der *Sillabari* ihre Vorhaben zu verwirklichen suchen, hoffen sie nicht auf ein beständiges, bleibendes Glück, von dem sie im Herzen keinerlei Vorstellung haben, sie streben nur nach einem momentanen Wohlbefinden, in dem sie für eine Weile von ihrem Fremdsein geheilt und reingewaschen leben können. Und manchmal gelingt es ihnen doch, etwas zu finden, das sich als wesentlich herausstellt. Da ist der Mann, der in ganz Italien ein Mädchen namens Maria sucht, das ihm eine Postkarte geschrieben hat und an dem ihm vielleicht gar nicht besonders viel liegt. Er findet sie, sie heiraten, gemeinsam erleben sie Städte, Häuser, Hotels, Länder und Jahre, dann trennen sie sich, und plötzlich erinnert sich der Mann wieder an sie, nach langer Zeit, eines Morgens, ganz zufällig, als er früh aufwacht, das Fenster öffnet und eine frisch gemähte Wiese sieht, einen Fasan, einen Stern im noch nächtlichen Himmel. Der Mann und die Frau in der Erzählung *Italien*, die sich als junge Menschen verlieben und ihr Leben bis zum Tod der Frau gemeinsam verbringen, leben vielleicht das, was man ein glückliches Leben nennen könnte, aber ihr Glück ist wie eine fremde Frucht, die Verwunderung verbreitet, und beide leben dieses Glück mit beharrlichem Staunen und in gewisser Weise mit einem Gefühl der Fremdheit. Ich mag die Erzählung *Italien* nicht besonders, weil es ebenso wie in *Hunger* keine wirkliche Hauptperson gibt und so die Welt nicht aus einem einzigen Blickwinkel betrachtet wird. In jedem Fall aber sind auch diese beiden Erzählungen Geschichten eines Fremdseins. Das Kind aus *Hunger* ist ein Fremdling inmitten der Menschen um es herum, die eine Zukunft haben, es selbst aber nicht. Der Mann und die Frau, die ein starkes und festes Band vereint, tauchen wie zufällige Gäste im Glück auf, das ihnen zuteil geworden ist, und sie werden mit fortgerissen im Flug der Jahre und durch die Unordnung der Welt.

Manchmal ist das Vertrauen in das Leben und die eigenen Fähigkeiten so stark, daß es bis zum letzten Atemzug dauert. In GUERRA *Krieg* glaubt Ico, ein Junge mit leichten körperlichen Mängeln, der den Schwarzen Brigaden angehört und seine Fehler mit den schönsten gestohlenen Kleidern verdeckt, bis zum Schluß und sogar noch vor dem Exekutionskommando fest daran, daß er nur Hauptfigur in einer Posse ist, und daß ihn in Kürze nicht Gewehrsalven erwarten, sondern schallendes, herzliches Lachen. Und doch nagt an seinem festen Glauben ein geheimer Wurm, etwas, das seine Rechthaberei erschüttert, seine Dreistigkeit erschreckt. Die Figuren dieser Geschichten wissen, daß am Ende jeder Straße und allen Suchens der Spott auf sie wartet. Und weil sie es wissen, erwarten sie es mit Gleichgültigkeit. Für den Jungen Ico ist der Spott der Tod, der an die Stelle des Lebens tritt, an das er tief im Innern geglaubt hatte, um sich Mut zu machen. Der Spott kann mehr oder weniger leicht, mehr oder weniger schmerzhaft, mehr oder weniger höhnisch sein. Das Herz, das immer auf ihn gewartet hat, empfängt ihn mit Staunen.

Vor allen Ereignissen oder Situationen war Staunen, und auch danach wird wieder Staunen sein, nur größer und betroffener. Der Blick ist weitgespannter und erstaunter, weil er weiß, daß, nachdem er eine Menge Einzelheiten über eine Begebenheit, eine Person oder die Bewegung eines Menschen oder einer Gruppe gesammelt hat, alles bleibt wie vorher, und das heißt ohne Sinn, oder besser gesagt, der Sinn aller Dinge bleibt unverstehbar, verloren in der Unordnung der Welt.

1982

GOFFREDO PARISE, geboren 1929 in Vicenza, Schriftsteller, Drehbuchautor, Journalist. Er arbeitete vorwiegend für den ›Corriere della Sera‹. Seit 1960 lebte er in Rom, wo er 1986 starb. Für den zweiten Band des *Alphabet der Gefühle* erhielt Goffredo Parise 1982 den Premio Strega.

Das italienische Original erschien in zwei Bänden unter den Titeln *Sillabario N. 1* (1972) und *Sillabario N. 2* (1982). Der gemeinsamen Ausgabe beider Teile, 1982 bei Mondadori, wurden die Überlegungen Natalia Ginzburgs entnommen.

6.–9. Tausend Februar 1997

Einbandgestaltung Rainer Groothuis
unter Verwendung des Bildes »Der Kuß« von Gustav Klimt (1907/08); Wien, Österreichische Sammlung.
Alphabet von Joseph Balthazar Silvestre, *Alphabet Album,* Paris 1843–1844.
Gesetzt aus der Borgis Bodoni Old Face durch die Offizin Götz Gorissen, Berlin.
Gedruckt auf chlor- und säurefreiem Papier und gebunden von Clausen & Bosse, Leck.

ISBN 3 8031 3124 3